Kim Culbertson

Wintersternschnuppen

DIE AUTORIN

Foto: © Georgette Aranow

Kim Culbertson hat bereits mehrere preisgekrönte Jugendromane verfasst. Sie lebt mit ihrem Mann und ihrer Tochter in Kalifornien, wo sie Englisch und Schreiben unterrichtet. *Sternengewitter* war ihr erstes Buch, das auf Deutsch erschien.

Von der Autorin ist außerdem bei cbt erschienen:
Sternengewitter (30916)

KIM CULBERTSON

Wintersternschnuppen

Aus dem amerikanischen Englisch
von Clara Mihr

cbt

Der Verlag weist ausdrücklich darauf hin, dass im Text enthaltene externe Links vom Verlag nur bis zum Zeitpunkt der Buchveröffentlichung eingesehen werden konnten.
Auf spätere Veränderungen hat der Verlag keinerlei Einfluss. Eine Haftung des Verlags ist daher ausgeschlossen.

Dieses Buch ist auch als E-Book erhältlich.

MIX
Papier aus verantwortungsvollen Quellen
FSC® C014496
FSC www.fsc.org

Verlagsgruppe Random House FSC® N001967

1. Auflage
Deutsche Erstausgabe November 2016

Die Originalausgabe erschien unter dem Titel *The Possibility of Now* bei Point, einem Imprint von Scholastic Inc.
Published by arrangement with Kimberly A. Culbertson Sagebiel.

Dieses Werk wurde vermittelt durch die Literarische Agentur Thomas Schlück GmbH, 30827 Garbsen.
Aus dem amerikanischen Englisch von Clara Mihr.
Lektorat: Christina Neiske
Umschlaggestaltung: Kathrin Schüler, Berlin
Umschlagmotive: Shutterstock (David Pereiras, Ksana_uk, Fesus Robert)
MI · Herstellung: AnG
Satz: KompetenzCenter, Mönchengladbach
Druck und Bindung: GGP Media GmbH, Pößneck
ISBN: 978-3-570-31102-8
Printed in Germany

www.cbt-buecher.de

Für die weisen Jedi-Feen-Dixons,
das beste Ski-Team, das man sich wünschen kann –
danke, dass ihr mich immer wieder daran erinnert,
innezuhalten und das Alpenglühen zu genießen.

Und für Melissa Sarver White und Jody Corbett,
die Mara geholfen haben, ihren Weg zu finden.

Kapitel Eins

Ich schreibe Listen, um zu überleben. Damit bin ich nicht allein. Egal, was man googelt, es ist immer eine Liste unter den Treffern. Einmal habe ich nach »Warum machen Leute Listen?« gesucht. Abgesehen von 127 Gründen, warum wir Listen lieben, bin ich dabei auf noch mehr Listen gestoßen: 11 ungewöhnliche Verwendungszwecke für eine Büroklammer. 15 misslungene Heiratsanträge. 23 Orte, die man im Leben gesehen haben muss.

Wann haben die Menschen damit angefangen? Vielleicht hat vor langer Zeit ein zotteliger Höhlenmensch in einer dunklen Höhle *Mammut töten, Feuer machen, aufrecht gehen* in die Wand geritzt.

Anscheinend stehen wir darauf. Und nach dem, was mir passiert ist, brauche ich meine Listen mehr denn je.

»Worüber denkst du nach?« Moms Augen huschen zu mir und dann zurück auf die Straße vor uns.

»Nichts.« Ich rutsche auf meinem Sitz hin und her und starre aus dem Fenster in die beigefarbene Landschaft Kaliforniens entlang der Interstate 5.

Ungefähr alle 80 Kilometer fragt Mom mich auf eine andere Art und Weise, ob sie *umdrehen, nach Hause fahren und wir das Ganze vergessen* sollen. Ich erzähle ihr jedes Mal eine neue Version von *ich will das, fahr weiter, ich habe einen Plan* und beobachte dabei, wie die Landschaft vor dem Fenster sich immer stärker von den hellen Erdtönen unterscheidet, die wir in San Diego zurückgelassen haben.

Ach was, Plan – ich habe eine *Liste*! Und ich liebe Listen. Diese hier ist nur anders als die Listen, die ich sonst gemacht habe.

Wir fahren Richtung Norden, die I-5 entlang, bis wir irgendwann die Autobahnen erreichen, die uns durch den dichten Tahoe Forest und dann weiter nach Squaw Valley führen.

Zu Trick McHale, meinem biologischen Vater.

So nennt ihn meine Mutter. Trick McHale, *dein biologischer Vater*. Ich hatte im ersten Jahr auf der Highschool eine Eins im Bio-Leistungskurs. Es besteht also kein Grund, mich an die Vererbungslehre zu erinnern. Außerdem denke ich nicht so über ihn. Meistens denke ich überhaupt nicht an ihn. Für mich ist Trick McHale nur eine Liste: Neun Geburtstagskarten (davon drei mit Zwanzig-Dollar-Schein), fünf Anrufe, ein Besuch im Zoo von San Diego, als ich sieben war. Das ist auch der Grund, warum Moms Überraschung nur von meiner eigenen getoppt wurde, als ich vor fünf Tagen verkündete, dass ich für eine Weile bei ihm leben wolle, einfach um mir eine Auszeit zu nehmen, um meinen *schlimmen Tag* (Moms Worte) hinter mir zu lassen. Ich kann es ihr nicht verübeln. Es kam wie aus dem Nichts. Völlig untypisch für mich. Das stand auf keiner meiner Listen. Aber hier bin ich. Auf dem Weg nach Norden. Noch schockierender ist eigentlich nur, dass Mom es erlaubt hat.

So schlimm ist es nämlich.

Aber in Wirklichkeit ist es gar nicht so schlimm. Gar. Nicht. So. Schlimm. Am Tag nach meinem schlimmen Tag habe ich eine Liste gemacht und innen an meine Zimmertür geklebt. Meine Reiß-dich-zusammen-Liste.

- Niemand ist gestorben.
- Niemand hat Krebs.
- Niemand hat mich in einem Kriegsgebiet ausgesetzt.
- Ich wurde nicht in die Kindersklaverei verkauft.
- Ich bin nicht in eine Sekte eingetreten, die sich nur von Weizengras und Limetten ernährt.
- Ich habe keinen Körperteil verloren.

Allerdings fühlt es sich ein bisschen so an, als hätte ich das. Einen Körperteil verloren.

»Wenn ich bei dieser Ausfahrt umdrehe, sind wir bis zum Abendessen wieder zu Hause.«

Mom schaut in den Rückspiegel, bevor sie die Spur wechselt und einen staubigen weißen Minivan überholt. Ein kleiner Junge auf dem Rücksitz schaut zu uns und presst seine winzige Hand gegen die Scheibe.

»Vielleicht habe ich Lust, in Squaw Valley zu essen.« Ich rücke den schmalen roten Ordner auf meinem Schoß zurecht. Meine Listen über langfristige Ziele lege ich gerne in Ordnern ab, in richtigen Ordnern zum Anfassen, nicht bloß elektronisch. In dem Punkt bin ich altmodisch. Ich habe ein

System. Gestern hab ich ein Deckblatt dafür ausgedruckt: DIE HIER-UND-JETZT-LISTE, und im Hintergrund ein Sonnenuntergang auf Hawaii. Nichts schreit so sehr »Lebe im Hier und Jetzt« wie ein Sonnenuntergang, stimmt's? Ich betrachte das Bild mit zusammengekniffenen Augen und Zweifel steigen in mir auf.

Auf der Interstate 5 reihen sich die Sattelschlepper aneinander wie Waggons von Spielzeugzügen und Mom drängt den Lexus daran vorbei. Während wir Geschwindigkeit aufnehmen, sagt sie: »Oder wir drehen einfach um. Ich glaube wirklich, dass das Ganze nur ein Strohfeuer ist.«

Offenbar verwechselt sie »Strohfeuer« mit »Lauffeuer«, denn es breitet sich immer weiter aus. Als ich das letzte Mal nachgeschaut habe, hatte das Youtube-Video 616 487 Klicks.

Ich räuspere mich und sage in heiterem Ton: »Nein, mir geht's gut. Ich glaub, das wird großartig!« Ich höre mich an wie eine Disneyprinzessin nach ihrem dritten Helium-Ballon.

Mom entgeht das nicht und sie schaut mich finster von der Seite an. »Ja, so hörst du dich auch an.«

Ich schalte einen Gang runter. »Ehrlich. Stell dir einfach vor, das wäre mein Auslandssemester, mit dem Unterschied, dass ich für ein Vierteljahr weg bin und nach Tahoe gehe statt nach Italien oder Südamerika. Wie eine Austauschschülerin. Nur dass ich kein Geld tauschen muss oder mich wundern, warum mein Getränk ohne Eis serviert wird.«

Ihr Blick wird noch finsterer. Offenbar findet sie überhaupt nicht, dass diese Reise einem Austausch ähnelt. Sie hat mir schon gesagt, wofür sie das Ganze hält. Für eine Flucht.

Ich weiß immer noch nicht, was passiert ist. Nicht wirklich. Ich meine, ich *weiß*, was passiert ist; ich hab die Videoaufnahmen gesehen. Aber ich weiß immer noch nicht, *wie* es passiert ist. Im einen Moment hat Mr Henly uns aufgefordert, Bleistifte der Stärke HB zu benutzen, und im nächsten habe ich den Test zerrissen und »Das ist sinnlos, es hat alles keinen Sinn, es ist völlig sinnlos« geschluchzt, immer und immer wieder, bis Mr Henly jemanden aus dem Sekretariat gerufen hat, um mich zu holen.

»Das wird großartig, ich schwör's«, sage ich noch einmal mit dünner Stimme und schaue nach draußen, wo das kahle Landesinnere Kaliforniens an mir vorbeizieht. »Ich habe eine Liste gemacht.«

Mom presst die Lippen aufeinander und starrt auf die Straße.

Als wir ein paar Stunden später die Südstaaten langsam hinter uns gelassen haben und statt Palmen jetzt Kiefern die Straße säumen, fragt Mom wieder: »Bist du sicher, dass ich nicht umdrehen soll?«

Ich wünschte, sie würde aufhören zu fragen. »Wir sind fast da.« Mit schwitzigen Händen umklammere ich meinen Ordner, schaue in die stille Landschaft und versuche Luft zu holen.

Sie fährt auf die Autobahn 89 Richtung Squaw Valley, vorbei an Campingplätzen und Picknicktischen, deren Tischplatten dunkel aus dem Schnee hervorschauen. Das Campingplatz-Schild ist mit Plastik abgedeckt. Kaum zu glauben, dass wir San Diego heute Morgen erst verlassen haben und jetzt hier sind. Wo Trick lebt. Wir haben nur ein

Mal angehalten, um ein paar Sandwiches und Kaffee zu kaufen, daher sind wir gut durchgekommen. Mom liebt es, schnell voranzukommen, also sage ich ihr nicht, dass ich pinkeln muss. Wir sitzen dicht nebeneinander, und ich ertrage es nicht, dass sie noch öfter auf ihre Uhren schaut, als sie es ohnehin schon tut. Mom hat immer mehrere Uhren zur Absicherung. An ihrem Handgelenk. Auf ihrem Handy. Am Armaturenbrett. Sie überprüft ständig, ob sie synchron gehen. Das scheint sie gleichzeitig zu beruhigen und nervös zu machen.

»Ich weiß nicht, wie Tricks Wohnverhältnisse sind.« Mom starrt auf die verschneite Straße. »Ich will dich nur vorwarnen. Er lebt, na ja, anders als wir.« Sie sagt das, als würde er in einem Zelt auf dem Feld leben. Gar nicht so unwahrscheinlich, wenn ich mich hier so umschaue.

Meine einzige Erinnerung an den realen Trick McHale ist unser Ausflug in den Zoo von San Diego. Mom hat die Tickets besorgt und uns Geld fürs Mittagessen gegeben und auf dem Parkplatz gewartet, falls ich sie brauche. Trick ist mit mir im Zoo herumspaziert und hat ein Bier geschlürft, das er in seiner Socke reingeschmuggelt hatte. Am besten erinnere ich mich an sein schallendes Gelächter über meine entsetzte Reaktion auf die Nacktmulle. »Da steht, sie sind gar nicht völlig nackt«, sagte er mit Blick auf das Schild, auf dem stand, sie hätten über hundert Haare, die ihnen bei der Orientierung helfen. »Für mich sehen die aber splitternackt aus.« Ich konnte nicht mehr vor Lachen. Es war so ein Kleinmädchen-Lachen, ganz tief aus dem Bauch heraus – nur mit meiner besten Freundin Josie lache ich noch manchmal so. Er sah so überrascht und erfreut aus. Erst als wir beim Polarfuchs waren, habe ich aufgehört zu lachen.

Beinahe zehn Jahre hab ich ihn nicht gesehen und die Abstände zwischen den Geburtstagkarten und Anrufen wurden immer länger. Mom hat mir nie verboten, Trick zu sehen. So war das nicht. Es gab keine Feindschaft, er war einfach nur nicht da. Sie hat ihn all die Jahre kaum erwähnt, und er hat sich nie bemüht, also hab ich mich auch nicht bemüht. Ich war beschäftigt. Ich hatte Mom und meinen Stiefvater, Will, und meine kleinen Zwillingsbrüder, Seth und Liam, und viel zu tun in der Schule. Unser Ausflug in den Zoo kam mir vor wie ein Traum, aber vor ein paar Jahren fand ich ein Kinderbuch mit dem Titel *Der Nacktmull zieht sich an*. Ich schickte es Trick, weil es mich an meinen Lachanfall erinnerte und daran, wie überrascht er davon gewesen war.

Keine Ahnung, ob er es je bekommen hat.

»Alles klar bei dir?« Mom schaut flüchtig zu mir rüber. Das hat sie mich in letzter Zeit oft gefragt.

Ich fummele an der Lüftungsklappe herum und lasse die warme Luft über mich strömen.

»Ja, danke.«

Nach meinem schlimmen Tag hab ich mich die ganzen Ferien im Haus verbarrikadiert. Mom und Will klangen immer besonders fröhlich. Josie kam mit Pizza und DVDs vorbei und wollte mich ins Einkaufszentrum schleppen, aber ich bin nicht mitgekommen. Der Weihnachtsbaum wurde aufgestellt und wieder abgebaut. Ich starrte in das Meer aus Geschenkpapier und Verpackungen von Plastikspielzeug, das Seth und Liam hinterlassen hatten. Hauptsächlich versuchte ich, nicht an die unzähligen Online-Aufrufe meines öffentlichen Nervenzusammenbruchs zu denken.

Miss Perfects epischer Zusammenbruch.

Als ich ihn mir anschaute, nur ein einziges Mal, habe ich das Mädchen mit dem aschblonden Pferdeschwanz und dem blassblauen O'Neill-Kapuzenpullover, den Will mir letzten April an einem windigen Tag auf Hawaii gekauft hatte, kaum wiedererkannt. Aber das ist mein zusammengekniffenes Gesicht, runzlig wie ein Pfirsichkern, und ich zerreiße meinen und die Tests der anderen zu Papierregen. Die Testfetzen segeln zwischen meinen fassungslosen Klassenkameraden durchs Klassenzimmer und draußen vor den hohen Fenstern biegen sich die Palmen unter dem strahlend blauen Himmel von San Diego. Ich will das nie wieder anschauen.

Aber ich hab mir gesagt: Gar. Nicht. So. Schlimm.

Jeden Tag kam etwas Neues auf meine Reiß-dich-zusammen-Liste.

- Ich bin nicht drogenabhängig geworden.
- Ich wurde nicht entführt.
- Ich habe nicht die Liebe meines Lebens an eine schlimme Krankheit verloren.

Wobei, irgendwie schon. Wenn die Liebe meines Lebens Jahrgangsbeste wäre und die Krankheit Hashtags hätte, wie: #schauteuchdieseirrean und #wasfüreinedramaqueen und #ichhassediesesmädchen.

Trotzdem dachte ich, ich könnte zurück an die Ranfield. Schließlich haben meine Eltern und die Ranfield und unzählige Filme und Autoaufkleber mich dazu erzogen, nicht aufzugeben. All die Jahre im Tennis und Fußball und in den ersten Jahren im Schwimmteam war das Motto immer klar: Schüttle dich. Steh auf. Mach weiter. Alles nur Kopfsache.

Klar, alles Kopfsache.

Als ich nämlich vor fünf Tagen zum ersten Mal das Haus verließ, sträubten sich mir die Nackenhaare, denn die Leute im Supermarkt tuschelten hinter vorgehaltener Hand.

»Das Mädchen, das ausgerastet ist.«

»Die Jahrgangsbeste aus dem Video.«

»Was für ein Psycho.«

Schließlich sagte ich zu Mom, ich würde einfach im Auto warten. Nachdem sie die Einkäufe hinten eingeladen hatte und eingestiegen war, platzte ich heraus: »Ich will für eine Weile bei Trick in Tahoe leben.«

Mom sagte: Scher dich nicht darum, was andere Leute denken.

Josie sagte: Das sind Idioten; mach dir wegen denen keinen Kopf.

Will sagte: Menschen haben die Aufmerksamkeitsspanne einer Mücke; vergiss es.

Tolle Ratschläge. Ich weiß nur nicht, wie das gehen soll.

Mich nicht darum scheren. Mir keinen Kopf machen. Es vergessen. Fehlt mir dazu ein bestimmtes Gen?

Links von uns taucht, im blassen Sonnenlicht glitzernd, der Truckee River auf. Alles in dieser Landschaft ist grell – weiß, blau, grau, silbern. Sogar das Grün ist satt und dunkel. Es wird *wirklich* wie ein Auslandssemester – in einem fremden Land, wo das einzige Flüstern, das zu hören ist, vom herabfallenden Schnee auf den Kiefern stammt. Mom bremst vor einer Ampel und biegt an einem großen Schild ab, auf dem SQUAW VALLEY USA, INTERNATIONALES SKIGEBIET steht. »Squaw Valley hat 1960 die olympischen Winterspiele ausgerichtet«, erzählt sie mir, während wir die Squaw Valley Road entlangfahren. Die Straße schlängelt sich zurück ins Tal und wir fahren an einer Abzweigung zum Ferienort am Squaw Creek vorbei. Als wir um eine Linkskurve biegen, taucht vor uns eine Schneefläche auf und dahinter die verschneiten Berge.

»Wow«, flüstere ich angesichts der schneebedeckten Gipfel.

»Ja, ich weiß. Es ist wunderschön.« Mom fährt auf einen Parkplatz neben einer gewaltigen Ansammlung brauner, alpin anmutender Häuser. »Das Dorf.« In ihrer Stimme liegt eine Spur von Abneigung, so wie jedes Mal, wenn ich sie gefragt habe, warum wir Squaw Valley verlassen haben, als ich knapp drei war. »Wir sind da.« Sie stellt den Motor ab, zögert einen Moment und zieht dann schnell den Schlüssel aus dem Zündschloss. Als sie den Ort vor sich betrachtet, kann ich beinahe sehen, wie die Erinnerungen über ihr Gesicht flackern. Sie wird ganz still. Was immer es war, das sie damals von hier vertrieben hat, kommt jetzt unter dem Schnee hervorgekrochen.

»Mom?« Sie ist bestimmt ganz durch den Wind. Mom erstellt auch Listen, sie hat farblich gekennzeichnete Ordner mit wichtigen Formularen und führt einen Google-Kalender für mich und die Zwillinge mit unterschiedlichen Schriftfarben für jeden von uns. Lila. Blau. Grün.

Mein schlimmer Tag in der Elften tauchte auf keiner ihrer Listen auf.

»Ja, sorry.« Sie klimpert ein wenig mit den Schlüsseln und lehnt sich dann ohne Vorwarnung zu mir rüber und greift nach meiner Hand. »Du kannst einfach nur Hallo sagen, eine Nacht bleiben, um den Kopf freizukriegen, und morgen zu mir ins Auto steigen und zurück nach Hause fahren. Das weißt du, oder?«

Mir kommen wieder Zweifel. »Ich weiß.«

Ich weiß auch, dass sie nicht will, dass ich das tue. Sie denkt, dass jetzt nicht der richtige Zeitpunkt für einen Kurswechsel ist, und da hat sie wahrscheinlich recht. Mir wird klar, dass ich unseren geplanten Weg verlasse, wenn ich aus dem Auto steige, um Trick kennenzulernen. Den Weg, auf dem ich heute mit hocherhobenem Kopf in der Schule erschienen wäre und mich nicht um das Getuschel geschert hätte. Den Weg, auf dem ich mich schüttle, weitermache und ein Stipendium für ein ordentliches College erhalte. Eine der Unis auf Moms immer längerer Liste.

Auf diesem richtigen Weg bemitleide ich die Person, die dieses Video von mir gepostet hat, weil sie klein, gemein und unbedeutend ist. Ich schreibe einen Aufsatz für die College-Bewerbung darüber, dass ich eine schwere Zeit durchgemacht habe, aber wieder aufgestanden bin und mich nicht habe unterkriegen lassen – stattdessen habe ich mich meinen Ängsten gestellt und bin dadurch stärker geworden. Vielleicht gründe ich eine Selbsthilfegruppe für Leute wie mich, Opfer von Cybermobbing. Die zukünftigen Auswahlgremien würden verständnisvoll nicken und mir dafür applaudieren, dass ich wieder aufgestanden bin, mir den Staub abgeklopft und das Beste aus einer schlimmen Situation gemacht habe.

Mara James. Angenommen. Zukunft gesichert. Na, Highschool, hast du gesehen? Klingt ganz nach etwas, das die alte Mara getan hätte.

Das Problem ist nur, dass ich es nicht schaffe, mich nicht unterkriegen zu lassen, die Selbsthilfegruppe zu gründen oder den Aufsatz zu schreiben. Ich verspüre weder Mitleid noch Stärke oder Entschlossenheit. Ich fühle mich klein und verletzt und durcheinander.

»Ich bin bereit.« Das ist gelogen.

Mom zieht sich eine lavendelblaue Strickmütze über. Das bläuliche Lila lässt ihre Augen dunkler wirken. Vielleicht ist es auch nur ihre Enttäuschung.

»Also gut«, seufzt sie. »Schauen wir mal, wie das Neverland sich gehalten hat.«

Die Hier-und-jetzt-Liste

1. Ski fahren lernen: grüne Pisten, blaue Pisten, schwarze Pisten??
2. Internet-Abstinenz (keine sozialen Medien, keine Nachrichten, Skype ist okay!)
3. Meditation – mindestens 10 Minuten pro Tag!!
4. an Schultagen bis 8 ausschlafen
5. ätherische Öle zur Entspannung – Lavendel, Kamille, Orange
6. Einen Gang zurückschalten und Ballast abwerfen!!
7. Einen süßen Snowboarder küssen!! (Josies Vorschlag)
8. Atmen! (logisch)
9. Mutig sein! (von Will)
10. Mal nur zum Spaß lesen? (siehe angehängte Bücherliste)

Kapitel Zwei

Als ich aus dem Auto steige, fällt mir als Erstes auf, dass es verdammt kalt ist in Tahoe. Ich friere ja nicht zum ersten Mal, aber diese Kälte beißt einem ins Gesicht und schüttelt einen herum, als wäre man ein Kauspielzeug. Mom hat gesagt, ich soll viele Schichten anziehen. Sie hat nur nicht erwähnt, dass eine der Schichten eine Heizdecke sein sollte. Aber wenigstens bin ich aus dem Auto raus. Hastig mache ich mich auf die Suche nach einer Toilette und bin dankbar, dass sie beheizt ist.

Als ich mir die Hände abtrockne, summt mein Handy. Josie.

Bist du schon da?

Ich rufe sie an und sie nimmt sofort ab. »Bist du erfroren?« Die Verbindung knistert ein bisschen.

»Ja. Ich bin erfroren und rufe dich aus meinem Grab an.« An ihrem Ende der Leitung erkenne ich das Geräusch von Tennisbällen auf Tennisschlägern. »Coach Jeffers wird es nicht gefallen, dass du mich während des Trainings anrufst.«

»Er glaubt, ich hole mir eine Schmerztablette gegen meine Frauenbeschwerden.« Bei unserem Coach muss man nur *Frauenbeschwerden* sagen und er lässt einen in Ruhe. Mehr will er nicht wissen. Ziemlich praktisch.

»Ich kann gerade nicht wirklich reden. Bin auf dem Klo.« Meine Stimme hallt von den Wänden wider. »Wir treffen gleich Trick.«

»Wie? Ihr trefft ihn auf dem Klo?«, fragt Josie laut.

»Nein, wir sind auf dem Weg zu ihm!« Ich senke die Stimme. »Josie, sag mal … na ja, reden die Leute darüber?«

Sie antwortet nicht. Stattdessen höre ich Coach Jeffers brüllen: »Martinez, wehe, du bist am Handy!«

»Muss los«, sagt Josie schnell, und dann ist sie weg.

Ich stopfe mein Handy in die Tasche der eisblauen Daunenjacke, die Mom mir gekauft hat, und gehe zurück nach draußen.

Nachdem Mom einen schnellen Kaffee getrunken hat (doppelter Espresso ohne Milch) laufen wir an Ski-Geschäften und Restaurants vorbei durch den Ort. Obwohl es noch nicht mal fünf ist, dämmert es bereits, die Schatten auf den Gehwegen werden länger und der Himmel verfärbt sich. Die Kombination aus diesem wunderschönen Anblick und der messerscharfen Kälte macht das Atmen mit einem Mal schwer.

Es ist Dienstag und nicht viel los. Ein paar Leute lungern an Feuerschalen herum, schlürfen Kaffee und Bier und unterhalten sich über ihren Tag, dabei benutzen sie Wörter wie *shredden* und *Buckelpiste*. Ihre Stiefel haben sie in die Nähe der Feuerschale gestellt und die Skier oder Snowboards an freie Stühle gelehnt. Sie erinnern mich an die Surfer in Oceanside, die sich mit ihrem Fachvokabular vom Rest der Welt abschotten.

Gut möglich, dass mir gerade die Jeans an den Beinen festgefroren ist. Offenbar werde ich die lange Unterwäsche, die Mom mir gekauft hat, ständig tragen – nicht nur zum Skifahren.

Nachdem wir quer durch den ganzen Ort gelaufen sind, landen wir vor einem Ski-Geschäft. Auf einem Schild steht NEVERLAND in großen Buchstaben, die so aussehen sollen, als wären sie in den Schnee geschrieben. Anscheinend kann man dort Klamotten und Ausrüstung kaufen, aber auch ausleihen. Ein Aufkleber am Fenster verkündet: JEMAND AUS TAHOE: MEIN LEBEN IST BESSER ALS DEIN URLAUB. Als Mom ihn bemerkt, verdreht sie die Augen, drückt die Tür auf und eine unsichtbare Glocke läutet.

Drinnen ist es warm, und auf den abgewetzten Teppichen liegt jede Menge geschmolzener Schneematsch, den die Leute an ihren Stiefeln hereingeschleift haben. Der Laden ist vollgestopft mit Regalen, auf denen sich Skihosen, Jacken, Helme, Brillen, Socken und Stiefel stapeln, aber menschenleer. Ich suche die hölzernen Wände hinter der Kasse ab. Auf einem glänzenden Schild in der Mitte zwischen Bildern von Skifahrern und Snowboardern steht wieder NEVERLAND und darunter ein Zitat aus *Peter Pan* von J. M. Barrie:

WELCHES DIESER ABENTEUER SOLLEN WIR AUSWÄHLEN?

Bevor ich es Mom zeigen kann, kommt ein Mann durch eine Schwingtür mit der Aufschrift ›Werkstatt‹ aus dem hinteren Teil des Ladens. Er trägt verwaschene Jeans, ein ausgeleiertes Santa-Cruz-Sweatshirt, das vielleicht irgendwann mal schwarz war, und eine Baseballkappe mit orangefarbenem Schirm.

Trick McHale.

Unwillkürlich füge ich in Gedanken hinzu: *dein biologischer Vater*.

Mein Körper vibriert vor Aufregung. Er hat uns noch nicht gesehen, also kann ich ihn einen Moment lang unverhohlen in seinem natürlichen Lebensraum beobachten. In der Hand hält er etwas, das aussieht, als gehöre es an einen Ski. Eine Bindung vielleicht? Er hat die Augen fest auf die Bindung gerichtet und kaut auf der Lippe herum. Das mache ich auch immer. Wenn ich an einer besonders schwierigen chemischen Gleichung sitze.

»Hallo, Trick.« Mom spricht als Erstes, im selben Ton wie mit ihren Kunden.

Erschrocken reißt er den Kopf hoch. »Oh, Lauren – huch, hab dich gar nicht gesehen.« Seine Stimme ist ein tiefes Poltern, wie das Lachen, das mir von unserem Tag im Zoo in Erinnerung geblieben ist, ganz der Surfertyp mit weichem Kern. Seine grünen Augen mustern mich überrascht. »Oooh, Mara, ich glaub's nicht. Schau dich an.«

Ich weiß nicht, was ich mit meinem Körper anstellen soll. Soll ich ihn umarmen? Wäre das normal? Nichts von alldem fühlt sich normal an. Das Zeitfenster, in dem eine Umarmung vertretbar wäre, vergeht, und ich stehe einfach nur da, meine Augen wandern zurück zu dem Zitat aus *Peter Pan*. »Hi, äh, Trick.« Er nickt und schaut weg. Vielleicht ist ihm aufgefallen, dass ich *Trick* gesagt habe, nicht *Dad*. Er räuspert sich. Räuspert sich noch mal. Hätte ich ihn Dad nennen sollen? Nein, das wäre zu seltsam. Ich habe öfter mit unserem Postboten geredet als mit Trick McHale.

Die Stille um uns herum verdichtet sich.

Schließlich sagt Trick zu Mom: »Du siehst gut aus, Lauren.« Seine Stimme klingt zögerlich.

Mom nimmt die Mütze ab und schüttelt ihr gesträhntes Haar. »Oh, na ja, danke.« Sie gibt das Kompliment nicht zurück. Stattdessen öffnet sie ihre Handtasche und wühlt darin herum. Das macht sie manchmal, um beschäftigt auszusehen, auch wenn sie eigentlich gar nichts sucht. Auch jetzt ist es nur ein Vorwand, das merke ich. Um nicht reden zu müssen und um ein bisschen Leben in das tiefe Schweigen zu bringen.

Trick beobachtet sie mit leicht amüsierter Miene. Weiß er, dass sie immer diese Ablenkungsmanöver startet, wenn sie sich unwohl fühlt? Anscheinend schon, denn er fragt: »Suchst du was?«

Mom wird rot. »Oh, Moment – hab ihn!« Sie trägt eilig Lippenstift auf, als wollte sie sagen: *Siehst du? Das war's, wonach ich gesucht hab, vielen Dank.* Ich schaue sie erstaunt an. Mom verhält sich nie so seltsam; sie ist immer gelassen und hat sich unter Kontrolle. Was ist los?

Trick grinst. »Ein Glück. Lippenstift-Krise abgewendet.«

Moms Miene verändert sich, ihre Augen werden schmal. Oh-Oh. Dieser Blick. Wenn sie uns so anschaut, fühlen meine Brüder und ich uns normalerweise schlagartig dazu inspiriert, unsere Zimmer aufzuräumen. »Nun ja, einigen von uns ist es eben nicht egal, wie sie auf andere Leute wirken.« Sie bemüht sich, einen heiteren Ton zu wahren, schafft es aber nicht wirklich. Ihre Blick-Muskeln müssen mit den Stimm-Muskeln verbunden sein.

Trick hört auf zu lächeln. Wenn wir an den olympischen

Spielen der Peinlichkeiten teilnehmen würden, bekämen wir alle drei eine Goldmedaille.

Glücklicherweise läutet die Ladenglocke und ein paar Jungs platzen in den Laden. Sie stürmen laut und lachend durch die Tür, als wäre der Laden ihr Revier. Zunächst sieht es so aus, als würden sie sich als eine Einheit bewegen, aber schließlich erkenne ich einzelne Jungs. Fünf Stück. Bis auf einen tragen alle seltsame enge Anzüge, wie ein Quartett jugendlicher Superhelden ohne Capes. Offenbar sind das Skianzüge, ihre Stiefel sehen nämlich so aus, als gehörten sie an Skier. Der Größte steuert direkt auf die Ladentheke zu. Sein schlanker, athletischer Körper steckt in einem mitternachtsblauen Anzug mit Spinnweben über der Brust. Er geht um den Tresen herum und sucht die Regale ab. Trick gesellt sich zu dem mitternachtsblauen Spider-Man hinter die Theke. »Hier, Logan«, sagt er und zieht ein paar Skier aus dem Regal. »Sind fertig.«

»Danke, Trick.« Logan nimmt die Skier, wirft sie sich über die Schulter und die Jungs trampeln zurück in Richtung Tür. Der Junge ohne Superhelden-Anzug zögert. Er trägt einen glänzenden schwarzen Anorak und Jeans, unter seiner roten Mütze kringeln sich kastanienbraune Locken. Er zerknüllt seine leere Chipstüte und lässt sie auf der Ladentheke liegen. Er sieht gut aus, aber übertrieben selbstbewusst, was mich normalerweise nervt, aber als er den anderen aus der Tür folgt und mir dabei zuzwinkert, spüre ich, dass mein Gesicht glüht. Trick schaut den Jungs hinterher und wirft die Chipstüte in einen Mülleimer unter der Theke.

Meine Mom hat die Jungs ebenfalls beobachtet, mit leicht geöffnetem Mund.

»War das Logan Never?«, fragt sie, als die Tür zugefallen ist und wir wieder allein sind.

Trick nickt. Die beiden wechseln einen Blick, eine Variante des Blicks, den Mom im Auto hatte, als wir angehalten haben, dieser Geist der Erinnerung.

»Wer ist Logan Never?«, frage ich.

»Der große Junge mit den Skiern«, murmelt Mom und starrt einen Moment lang die geschlossene Tür an. »Seinen Eltern gehört der Laden. Matt und Jessica.«

»Der andere war Beck Davis«, erzählt Trick, und ich weiß, dass er den Jungen meint, der seine Chipstüte auf der Ladentheke gelassen hat.

Moms Gesichtsausdruck ändert sich merklich, als hätte sie etwas Saures gegessen.

»Wer?«, frage ich. Die gemeinsame Vergangenheit, die den Raum flutet, gibt mir das Gefühl, etwas verpasst zu haben.

»Jungs, die ich mal kannte«, sagt sie.

»Ja«, kommt von Trick hinter der Theke. »Wir sind alle noch hier.«

Kapitel Drei

»Ich soll zum *Seelenklempner*?« Ich blinzele Mom ungläubig an, als wir über den dämmrigen Highway zurück nach Truckee fahren, in das Bergdorf, für das wir auf dem Weg nach Squaw Valley zu Trick Schilder gesehen haben. Diese Ankündigung ist bis jetzt womöglich der schockierendste Teil unserer Reise. Nicht in einer Million Jahren hätte ich gedacht, dass Mom mich in eine Therapie stecken würde. Es ist nicht so, als hätte Mom was gegen Therapien. Therapien sind super. Für die *anderen*. Für den Typen vor dem Supermarkt, der mit sich selbst redet, zum Beispiel, oder für Leute, die sich den Schädel rasieren und ihre Haut neongrün anmalen.

»Er wird von allen empfohlen«, beharrt sie und quatscht mich über Dr. Elliots Qualifikationen voll. Bla-bla-bla University of California, L.A. Bla-bla-bla auf Jugendliche spezialisiert. Sie lässt mich nicht zu Wort kommen, sondern führt ihren mütterlichen Vortrag in abgehacktem Tonfall fort. Will scherzt immer, Moms Gehirn sei wie diese Newsticker, die auf CNN unten über den Bildschirm laufen. Sie erstellt fortwährend Listen, arbeitet Pläne aus und setzt sich Ziele, gleichzeitig hakt sie abgeschlossene Aufgaben ab, auf deren Platz direkt neue nachrücken. Das dünne, ledergebundene blaue Notizbuch in ihrer Handtasche ist nicht ohne Grund mit einer goldenen Uhr bedruckt. Ihr Produktivitätssystem in Papierform. Voll mit Dingen, die sie geschafft hat und mit einer einzigen farbigen Linie durchstreicht, sobald sie erledigt sind. Gleichzeitig macht sie mit dem Google-Kalender auf ihrem Smartphone/Laptop einen Gegencheck.

»Ich brauche keinen Therapeuten«, sage ich, als sie endlich eine Pause einlegt, um Luft zu holen.

»Du hattest die Wahl, wieder mit nach Hause zu kommen. Wenn du in Squaw Valley bleiben willst, gehst du zu Dr. Elliot.« Ende der Diskussion.

Ein paar Minuten später biegen wir auf einen Parkplatz mitten in Truckee. Die warm leuchtenden Straßenlaternen stehen im krassen Gegensatz zu der Eiseskälte, die uns entgegenschlägt, als wir die Autotüren öffnen. Ich presse meinen Ordner an die Brust, als könnte er mich wärmen.

Wir gehen über das vereiste Kopfsteinpflaster, vorbei an mehreren aus Ziegeln gemauerten Ladenfronten, bis wir das kleine Schild von Dr. Jonathan Elliot finden. Wir drücken die Tür auf und gehen eine Treppe hinauf. Mom hat mir im Auto erklärt, dass heute Abend keine komplette Sitzung stattfindet, wir sollen uns nur gegenseitig kennenlernen und besprechen, wie diese Treffen ablaufen werden.

Auf der obersten Stufe zögere ich und verspüre einen Anflug von Übelkeit. Eigentlich gehöre ich nicht wirklich zu der Sorte Mädchen, die über ihre Gefühle sprechen. Mein Lebensmotto lautete bisher eher: Ball flach halten und das Ziel nicht aus den Augen verlieren. Mit anderen Worten, ich vergrabe meinen Kopf bis zum Collegeabschluss in Bücherstapeln. Direkt nach meinem schlimmen Tag habe ich im Krankenhaus mit einem Psychiater gesprochen und das ist nicht so gut gelaufen. Nach zehn unbehaglichen Minuten sagte er mir im Wesentlichen, ich hätte eine Panikattacke gehabt. Zwischenzeitlich schwitzte ich wegen der ellenlangen Liste seiner Fragen drei Liter Wasser aus.

Am Ende des Flurs öffnet sich eine Tür und ein Mann erscheint. Schlank, mit einem freundlichen Gesicht und einer Brille mit dickem Schildpattrand. Er hat braunes Haar mit leichten Geheimratsecken und trägt Khakihosen und eine Wollweste über einem langärmligen Funktionshirt. Bisher sahen in Tahoe alle so aus, als kämen sie gerade von einer Wanderung auf dem Pacific Crest Trail.

»Mara und Lauren?«

»Dr. Elliot.« Mom schiebt sich vor mich und streckt die Hand aus. »Wir hatten telefoniert. Danke, dass Sie uns so spät am Abend noch empfangen.«

»Ist mir ein Vergnügen. Wie war die Fahrt hierher?« Während Mom antwortet, tritt er beiseite und hält die Tür auf, um uns in sein Büro zu lassen. Der Raum ist lang und schmal und zur Straße gelegen, ein großes Fenster zieht sich über die gesamte Länge und gibt den Blick auf die Dächer der gegenüberliegenden Gebäude und die Kiefern in der Ferne frei. Ich betrachte die cremefarbenen Wände des Büros und mein Blick bleibt an einem sanft plätschernden Springbrunnen aus glatten Steinen in der Ecke hängen, eine Miniatur des Truckee River. Alles in diesem Büro flüstert: *Du bist in Tahoe, entspann dich.*

Ich gehe sofort in Abwehrhaltung.

»Setzt euch.« Dr. Elliot lässt sich auf einem samtenen, grau-weiß-schwarz gesprenkelten Sessel nieder, der aussieht, als wäre er aus Granit gemeißelt. Es gibt keinen Schreibtisch. Kein Klemmbrett. Der Typ in San Diego hatte ein Klemmbrett. Mom und ich setzen uns auf burgunderfarbene Sessel gegenüber von einem gläsernen Couchtisch.

»Bitte, nehmt euch Wasser oder Tee«, fordert Dr. Elliot uns auf und zeigt auf die Theke einer kleinen Kochnische, wo eine Kanne heißes Wasser, verschiedene Teesorten, ein Krug Wasser mit Zitronenscheiben und ein weißer Teller mit Keksen stehen. »Wann immer ihr wollt.«

Ich schaue Mom an. Therapie mit Keksen? Vielleicht ist das gar nicht so übel. Sie nickt, also stehe ich auf und nehme mir einen Keks und eine Tasse Kamillentee. Kamille steht auf der Hier-und-jetzt-Liste – gut zur Entspannung. »Danke.«

Dr. Elliot reibt sich die Hände. »Mara, ich habe mit deiner Mutter gesprochen, und sie hat mir gesagt, du seist in letzter Zeit ziemlich gestresst gewesen und hättest eine fiese Matheprüfung gehabt.« Ich nicke und der Keks in meinem Mund wird zu Brei. *Eine fiese Matheprüfung*. Als würde man einen Wirbelsturm als leichte Brise bezeichnen. Ist Untertreibung Teil der Therapie? »Kannst du darüber reden, was an dem Tag passiert ist?« Sein Murmeln übertönt gerade so den Springbrunnen.

Ich erzähle ihm von meinem schlimmen Tag – das Summen im Raum, das Gefühl, der Test würde vor mir verschwimmen, meine schwitzigen Hände, die Tatsache, dass ich mich überwiegend nicht daran erinnere, die Tests anderer Leute zerrissen zu haben. Er hört zu, nickt leicht und wartet, bis ich fertig bin, bevor er sagt: »Klingt, als hättest du eine Panikattacke gehabt.«

Vielleicht sind Dr. Klemmbrett und dieser Typ auf dieselbe Uni gegangen und haben einen Kurs in »Wie man Offensichtliches feststellt« belegt.

Mom beugt sich auf ihrem Sessel nach vorne. »In San Diego hat sie mit einem Arzt gesprochen, der dasselbe gesagt hat.«

»Aber jetzt geht es mir gut«, sage ich und streiche mit der Hand über meinen Ordner.

»Sie hat das Haus nur zwei Mal verlassen, seit es passiert ist, davon einmal, um ins Auto zu steigen und hierherzufahren«, erzählt Mom mit stockender Stimme. »Ich habe nicht das Gefühl, als ginge es ihr gut.« Sie fummelt am Trageriemen ihrer Handtasche herum. »Beim Elternabend haben sie gesagt, die Elfte sei anspruchsvoll, das schwierigste Schuljahr.«

Ich senke den Blick. »Ich bin einfach überfordert.«

Sie schaut Dr. Elliot mit diesem Telepathie-Blick der Erwachsenen an, von dem sie glauben, wir könnten ihn nicht sehen, dieser Blick, der sagt: *Sehen Sie, womit ich mich herumschlage?* Aber ich bin nicht sicher, ob Mom das verstehen würde, selbst wenn sie wollte. Wahrscheinlich, weil sie noch nie gewirkt hat, als wäre sie überfordert. Mit all ihren Listen, Formularen und Regeln hält sich die Überforderung schön fern. Sie ist viel zu eingeschüchtert, um auch nur in ihre Nähe zu kommen. In Lauren James' Welt gibt es einen richtigen Weg (ihren) und einen falschen (den von allen anderen). Zweifel haben Todesangst vor meiner Mutter.

»Vielleicht sollte sie einen ihrer Leistungskurse sausen lassen? Oder eine AG vielleicht? Sie ist in vielen AGs.«

Dr. Elliot antwortet nicht, was mir komisch vorkommt. Sollte er nicht das Gespräch leiten oder so? »Ich weiß nicht, ob das helfen würde. Mom – es ist nicht nur eine Sache.« War es nur eine Sache? Ich gehe den Morgen der Prüfung durch und die Tage davor. Lernen, wie üblich. Fünf Stunden Schlaf, wie üblich. An dem Morgen hatte die Ranfield die Rangliste unserer Klasse ins Onlineportal gepostet. Damals war ich noch auf Platz eins. Jetzt nicht mehr.

»Glaubst du, es würde helfen, einen Kurs sausen zu lassen, Mara?«, fragt Dr. Elliot.

Ähm, sollte *er* mir das nicht sagen können? »Es geht nicht darum, einen Kurs sausen zu lassen. Es ist mehr als das.« Ich mache eine ausladende Bewegung mit den Armen, als ließe sich überfordert so am besten pantomimisch darstellen. »Es geht um bedeutendere Dinge. Die Welt ist so schrecklich zurzeit. Krieg, Armut, globale Erwärmung … das Internet … *alles*.« Meine Brust zieht sich zusammen. »Es ist zu viel. Und dann saß ich da und … die Schule schien so klein und …« Ich ahme nach, wie ich Tests zerreiße. »Tut mir leid. Ich weiß nicht, was ich Ihnen sagen soll.«

Wieder wirft Mom Dr. Elliot einen gequälten Blick zu. »Sie nimmt sich zu viel vor. Sie muss so was ausblenden.«

»Dinge zu verdrängen heißt nicht, dass sie sich in Luft auflösen, Mom. Es ist nicht so, als würde ich die Umwelt-AG sausen lassen und – peng – auf einmal ist die Welt voller Regenbogen und Hundewelpen.«

»Aber würde es *jetzt im Moment* helfen?« Sie klackert mit

ihren manikürten Nägeln auf den Armlehnen ihres Sessels herum. »Jetzt musst du dich um *deine* Zukunft kümmern, danach kannst du dir den Rest der Welt vornehmen.« Die Diskussion hatten wir schon.

Endlich beschließt Dr. Elliot, sich ins Gespräch einzumischen. »Ich habe mir die Homepage deiner Schule angeschaut. Sehr renommiert, aber auch sehr leistungsorientiert. Könnte es sein, dass dieses Umfeld dazu beiträgt, dass du dich überfordert fühlst?«

Ich beiße mir auf die Lippe, aber Mom sagt schnell: »Das ist nicht das Problem.«

»Vielleicht doch«, unterbreche ich sie. Aber es hat sich ganz allmählich angestaut, wie Regenwasser nach wochenlangem Nieseln. »Manchmal ist die Ranfield zu extrem. Die ganzen Ranglisten und krassen Prüfungen. Es kommt mir einfach maßlos vor, wenn der Rest der Welt, keine Ahnung, nicht mal Zugang zu sauberem Wasser hat! Wenn man mal darüber nachdenkt, wirklich darüber nachdenkt, sind diese Werte doch beschissen.« Ich hole Luft, um die Gedanken in meinem Kopf zu ordnen. »An der Ranfield sagen sie uns immer, wir sollen die globale Führung übernehmen, einen globalen Beitrag leisten, aber mir kommt es so vor, als wäre das eigentliche Ziel, immer besser zu sein als alle anderen. Immer. Bei allem. Selbst wenn man nicht der Beste ist, sollte man *versuchen,* es zu sein.«

Ich tue so, als würde ich durch eine PA-Anlage sprechen und halte mir ein imaginäres Mikrofon vor den Mund. »Guten Morgen, Ravens. Der Rest der Welt fällt auseinander, aber seht zu, dass ihr die richtige Jeans tragt! Die richtigen

Auszeichnungen sammelt! Die richtigen Testergebnisse kriegt! Vielleicht ist noch was von der Welt übrig, wenn ihr euren Abschluss macht, vielleicht auch nicht, weil alles in Flammen aufgeht und von Erdbeben und Hurrikans gebeutelt wird, aber seht zu, dass ihr Schüler des Monats werdet!«

Ein Lächeln zuckt um Moms Mundwinkel. »Flammen *und* Erdbeben *und* Hurrikans? Alles auf einmal?« Mit einem entschuldigenden Achselzucken sagt sie an Dr. Elliot gewandt: »Das ist ein bisschen übertrieben.«

Ich senke mein imaginäres Mikrofon. »Ist es nicht«, beharre ich. »Tornados auch noch. Und Obdachlose.«

Mom kann nicht anders – sie lacht. »Obdachlosen-Tornados?!«

»Das ist nicht lustig!« Okay, es ist ein bisschen lustig. Meine Brüder und Will würden sich auf jeden Fall einen Film anschauen, in dem all das vorkommt. Na ja, den Teil mit den Obdachlosen nicht. Das ist zu schrecklich. Aber den Teil mit den Tornados, Hurrikans und Erdbeben. Auf jeden Fall.

Mom streicht sich das Haar hinter die Ohren und schaut mich mit einem Blick an, als wäre ich im Begriff, mich von einer Brücke zu stürzen. »Schätzchen, du kannst nicht die ganze Welt retten.«

Ich senke den Blick. »Ich weiß.« Momentan kann ich nicht mal mein eigenes Leben retten. Welt, du bist möglicherweise auf dich allein gestellt.

Dr. Elliot räuspert sich. »Du hast das Internet erwähnt. Ich weiß, dass es ein Youtube-Video mit einer Menge Klicks gab. Willst du darüber reden?«

Mein Blick wandert zu den Kiefern vor dem Fenster, die

sich dunkel vor dem rotblauen Himmel abzeichnen. »Das ist mir egal.«

»Hat es dazu beigetragen, dass du nicht zurück in die Schule wolltest?«

Ich klopfe auf meinen Ordner. »Ich habe einen besseren Plan.«

»Erzähl mir davon«, ermuntert er mich.

Ich betrachte das Deckblatt mit dem Sonnenuntergang. »Na ja, wenn man bedenkt, was auf der Welt so alles schiefläuft, sind meine Probleme ziemlich bescheuert.«

Mom brennt darauf, etwas zu sagen, das spüre ich, aber sie hält sich zurück.

Dr. Elliot schiebt seine Brille hoch. »Das hast du bereits erwähnt. Warum denkst du, deine Probleme seien bescheuert?«

Ich zucke mit den Achseln. »Wissen Sie, ich lese immer wieder von ›Erste-Welt-Problemen‹, wenn die Leute sich über einen Handyvertrag aufregen, zum Beispiel, oder wütend sind, dass der Latte nicht heiß genug ist, und, na ja, Stress wegen der Schule kommt mir auch wie so ein Problem vor.«

Seine Augen huschen zu Mom und dann zurück zu mir. »Du hast das Gefühl, wenn du dir Sorgen wegen deiner Schulaufgaben machst, ist das dasselbe, wie den Latte nur auf einer bestimmten Temperatur zu trinken?«

Schnell erkläre ich: »Das ist nicht ganz das, was ich meine. Aber … überall sterben Menschen in Kriegen und Kinder verhungern, und ich saß da und habe diesen Test angestarrt, und ich war so müde und es kam mir so schwach von mir vor, mir so viel Gedanken wegen Tests und wegen Noten zu machen. Jede Note, jede Auszeichnung, jedes Testergebnis war mir immer so wichtig, weil ich mir für die Zukunft dieses riesige Ziel gesetzt habe. Jahrgangsbeste, ein Platz am bestmöglichen College. Alles, was ich tue, ist für die Zukunft, aber ich weiß nicht mal, wie die aussehen soll, was ich will. Nicht wirklich. Es wartet einfach da draußen auf mich. Das große Unbekannte. Und auf einmal schien all die Arbeit, all der Stress so … Ich brauche einfach eine Pause. Die Leute sagen immer: ›Lebe im Hier und Jetzt‹, und das hab ich nie gemacht.« Ich halte den Ordner hoch. »Also hab ich mir ein paar Notizen gemacht.«

»Über das Leben im Hier und Jetzt?« Er lehnt sich zurück. Das Licht der Lampe blitzt über seine Brille und verdunkelt sie.

»Ja.«

»Was für Notizen?«

»Ein bisschen Recherche.« Ich klappe den Deckel auf. »Okay, also ich mache gern Listen, und das ist eine Liste von Dingen, die ich tun kann, während ich in Tahoe bin. Damit ich lerne, im Hier und Jetzt zu leben, und nicht die ganze Zeit so gestresst bin.«

»Listen können sehr hilfreich sein.« Er beugt sich vor, seine Augen blitzen. Macht er sich über mich lustig? Nein, vielleicht hat nur wieder seine Brille das Licht aufgefangen. Therapeuten dürfen sich nicht über einen lustig machen, oder? Zumindest nicht, wenn man ihnen gegenübersitzt. »Du denkst also, in Tahoe zu leben wird dir helfen, dich weniger gestresst zu fühlen?«

»Na klar. Ich meine, es ist Tahoe.« Ich schaue Mom an, die

zustimmend nickt. Wenn Moms Version von Tahoe auch nur annähernd zutrifft, hängen hier alle nur rum, fahren Ski, gehen auf Partys und entspannen den ganzen Tag im Schein eines lodernden Feuers, wobei sie so ziemlich *gar nichts* zum Gemeinwohl beitragen. Wenn ich so drüber nachdenke, erinnert Moms Version stark an eine Bierwerbung.

Dr. Elliot unterbricht meine Gedanken. »Was bedeutet Tahoe für dich?«

Ich zucke mit den Achseln. »Die Leute sind einfach entspannter hier, oder? Ich hoffe, das ist ansteckend.« Stirnrunzelnd fällt mir auf, dass ich ihn möglicherweise gerade beleidigt habe. Ich meine, *er* arbeitet den ganzen Tag hier oben in seinem schönen Büro. Und hängt nicht mittags um eins mit einem Heineken am Sessellift rum. Ein feiner Riss zieht sich durch Moms Version von diesem Ort. Ich beschließe, ihn zu ignorieren.

Aber er sieht nicht beleidigt aus. »Würdest du einen Punkt von deiner Liste mit uns teilen?«

»Klar.« Ich überfliege die Liste. »Ein paar hab ich von Google geklaut, aber die meisten hab ich mir selbst ausgedacht. Und mein Stiefvater Will und meine Freundin Josie haben mir geholfen.« Bei Nr. 7, *Einen süßen Snowboarder küssen!!*, werde ich rot. Das hat Josie geschrieben, das sag ich nicht. Nr. 2 ist *Internet-Abstinenz*. Kein Internet und keine sozialen Medien, solange ich hier bin, es sei denn, ich muss was für die Schule recherchieren. Das ist von Dr. Klemmbrett in San Diego, aber das ist langweilig, also fange ich mit dem ersten an. »Okay, Nummer eins: Ski fahren lernen.«

Mom setzt sich abrupt auf. »Moment, nein – das war nicht

Teil der Abmachung.« Sie sieht auf einmal ganz erschrocken aus.

Dr. Elliot und ich starren sie an. »Mom, ich bin in *Tahoe*. Als ich ›Dinge, die man in Tahoe machen kann‹ gegoogelt habe, waren Skifahren oder Snowboarden die ersten Treffer. Natürlich muss ich Ski fahren lernen. Was machen die Leute denn sonst hier?«

Darüber muss Dr. Elliot laut lachen. Anscheinend machen sich Therapeuten *sehr wohl* über ihre Patienten lustig. »Nun ja, erstaunlicherweise gibt es in Tahoe auch Leute, die nicht Ski oder Snowboard fahren«, beharrt er und zeigt auf meinen Ordner. »Was noch?«

Ich überfliege die Liste. »Ähm, Nummer vier: An Schultagen bis acht ausschlafen.« Ich schaue ihn an. »Das mach ich nie. Außer ich bin krank.« Ich ziehe den Deckel von meinem Stift und schreibe bei Nr. 4 *wenn ich nicht krank bin* dazu.

»Klingt gut.« Dr. Elliot nimmt einen Schluck Tee.

Mom fummelt schon wieder am Trageriemen ihrer Handtasche herum. »Ich finde es allerdings wichtig, dass sie einen Stundenplan einhält, solange sie hier ist. Sie ist für das Heimunterricht-Programm an der Ranfield angemeldet und kann so ihr Stipendium behalten, aber sie muss trotzdem alle Aufgaben erledigen.« Sie schaut mich ernst an. »Du bist nicht hier, um den ganzen Tag Ski zu fahren.«

»Ich brauche Sport-Credits«, behaupte ich halbherzig.

Bevor Mom antworten kann, klinkt Dr. Elliot sich ein. »Ich denke, sie kann ihre Schulaufgaben auch dann noch erledigen, wenn sie einen Skikurs macht und bis acht ausschläft.« Er legt die Finger vor dem Gesicht aneinander. »Ich bin allerdings ein bisschen erstaunt darüber, dass du deinen Vater gar nicht erwähnt hast. Du wohnst bei ihm, solange du hier bist, oder?«

»Bei Trick, ja. Meinem biologischen Vater.« Mein Gesicht glüht. Warum hab ich das gerade gesagt, als bräuchte Dr. Elliot eine Bio-Lektion? Er ist *Arzt.*

»Wo taucht er in dieser Liste auf?«

Er steht nicht auf der Liste.

»Ich kenne ihn eigentlich überhaupt nicht.« Die Worte hängen schwer in der Luft.

Er schaut Mom an. »Und wie kommt das? «

Wir erstarren beide.

Ich habe diese ganzen Listen geschrieben und Forschungsartikel übers Skifahren und Entspannungstechniken und Zen-Lehren und ätherische Öle zur Entspannung ausgedruckt und in meinem Ordner für Ideen im Hier und Jetzt zu leben abgeheftet. Wie konnte ich dabei vergessen, dass ich *nicht das Geringste* über Trick McHale weiß? Nichts. Außer, dass er Nacktmulle zum Totlachen findet und Bierdosen in seiner Socke schmuggeln kann. Nicht die beste Basis für eine Wohngemeinschaft.

»Ich, äh, weiß nicht«, sage ich schließlich mit zugeschnürter Kehle.

Mom fügt leise hinzu: »Er war nie wirklich Teil ihres Lebens.«

Der Springbrunnen plätschert auf einmal aufdringlich laut, für Dr. Elliot anscheinend das Zeichen, aufzustehen. »Nun, Mara, wir haben jede Menge Zeit, uns mit alldem zu beschäftigen, wenn du wiederkommst.«

Wir danken ihm und verlassen eilig den Raum.

In Truckee ist die Nacht hereingebrochen. Ein frostiger Windstoß erfasst uns, als wir die Tür zur Straße aufdrücken. Es ist kalt und abgeschieden, aber auf eine friedliche und unaufgeregte Art und Weise. Keine Reklametafeln, kein hupender Verkehr, keine Nachrichten über den schrecklichen Zustand der Welt. Als Mom und ich vorsichtig über die vereiste Straße zum Auto gehen, drücke ich meinen Ordner fest an die Brust und mein Herzschlag wird gleichmäßiger, so ruhig wie der Himmel, an dem schon die ersten Sterne blinken.

Wir schlüpfen ins Auto und Mom dreht die Heizung auf. »Ich finde, das ist gut gelaufen«, sagt sie und fährt aus der Parklücke. Als wir im warmen Licht der Straßenlaternen die Straße entlangfahren, klappe ich meinen Ordner auf und schreibe Nr. 11, *Trick McHale kennenlernen,* auf die Hier-und-jetzt-Liste.

Kapitel Vier

Mom schaut schon wieder genervt zur Tür von Ethan's Grill. Ich glaube, sie murmelt leise »Typisch«, aber als ich sie frage, was sie gesagt habe, antwortet sie heiter: »Nichts!« Sie dreht die Uhr an ihrem Handgelenk hin und her. Ich nehme einen Schluck von meiner Cola light und schaue der Wirtin zu, die ein Snowboarder-Pärchen in meinem Alter zu einem Platz am Fenster führt. Nr. 7: *Einen süßen Snowboarder küssen!!* Schnell schaue ich weg und überfliege noch mal die Speisekarte. Mom will wahrscheinlich, dass ich was mit Gemüse nehme, weil mein Grünzeug-Konsum heute dürftig war.

»Tut mir leid, dass ich nicht länger bleiben und dir beim Eingewöhnen helfen kann.« Mom tut so, als würde sie zum zehnten Mal die Speisekarte lesen, aber ihre Augen wandern wieder zur Tür. »Will kann es sich momentan nicht leisten, Urlaub zu nehmen, und die Zwillinge brauchen mich.«

»Ich weiß.« Bei der Erwähnung von Liam und Seth überkommt mich eine Woge von Heimweh, auch wenn die beiden manchmal super nervig sind (meistens). Die Leute finden es herzallerliebst, dass ich neunjährige Zwillingsbrüder habe. Und es stimmt. Sie sind wirklich herzallerliebst. Wenn sie nicht gerade ihre widerlichen Socken auf der Küchentheke liegen lassen oder eklige Geräusche mit ihren Achselhöhlen machen oder im Flur ein Landminenfeld aus Legosteinen bauen, sodass jeder Toilettengang zum Feuerlauf wird. Aber sie waren traurig, dass ich weggehe. Sie haben mir ein Bild gemalt von einem Mädchen (ich) mit Wintermütze und einem breiten, dümmlichen Lächeln. Natürlich wird mein lächelndes Ich gerade von Robotermutanten angegriffen. Niedlich. Mom und Will haben ihnen gesagt, ich würde in ein besonderes Camp fahren. Das war wahrscheinlich ein Fehler. Jetzt wollen sie auch beide ins Schnee-Camp, wenn sie in der Highschool sind. Mom hat ihnen erzählt, dieses spezielle Schnee-Camp sei nur für Mädchen. Mädchen namens Mara. Ich bin nicht sicher, ob sie ihr das abkaufen.

Mom nimmt einen Schluck Weißwein und schaut mich über den Rand ihres Glases hinweg an. Seufzend stellt sie es ab. »Mara, es ist wichtig, dass du diese Zeit nutzt, um zur Ruhe zu kommen und deine Arbeit zu erledigen. Du wirst sehen. Hier läuft alles langsam. In einer Woche wirst du dich langweilen.« Sie nimmt noch einen Schluck Wein, und ich ahne, dass ein *aber* kommt. »Aber«, fährt sie fort (da ist es), »ich möchte, dass du vorsichtig bist. Nimm dich in Acht. Ehe du dich versiehst, hat dieser Ort von dir Besitz ergriffen.«

Als wäre Tahoe ein Horrorfilm.

Bevor ich antworten kann, bekomme ich eine Nachricht mit Bild von meinem Stiefvater: Ein Haufen Muscheln und glatte Steine, die das Wort MUTIG bilden. Solange ich denken kann, sammeln Will und ich Muscheln und schöne Steine und bewahren unsere Sammlung auf einem Regalbrett im Wohnzimmer auf. Seit ein paar Jahren legt er daraus jede

Woche ein Wort oder einen Satz, zum Beispiel, TRÄUME oder HOCH HINAUS. Seine Muscheln der Weisheit nennt er sie. Einmal hat er TRANSPIRIERE geschrieben und ich musste tagelang darüber lachen. Mein Stiefvater macht irre viele Überstunden als Anwalt für Arzthaftungsrecht, aber er schafft es jede Woche, die Muscheln neu zu legen.

Noch eine Nachricht von ihm: *Übrigens: Wort mit zehn Buchstaben für »Fähigkeit, das Wesentliche zu erfassen und schnelle Entscheidungen zu treffen«? Endet auf »N«.*

Will und seine Kreuzworträtsel. Grinsend schreibe ich zurück: *Scharfsinn.*

Will: *Danke. Der Vorbereitungskurs für den Collegeaufnahmetest hat sich ausbezahlt!*

Ich schreibe zurück: *Ja, meine Karriere als professionelle Kreuzworträtsellöserin ist gesichert.*

Er schickt noch mal das MUTIG-Muschel-Bild.

Meine Brust zieht sich zusammen.

Vielleicht ist Tahoe ein Fehler.

»Mom?«, fange ich an, werde aber von Tricks Ankunft unterbrochen, der durch die schwere Holztür das Restaurant betritt. Er lächelt die Wirtin an, die ihn offensichtlich kennt. Sie küsst ihn auf die Wange und lacht über etwas, das er sagt. Ist mein Vater lustig? Als er uns entdeckt, verblasst sein Lächeln ein bisschen, er winkt in unsere Richtung und durchquert kaum merklich humpelnd den Raum. Er humpelt? Ich kann mich nicht erinnern, dass er bei unserem Zoobesuch gehumpelt hat.

Er setzt sich gegenüber von mir auf den Platz neben Mom.

»Hey.« Er nestelt an der Speisekarte herum. »Bringst du mir ein Sierra Nevada, Maggie?« Die Wirtin nickt und verschwindet in Richtung Bar. Sein Blick fällt auf Moms fast leeres Glas Chardonnay. »Möchtest du noch einen?«

Sie zieht leicht die Augenbrauen hoch. »Nein, danke. Ich muss noch fahren.«

»Und was ist mit dir?« Er deutet grinsend auf meine fast leere Cola light. »Noch eine Runde? Ein kräftiges Pils vielleicht?« Moms Augen verengen sich, und sein Lächeln verschwindet, ein Anflug von Verärgerung erscheint auf seinen rauen Zügen. »Ach, entspann dich, Lauren. Ich bestell unserem Kind doch nicht ernsthaft ein Bier.«

Unserem Kind.

»Das will ich hoffen«, sagt sie abgehackt.

Die Olympischen Spiele der Peinlichkeiten. Runde zwei.

Als Maggie mit Tricks Bier zurückkommt, bestellen wir Pizza. Dann stellt Mom Trick die üblichen Fragen, die er beantwortet, als wäre er bei einem Vorstellungsgespräch. Ja, er arbeite immer noch gern im Neverland. Nein, er mache sich keine Sorgen, weil es mit dem Schnee hin und wieder so fürchterlich war in den letzten Jahren; so sei das Leben im Skigebiet eben – schlechte Jahre und gute Jahre. Er sieht überrascht aus, als sie ihm erzählt, dass sie ihre Arbeit als Immobilienmaklerin liebt.

»Du *liebst* sie?« Seine Stimme ist voller Zweifel. Er versucht es zu verbergen, indem er einen großen Schluck Bier nimmt.

»Ja«, antwortet sie kühl und trinkt ihren Wein aus. »Ich erwarte nicht wirklich, dass du das verstehst.«

Er schaut mich an und räuspert sich. »Also, ich weiß nicht, ob sie es erwähnt hat, aber deine Mom ist früher diesen Berg runtergeheizt.«

»Du bist Ski gefahren?« Ich bin fassungslos. Mom hat nie auch nur ein einziges Mal vom Skifahren gesprochen, und wenn wir in den Urlaub fahren, dann nur dorthin, wo es Palmen, Sand und tiefblaues Wasser gibt, soweit das Auge reicht.

»Wir sollten über Maras Stundenplan reden.« Sie weicht meiner Frage aus und klappt ihr Notizbuch mit der Uhr auf dem Deckel auf.

Ich beiße von der Pizza ab, die Mom bestellt hat – mit dem Belag aus Ziegenkäse, Spinat und Pinienkernen sieht sie eher nach Salat aus als nach Pizza –, und Mom geht mit Trick meinen Stundenplan durch. Trick hört zu und kaut seine Schinken-Champignon-Pizza. Er muss mich zu meinen Therapiesitzungen bei Dr. Elliot fahren. Er muss wissen, dass ich mich von sämtlichen sozialen Medien fernhalte (Nr. 2 der Hier-und-jetzt-Liste: abgehakt). Und er soll dafür sorgen, dass ich all meine Heimunterricht-Aufgaben erledige und ordnungsgemäß über das Onlineportal der Ranfield Academy bei Ms Raff, meiner Betreuungslehrerin, abgebe.

»Klingt nach Militärakademie. Sir, jawohl, Sir!« Er salutiert scherzhaft. Ich kichere – allerdings nur, bis Moms finsterer Blick mich trifft.

Sie unterbricht ihre Ausführungen über meinen Stundenplan. »Ranfield ist eine sehr renommierte Privatschule. Mara hat schon seit der sechsten Klasse ein Stipendium, das einen sehr großen Teil des Schulgelds abdeckt.«

»Klasse.« Er nickt mir zu. »Gut gemacht.«

Ich werde rot. »Danke.«

»Schulgeld also, hm? Was kostet dich das?« Er trinkt sein Bier aus und gibt Maggie ein Zeichen, ihm noch eins zu bringen.

»Wir zahlen nur vierzehntausend im Jahr«, erzähle ich ihm stolz und schrumpfe dann unter Moms finsterem Blick zusammen.

Trick spuckt Bier über den Tisch. »Vierzehn Riesen *pro Jahr*?« Er keucht, fährt sich über den Mund und wischt dann den Tisch mit einer Serviette ab. »Im Ernst?«

»Ich würde es vorziehen, mit dir nicht über Geld zu reden«, sagt Mom tonlos.

»Okay«, murmelt Trick in seine Pizza, bevor er hinzufügt: »Aber das ist praktisch so viel, wie ich im Jahr zum Leben habe.« Die Luft zwischen den beiden knistert und wir essen eine Minute lang schweigend. Schließlich wischt Trick sich die Hand an einer Papierserviette ab und nimmt meinen Stundenplan von dem Papierstapel. »Okay, also das geht alles online? Sie loggt sich einfach ein und gibt ihre Aufgaben ab?«

Mom sieht erleichtert aus. »Ja, es gibt ein Portal, schau.« Sie zeigt es ihm auf ihrem Handy. »Sie bekommt von ihren Lehrern alle Aufgaben, die sie normalerweise im Unterricht erledigen würde, und schickt sie an Alice Raff, die das Ganze koordiniert.«

Trick sieht beeindruckt aus. »Meine Güte, wo war das alles, als ich zur Schule gegangen bin?« Er nimmt einen großen Schluck Bier. »Du Glückspilz.«

Mom funkelt ihn an. »Mara wäre lieber in der Schule,

Trick. Sie würde sich lieber nicht mit dieser ganzen Sache herumschlagen. Sie hat ein Vierteljahr bekommen, um sich von allem, was passiert ist, zu erholen, aber dann muss sie nach Hause kommen oder sie verliert ihr Stipendium. Es ist ernst.«

Er schaut mich entschuldigend an. »Ja, klar – sorry.«

Ich pflücke einen Käserest von meinem Teller, während Mom Maggie ein Zeichen macht, dass sie die Rechnung bringen soll. Mom hat recht. Es ist ernst.

Alles ist immer ernst.

Nach dem Abendessen folgen wir Tricks zerbeultem Truck zurück durch das dunkle Tal und biegen links ab auf eine Straße, die sich einen Hügel hinaufschlängelt. Ich schreibe Josie eine Nachricht: *Gewöhne mich langsam ein – schau dir den Schnee an!*, und schicke ihr ein Bild, das ich zuvor in Truckee gemacht habe, die vereisten Kiefern, der verfärbte Abendhimmel. Sie schreibt nicht zurück. Wahrscheinlich lernt sie für den Chemietest morgen. Sollte ich wahrscheinlich auch tun, weil ich den Test online schreiben muss. Mein Magen verknotet sich.

Ich schaue aus dem Fenster zu den dunklen Häusern. Hier und da sind die Fenster erleuchtet und Rauch steigt aus den Schornsteinen empor, aber die meisten Häuser sind dunkel. »Warum sehen so viele Häuser aus, als würden sie leer stehen?«

»Gibt viele Ferienhäuser hier«, erklärt Mom und folgt Tricks Rücklichtern in eine lange Auffahrt. Der Truck fährt langsam an einem gewaltigen alpinen Haus aus Glas und

Holz vorbei und um die Rückseite herum, bis wir einen winzigen Bungalow erreichen, der sich in eine dichte Baumgruppe schmiegt.

Ein einzelnes Verandalicht leuchtet neben der Eingangstür. Heute Morgen auf der Fahrt hat Mom mir erzählt, dass Trick als Hausmeister in einem Ferienhaus arbeitet. Er hilft dabei, es in Schuss zu halten, und darf dafür mietfrei in einem kleinen Cottage im Garten wohnen. Unter Cottage hatte ich mir allerdings etwas anderes vorgestellt als diesen gedrungenen rechteckigen Kasten. Der sieht eher aus wie ein Lagercontainer.

Trick schließt die Tür auf und wartet im Türrahmen darauf, dass wir ihm nach drinnen folgen. Er knipst das Licht an und ein enger Raum kommt zum Vorschein, ähnlich wie das Innere eines Wohnmobils. Links an der Wand ist eine kleine Kochnische – eine Arbeitsfläche mit Kochplatte, eine Spüle und ein Mini-Kühlschrank. Der Rest des Raums ist offenbar aufgeteilt in einen Essbereich – ein kleiner schwarzer Klapptisch und zwei Klappstühle mit schäbigen Sitzkissen – und ein Wohnzimmer mit einem abgewetzten, dick gepolsterten Sessel, der mit viel gutem Willen als kleines Sofa durchgehen könnte, und einem alten Fernseher, der auf einem Brett über zwei Betonklötzen steht. Als Mom mir von Tricks Cottage erzählt hat, habe ich mir ein gemütliches Bilderbuch-Zuhause vorgestellt – ein loderndes Feuer, eine gemütliche Küche. Nicht Möbel, die aussehen, als hätte sie jemand am Straßenrand stehen lassen. Mein Hirn listet unverzüglich Verbesserungsvorschläge auf:

– neue Couch
– neuer Küchentisch mit richtigen Stühlen
– Vorhänge für die kahlen Fenster.

»Also, äh, wohnst du schon länger hier?« Ich fahre mir mit der Zunge über die Lippen und hoffe, dass er tatsächlich erst gestern eingezogen ist und eine neue Einrichtung plant, weil der vorherige Bewohner ein kurzsichtiger Depp war.

»Acht Jahre.« Er schaut sich um. »Die Stones – die Familie, für die ich arbeite – sind nur drei oder vier Mal im Jahr hier. Es kostet nichts und ist warm. Unschlagbar.« Er schaut liebevoll in die Ecke hinter dem Klapptisch, wo der Holzofen steht, von dem die wohlige Wärme im Raum ausgeht. »Und hier – er deutet auf eine Tür – ist das Schlafzimmer. Das kannst du haben, dachte ich mir.«

Ich spähe durch die offene Tür. Im Zimmer steht ein Doppelbett mit einem Stapel Decken und in der Ecke ein weiterer orangefarben glimmender Holzofen. Für sehr viel mehr ist kein Platz. Ich schaue Trick an.

»Wo schläfst du?«

»Die Couch kann man ausziehen.« Großzügig von ihm, das als Couch zu bezeichnen.

Mom verzieht das Gesicht. »Du hast doch gesagt, du hättest Platz für sie.«

Trick runzelt die Stirn. »Hab ich doch.«

»Also schläfst du einfach *dort*«, sie deutet auf die Sessel-Couch, ihre Stimme klingt angespannt, »die nächsten zwei Monate?«

Er zuckt mit den Achseln und kratzt sich durch die Mütze hindurch am Kopf. »Wann hat es mir je was ausgemacht, auf einer Couch zu schlafen?« Er zwinkert mir zu, was das nervöse Brodeln in meinem Magen halbwegs beruhigt. »Du kannst gerne umdekorieren.«

Später sitze ich im Schneidersitz auf dem Bett und schaue Mom dabei zu, wie sie sich vor dem gesprungenen, fleckigen Spiegel die Haare kämmt. Der Spiegel hängt über einem leeren Bücherregal, das ich laut Trick für meine Klamotten benutzen kann. Trick ist nach draußen gegangen, um Holz zu holen, vermutlich, damit wir in dem winzigen Badezimmer ein bisschen Privatsphäre haben. Ich höre ihn draußen herumrascheln. Mom fängt meinen Blick im Spiegel auf. »Gefällt dir dein Plan immer noch?«

Ich ziehe mir die Ärmel meines Schlafanzugs über die Hände. »Wenn man diese Bude verkaufen würde, könnte man ›gemütlicher Skihütten-Chic‹ in die Anzeige schreiben.« Ich deute auf die Poster von Skifahrern, mit denen die Wände gepflastert sind. LEGENDEN VON SQUAW VALLEY steht darauf. JONNY MOSELEY. TAMARA MCKINNEY. MARCO SULLIVAN.

Die Namen sagen mir nicht viel.

Sie schaut sich um. »*Warmer* und gemütlicher Skihütten-Chic«, stimmt sie zu. Sie legt die Bürste aufs Bücherregal und schlägt die Bettdecke zurück. »Rutsch rüber.« Ich mache ihr Platz und krabble unter die Decke. Naserümpfend murmelt sie: »Bäh, wäscht er das Bettzeug auch mal?«, und beugt sich vor, um das Deckenlicht auszuschalten. Im fahlen Schein des Holzofens kann ich ihr Gesicht noch immer erkennen.

Das Zimmer riecht modrig, aber auch warm und nach Holz. Gefällt mir.

»Mach dir keine Sorgen um mich, okay? Nummer sechs auf meiner Liste lautet ›einen Gang zurückschalten und Ballast abwerfen‹. Ich würde sagen, das kann ich allein, indem ich hier wohne, abhaken.« Wir kichern beide in die Dunkelheit. Sie kuschelt sich an mich, damit unsere Körper die kalten Laken erwärmen. Einen Augenblick später flüstert sie: »Süße, ich weiß, du sagst die ganze Zeit, ich soll mir keine Sorgen machen, aber ich kann nicht anders. Nach allem, was passiert ist … warum wolltest du da ausgerechnet *hierher* kommen?«

Ich starre an die dunkle Zimmerdecke, ihre Worte gehen mir durch den Kopf und stoßen dort auf einen geheimen Ort, den ich bisher nicht kannte. »Warum redest du nie darüber, was mit dir und Trick in Tahoe passiert ist?«

Sie erstarrt. Ich höre die Haustür auf- und zugehen und dann, wie Trick im anderen Raum Holz stapelt. Neben mir atmet Mom geräuschvoll aus. Ich spüre, dass sie zögert, aber dann dreht sie sich auf die Seite, schaut mich unter der Decke hervor an und drückt meine Hand.

»Es kommt vor, dass Menschen sich meilenweit voneinander entfernen, Mara. Sogar in den allerkleinsten Häusern.«

Kapitel Fünf

Mom küsst mich im blauen Licht der Morgendämmerung zum Abschied. »Ich mache mich auf den Weg«, flüstert sie, und ich blinzle sie verschlafen an. »Bleib liegen.« Ich drehe mich wieder um und sie schleicht aus dem Zimmer und zieht die Haustür hinter sich zu. Ich höre noch, wie sie das Auto startet und wegfährt, dann döse ich wieder ein. Als ich wieder aufwache, strömt Sonnenlicht durchs Fenster. Ich setze mich auf und Kälte schlägt mir entgegen. Mein Atem bildet kleine Wölkchen. Fröstelnd steige ich in lange Unterwäsche, Jeans und schwarze Ugg-Boots und ziehe eine Fleecejacke über. Da ich immer noch friere, ziehe ich zusätzlich meinen Anorak an.

Trick sitzt am Tisch und isst Froot Loops von einer Billigmarke. »In meinem Zimmer ist es … eiskalt«, stoße ich zähneklappernd hervor und tapse mit ausgestreckten Händen zum glühenden Holzofen.

Den Löffel auf halbem Weg in den Mund, hält Trick inne. »Ja, du solltest deine Tür nachts offen lassen. Oder regelmäßig nachlegen.« Er lacht über meinen verwirrten Blick. »Komm, ich zeig's dir.«

Wir gehen in mein Zimmer, wo er in die Hocke geht und mir zeigt, wie man das Feuer wieder anbekommt, wie man das Holz aufstellt und Papier dazwischenstopft. »Jetzt versuch du es mal.« Ich knie mich neben ihn, und es ist komisch, ihm so nahe zu sein, dass unsere Schultern sich berühren. Als das Feuer brennt, wischt er sich die rußigen Hände an einem Lappen ab, der über dem Holzkorb hängt. »Alles klar?«

Mir ist schwindelig. »Ja, danke.« Ich brauche was zu essen. Mir wird immer schwindelig, wenn ich nicht genug esse.

»Kein Problem.« Er steht auf. »Ich muss zur Arbeit.«

»Wie spät ist es?«

»Ungefähr halb neun.«

Nr. 4 der Hier-und-jetzt-Liste. Erledigt. Das war einfach.

Er geht ins andere Zimmer. »Soll ich dich mit in die Stadt nehmen?«

»Gern.« Bestimmt gibt es da ein Café, wo ich was zu essen bestellen und mit meinen Schulaufgaben anfangen kann. Ich nehme meinen Rucksack und folge ihm nach draußen in den kalten Morgen. In der Nacht hat es ein bisschen geschneit, nur eine dünne Schicht, die unter den Stiefeln schmilzt, aber ich bleibe trotzdem stehen. Langsam drehe ich mich im Kreis und lasse die Stille auf mich wirken, die schneeüberzogenen Bäume, den weitläufigen Garten und dahinter das Haus, ein gewaltiger, stiller Kasten. Trick sitzt am Lenkrad und beobachtet, wie ich alles in mich aufnehme, diese Welt, in der es aussieht wie in einer Schneekugel. Ich klettere auf den Beifahrersitz. »Sorry. Du bist das gewöhnt, ich weiß, aber es ist einfach so wunderschön.«

Er startet den Truck. »Daran gewöhnt man sich nie.«

* * *

Weil ich nicht weiß, was ich sonst tun soll, folge ich Trick ins Neverland. Während der ganzen Fahrt in die Stadt hat er kein Wort gesagt und keine Vorschläge gemacht, wo ich meine Schulaufgaben erledigen könnte. Mom hätte mir schon längst drei verschiedene detaillierte Optionen mit einem klaren Favoriten zur Auswahl gestellt. Wahrscheinlich farblich markiert auf Karteikarten. Sie sagt mir immer, ich soll eigenständig sein, und gleichzeitig drängt sie mich unbewusst dazu, ihre bevorzugte Option zu wählen, indem sie die Stirn runzelt oder kaum merklich die Augen verengt.

Wo sind diese blöden Karteikarten, wenn man sie braucht?

Stattdessen stehe ich von der Außenwelt abgeschnitten in einem Ski-Geschäft in Squaw Valley und klammere mich an den Riemen meines Rucksacks fest, als hinge mein Leben davon ab. Hinter der Ladentheke steht ein Mann. Er ist groß und breitschultrig, hat eine Lesebrille auf der Nase und schaut einen Stapel Papiere durch. Als er uns hereinkommen hört, sieht er auf, aber bevor er etwas sagen kann, erscheint wie aus dem Nichts ein Golden Retriever, ein Haufen Fell, Sabber und Energie, und klemmt die Schnauze zwischen meine Beine.

»Oh! Hallo, du Schnüffelnase«, keuche ich und schiebe ihn weg, was er mit Streicheln verwechselt.

»Piper!«, brüllt der Mann. Die Hündin macht auf der Stelle kehrt und läuft schwanzwedelnd zu ihm. »Tut mir leid«, sagt er und kommt hinter der Ladentheke hervor. »Sie ist ein bisschen übereifrig. Du bist bestimmt Mara.« Er streckt die Hand aus.

»Äh, ja. Hi.« Ich schüttle seine Hand, obwohl meine voller Sabber ist.

»Matt Never.«

»Ihm und seiner Frau Jessica gehört das Neverland«, erklärt Trick.

Die Eltern vom mitternachtsblauen Spiderman.

Mr Never schiebt sich die Lesebrille ins Haar.

»Wow, als ich dich das letzte Mal gesehen habe, warst du noch ganz klein.« Er spricht mit leiser und freundlicher Stimme. »Du bist eindeutig gewachsen.« Er grinst. »Natürlich.«

»Schön, Sie zu sehen. Wiederzusehen«, füge ich hinzu und komme mir komisch vor, weil ich mich nicht an jemanden erinnere, der mich offenbar kennt.

Die Türglocke bimmelt und der mitternachtsblaue Spiderman kommt in den Laden. Piper springt auf und begrüßt ihn schwanzwedelnd. Er trägt jetzt Straßenkleidung und sein schwarzes Haar ist zerzaust. In der Hand hat er einen Kaffeebecher aus Edelstahl und unter dem Arm einen Laptop. Er beugt sich hinunter, um Piper zu streicheln. »Guten Morgen, Pipe, braves Mädchen.«

»Ah, Logan!« Mr Never winkt ihn heran. »Mara, das ist mein Sohn, Logan. Ihr zwei erinnert euch wahrscheinlich nicht, aber ihr kanntet euch schon, als ihr noch in den Windeln gesteckt habt.«

Logan sieht seinem Dad ziemlich ähnlich und schenkt mir seine Version ihres schiefen Lächelns. »Hi. Sorry, kann mich nur wenig an die Jahre in Windeln erinnern.«

»Ich auch nicht, aber schön zu sehen, dass du rausgewachsen bist.« Wir schauen beide schnell weg, wahrscheinlich weil ich gerade diese schräge Sache über das Herauswachsen aus

Windeln gesagt habe. Super. Beinahe Jahrgangsbeste, aber kaum stehe ich vor einem süßen Typen, mache ich mich zum Volltrottel.

Trick schaut amüsiert von Logan zu mir. »Logan ist auch in der Elften, wie du.«

»Warum bist du nicht in der Schule?«, platze ich heraus, weil ich anscheinend auch darauf aus bin, Schulschwänzer zu entlarven.

Logan grinst bloß. »An meiner Schule haben wir einen flexiblen Stundenplan. Wir treffen uns zwei oder drei Mal die Woche zum Unterricht und für Laborversuche und so, aber ansonsten mache ich meine Aufgaben selbstständig. Damit ich Zeit für Rennen habe.« Er klingt eindeutig so, als müsste er das öfter erklären.

»Rennen?«

»Skifahren«, erklärt Logan.

Ich kann es nicht verhindern, dass ich mich in meine Mutter verwandle. »Du gehst also nicht auf eine richtige Schule?«

Statt sich zu verteidigen, lacht Logan nur. »Richtig genug. Ich habe dieselben Kurse wie auf einer normalen Schule.« Mir fällt auf, dass er *normal* im selben Tonfall sagt, in dem man vielleicht *Gefängnis* oder *Bakterien* sagen würde. »Eigentlich ist es toll.«

Ich würde gern etwas Lässiges sagen, nuschele aber schließlich so was wie: »Klardasklingtsupercoolundvolltoll«, das sich überhaupt nicht so anhört, als fände ich es supercool oder toll. Logan und Trick wechseln einen Blick und machen große Augen.

»Für mich ist das genau richtig«, sagt Logan und fügt

hinzu: »Ich weiß, dass eine Menge Leute mit der anderen Schulart gut klarkommen. Aber ich würde Ausschlag kriegen, wenn ich den ganzen Tag stillsitzen müsste. Jeden Tag. Da würde ich ausrasten.« Er läuft rot an und senkt den Blick, und mir wird klar, dass er genau weiß, warum ich hier in Tahoe bin. »Äh, sorry – ich meinte damit nicht …« Logan versucht erfolglos, die Situation zu retten.

Beschämt schaue ich zu Trick, der meinen Blick meidet. *Erzählt* er den Leuten davon? Ich bin doch nur hier, damit die Leute *nicht* über mich reden. Damit sie *nicht* über das supergestresste Mädchen tuscheln, das während der Mathestunde komplett ausgerastet ist.

»Klar, okay«, stammele ich. »Wo wir gerade von Schule sprechen, meine ist das Gegenteil von flexibel, und ich habe Abgabetermine, die ich einhalten muss. Gibt es hier irgendwo einen Laden, wo ich, du weißt schon – ich halte meinen Laptop hoch –, den hier einstöpseln kann?« *Damit ich hier wegkomme*, verkneife ich mir hinzuzufügen.

Logan sieht erleichtert aus und nickt. »Du könntest nebenan im Elevation abhängen. Der Kaffee dort ist genial und du musst auf jeden Fall den Käse-Bagel probieren.«

»Genialer Kaffee, Käse-Bagel, alles klar. Danke.« Ohne Trick noch einmal anzusehen, eile ich aus dem Laden und genieße die Kälte auf meinen brennenden Wangen.

* * *

Nebenan suche ich mir einen Tisch in der Nähe einer Steckdose und stelle meinen Rucksack und den Laptop ab. Mein Magen dreht sich bei dem Gedanken an das Gespräch mit

Logan oder – wie ich die Liste in meinem Kopf von nun an nennen werde – »Wie man einen süßen Typen in weniger als zwei Minuten in die Flucht schlägt«.

- irgendwas Merkwürdiges über Windeln sagen
- seine Schule beleidigen
- extrem schnell reden
- fluchtartig das Gebäude verlassen

Ich atme die nach Kaffee duftende Luft tief ein und denke daran, zu atmen (Nr. 8!). Das Elevation besteht aus Glas, Edelstahl und glänzenden schwarzen Tischen. Ein paar Leute sitzen in den Sesseln am Kamin und unterhalten sich oder telefonieren oder schreiben Tagebuch. Wie ich tragen sie alle eine Daunenjacke oder haben sie über einen Stuhl gehängt, nur die Farben sind unterschiedlich. Tahoe ist wie ein Daunenjacken-Kongress. Die Daunenjacke ist eindeutig Hauptbestandteil der Uniform. Wie zum Beweis hänge ich meine eigene Jacke über einen Stuhl und schalte den Laptop ein, damit er hochfährt, solange ich mir was zu trinken hole.

An der Theke bestelle ich einen Vanille-Latte und nach kurzem Zögern einen Käse-Bagel. »Möchtest du den getoastet?« Die Barista trägt eine silberne Mütze passend zu ihrer Elevation-Schürze, auf die ein Skifahrer gedruckt ist, der über die Umrisse eines Mondes springt. Ihr glänzendes schwarzes Haar ist zu zwei perfekten Zöpfen geflochten. Auf ihrem Namenschild steht NATALIE. Und darunter SINGAPUR.

»Ähm, gerne.« Ich ziehe einen Zehn-Dollar-Schein aus

meinem Geldbeutel und reiche ihn ihr. »Du bist aus Singapur?«

Sie gibt mir das Wechselgeld. »Ja, aber ich lebe seit sechs Jahren in Squaw.« Sie verdreht die Augen und fügt hinzu: »Das Unternehmen, für das wir arbeiten, will, dass unser ›Herkunftsland‹ auf den Namensschildern steht. Von wegen *internationales* Skigebiet und so.« Sie zeigt auf einen Typen mit weißblonden Haaren hinter der Espressomaschine. »Das ist Finn. Niederlande.« Finn winkt mir kurz zu. Natalie aus Singapur steckt einen Bagel in den Toaster. »Butter oder Frischkäse?«

»Butter, bitte.«

»Ich bring's dir dann.« Sie nickt zu dem Tisch, an dem ich meine Sachen gelassen habe.

Ich setze mich auf einen Stuhl und logge mich in das Portal meiner Schule ein. Während es lädt, nehme ich meinen Englisch-Ordner heraus, den schmalen Gedichtband, den ich für ein Projekt lese, drei gespitzte Bleistifte und meine Ohrstöpsel. Ich schließe sie an den Laptop an und klicke auf meine Lern-Playlist, hauptsächlich Klassik und ein bisschen »Entspannungsmusik«, die Josie für mich aufgetrieben hat und die überwiegend aus verschiedenen Wassergeräuschen besteht – Regen, Bach, Meer. Wenn ich das zu lange höre, muss ich pinkeln.

Natalie stellt mein Getränk und den Bagel ab, der Buttergeruch steigt mir in die Nase. Der Schaum auf meinem Latte hat die Form einer Schneeflocke. »Wow, cooles Design«, sage ich und bewundere das komplizierte Muster.

»Danke. Ist mein Markenzeichen. Wow, du hast ja ganz

schön was aufgebaut hier.« Sie deutet auf die diversen Schulutensilien, die ich auf dem Tisch ausgebreitet habe.

Als sie den Ordner mit der Hier-und-jetzt-Liste entdeckt, werde ich rot und lege schnell meinen Gedichtband darauf. »Ich ziehe nicht ein, versprochen.«

»Wir haben reichlich Platz.« Ihr Blick wandert hinter mich. »Beck, nimm deine dreckigen Stiefel von meinem Tisch.«

Ich drehe mich um und sehe den Jungen mit der Chipstüte von gestern. Er hat den Stuhl nach hinten gekippt und die Beine auf den Tisch nebenan gelegt, seine kastanienbraunen Haare sind zerzaust und sehen stark nach Out-of-Bed-Look aus. Mit einem breiten Lächeln nimmt er schwungvoll die Beine vom Tisch, seine schweren Stiefel donnern auf den Boden. »Sorry, Nats. Kommt nicht wieder vor.«

»Ja, hoffentlich.« Sie verschwindet durch eine Tür in den hinteren Bereich des Cafés.

Ich mache mich an die Arbeit, muss aber nach zwanzig Minuten Regenmusik pinkeln. Also nehme ich die Ohrstöpsel raus und gehe zur Toilette. Auf dem Rückweg komme ich an Becks Tisch vorbei, an den sich zwei Mädchen in meinem Alter gesellt haben. Die eine ist zierlich, trägt eine weiße Mütze und sitzt mit dem Rücken zu mir, aber die andere schaut kurz von ihrer suppenschüsselgroßen Teetasse auf, als ich vorbeigehe. Dann schüttelt sie ihre dunkelrote Haarmähne wegen etwas, das Beck gesagt hat, und richtet ihre großen braunen Augen wieder auf ihn. »Du laberst nur Scheiße«, sagt sie zu ihm. Das macht mich neugierig, und sobald ich wieder sitze, muss ich unwillkürlich lauschen.

Beck lacht. »Ich bin nicht Isabel. So sehe ich das eben. Wir sitzen die ganze Zeit rum und kauen die Ansichten anderer Leute durch. Und ihre Gedanken. Schule ist nichts anderes als eine gigantische Recycling-Anlage.« Er spricht in förmlichem Ton. »Liebe Schüler, stopfen wir eure Köpfe mit dem voll, was alle schon wissen, sodass ihr in die Welt gehen und den Status Quo aufrechterhalten könnt.« Dann sagt er ohne die gekünstelte Lehrerstimme: »Das ist komplette Zeitverschwendung. Wenn ich ein wirklich unabhängiger Denker sein will, muss ich die Schule schmeißen. Raus aus dem System.«

Bäh. Hört euch den an. Ich schüttle den Kopf und versuche, mich auf meine Aufgabe zu konzentrieren. Das Mädchen, wahrscheinlich Isabel, sagt ironisch: »Klingt nach einer bequemen Ausrede, keine Hausaufgaben machen zu müssen.« *Genau*, will ich sagen, aber natürlich verkneife ich es mir, weil ich eigentlich nicht lauschen sollte. Eigentlich sollte ich meinen Englischaufsatz über Emily Dickinson schreiben. Ich schlage den Gedichtband auf und überfliege ein paar Zeilen.

Aber meine Ohren stehlen sich wieder zu dem Gespräch hinter mir. Beck führt seine Theorie weiter aus. »Überleg doch mal. Die haben alle nur Angst – die Leute fürchten sich so sehr, aus ihrem Alltag auszubrechen, dass sie nicht das Risiko eingehen, ihre eigene Meinung zu vertreten. Sie halten sich einfach blind an alles, was schon gemacht wurde. Ich meine, ernsthaft, nichts wirklich Wissenswertes kann gelehrt werden.«

Sie müssen mein leises Schnauben gehört haben, denn am

Tisch wird es still. Dann kommt von Beck: »Hast du was zu sagen, San Diego?«

In meinem Nacken kribbelt es. Hat Trick Infozettel mit dem Link zu meinem Youtube-Video verteilt? Eine Rundmail verschickt? Ich drehe mich zu ihnen um und räuspere mich. »Sorry?«

Beck hat wieder seinen Stuhl nach hinten gekippt und beäugt mich mit einer Mischung aus Selbstvertrauen und Belustigung, die er eindeutig geübt hat. »Hat sich so angehört, als wolltest du was sagen.«

Ich stelle mich dumm und zucke mit den Achseln. »Nö.« Als ich mich wieder meinem Computer zuwenden will, fällt mein Blick auf den Hier-und-jetzt-Ordner und Wills Beitrag kommt mir in den Sinn.

9. Mutig sein!

Ich drehe mich wieder zu Beck um. »Also, eigentlich, ja. Was du gesagt hast, fand ich … lustig.«

Seine Augenbrauen schnellen in die Höhe und er kippt den Stuhl zurück nach vorne. »Ach ja? Welchen Teil?«

»Du hast irgendwas gesagt, von wegen, die Schule sei nur … wie hast du es genannt? Eine gigantische Recycling-Anlage für Gedanken?«

»Klingt nach meinen Worten.« Er grinst.

Ich umklammere die Stuhllehne, damit meine Hand aufhört zu zittern. »Aber dann hast du im Prinzip Oscar Wilde nachgeplappert: ›Wirklich Wissenswertes kann nicht gelehrt werden.‹ Das ist von Oscar Wilde.«

Das Mädchen, offenbar Isabel, prustet in ihren Tee. »Oh,

wow, Beck – du bist voll aufgeflogen. Hast du das von Facebook oder so?« Das andere Mädchen kichert und nimmt einen letzten Schluck Espresso, bevor sie ihren Mantel anzieht.

Ich bin überrascht, als Becks Grinsen breiter wird und seine Augen leuchten. »Na ja, zufälligerweise finde ich, dass Oscar Wilde ein ziemlich cooler Typ war.«

»Cool genug offenbar, um ihn zu plagiieren«, necke ich ihn, aber irgendetwas an ihm macht mich nervös, und ich hoffe, er hört das Zittern in meiner Stimme nicht. Leute wie Beck gibt es auch an der Ranfield, immer für einen Streit zu haben. Sie bevölkern den Debattierklub und die Schülervertretung und reißen bei Diskussionen im Geschichtsunterricht den Mund am weitesten auf. Aber das ist nicht der Grund, warum Beck mich nervös macht. Es liegt eher daran, dass er aussieht, als würde er auf das Cover einer Zeitschrift mit dem Namen *Umwerfend attraktive junge Skifahrer* gehören. Ausgabe: Entwaffnendes Lächeln. Normalerweise rede ich nicht mit Jungs wie Beck. Oder, ehrlich gesagt, reden sie normalerweise nicht mit mir.

Mein Handy summt. Moms Google-Kalender erinnert mich daran, dass ich Englisch jetzt fertig haben und mit Geschichte weitermachen sollte. Na toll. Ich hab mit dem Emily-Dickinson-Aufsatz noch nicht mal angefangen. Mein erster Tag hier und ich hinke bereits hinterher.

Isabel und ihre Freundin schieben die Stühle zurück, stehen auf und setzen ihre Mützen auf. Als Isabel in ihre Daunenjacke schlüpft, fällt mir auf, wie groß sie ist. Das Wort *Amazone* geht mir durch den Kopf. Sie greift nach ihrer Tasse.

»Also Kinder, diese ganze Klugscheißerei ist ja wirklich umwerfend komisch … aber Joy und ich haben Training.« An mich gewandt sagt sie: »Übrigens, ich bin Isabel Hughes und das ist Joy Chang.« Beck stellt sie nicht vor.

»Hi.« Ich lächle Joy an, die winkt und sich einen Schal um den Hals wickelt.

Zu Beck sagt Isabel: »Benimm dich, Oscar.« Die Mädchen verabschieden sich von Natalie und Finn und verlassen das Café.

Als sie weg sind, setzt Beck sich auf den freien Stuhl an meinem Tisch.

»Mara, richtig?«

»Beck, hör auf, unsere Gäste zu belästigen«, ruft Nathalie von der Ladentheke. Sie versucht streng zu klingen, aber ihre Stimme ist voller Zuneigung.

»Sie ist nicht irgendein Gast. Sie ist Trick McHales Tochter.« Er stützt die Unterarme auf den Tisch und kippt ihn nach vorn. Schnell halte ich meine Stifte fest, bevor sie herunterrollen. »Ich weiß Bescheid über sie.«

Um zu verbergen, dass seine Worte mich zusammenzucken lassen, logge ich mich erneut in mein Portal ein, weil die Sitzung abgelaufen ist, während ich gelauscht habe.

»Was glaubst du über mich zu wissen?«

Er fährt sich mit der Hand durchs Haar und zerzaust es dadurch nur noch mehr.

»Ich weiß, dass du nach Tamara McKinney benannt bist.« Als er meinen ausdruckslosen Blick bemerkt, erklärt er: »Hat 1983 als erste weibliche Skirennläuferin den gesamten alpinen Skiweltcup gewonnen. Aufgewachsen in Squaw Valley. Bis

2008, als Lindsey Vonn kam, war sie die einzige Amerikanerin mit diesem Titel. Vielleicht hast du wenigstens von *ihr* gehört?«

Ich schüttle den Kopf und denke an das Poster in Tricks Schlafzimmer. Tamara McKinney. Mom hat mir nie erzählt, dass ich nach einer Skiläuferin benannt bin. Und obwohl mein richtiger Name Tamara ist, hat sie mich immer nur Mara genannt.

Warum weiß dieser Junge Dinge über mich, die ich nicht weiß?

Genervt bemühe ich mich höflich zu lächeln, meide seine haselnussbraunen Augen und starre angestrengt auf meinen Bildschirm. »Hör mal, ich will nicht unhöflich sein, aber ich habe zu tun. Ich muss morgen einen Aufsatz abgeben.« Ich deute mit dem Kopf auf den Gedichtband auf dem Tisch. »Zufälligerweise ist mir meine gigantische Recycling-Anlage ziemlich wichtig.«

Er lässt sich nicht aus der Ruhe bringen und bewegt sich keinen Zentimeter von der Stelle. »Worüber ist dein Aufsatz?«

»Emily Dickinson.«

Er steht auf. »Alles klar. Dann lasse ich dich mal *in der Möglichkeit wohnen*. Oh, das ist übrigens von Miss Dickinson. Ich will ja nicht zweimal am Tag des Plagiats beschuldigt werden.«

Kapitel Sechs

»Warum siehst du so lila aus?« Ich blinzele Josie durch den Laptopbildschirm an.

»Das ist meine neue Nachttischlampe. Sie ändert die Farbe!« Sie blinzelt zurück und wirft sich den langen dunklen Pferdeschwanz über die Schulter. »Siehst du?« Sie stellt die Farbe von lila auf rot auf blau, und jedes Mal, wenn sich das Licht ändert, ändert sich auch der Farbton der weißen Streifen ihrer schwarz-weiß geringelten Strumpfhose. Josie trägt immer Schwarz-, Grau- und Blautöne. Im Tennis nennen wir sie den menschlichen Bluterguss. Aus verschiedenen Gründen. Als ich sie auf ihrem vertrauten Bett in ihrem vertrauten Zimmer sitzen sehe, habe ich das Gefühl, viel weiter weg zu sein als tausend Kilometer. Abgesehen von den Postern der Tennisstars John Isner und Rafael Nadal, mit denen alles gepflastert ist, sieht ihr Zimmer aus wie ein Strand, überall sonnige Farben und Poster von Wellen. Eine Wand ist komplett mit einer Karte der Weltmeere und ihren Strömungen bedeckt. Josie will mal Meeresforscherin werden wie ihr ältester Bruder, Reuben.

Sie bemerkt meinen Gesichtsausdruck, hält ihn aber fälschlicherweise für kritisch. »Die Lampe gefällt dir nicht.

Ich weiß, ich weiß, sie ist bescheuert. Aber ich liebe sie.« Sie stellt die Farbe wieder zurück auf lila.

Ich schüttle den Kopf. »Das ist es nicht … es ist nur, na ja, ich vermisse dich.« Ich versuche, nicht wie ein rührseliger Trottel zu klingen.

Ihre Miene hellt sich auf. »Dann komm nach Hause! Was machst du überhaupt da?«

Ich bemühe mich, nicht abwehrend zu klingen. »Ich glaube, es wird mir wirklich helfen, hier zu sein. Ich brauche einfach ein bisschen Zeit, um einen klaren Kopf zu kriegen.«

Josie verengt die Augen. »Gibt es in der Antarktis eine spezielle Ausrüstung, um den Kopf freizukriegen? Warum kannst du deinen Kopf nicht in einem wärmeren Klima freikriegen?«

Für Josie ist alles unter fünfzehn Grad die Antarktis.

Ich schaue mich in meinem neuen Zimmer um. Keine Nachttischlampe, die die Farbe ändert. Genau genommen nicht mal ein Nachttisch. Draußen fällt Schnee und bestäubt den grünen Zaun aus Bäumen hinter dem Haus. Als ich Josie gesagt habe, dass ich nach Squaw Valley will, hätte man meinen können, ich hätte ihr erzählt, ich wolle ohne Strom oder Licht in einer Schneehöhle in Alaska leben. Zu meiner Verteidigung habe ich ihr gesagt, sie als angehende Meeresforscherin solle daran denken, dass viele Meere eiskalt sind.

Trotzdem. Sie weiß, dass es mir bei der ganzen Aktion nicht um den Ort geht.

Josie schlürft geräuschvoll ihre Cola light durch einen Strohhalm. »Wie läuft es so mit dem biologischen Vater?«

»Ganz okay. Er ist nicht sehr gesprächig. Aber er hat mir beigebracht, wie man Feuer macht.«

Sie sieht skeptisch aus. »Glückwunsch. Er ist also ein Höhlenmensch.« Ich tue so, als wollte ich den Laptop zuklappen. »Scherz!«, fleht sie. Als ich ihn wieder aufklappe, sagt sie: »Ich freue mich, dass du ihn besser kennenlernst.« Ich senke den Blick und sie fragt schnell nach der Schule. »Ist dir langweilig? Was machst du den ganzen Tag?«

Ich halte einen Stapel Bücher und Ordner in die Höhe. »Bei der Unmenge von Aufgaben, die ich von der Ranfield für diesen sogenannten ›krankheitsbedingten‹ Heimunterricht bekommen habe, kann ich mich unmöglich langweilen.« Anscheinend war damit nur gemeint, dass ich krank viel lernen muss. Vielleicht sogar mehr als in der richtigen Schule. »Ach ja, und Mom zwingt mich, zum Seelenklempner zu gehen.«

Josies Augen weiten sich. »Wirklich?« An der Ranfield gehen eine Menge Leute zum Psychologen, daher weiß ich, dass Josies Reaktion sich auf Mom bezieht und nicht auf den Teil mit dem Seelenklempner. »Das passt gar nicht zu ihr.«

»Du sagst es! Schließlich ist ihr Lieblingsmotto ›Man muss seine Probleme selbst lösen‹. Ich konnte es kaum glauben. Ich schätze mal, sie will rausfinden, warum ich zum menschlichen Papierschredder geworden bin.«

Josie macht ein mitfühlendes Gesicht. »Na und … *warum*?«

Achselzuckend verdränge ich die Erinnerungen an diesen schrecklichen Tag – wie die Zahlen auf dem Blatt vor mir verschwimmen, das Geräusch von zerreißendem Papier, die entsetzten Gesichter meiner Klassenkameraden. »Ich hatte eine Panikattacke.« Bevor sie antworten kann, wechsle ich eilig das Thema. »Hast du Lust, mir beim Umdekorieren zu helfen? Weil, na ja, schau …« Ich drehe den Laptop herum, damit Josie das Bett sieht und den Holzofen und das Bücherregal, auf dem jetzt ordentlich gestapelt meine Klamotten liegen. »Es gibt noch viel zu tun.«

»Was ist mit den ganzen Ski-Postern?« Ihre Stimme klingt ganz fern. Das habe ich an Josie schon immer gemocht: Sie bedrängt mich nicht, wenn sie merkt, dass ich keine Lust mehr habe, über etwas zu reden.

Ich stelle den Laptop wieder vor mich aufs Bett. »Das sind die Legenden von Squaw Valley«, sage ich in meiner besten Kinotrailer-Sprecher-Stimme.

»Gibt's bei euch keine Kaufhäuser?«

»Mom schickt mir Bettwäsche.«

»Gut, ich schicke schönere Wanddekoration. Schreib mir die Adresse.«

Bevor ich antworten kann, sagt sie: »Oh, warte …«, und verschwindet plötzlich aus dem Bild. Sekunden später ist sie zurück und hält eine Hose hoch.

»Unsere neuen Aufwärmsachen.«

Wieder ein Ziehen in meiner Brust. »Das gibt's ja nicht – er hat uns erlaubt, die Grünen zu nehmen?« Coach Jeffers hatte gesagt, wir müssten für unsere Aufwärmsachen bei dem üblichen Taubengrau bleiben. War ja klar, dass er nachgibt, sobald ich weg bin, und die hellgrünen erlaubt, um die wir alle seit August betteln.

Sie zögert. »Wir haben dir welche mitbestellt. Damit, wenn du … du weißt schon, nach Hause kommst …«

»Danke, Jo.« Meine Augen brennen. »Wie ist es bei dir in der Schule?« Josie und ich sind beide in der sechsten Klasse über ein Stipendium an die Ranfield gekommen und sie war schon immer die Einzige dort, mit der ich wirklich reden kann.

Sie verdreht die Augen. »Schule ist Schule. Wir müssen tausend Gedichte lesen für den Kurs in amerikanischer Literatur und Mr Roberts versucht ungefähr eine Million Dollar für die Costa-Rica-Reise der Umwelt-AG zu sammeln. Alles beim Alten also. Oh, und Chris Locke macht morgen Abend eine Party.«

»Das wird sicher spaßig.« Sie weiß, dass ich das nicht wirklich denke. Ich bin nicht unbedingt ein Partygirl; es ist peinlich, wie langweilig ich bin. Es endet immer damit, dass Josie mit mir am Pool rumsitzt, aber als sie jetzt davon erzählt, frage ich mich, ob sie dort ohne mich vielleicht mehr Spaß hat.

»Weißt du, Mar«, sagt Josie, »er war echt sauer auf den, der dieses Video gepostet hat.«

»Wer?«

»Chris Locke.«

Ich antworte nicht. Vor meinem inneren Auge taucht Chris Locke in seinem Baseballtrikot auf. Ich kenne ihn nicht besonders gut. Er ist ruhig und hängt meistens mit anderen Sportlern rum.

Josie hält mein Schweigen für Zweifel. »Ist er wirklich! Die *meisten* Leute fanden das echt mies.«

Meine Haut kribbelt. »Ich weiß.« Aber ich weiß es nicht wirklich. Ich will an all das eigentlich nicht denken. Der Test. Die aufgerissenen Münder meiner Klassenkameraden. Das

Youtube-Video. Ich schüttele den Kopf. »Die *meisten* Leute sind nicht das Problem.«

Josie atmet aus und versucht offensichtlich, die richtigen Worte zu finden. »Chris sagt, das sind Trottel, die den anderen alles kaputtmachen.«

Warum reden wir immer noch von Chris Locke? »Genau, Stichwort *kaputtmachen*.«

»Wir können das nicht zulassen. Ich meine, das sind ja nur vielleicht zehn Prozent der Bevölkerung.«

»Hast du Zahlen, die das belegen? Es sieht nämlich so aus, als würden die Trottel gewinnen.« Aber Mom und Will haben dasselbe gesagt. *Lass dich nicht unterkriegen. Verschwende deine Kraft nicht an die. Lass sie nicht gewinnen, indem du wegläufst.* Ich bin sicher, das denken sowieso alle. Dass ich hierhergekommen bin, um wegzulaufen.

In Josies Welt ertönt eine Stimme. »Abendessen, *Mija*.« Beim Gedanken an Mrs Martinez' herrliches Essen läuft mir das Wasser im Mund zusammen.

»Komme!«, schreit Josie. »Ich muss los, Mara. Stell ein bisschen was an, ja? Du bist in Tahoe.«

Ich sehe mich im leeren Zimmer um, ziehe den Hier-und-jetzt-Ordner zu mir her und füge hinzu:

12. Ein bisschen was anstellen!

Keinen blassen Schimmer, wie ich das machen soll.

* * *

Am nächsten Morgen wartet Trick draußen in seinem Truck auf mich, während ich meinen Termin bei Dr. Elliot habe.

»Wie war's?«, fragt er, als ich wieder in den Truck steige. Wir verlassen Truckee Richtung Squaw Valley.

»Ganz okay. Er ist irgendwie nett. Ich hab noch mehr Listen gemacht.«

Er fährt in den McDonald's-Drive-in. Als wir bestellt haben, fragt er: »Was meinst du mit ›Listen‹?« Er reicht mir eine Tüte mit Essen und meine Cola light.

Ich klemme mir den Becher zwischen die Beine und öffne die Box mit den Chicken-Nuggets. »Du weißt schon – wofür ich dankbar bin, was ich beeinflussen kann und was nicht, schöne Dinge in meinem Leben – solche Sachen. Kann ich die Soße hier drin aufmachen?«

Er zeigt auf die schäbige Innenausstattung, die größtenteils mit Klebeband geflickt ist. »Hast du Angst, die schönen Polster schmutzig zu machen?«

Ich reiße eine Barbecue-Soße auf und lecke einen Spritzer von meinem Finger. Trick wühlt in der Tüte auf seinem Schoß nach ein paar Pommes und fährt zurück auf den Highway 89. »Also diese Listen … helfen dir dabei, dich besser zu fühlen?«

»Denke schon.« Natürlich. Mich Listen schreiben zu lassen, um mir zu helfen, ist, als würde man einen Delfin fragen: *Hast du mal drüber nachgedacht, im Wasser zu leben?*

Die Listen von Dr. Elliot sind nichts Neues für mich.

Letztes Jahr, in der Zehnten, ließ meine Geschichtslehrerin Ms Diaz uns in unserem Ordner über das aktuelle Zeitgeschehen Dankbarkeitslisten führen. Vielleicht hat sie das auf Facebook gesehen oder so. Sie nannte es das Mein-aktueller-Zustand-Projekt. Ich habe endlose Listen für sie geschrieben – die Sonne auf dem Wasser, der Geruch von Sonntagsfrühstück, wie meine Brüder über lustige Filme lachen. Sie hat mir eine Eins plus dafür gegeben und mit ihrem lila Kuli *Du hast ein starkes Gespür für das Gute in deinem Leben!* daruntergekritzelt.

Allerdings wussten Ms Diaz und ihr Ausrufezeichen nicht, dass ich normalerweise in ihrem Klassenzimmer saß, die Poster an den Wänden anstarrte und schreckliche Bauchschmerzen bekam. Auf Ms Diaz' Postern standen Sprüche wie DAS LEBEN IST KURZ; DIE GESCHICHTE IST LANG mit Bildern von einem römischen Bauwerk, früher prächtig, jetzt eine Ruine. Auf einem anderen stand IN EINEM GRÖSSEREN KONTEXT IST DIESES PROBLEM ZIEMLICH KLEIN! über dem Punkt auf einem Zeitstrahl, der anzeigt, wo unsere Generation in der Geschichte der Menschheit zeitlich zu verorten ist. Ich hasste dieses Poster. Am liebsten hätte ich daruntergeschrieben: *Halt die Klappe, Poster!* Sie hat uns (immer und immer wieder) erzählt, die Geschichte würde uns lehren, dass wir nur kleine Teile eines viel größeren Kampfes sind und deshalb das Beste aus unserer Situation machen müssen. Also hab ich ihr eine Liste nach der anderen geschrieben, um ihr zu zeigen, dass ich das Beste aus meiner Situation machen konnte.

Dafür habe ich eine Eins plus bekommen. Und viele Dutzend Mal Bauchschmerzen.

»Schön, freut mich, wenn es hilft.« Trick biegt auf die Squaw Valley Road ab. »Klingt, als wärst du ein Mädchen, das sich zu helfen weiß.«

»Ja«, murmele ich, mampfe Pommes und schaue raus in die

seltsame weiße Welt. Zumindest wiege ich die Leute in dem Glauben, ich wüsste mir zu helfen.

* * *

Es ist offiziell: Ich bin eine komplette Niete im Meditieren.

Draußen schneit es, und ich sitze seit einer Stunde in Yogahosen vor dem flackernden Feuer und versuche einem Artikel mit dem Titel »5 praktische Tipps zum Meditieren« zu folgen.

Ich hänge bei Schritt 1: Beruhigen Sie Ihren Geist.

Aber mein Geist hält einfach nicht die Klappe.

Sei still, Geist!

Die Sache ist die, ich habe keinen ruhigen Geist. Ich hatte noch nie einen ruhigen Geist. Mein Geist ist überlaut und rechthaberisch und gibt einen seltsamen Summton von sich wie ein kaputtes Heizgerät. Wenn ich meinen Geist nicht ablenke, indem ich etwas lese, lerne, Sport treibe oder irgendetwas *mache*, wird es sogar noch lauter.

Pssssst, brummt mein Geist, während ich die Augen fest zusammenpresse, *du bist echt eine Niete.*

Als Trick am Donnerstagabend um kurz nach sechs mit einer Pizza hereinkommt, habe ich aufgehört, meinen Geist zu beruhigen, und angefangen zu weinen. »Oh – hey?«

Er lädt die Pizza auf dem Klapptisch ab. »Was ist los?« Sein Blick fällt auf den Haufen aus Büchern, Notizzetteln, Ordnern, Stiften und Papier, den ich vor einer Stunde über den ganzen Tisch verteilt habe. Er bemerkt auch den Ordner, den ich *möglicherweise* vorhin durchs Zimmer geworfen habe und der jetzt aufgeklappt in den Fetzen des zerrissenen Sonnenuntergang-Covers liegt.

»Ich ... ich meditiere.« Ich schaue aus meiner Schneidersitzposition zu ihm hoch, mein Gesicht ist ganz heiß, weil ich zu nah am Feuer saß. Und weil ich meinen Ordner herumgeworfen habe.

Er schüttelt sich den Schnee von den Schultern und streift dann mehrere Kleiderschichten ab, bis er nur noch seine Jeans, Wollsocken und ein langärmeliges Shirt trägt, auf dem quer über der Brust SQUAW VALLEY steht. »Meditieren. Okay, also, gute Arbeit mit dem Feuer.« Er hockt sich davor und wärmt seine Hände auf. Er riecht nach Kälte.

Ich schlucke und wische mir die Tränen von den Wangen. »Ich bin eine totale Niete im Meditieren.«

Er schaut mich an. »Ich dachte, vielleicht praktizierst du einen Meditationsstil, der zum Weinen anregt. Du weißt schon, die innere Anspannung rauslassen. Durch die Augen. Oder so.«

Gibt es das? Zählt das? »Nö. Ich sitz hier nur rum, im Versager-Modus.«

Er schaut mich skeptisch an. »Ich glaube, so funktioniert das nicht.«

»Ich hab drei verschiedene Artikel gelesen, in denen stand, dass ich akzeptieren muss, wo ich mich in meinem Geist befinde, und mich fallen lassen. Aber ich weiß noch nicht, wie ich das schaffen soll.« Ich krabbele zu meinem Ordner und ziehe ihn auf meinen Schoß. Ich blättere die Seiten durch, die ich über Meditation ausgedruckt habe. Den Satz »Versinken Sie in Ihrem Geist« habe ich unterstrichen und mit drei Fragezeichen versehen. »Da steht, man soll seinen Geist beruhigen, aber nirgendwo wird erklärt, wie man das machen soll. Da fehlt ein Schritt.« Ich halte den Ordner hoch. »Das ist eine fehlerhafte Anleitung.«

Kopfschüttelnd steht Trick auf und setzt sich an den Tisch, klappt den Deckel des Pizzakartons auf und nimmt sich ein Stück. Der Geruch nach Peperoni lässt meinen Magen knurren. Er isst das halbe Stück, bevor er sagt: »Vielleicht ist das Ziel einfach nur, dazusitzen und ruhig zu sein und es nicht so sehr zu erzwingen.« Auf meinen ausdruckslosen Blick hin sagt er: »Versuch einfach gar nicht, gut darin zu sein.«

Ich klappe den Ordner zu. »Was bringt es, etwas zu tun, wenn man sich nicht bemüht, gut darin zu sein?«

Er schaut mich verdutzt an. »Du könntest es einfach tun, um es zu erleben.« Er deutet mit dem Kopf auf den Pizzakarton. »Möchtest du ein Stück?«

Ich setze mich zu ihm an den Tisch. »Soll ich mir einen Teller holen?«

»Nö. Dann müssen wir ja abwaschen.« Draußen verdunkelt sich der Himmel. Trick sagt nichts mehr und wir essen schweigend unsere Pizza und schauen ins Feuer. Das warme Glühen erinnert mich zumindest an eine Sache, die ich heute richtig gemacht habe.

Kapitel Sieben

Ich verbringe den Freitag größtenteils im Elevation und mache meine Schulaufgaben für diese Woche fertig. Um kurz nach zwei reibe ich mir die Augen, mir ist ein bisschen schlecht. Merke: Drei Latte und zwei Käse-Bagel pro Tag fallen nicht unbedingt in die Kategorie »Gesunde Ernährung«. Bereit für einen Ortswechsel packe ich zusammen und gehe nach nebenan ins Neverland, um Trick zu fragen, ob er mich nach Hause bringen kann. Wahrscheinlich sollte ich langsam für den Chemietest am Montag lernen. Die Glocken an der Tür bimmeln, als ich den Laden betrete, und Logan kommt in Jeans und einem Sweatshirt, auf dem THE FROST BOYS steht, aus dem hinteren Teil des Ladens. »Oh, hey – dachte, du wärst vielleicht Isabel.«

»Nö. Nur ich.« Um das betretene Schweigen zu brechen, sage ich: »Cooles Sweatshirt. Ich hab hier schon einige Jungs damit gesehen. Sind die von deinem Ski-Team?«

Er schaut an sich herunter. »Ja, der Laden sponsert teilweise unser Team, na ja, deshalb – Lost Boys, Frost Boys. Ganz schön raffiniert von uns, oder?«

»Absolut.« Mir fallen Isabel und Joy ein. »Aber was tragen die Mädchen?«

»Auf ihren Sweatshirts ist Tinkerbell, mit dem Spruch ›Friss meinen Feenstaub‹.«

Sein Handy piept, er schaut auf das Display und seine Miene verdunkelt sich. »Ach Mist.«

»Was ist?«

Er schaut nicht auf. »Unser Kumpel Bodie schafft es heute nicht. Er hat vergessen, dass er zum Zahnarzt muss. Isabel wird ihn umbringen.«

Logan kaut auf seiner Lippe herum und schreibt zurück.

»Wo geht ihr denn hin?«

»Zur ›Schutzbrille‹.« Er steckt sein Handy zurück in die Tasche. »Das ist so ein Projekt, das jeden Freitagnachmittag an einer der Mittelschulen hier oben stattfindet. Für Risikokinder. Wir machen Spiele und sprechen darüber, wie man auf dem richtigen Weg bleibt.«

»Cool.« So was gibt es an der Ranfield auch, schließlich müssen wir jedes Jahr hundert Sozialstunden ableisten. Ich gebe aber immer Mathenachhilfe oder etwas Ähnliches in unserem Lernzentrum, das passt besser in meinen Stundenplan, weil ich das Schulgelände nicht verlassen muss.

Isabel kommt in Daunenjacke und Jeans zur Tür herein. »Wo ist Bodie? Wir kommen zu spät«, verkündet sie, als hätte nicht Logan auf sie, sondern sie auf ihn gewartet. »Hey«, sagt sie, als sie mich bemerkt.

Bevor ich antworten kann, beichtet Logan: »Er kommt nicht.«

Ihre braunen Augen weiten sich. »Was!? Unser kompletter Vortrag heute dreht sich darum, dass man seine Verpflichtungen einhalten soll. Und Bodie *kneift*? Tolles Vorbild.«

Logan nimmt seine Jacke von einem Haken an der Wand. »Er hat einen Zahnarzttermin.«

»Unsere Körper bilden ein ›Dreieck der Verantwortung‹.« Isabel wirft zornig ihren Zopf über die Schulter, ihre Augen funkeln. »Wird ein bisschen schwierig, wenn wir nur zu zweit sind. Den Teil mit dem *Dreieck* können wir knicken!« Sie ballt die Hände zu Fäusten. »Ich werde ihn in eine Million winzige Stücke zerreißen, sodass nur noch ein Häufchen Bodie am Boden übrig bleibt.«

Wow. Jetzt hab ich ein bisschen Angst vor Isabel. »Ich könnte mitkommen«, sage ich, »und eine Seite des Dreiecks sein.«

Logan sieht erleichtert aus. »Perfekt – mein Dad wartet am Auto auf uns.«

Ich folge ihnen nach draußen und denke mir: *Bodie, wer immer du bist, du schuldest mir dein Leben.*

* * *

Wie sich herausstellt, bedeutet die dritte Seite eines ›Dreiecks der Verantwortung‹ zu sein, dass Logan einem auf dem Gesicht herumtrampelt.

»Tut es weh?«, fragt er und reicht mir den Eisbeutel, den er gerade geholt hat. Er zuckt zusammen, als er mich anschaut. Ich sitze auf einem metallenen Klappstuhl im Mehrzweckraum der Mittelschule neben der Bühne. Nachdem Logan mir auf dem Gesicht herumgetrampelt ist, hat Isabel alle Schüler in einem großen Stuhlkreis versammelt und verkauft ihnen den Zwischenfall als Zitronenlimonade-Lektion, nach dem Motto: *Wenn das Leben dir auf dem Gesicht herumtram-*

pelt, besorg dir einen erfrischenden Eisbeutel. Ich schaue ihnen mit meinem heilen Auge zu.

»Na ja, du hast auf meinem Gesicht gestanden.« Ich bemühe mich, locker zu klingen. »Also, ja. Gut möglich, dass das ein bisschen wehtut.«

»Hab ich erwähnt, wie leid mir das tut?« Mit einem entschuldigenden Lächeln zieht er einen Stuhl neben mich, um Isabel in dem Kreis aus Kindern zuzuschauen. Sie gestikuliert wild, und die Kinder hören gebannt zu und lachen über etwas, das sie sagt.

Ich zeige in ihre Richtung. »Sie macht das toll.«

Er zieht an den Bändeln seines Kapuzenpullovers und betrachtet sie liebevoll.

»Ja, stimmt.«

Ich nehme das Eis einen Moment lang vom Gesicht, unsicher, was schlimmer ist, der pochende Schmerz oder die Kälte. »Fährt sie auch Ski?«

Er zieht die Augenbrauen hoch. »Oh ja. Sie fährt Ski.« Die Art und Weise, wie er das sagt und wie er sie dabei anschaut, sagt mir, dass Isabel und Logan mehr verbindet als nur das Projekt ›Schutzbrille‹. Ich habe mir noch nie gewünscht, dass mich jemand so ansieht. Jetzt auf einmal schon. Er lehnt sich nach vorne und stützt die Ellenbogen auf die Oberschenkel. »Die junge Dame da drüben macht wahrscheinlich eines Tages bei den Olympischen Spielen mit.«

»Wirklich?« Die Bewunderung in meiner Stimme lässt sich nicht unterdrücken. Ich durchforste mein Gehirn nach olympischen Fachausdrücken, aber fürs Skifahren fallen mir keine ein. »Welche Disziplin?«

»Ski Alpin. Größtenteils Super-G.«

Ich halte den Eisbeutel wieder an meine geschwollene Wange. »Sorry, Ski-Anfängerin – ich weiß nicht, was das ist.«

»Super Giant Slalom«, erklärt Logan und macht eine schnörkelige Bewegung mit der Hand. »Ziemlich schnell. Viele Kurven.«

»Ich hab keine Ahnung vom Skifahren.« Skifahren. Meditieren. Feuermachen. In Tahoe bin ich eindeutig ein Trottel.

Er schaut mich überrascht an. »Du fährst nicht Ski?«

»Es schneit nicht besonders oft in San Diego.«

Er lehnt sich auf dem Stuhl zurück. »Ich hab nur gedacht, du weißt schon, bei den Eltern ...«

Die Vorstellung ist seltsam, dass er bestimmte Dinge über Trick und Mom weiß oder denkt. »Ich hab gerade erst rausgefunden, dass meine Mom früher Ski gefahren ist, und, na ja, ich weiß nicht wirklich viel über Trick. Nur dass er irgendwie mal Skiläufer war und sich verletzt hat. Mehr nicht. Wir standen uns nie besonders nahe.« Er rutscht unbehaglich auf seinem Stuhl hin und her und meidet meinen Blick. Universelle Körpersprache für: *Bitte wechsle das Thema*. Ich lege den Eisbeutel auf den Boden und zeige auf den Stuhlkreis. »Ziemlich nette Kids habt ihr da.«

»Ja.« Logan runzelt leicht die Stirn. »Viele von denen haben echt ein schreckliches Leben. Im Ernst, Vater im Gefängnis oder sie wohnen in ihrem Auto oder ihr Leben ist sonst irgendwie verkorkst. Es ist krass.« Er zeigt auf einen zottelhaarigen Jungen mit einer Burton-Mütze, der mit dem Rücken zu uns sitzt. »Franco zum Beispiel. Sein Dad ist gestorben, als er sechs war. Drei ältere Schwestern. Seine Mom arbeitet in zwei Jobs und putzt Hotels hier in der Gegend. Ein paar Jahre lang hat er sich in der Schule mit Ach und Krach durchgemogelt, aber letztes Jahr hat sein Lehrer ihn zur Schutzbrille gebracht und jetzt besteht er alle Kurse.«

Meine Brust zieht sich zusammen. »Es ist cool, dass ihr das macht«, sage ich. Als er nichts antwortet, füge ich verlegen hinzu: »Und es macht sich super in der College-Bewerbung.«

Er zögert. »Eigentlich schreiben Isabel und ich das nicht in unsere Bewerbung.«

»Was – warum?«

»Unser Trainer ist dieses Jahr voll auf dem Achtsamkeits-Trip.« Logan macht ein entschuldigendes Gesicht. »Keine Ahnung. Er hat einen Artikel gelesen oder so. Jedenfalls hat er uns alle aufgefordert, etwas in unserem Leben auszuwählen, das wir nicht öffentlich machen wollen.« Er lächelt über meine verwirrte Miene. »Es ist ja nicht so, als würden Isabel und ich nicht ins College reinkommen, weißt du – wir haben jede Menge anderes Zeug vorzuweisen. Unserem Trainer ist es wichtig, dass wir solche Dinge ausprobieren.« Er steht auf, geht zu einem Tisch neben der Bühne und bereitet Snacks vor, reißt Chipstüten und Oreo-Packungen auf und nimmt einen Krug mit Limonade aus einer Kühlbox.

Hier rumzusitzen fühlt sich auf einmal so an, als wäre mir nicht nur auf dem Gesicht herumgetrampelt worden.

Als Logan fertig ist, setzt er sich neben einen Jungen mit strohblondem Haar und Sommersprossen auf der Nase, der gerade mit dem Stuhl aus dem Kreis gerutscht ist und ein langes Gesicht macht. Sie reden leise miteinander und innerhalb einer Minute hat Logan ihm ein Lächeln auf das Gesicht gezaubert.

Die Kinder hier haben allesamt ein Leben, das auf meine Reiß-dich-zusammen-Liste gehört.

* * *

Eine Stunde später warten wir vor der Schule, bis Trick in die Auffahrt einbiegt. Die Ladefläche seines Trucks ist voller Kissen und Decken. »Springt rein«, sagt er zu uns. »Wir holen ein paar Burger und dann wird ein bisschen meditiert.« Er zwinkert mir zu.

»Cool.« Isabel springt auf die Ladefläche, deckt sich mit einer weichen Patchworkdecke zu und lehnt sich gegen den Kissenberg am Fahrerhäuschen.

Ich gehe um den Truck herum und reiße die Beifahrertür auf. »Ich muss für meinen Chemietest am Montag lernen«, sage ich zu Trick.

»Richtig, am Montag.« Mit den Daumen klopft er im Takt der leisen Musik aus seiner Anlage auf das Lenkrad. »Zum Glück ist heute Freitag.«

Ich halte das immer noch nicht für eine gute Idee. »Ist es überhaupt erlaubt, dass wir hinten mitfahren?«

»Ich fahre über Seitenstraßen.« Er schaut mich prüfend an. »Was ist mit deinem Gesicht passiert?«

»Die Risiken des Dreiecks der Verantwortung.« Ich lasse meinen Rucksack vorne bei Trick und gehe nach hinten zur Ladefläche. Isabel hat die Augen geschlossen und sich die Decke bis unters Kinn gezogen. Logan steht oben und bietet an, mir hochzuhelfen, und ich versuche den Hüpfer in meinem Magen zu ignorieren, als er nach meiner Hand greift.

Eine halbe Stunde später hält Trick mitten auf einer Wiese an.

Trotz der Kälte frieren wir unter den Bergen aus Fleece- und Patchworkdecken nicht. Mein Kopf ist auf mehrere Kissen gebettet und ich schaue nach oben in den glitzernden Himmel. Still und leise umgibt mich die Winternacht in Tahoe, und ich will mich eigentlich entspannen, aber stattdessen erstelle ich eine Liste mit den Themen, die ich für den Chemietest lernen muss. Ich versuche die Sterne zu zählen, aber sie verschwimmen vor meinen Augen, als meine Gedanken zu den Formeln abdriften, die ich für den Test am Montag können muss.

Ein Lichtblitz streift über den Himmel. »Sternschnuppe«, meldet Isabel mit schläfriger Stimme.

»Genau genommen eigentlich kein Stern.« Mir fällt etwas ein, das wir vor einer Ewigkeit im Erdkundeunterricht gelernt haben. »Meteoroiden. Weltraumstaub. Das Leuchten entsteht, wenn sie auf die Atmosphäre treffen.«

»Sternschnuppe klingt schöner«, murmelt sie. »Aber jetzt ist mir klar, warum du Jahrgangsbeste an deiner Schicki-micki-Privatschule bist.«

»Nicht mehr«, brumme ich und ziehe mir die Decke übers Kinn.

»Warum nicht mehr?«, will Logan wissen.

Ich schlucke und spreche es zum ersten Mal laut aus. »Ich hatte letztes Halbjahr nur eine Zwei in Mathe. Das war's dann mit der Jahrgangsbesten.«

»Das ist alles?«, fragt Trick in die Dunkelheit. »Eine Note. Das macht doch nichts. Eine Zwei.«

Für Rebecca Song, die neue Favoritin, hat es etwas ausgemacht. Seit sie im ersten Schuljahr an die Ranfield kam, lagen wir gleichauf. Bestimmt hat sie einen Siegestanz aufgeführt, als sie von meiner Zwei gehört hat. Josie würde natürlich einwenden, dass Rebeccas Sieg nicht wirklich fair sei, weil sie eindeutig ein staatliches Experiment ist und aus übermenschlichen bionischen Zellen besteht.

»Du hattest also eine Zwei.« Logans Stimme mischt sich ins Gespräch. »Das ist normal.«

Normal. An der Ranfield ist es das Ziel, nicht normal zu sein. Ganz im Gegenteil. Sie trichtern uns auf jede irgend mögliche Art und Weise ein, außergewöhnlich sein zu wollen – Gewinner, Anführer, die Besten der Besten. Man muss sich nur die Broschüre durchlesen. Niemand will *normal* sein. An der Ranfield ist jeder etwas Besonderes, egal ob beim Sport oder Tanz, beim Debattieren oder Töpfern. Einer an unserer Schule ist Weltmeister im Jonglieren. Und selbst wenn du gerade nicht der Beste bist – bei was auch immer du eben machst –, *versuchst* du, es zu sein. Das ist der Punkt. Wir setzen uns Ziele, und wenn wir hart arbeiten und unser Bestes geben, können wir alles schaffen. Wir an der Ranfield sind stolz auf unsere Schulgemeinschaft, die sich aus dem Beitrag jedes einzigartigen, leistungsstarken Schülers zusammensetzt.

Im Ernst, das ist direkt von der Website zitiert. Tschakka, ihr schafft es!

Und schulische Leistungen waren schon immer mein

Ding – Tests und Aufsätze und die hundert Bücher, die man vor dem Highschool-Abschluss gelesen haben soll (drei verschiedene Listen, abgeglichen und zu einer Liste mit 216 Büchern zusammengefasst, von denen ich immer noch 47 lesen muss).

Ich hatte immer nur Einsen.

Mein Ding: Jahrgangsbeste der Ranfield.

Und was passiert, wenn du alles, was du hast, einem Ziel widmest, dein Bestes gibst und es trotzdem nicht erreichst?

Ich hätte unmöglich noch härter arbeiten können (außer vielleicht, wenn ich komplett auf Schlaf verzichtet hätte), daran lag es also nicht. Die Leute denken, mir fliegt alles zu, aber das stimmt nicht. Ich bin kein bionischer Übermensch wie Rebecca Song. Ich reiße mir den Arsch auf für meine Noten. Ich bleibe jeden Abend lange auf und verbringe jedes Wochenende mit Lernen, ohne Ausnahmen. Seit ich auf der Highschool bin, nehme ich in jeden Familienurlaub Schulsachen mit. Wenn ich nicht Tennis spiele, im Unterricht sitze, zur Chorprobe gehe oder mit meiner Familie zu Abend esse, arbeite ich für die Schule, weil ich nicht weiß, wie es ist, etwas anderes zu wollen. Etwas anderes zu *sein*.

Und dann hatte ich einen sehr schlimmen Tag und alles hat sich verändert.

Ich bin filmreif (ich sag nur: Youtube-Video) auf die Nase gefallen. Deshalb kam mir in den vergangenen Wochen der Gedanke, dass ich *möglicherweise* an irgendeiner Stelle falsche Informationen erhalten habe. Anscheinend kann es passieren, dass man sein Bestes gibt und das Ziel trotzdem nicht erreicht. Wie sich rausstellt, reicht es nicht, sich etwas in den

Kopf zu setzen, um es zu erreichen. Das ändert die Lage, oder?

»Teilweise ist das der Grund, warum ich hier bin«, ertappe ich mich dabei, ihnen zu erzählen, und folge mit den Augen der Milchstraße, die sich durch den Nachthimmel zieht. Dann sage ich etwas, das mich überrascht.

»Eigentlich wäre ich liebend gern normal.«

Kapitel Acht

Ich sitze im Elevation und schaue schon wieder auf die Uhr. Logan und Isabel sollten in einer Stunde fertig sein und die Schmetterlinge in meinem Bauch liefern sich allmählich eine Schlacht. Beim Sternegucken gestern Nacht haben die beiden angeboten, mir das Skifahren beizubringen. Sobald sie mit ihrem Rennen heute fertig sind, wollen wir anfangen. »Wenn du in Tahoe normal sein willst«, hat Logan gesagt, »dann müssen wir dich auf den Berg kriegen.«

Hier-und-jetzt-Liste Nr. 1: *Ski fahren lernen.*

Mein ganzer Körper prickelt bei dem Gedanken daran, oben auf diesem Berg zu stehen. Wann war ich das letzte Mal so begeistert und nervös wegen etwas, worin ich vermutlich furchtbar schlecht sein werde? Vielleicht als ich acht war und eine Saison lang Basketball gespielt habe, nur um festzustellen, dass mir Sportarten, bei denen ein Netz zwischen mir und dem Gegner ist, eindeutig besser liegen. Trotzdem hat mir Basketball spielen Spaß gemacht. Ich war nur nicht gut darin. Daher dachten Mom und Will, es sei das Beste für mich, wenn ich mich auf Tennis konzentriere, weil ich dafür zumindest eine gewisse natürliche Begabung hatte.

Ich tippe mit dem Stift auf meinen Chemieformeln herum

und schaue nach draußen ins Winterlicht von Squaw Valley. Es ist merkwürdig, seit Jahren habe ich keine neue Sportart ausprobiert. Ich hab überhaupt nicht viel Neues probiert in den letzten Jahren. Zu riskant. *Halte dich an deine Stärken.* Mom und Will haben mich immer ermutigt, mich auf die Dinge zu konzentrieren, in denen ich bereits gut bin, damit ich bessere Chancen auf ein Collegestipendium habe. Bloß nichts Neues ausprobieren. Das wäre Verschwendung von Zeit und Energie.

Die Tür des Elevation geht auf, und als ich mich umdrehe, sehe ich Beck Davis hereinschlendern, sein Gesicht ist von der Kälte gerötet. Als er mich sieht, leuchten seine Augen und er steuert auf meinen Tisch zu. »Hey, Bücherwurm.« Wird das mit den Spitznamen irgendwie so ein Ding zwischen uns? *San Diego. Bücherwurm.* Ich bemühe mich, es nicht zu mögen. »Hi, Beck. Fertig mit dem Rennen?«

Vielleicht kommen Isabel und Logan gleich hinterher.

Er lässt sich auf den Stuhl neben mir fallen und nimmt sich ein Stück von meinem Keks. »Ach, ich fahre keine Rennen mehr.«

»Du bist nicht im Ski-Team?«

Er schüttelt den Kopf und wischt sich die Hände an seiner Skihose ab. »Früher schon. Als Kinder waren viele von uns im Nachwuchsteam von Squaw. In diesem Team fängt man an, dort schauen sie, ob man es draufhat. Ich bin ein paar Jahre lang Rennen gefahren, aber das war nichts für mich. Rennfahrer sind voll die Sportskanonen. Ich mache jetzt Freestyle.«

»Ich verstehe nicht viel davon«, sage ich entschuldigend. Da haben wir es wieder, Tahoe als Fremdsprache.

Er fährt sich mit der Hand durch die zerzausten Haare. »Freestyle-Skifahren ist nicht wie traditionelles Skifahren. Es ist viel entspannter. Man macht sein eigenes Ding. Albert im Funpark herum.«

»Also bist du in einem Freestyle-Team?«

Er macht ein saures Gesicht. »Nee. Es gibt schon Wettbewerbe und so, aber ich mach da nicht mit. Ich fahre Ski zum Spaß und nicht wegen irgendwelchen Medaillen oder Urkunden.«

»Aha«, sage ich, leicht genervt von seiner patzigen Antwort.

»Hey.« Er verschränkt die Arme und lehnt sich auf dem Stuhl zurück. »Wie ist dein Emily-Dickinson-Aufsatz geworden?«

Überrascht, dass er sich daran erinnert, sage ich: »Gut, denke ich. Im Prinzip war es nur eine Analyse von fünf Gedichten.« Ich erzähle ihm nicht, wie unzufrieden ich damit war und dass ich den Schluss irgendwie nicht richtig hinbekommen habe.

Beck schaut Finn zu, der auf der anderen Seite des Raums mehr Holz ins Feuer legt. »Ich hab mal was Cooles über Emily Dickinson gehört: Anscheinend wollte sie gar nicht, dass ihre Gedichte veröffentlicht werden.«

Mir wird ein bisschen warm. »Ja, so was hab ich auch gelesen. Keine Ahnung, ob das stimmt.« Ich sollte das mal recherchieren. Er winkt jemandem zu, der draußen am Fenster vorbeiläuft. »Trotzdem ein cooler Gedanke. Besonders heutzutage. Für sich selbst zu schreiben. Ohne dass man ständig von anderen Leuten hören muss, wie toll man ist.

Ohne dass die Leute alles ständig kommentieren oder hashtaggen oder teilen. Einfach nur um der Sache selbst willen. Zu schade, dass nicht mehr Leute so sind.« Er schaut über meine Schulter und seine Miene verdunkelt sich.

Logan taucht an unserem Tisch auf. »Bereit für den Berg?« Kühl nickt er Beck zu. »Hey.«

Ich suche meine Bücher und Ordner zusammen und stopfe alles ungeordnet in meinen Rucksack. Die Stimmung ist irgendwie gekippt, als Logan hereinkam, die Wärme des Cafés verflüchtigt sich. »Logan und Isabel wollen mir das Skifahren beibringen – wünsch mir Glück.«

»Viel Glück.« Becks Stuhl schrammt über den Boden, als er aufsteht, aber bevor ich noch etwas sagen kann, lehnt er bereits mit dem Rücken zu uns an der Theke und lacht über etwas, das Nathalie sagt, während sie hinter der glänzenden Espressomaschine einen Latte macht.

* * *

Ausgestattet mit einer alten roten Skihose von Isabel, meinem Anorak und gefühlt zehn Kilo Ausrüstung aus dem Neverland folge ich Logan in Richtung Gondel. »Isabel hat gesagt, sie kommt nach. Sie ist immer noch drüben in Northstar und spricht mit unserem Trainer.« Logan trägt eine hellbraune Skihose und eine grün karierte Jacke. Ich stampfe hinter ihm her, als wären meine Skistiefel Zementblöcke, und stelle fest, dass er viel weniger stampft als ich. Er winkt mich zu einer Schranke, die Skibrille hat er nach oben auf den Helm geschoben und seine Haare locken sich an den Ohren.

»Ist Northstar ein anderes Skigebiet?«, frage ich und rücke

zur Schranke auf. Mit einem Piepsen wird der Pass gelesen, den Logans Dad mir besorgt hat, dann öffnet sich die Schranke.

»Ja. Die Rennen sind immer in verschiedenen Skigebieten in der Gegend.« Wir steigen in die nächste freie Gondel, diese Behälter mit den riesigen Fenstern, die die Skifahrer nach oben auf den Berg bringen, wo man dann in einen kleineren Lift umsteigen kann.

»Deine erste Gondelfahrt.« Logan verstaut unsere Skier und Skistöcke in einem freien Halter an der Sitzbank und rutscht rüber, damit ich neben ihm sitzen kann.

Mein Magen dreht sich, als die Gondel sich in Bewegung setzt, und ich versuche, nicht darüber nachzudenken, dass ich nur an einem Stahlseil hoch über Schnee und Felsen hänge. Wir schweben über ein paar Leute hinweg, die im Außenbereich einer Bar an einer Feuerschale stehen, über Hoteldächer, und als wir weiter oben sind, sehe ich den städtischen Parkplatz und dahinter das Tal. Wir steigen noch höher. Logan scheint meine Panik nicht zu bemerken, er zeigt mir die lange, geschwungene Piste, und als wir besonders nah an einem Felsvorsprung vorbeikommen, deutet er auf drei Plastik-Flamingos, die jemand in das Netz über dem Felsen gesteckt hat. Zwei sind pink, aber der in der Mitte sieht irgendwie gräulich aus.

»Wink mal den Flamingos«, sagt Logan. »Die pinken heißen Schicki und Micki. Den grauen hab ich Stan getauft.«

»Hi, Stan.« Ich lächle schwach und winke den kleiner werdenden Flamingos zu.

»Oh – schau.« Logan zeigt auf den Ausblick, der sich auf

einmal bietet. Von hier oben sehen wir einen See, der metallen schimmert, und dahinter die Berge, die mit dem Himmel verschmelzen.

»Wunderschön. Ist das der Lake Tahoe?«

»Ja.« Er nickt. Wir sinken leicht ab und der See verschwindet. Logan rutscht auf der Sitzbank hin und her. »Warte, bis wir oben auf der Big Blue sind. Da siehst du ihn noch besser.«

»Ist die Big Blue eine grüne Piste?« Ich nehme den Rucksack ab und ziehe meinen Ordner heraus. »Ich habe ein paar Artikel übers Skifahren-Lernen gelesen, und überall stand, dass es wichtig ist, mit den grünen Pisten anzufangen und erst, wenn man sich dort wirklich sicher fühlt, auf die blauen Pisten zu wechseln. Außerdem stand da, dass es verschiedene Stufen von Grün gibt. Ist das eine leichte grüne?«

Er fummelt an den Skistöcken herum und schaut mich verwirrt an. »Was hast du da?«

Ich schaue auf den Deckel des Ordners hinunter, den jetzt die schneebedeckten Schweizer Alpen zieren. Thematisch viel passender als der hawaiianische Sonnenuntergang, finde ich. »Nur etwas Recherche-Material.« Schnell stopfe ich ihn zurück in meinen Rucksack. »Also ist das eine leichte grüne?«

»Mach dir keine Sorgen«, sagt er. »Ich pass auf dich auf.«

Klar. *Mach dir keine Sorgen.* So was sagen nur Leute, die schon wissen, wie es geht. Er weiß ja nicht, dass ich eine Sorgen-Liste habe, die ständig um weitere Punkte ergänzt wird. Allein wegen der Gondelfahrt sieht sie momentan so aus:

– Abreißen der Gondel und Sturz in den Tod

– wegen eines Stromausfalls stundenlang in der Gondel feststecken
– es nicht schaffen, in den Sessellift zu kommen
– aus dem Sessellift fallen, falls ich es tatsächlich schaffe hineinzukommen
– vor Logan Never wie ein Trottel dastehen

»Sehe ich so aus, als würde ich mir Sorgen machen?«, bringe ich heraus. Warum ist es mir auf einmal so wichtig, was dieser Typ von mir denkt?

Bevor er antworten kann, gleitet die Gondel in die Andockstation, ein Gebäude, das zu einer Seite hin offen ist. Die Türen gehen auf, ich folge Logan in die kalte Luft und schleife meine Ausrüstung hinter mir her. Andere Skifahrer und Snowboarder gehen an mir vorbei, sie tragen die Skier lässig über der Schulter oder halten das Snowboard so, wie man ein Buch aus der Bibliothek tragen würde. Mir fällt ein Ski herunter, weil ich ihn mit den dicken Handschuhen nicht richtig greifen kann, und poltert auf den Boden.

Vielleicht war das Ganze eine dumme Idee.

»Lass mich mal.« Logan beugt sich vor, hakt meine Skier mit einem schnellen Handgriff ineinander und legt sie mir behutsam über die Schulter. »Du gewöhnst dich schon noch dran.«

Da bin ich mir nicht so sicher.

Der blaue Himmel bildet einen harten Kontrast zu dem grellen Weiß des Bergs. Logan hilft mir, meine Skibrille anzupassen, überprüft, ob meine Skier ordentlich einrasten und ich die Skistöcke richtig halte. Ich schaue ihm zu und muss an den dreijährigen Aiden Simms denken, der am Ende unserer Straße in San Diego wohnt und auf den ich manchmal aufpasse. Immer wenn ich mit ihm zum Fahrradfahren rausgehe, muss ich ihn so ähnlich durchchecken.

Natürlich komme ich mir deswegen total bescheuert vor.

»Okay«, sagt er und setzt sich die Skibrille auf. »Keine Ahnung, was du gelesen hast, aber beim Skifahren ist das Gleichgewicht wichtig. Zuerst will ich allerdings sichergehen, dass du bremsen kannst.«

Ja, bremsen zu können, scheint mir auch besonders wichtig. Ich beiße mir auf die Lippe und sehe zu, wie die Leute den Berg hinunterflitzen und kaum irgendwann langsamer werden, nicht mal in der Nähe der Schilder, auf denen eindeutig LANGSAM steht. Alles, was ich gelesen habe, ist aus meinem Kopf verschwunden, und ich versuche, mit fester Stimme zu sprechen. »Stell dich lieber darauf ein, dass ich diesen Berg heute höchstwahrscheinlich nicht lebend wieder herunterkomme.«

Lächelnd macht er mit seinen Skiern schnelle Scherbewegungen hin und her. »Alles wird gut. Denk einfach nicht so viel darüber nach.«

Hat er den Ordner nicht gesehen?

Er erläutert mir ein paar Techniken, die alle nach Essen benannt sind, zeigt mir Pommes (Skier parallel zueinander) und wie ich mit den Skiern die Form eines Pizzastücks bilde.

»Das ist dein Schneepflug«, erklärt er bei der Pizza-Form. »Damit kannst du immer und überall anhalten, aber du kannst damit auch bremsen und Kurven fahren. Du fährst immer nur so schnell, wie du möchtest.«

Wenn ich mir so anschaue, wie steil der Berg um uns herum abfällt, kommen mir ernstliche Zweifel daran. »Zur Big Blue müssen wir nur ein kleines Stück bergab fahren.« In seiner Skibrille spiegelt sich der wolkenverhangene Himmel hinter mir. »Bereit?«

Ich wedele schwach mit einem meiner Skistöcke in seine Richtung. »Ja, ja, fahr vor.« Er fährt den Hügel hinunter, und ich stoße mich ab, ähnlich wie auf Inlineskates. Meine Skier gleiten über den Schnee. *Pizza, Pommes, Pizza,* sage ich in Gedanken vor mich hin und versuche Logan zu folgen, der auf der linken Seite den Berg hinunterkurvt. Rechts von uns sausen die Skifahrer zum Gold Coast, einem blauen Lift, der von uns weg weiter nach oben auf den Berg führt. Logan fährt in langsamen, unvollendeten Schleifen vor mir her und dreht sich hin und wieder nach mir um. Angeber. Erstaunlicherweise schaffen wir es zu einer flachen Stelle neben einem Lift namens Big-Blue-Express. Logan steckt die Skistöcke in den Schnee, sodass sie stehen bleiben, und fährt zu mir rüber. »Das hast du toll gemacht! Wie hat es sich angefühlt?«

Als ob an jeder Ecke der sichere Tod lauert, würde ich am liebsten sagen, aber stattdessen sage ich: »Ich weiß nicht genau, was ich mit meinen Stöcken machen soll.«

»Dein Oberkörper muss immer nach vorne auf die Piste zeigen und die Stöcke benutzt du zum Steuern.« Er macht mir ein paar kurze Schwünge vor, die Stöcke bewegen sich synchron mit seinem Körper. Ich versuche ihm zu folgen und konzentriere mich darauf, seine Haltung nachzuahmen, aber die Skier rutschen unter mir weg, und mit einem Mal sitze ich auf dem Hintern. Es tut übrigens weh, in den Schnee zu fallen. Logan fährt zu mir und zeigt mir, wie ich die Skier aufstelle und mich mit den Stöcken hochdrücke. Okay, vielleicht brauche ich die Stöcke doch.

»Lass uns den Big Blue nehmen und ich zeig es dir oben auf der Piste. Das ist ein wirklich flacher kleiner Babyhang.« Er fährt in die Schlange. Ich folge ihm und rutsche im Schneckentempo vorwärts, während die Skifahrer in den Lift steigen. Als wir an der Reihe sind, zeigt Logan mir, wo ich mich hinstellen muss. Dann sagt er, ich soll nach hinten schauen, damit ich den Sessellift erwische, wenn er um die Ecke gewackelt kommt. »Keine Angst, die sind langsam und einfach«, sagt Logan. Trotzdem bin ich überrumpelt, als der Lift plötzlich da ist, und er muss mich mehr oder weniger auf den Sitz zerren. Na toll. Mit Anmut und Geschicklichkeit beeindrucke ich Logan Never heute eindeutig nicht. Der Lift schlingert nach vorn, und mein Magen macht einen Hüpfer, als meine Skier den Boden verlassen. Aber dann schwebe ich auf einmal.

Das heißt nicht ohne Grund Lift.

Als das Gemurmel der Warteschlange am Big-Blue-Express hinter uns verklingt und wir durch die kalte Luft fliegen, verstummt auf einmal alles. Ich erinnere mich nicht, wann ich zuletzt so dagesessen habe, ohne etwas zu tun, ohne auf mein Handy zu schauen oder mir Notizen zu machen oder ein Buch zu lesen oder eine Schulaufgabe zu erledigen oder beim Meditieren zu versagen. Aber jetzt schwebe ich einfach nur.

Ich atme aus, ein tiefes Seufzen, und Logan sagt: »Fühlt sich toll an, oder?«

Ich nicke und schaue nach rechts, wo Skipisten den Berg hinunterführen. Dahinter, auf einem fernen Gipfel, steht ein Gebäude. »Was ist das?«

Logan lehnt sich an mich, nur ganz leicht. »Das ist das High Camp. Man kann dort mit der Seilbahn hochfahren und es gibt was zu essen und eine Eisbahn und ein Schwimmbad.«

Wir nähern uns der Stelle, wo wir aus dem Lift aussteigen müssen, und mein Magen dreht sich angesichts des steilen Schneehügels. »Wie, äh, steigt man aus?« Logan erklärt, dass ich die Spitzen der Skier hochhalten und dann einfach nur aufstehen muss. Wir schieben den Bügel nach oben und kurz darauf spüre ich den Schnee unter meinen Skiern.

»Jetzt.« Logan steht auf und gibt mir einen kleinen Schubs, sodass ich neben ihm den Schneehügel herunterrutsche. Ich denke nicht an den Schneepflug und stürze. Schnell hilft Logan mir hoch, weil andere Leute hinter uns aus dem Lift steigen. »Nicht schlecht.« Ernsthaft? Nicht schlecht. Ich bin mir ziemlich sicher, das gehört auf die Liste der schlechtesten Lift-Ausstiege der Ski-Geschichte. Er deutet nach rechts. »Komm, mir nach, damit wir aus dem Weg sind.«

Ich fahre im Schneepflug hinter ihm her, und als ich nach oben schaue, finde ich mich am Ende der Welt wieder. Wohin ich auch schaue, kilometerweit Schnee, Kiefern und Berge. Leute sausen vorbei, fahren zu anderen Pisten oder bleiben stehen, um Fotos vor dem Lake Tahoe in der Ferne zu machen.

Ohne Vorwarnung steigen mir Tränen in die Augen.

»Alles okay?« Logan fährt zu mir zurück.

»Der Ausblick«, sage ich statt einer Erklärung und bin froh über meine Skibrille.

Er mustert mich eingehend. »Es ist cool, dabei zu sein, wenn es jemand zum ersten Mal sieht.«

»Legen wir los.« Ich deute auf die Piste, um den rührseligen Moment möglichst schnell zu überspielen. Was ist los mit mir?

Logan lotst mich langsam die Big Blue hinunter und ich stürze immer wieder.

Und stürze.

Und stürze.

Nach der Hälfte etwa werfe ich frustriert meine Stöcke auf den Boden und bleibe schwer atmend sitzen. Logan kommt zu mir. »Brauchst du eine Pause?«

Ja. Aber mein Wutanfall mit den Skistöcken ist mir ein bisschen peinlich, also sage ich: »Nein. Mir geht's gut.« Ich blinzele zu ihm hoch. »Ist es schlimm, dass mir der Teil mit dem Lift am besten gefallen hat?«

Er hält mir seinen Stock hin und zieht mich hoch. »Nicht mehr lange. Du lernst schnell.«

Ich raffe mich auf und fahre bis zum Ende der Piste.

Nach einer Stunde tut mir alles weh. Obwohl ich so viel Tennis-Training hatte, hab ich anscheinend Millionen unbekannter Muskeln in den Beinen und im Rücken, die sich verbündet haben und gemeinsam aus vollem Hals schreien.

Bei der dritten Abfahrt wartet Logan auf halber Höhe der Big Blue auf mich. »Das sah schon besser aus – kein Sturz!« Er streckt seine Stöcke triumphierend über den Kopf.

Ich komme im Pflug zum Stehen. Neben seinen flüssigen,

anmutigen Schwüngen wirke ich wie eine ungeschickte Holzpuppe, aber er scheint sich aufrichtig für mich zu freuen.

»Danke«, sage ich, noch immer atemlos. »Es fühlte sich auch besser an.« Und das stimmt. Nein, Moment. Es hat sich nicht bloß besser angefühlt. Irgendwann liefen meine Skier gleichmäßig, und ich fand mein Gleichgewicht und fühlte mich stark, und das hat sich angefühlt wie … wie was? Wie fliegen. Aber ohne die Angst, ich könnte vom Himmel fallen.

»Es ist nett von dir, dass du mich mitnimmst. Für dich ist das sicher kein großer Spaß.«

»Machst du Witze? Ich liebe es, Leute mit diesem Sport bekannt zu machen.« Er lächelt mich an, und für einen winzigen Augenblick kommt es mir so vor, als wären wir die einzigen zwei Menschen auf dem Berg. Was auch immer diese merkwürdige Spannung zu bedeuten hat, er hat sie wohl auch gespürt, denn er räuspert sich und stützt sich schwer auf seine Stöcke. »Ich frage mich, wo Isabel bleibt.« Er zieht sich mit den Zähnen einen Handschuh aus und fischt sein Handy aus der Tasche. »Sie trifft uns an der Gold Coast.« Ohne eine Antwort abzuwarten, fährt er los in Richtung Gondel.

Ich folge ihm auf die Terrasse des Gold-Coast-Gebäudes, wo wir unsere Skier und Stöcke in einen Ständer stellen. Er bedeutet mir, mich an einen freien Tisch zu setzen, nimmt den Helm ab und stopft seine Handschuhe hinein. »Bin gleich wieder da.« Ich lege meinen Helm und die Handschuhe neben seinen und warte. Ein paar Minuten später kehrt er mit heißer Schokolade und einer Flasche Wasser zurück. »Trink das zuerst.« Er reicht mir das Wasser. »Auf dem Berg brauchst du viel Flüssigkeit.« Ich betrachte sein zerzaustes

Haar. Offensichtlich ist der Out-of-Bed-Look, den ich überall in der Stadt gesehen habe, eher auf die Helme zurückzuführen, die diese Typen den ganzen Tag aufhaben, als auf ihre morgendliche Haarpflegeroutine. Oder wahrscheinlich ist es eine Kombination aus beidem.

Wie auch immer, zerzaust sieht jedenfalls gut aus an Logan Never, und mein Kopf lässt sich nicht davon abhalten, aufzulisten, was sonst noch toll ist an Logan Never:

- dunkle Augen
- tolles Lächeln
- verwuschelte Haare
- Geduld

Hör auf damit, ermahne ich mich. Es ist eigentlich nicht meine Art, auf die Freunde anderer Mädchen zu stehen. Ich trinke das Wasser, um ihn nicht weiter anzustarren. »Danke.« Dann starre ich ihn doch noch ein bisschen an:

- Sommersprossen
- offenes Lachen

Puh. Wie immer, wenn ich eine neue Liste mache, scheint sie sich zu verselbstständigen.

Logan nimmt einen Schluck von seiner heißen Schokolade. »Du gehst also unter die Skifahrer. Wart's nur ab, bis du Trick das erzählst. Er fährt zwar nicht mehr viel, aber er ist bestimmt begeistert, wenn er hört, dass du ein paar Pisten unsicher gemacht hast.«

»Warum fährt er nicht mehr viel?« So schlimm hinkt er doch gar nicht.

Logan schaut unbehaglich drein. »Na ja, er fährt schon manchmal, denk ich, aber seit dem Unfall ist sein Bein ziemlich unbrauchbar, weißt du.«

Mom hat mir erzählt, dass er einen schlimmen Skiunfall hatte, als ich klein war, aber sie hat nie Einzelheiten erwähnt. »Weißt du, was passiert ist? Bei dem Unfall?«

Logan rührt seine Schokolade um. »Nur was meine Eltern mir erzählt haben. Wir waren ja nicht mal drei, als es passiert ist. Aber es war sein Ende.«

Die Schokolade in meinem Mund schmeckt viel zu süß und ich stelle sie zurück auf den Tisch. »Sein Ende?«

»Er konnte nicht mehr Ski fahren. Jedenfalls nicht so wie früher. Er war der Wahnsinn. Ich hab Fotos gesehen, ein paar alte Videos und so. Er war unglaublich.« Logan winkt jemandem hinter mir zu. »Oh, hey – Iz!«, ruft er, und als ich mich umdrehe, sehe ich Isabel auf uns zukommen. Mit ihrer blauen Jacke, den langen Beinen in der engen schwarzen Skihose und ihrem lässigen, anmutig athletischen Gang erinnert sie mich an Josie.

»Tut mir leid, dass ich deinen ersten Tag verpasst habe«, sagt sie, rutscht neben Logan und nimmt einen großen Schluck von seiner heißen Schokolade. »Wie war's?«

»Sie hat gerockt!«, sagt Logan, und seine Augen wandern von mir zu Isabel, die sich zu ihm hinüberlehnt und beiläufig etwas Schnee von seiner Schulter schnippt.

Gerade rocke ich nicht besonders. Ich fühle mich wie der weltgrößte Außenseiter.

Kapitel Neun

Am nächsten Morgen schaufelt Trick sich Froot Loops in den Mund und liest dabei ein Ski-Magazin. Draußen fällt Schnee und sprenkelt das graue Licht, aber drinnen prasselt das Feuer und es duftet nach Kaffee. »Morgen.« Den Löffel auf halbem Weg in den Mund, schaut er auf. »Drüben gibt's Kaffee.«

»Danke.« Ich gieße mir Kaffee in einen roten Becher, schütte viel Milch dazu und nehme mir dann von seinen Froot Loops. Als ich die Milch zurück in den Kühlschrank stelle, sehe ich, dass Trick einkaufen war. Im Kühlschrank liegt tatsächlich etwas Nicht-Tiefgefrorenes: ein bisschen Aufschnitt, ein Laib Brot, ein Sack Karotten. Auf der Küchentheke, neben der Herdplatte, stehen drei Dosen Hühnersuppe, daneben ein paar Äpfel und eine Schachtel Kräcker. Ich vermute mal, er hat endlich die Post-it-Listen bemerkt, die ich an den Kühlschrank geklebt habe. Und ins Badezimmer. Und auf seine Arbeitsstiefel.

Ich setze mich auf den anderen Klappstuhl am Tisch und glätte ein paar Falten in der Tischdecke, die ich gestern in der Stadt gekauft habe. Dunkelblau mit kleinen Schneeflocken. Trick ist sie offenbar nicht aufgefallen. »Ich war gestern Ski fahren.«

»Ach ja?« Trick schaut von seinem Magazin auf.

»Logan hat mich mitgenommen.« Nach einem Löffel Froot Loops traue ich mich zu sagen: »Er hat den Unfall erwähnt, den du hattest, als wir klein waren.«

Ich bemühe mich, beiläufig zu klingen.

Trick nestelt an seinem Magazin herum. »Das ist lange her. Deine Mom hat es dir sicher erzählt.«

»Nicht wirklich.«

»Nein?«

Ich rühre in meinen Froot Loops herum und überlege, wie ich ihm am besten sagen soll, dass ich eigentlich nichts über ihn weiß, ohne die Stimmung zwischen uns noch unbehaglicher zu machen. »Sie hat mir nicht wirklich viel erzählt. Über dich. Über diese Zeit ihres Lebens. Nur, dass du professioneller Skirennfahrer warst.«

»Freestyle-Skifahrer«, unterbricht er mich. »Nicht Rennfahrer.«

Wie Beck. »Ach so, okay, aber dann bist du gestürzt und, na ja, hast aufgehört. Und mit euch beiden hat es, ähm … nicht funktioniert.«

Trick stützt die Ellenbogen auf den Tisch und faltet die Hände unter dem Kinn. »So in etwa, ja.«

Ich erzähle ihm nicht, dass sie außerdem mehr als einmal gesagt hat, es sei nicht sein Ding, ein Dad zu sein. Jedes Mal, wenn seine Geburtstagskarte ein paar Wochen zu spät kam, wiederholte sie das in einem irgendwie gleichgültigen Ton. So wie man vielleicht sagt, dass jemand nicht gerne Sushi isst. Oder wandern geht. Mein Herz hämmert so laut, dass er es bestimmt hören kann. Vielleicht hört er, wie es fragt: *Warum hast du mir das nicht alles selbst erzählt?* »Fährst du immer noch Ski?«

»Manchmal gehe ich auf den Berg und genieße die Aussicht. Aber es ist schwer … mit meinem Knie und dem kaputten Bein.« Seine Stimme zittert, und ich vermute, sein Knie ist nicht der schwerste Part.

»Nimmst du mich mal mit?« Mein Herz trommelt laut. Wahrscheinlich kann er hören, wie es das Blut durch die Gefäße pumpt.

Er steht auf, nimmt seine Schüssel und geht zu der kleinen Spüle. »Klar, allerdings bin ich kein guter Lehrer. Logan kann das viel besser. Mit jemand anderem bist du echt besser dran.«

Ich habe ihn abgeschreckt. Offensichtlich wird Nr. 11 der Hier-und-jetzt-Liste schwieriger, als ich dachte. »Okay, klar. Ich dachte nur, es wäre schön, du weißt schon, was zusammen zu unternehmen.« Ich hatte schon Mathetests, die nicht so schlimm waren wie dieses Gespräch. Und bei meiner Vergangenheit heißt das einiges.

Er hält die Schüssel länger unter den Wasserhahn als nötig, und ich sehe, dass seine Ohren rosa anlaufen. Behutsam stellt er die Schüssel auf das metallene Abtropfgestell. »Ja, sicher, wir könnten auch mal zusammen abendessen gehen.«

Ich rühre mit meinem Löffel in dem bunten Milchrest herum. »Ja, Abendessen klingt gut.«

Er fährt sich nervös mit der Hand durch die Haare. »Ich muss jetzt zur Arbeit. Soll ich dich mit in die Stadt nehmen?« Er trocknet sich die Hände an einem zitronengelben Geschirrhandtuch ab. Das ist auch neu; das Preisschild hängt noch dran. Die Liste am Kühlschrank hat er auf jeden Fall gesehen.

– Geschirrhandtuch
– Suppe
– Milch
– irgendwas Gemüseähnliches

»Ich bleibe hier. Du weißt schon, gemütlicher Sonntag am Ofen. Vielleicht lese ich ein Buch oder so. Hake ein paar Punkte auf der Hier-und-jetzt-Liste ab.«

»Natürlich«, sagt er, sichtlich erleichtert, dass dieses heikle Gespräch beendet ist. Er zieht seinen Mantel an und setzt eine Mütze auf, und als er hinausgeht, wirbelt ein bisschen Schnee herein. Ich schlürfe den Rest meines Kaffees und sehe zu, wie der Schnee auf der Fußmatte zu einer kleinen Lache schmilzt.

Das geht eindeutig als Meditation durch.

* * *

Den Montag verbringe ich zu Hause und mache Schulaufgaben: Englisch, Geschichte, Chemie, Mathe. Ich muss zwar beim Heimunterricht dieselben Aufgaben machen wie im regulären Unterricht und ein paar Online-Lehrveranstaltungen anschauen, aber in der Summe ergibt das trotzdem keinen kompletten Schultag – die Mittagspausen, die Zeit zwischen den Schulstunden, die Aktivitäten nach der Schule, die Stillarbeitszeit (da schaue ich ehrlich gesagt manchmal einfach nur aus dem Fenster). An einem normalen Schultag geht dafür viel Zeit drauf. Die Lehrer machen Anwesenheitskontrollen, wir gehen zu Versammlungen, arbeiten an Gruppenprojekten, hören Gastrednern zu oder recherchieren in der Bibliothek. Deshalb geht es jetzt definitiv schneller, den aktuellen Lehrplan abzuarbeiten.

Bei dem Tempo bin ich Mitte der Woche mit allem fertig.

Mit so viel freier Zeit bin ich überfordert und fühle mich unwohl, wie diese Kugelfische, die sich aufblasen, wenn sie bedroht werden. Ich ertappe mich dabei, wie ich meine Socken sortiere und meine Klamotten neu zusammenlege. Ich fange sogar mit Aufgaben an, die erst in zwei Wochen fällig sind. Freizeit bekommt mir nicht. Ich fühle mich unproduktiv, und ich wurde dazu erzogen, Unproduktivität als eine Art Krankheit anzusehen.

Als ich es mir gerade ein bisschen mit meinem Vorbereitungsmaterial für den Collegeaufnahmetest gemütlich machen will, schreibt mir Josie:

Wie ist die Auszeit?

Meine Nackenhaare stellen sich auf.

Welche Auszeit? Hab den ganzen Tag gearbeitet.

Eine Sekunde später:

Du solltest doch einen süßen Snowboarder küssen.

Ich:

Keine Jungs – du kennst die Regeln.

Josie und ich sind im ersten Schuljahr zu dem Schluss gekommen, dass schon zu viele unserer Klassenkameradinnen in die Jungs-Falle getappt sind. Kluge, zielstrebige Mädchen, die sich wegen irgendeines Jungen in liebeskranke Trottel verwandelt haben. Es ist auch ohne Ablenkung durch dieses lächerliche *Oooooh, ob er mich wohl mag? Was hat er gemeint, als er das gesagt hat?*-Theater schwer genug, auf ein ordentliches College zu kommen.

Sie schreibt:

Diese Regeln gelten nur für bestimmte Postleitzahlen.

Ich lächle.

Ja, die Postleitzahl meines Lebens – ich arbeite!!

Sie lächelt per Nachricht zurück.

Tiefgründig … weniger arbeiten. Mehr küssen!

Ich vermisse sie.

Gegen eins knurrt mein Magen und ich mache mir ein Sandwich. Schinken und Cheddarkäse auf Weißbrot. Das hat Will letztes Jahr immer gekauft, als wir ein Wohnmobil gemietet und am Strand gecampt haben. Wenn ich es mir recht überlege, wirkt alles in Tricks Welt so, als würde er in seinem eigenen Leben campen.

Nachdem ich gegessen habe, wandere ich durchs Haus und schnüffle herum. Trick verleiht dem Wort minimalistisch eine ganz neue Bedeutung, daher ist das Haus ziemlich leer – ein paar Filme von Warren Miller, ein Burton-Pullover, der über dem verstaubten Fernseher hängt, und ein Videorecorder, der aussieht, als hätte er die Wahl von Bill Clinton miterlebt. Die meisten seiner Sachen sind auf Regalen in dem kleinen Schrank neben der Eingangstür verstaut. Ein Daunenanorak, zwei Paar Jeans, ein Paar Wanderstiefel, lange Unterwäsche, drei Fleecepullover, vier T-Shirts, vier Paar Skisocken und peinlicherweise fünf gefaltete weiße Unterhosen. Ich verziehe das Gesicht und will gerade die Schranktür zumachen, als mir etwas Hellgelbes ins Auge fällt, das unter dem flachen Stapel aus Fleecepullovern steckt. Ein Bilderbuch.

Der Nacktmull zieht sich an.

Als ich es sehe, steigen mir die Tränen in die Augen. Ich ziehe es vorsichtig heraus, damit der Pulloverstapel nicht umkippt, und lese, was ich in blauer Tinte auf die erste Seite geschrieben habe.

Hi, Trick. Habe das gesehen und an unseren Ausflug in den Zoo gedacht! Küsschen, Mara

In dem Buch liegen auch zwei Schulfotos von mir. Das eine zeigt mich als Zehnjährige, mit einem breiten Grinsen und einem verschnittenen Pony. Das andere ist aus dem ersten Schuljahr in der Highschool. Dasselbe Grinsen. Nicht ganz so verschnittener Pony. Bestimmt hat Mom ihm die geschickt. Ich stecke sie schnell wieder hinein und lege das Buch zurück an seinen Platz auf dem Regal. Meine Hände zittern.

Unter dem Waschbecken im Bad finde ich ein paar uralt aussehende Putzmittel. Aus irgendeinem Grund schrubbe ich nämlich lieber das Klo, als herumzusitzen und mich zu fragen, warum er mir nie zurückgeschrieben hat.

* * *

Am Abend klopft Trick an meine Zimmertür, obwohl sie nur angelehnt ist. »Herein.«

Er hat die Arme voller Skisachen. Ein Helm, Hosen, Stiefel, eine Jacke. »Ähm, ich hab dir heute ein paar Sachen besorgt. Und ich hab im Neverland ein paar Skier für dich zurückgelegt. Sie sind gebraucht, aber in sehr gutem Zustand.« Er kommt rein und lädt alles auf dem Bett ab. Ein Stiefel landet mit einem dumpfen Schlag auf dem Boden. Er hebt ihn auf. »Oder, na ja, den kannst du auch als Waffe benutzen.« Er tut so, als würde er ihn durchs Zimmer schleudern.

Ich streiche über den weichen Stoff der grauen Jacke.

»Wow, danke.«

Er räuspert sich und macht einen Schritt zurück in Richtung Tür. »Mit eigenen Sachen ist es besser. Du wirst sehen. Sag mir einfach, wenn irgendwas nicht passt. Matt hat mir beim Aussuchen geholfen. Logans große Schwester hat ungefähr deine Größe.«

Ich halte ein Paar Skisocken mit Flammen drauf hoch. Auf dem Etikett sind Bissspuren. »Ähm?«

Er grinst. »Oh, stimmt. Piper hat auf denen rumgekaut, aber ich hab nachgeschaut. Keine Löcher. Matt meinte, du kannst sie haben.«

»Cool, es geht doch nichts über vollgesabberte Socken, wenn man ein Mädchen auf den Berg locken will.« Ich pule das zerkaute Etikett ab. »Sicher, dass du nicht mitkommen willst?« Aber er ist schon wieder weg, und ich weiß nicht, ob er es gehört hat. Kurze Zeit später höre ich ihn mit Holz für das Feuer herumhantieren. Ich gehe zum Badezimmerspiegel und probiere den silbernen Helm an. Auf meinem Kopf sieht er so albern und rund aus, dass ich lächeln muss. Mir fällt auf, dass ich zum ersten Mal ein richtiges Geschenk von ihm bekommen habe, und das Lächeln gerät ein bisschen ins Wanken.

Kapitel Zehn

Am nächsten und auch am übernächsten Morgen wache ich um Punkt 8:05 auf. Nr. 4 der Hier-und-jetzt-Liste wird eindeutig zur Regel. Nicht zu fassen, wie viel Schlaf ich in Tahoe kriege. Ich bin wie ein Bär. Ich beeile mich, damit Trick noch nicht weg ist und mich mit in die Stadt nehmen kann.

Dort angekommen geht er direkt ins Neverland, aber ich mache einen Zwischenstopp im Elevation, um für Logan eine Packung Kekse zu holen, die man dort an der Kasse kaufen kann. »Welche Sorte?«, fragt Nathalie. Als ich ihr erzähle, dass sie für Logan sind, zeigt sie auf die mit dunkler Schokolade und Kokos.

»Seine Lieblingssorte.« Sie zwinkert mir zu.

Schnell erkläre ich: »Er bringt mir das Skifahren bei – ich will mich nur bedanken.«

Fünf Minuten später betrete ich das Neverland, die Glocke an der Eingangstür klimpert. Logan sitzt in seinem Frost-Boys-Sweatshirt auf der Ladentheke und durchwühlt einen Haufen Ausleihformulare, aber beim Klang der Ladenglocke schaut er auf. »Hey«, sagt er mit seiner leisen, lässigen Stimme, die einem das Gefühl gibt, man wäre sein bester Freund. »Ach, Pipe, komm hierher, sie kriegt ja kaum Luft«, ruft er seiner Golden-Retriever-Hündin zu, die mich mit Liebe und Fell überschüttet.

Ich winde mich aus Pipers enthusiastischer Begrüßung und gebe Logan die Kekse. »Hab ich dir mitgebracht.«

»Cool, das sind meine Lieblingskekse.«

Als er mich anlächelt, wird mir ganz warm. »Danke noch mal, dass du mit mir Ski fahren warst.« Er reißt die Packung auf, und ich füge schnell hinzu: »Ich hätte sie selbst gebacken, aber Trick hat keine Backutensilien. Oder überhaupt einen Backofen.« Er hat eine Bratpfanne, einen Topf und einen Dosenöffner. Auf die nächste Liste für ihn kommen Küchenutensilien:

- Rührschüssel
- Sieblöffel
- Käsereibe
- Bratpfanne, die nicht nach Tod aussieht
- (Mini-)Backofen?

Logan schiebt sich einen großen Keks in einem Stück in den Mund. »Lecker, danke«, nuschelt er und hält mir die Packung hin. »Willst du einen?«

»Es ist ungefähr halb acht Uhr morgens.«

»Power-Frühstück.« Seine Augen wandern zu Trick, der gefolgt von einem größeren älteren Mann in einer abgetragenen Spyder-Softshell-Jacke und einer Jeans mit Löchern an den Knien durch die Ladentür kommt. Das schwarze Haar seines Begleiters ist voller silberner Strähnen, daher schätze ich ihn auf etwa Ende fünfzig.

»Oh, hey, Oli.« Logan nickt dem Mann zu.

»Mara«, sagt Trick und legt ein Paar Skier ab, »das ist Oli. Er ist ein Tahoe-Urgestein. Fährt schon Ski in Squaw seit …« Er blinzelt Oli an. »Wie lange jetzt?«

»Seit ich im Stehen pinkeln kann.« Oli lächelt. Die Falten auf seinem Gesicht werden tiefer und seine ohnehin leuchtend blauen Augen strahlen.

»Nett, Sie kennenzulernen.« Ich strecke die Hand aus.

Er schaut verdutzt. »Gute Manieren«, sagt er zu Trick und schüttelt mir die Hand. »Kannst dich bei deiner Mama dafür bedanken, denn von dem Kerl da hast du die nicht, das weiß ich.« Er zeigt Trick einen hochgereckten Daumen.

»Na ja, sie hat mir nichts zu essen gegeben, wenn ich die Leute nicht anständig begrüßt habe«, sage ich todernst.

Trick klappt der Mund auf. »Ist das wahr?«

»Natürlich nicht!«

Trick lacht lauthals los und greift nach ein paar Bindungen auf der Ladentheke. »Klar, sorry – okay, also, du hast gesagt, du willst mit dem Skifahren weitermachen.« Er schaut Oli an. »In San Diego ist sie kein einziges Mal Ski gefahren.« In seiner Stimme liegt der Hauch eines Vorwurfs. Dann fährt er fort: »Daher dachte ich, es wäre vielleicht eine gute Idee, wenn Oli dich ein bisschen mit auf den Berg nimmt. Einen besseren Lehrer wirst du nicht finden – nichts für ungut, Logan.«

Logan arbeitet sich immer noch durch die Packung Kekse und winkt ab. »Kein Ding.«

Ich versuche Tricks Blick aufzufangen – ich hatte gehofft, *er* würde mit mir gehen. Aber er schaut nicht von den Bindungen auf. »Logan hat mir ein bisschen was beigebracht«, erkläre ich Oli.

Logan hält die Kekspackung hoch. »Skiunterricht gegen Kekse. Willst du einen?«

Oli schüttelt den Kopf, sagt aber: »Mara, lass uns morgen rausgehen und ein paar Abfahrten machen. Es ist auch wichtig, dass du lernst, den Berg zu achten.«

»Danke, Oli. Ich hab dich auch lieb«, murmelt Logan. Er hat seine Kekse aufgegessen und macht sich wieder daran, die Ausleihformulare zu sortieren.

Oli kratzt sich über die grauen Bartstoppeln an seinem Kinn. »Ist nicht böse gemeint. In deinem Alter war ich genauso. Dachte, alles, was zählt, ist Schnelligkeit.« Oli bückt sich, um ein verirrtes Formular vom Boden aufzuheben.

Schnell sage ich: »Logan war nicht so. Er hat wirklich darauf geachtet, dass ich mich auf den grünen Pisten wohlfühle.« Der Anflug eines Lächelns umspielt Logans Mund, aber er schaut nicht von seiner Arbeit auf.

»Außerdem«, sage ich, »ist es nur Skifahren.«

Trick und Logan wechseln einen kurzen Blick. »Oh-Oh.« Trick zieht dramatisch die Augenbrauen hoch. »Jetzt ist es so weit.«

Oli schaut mich durchdringend an. »Es ist viel mehr als nur Skifahren.«

»Pass bloß auf, Mara«, sagt Logan und hält in gespielter Angst die Hände in die Höhe. »Als Nächstes erzählt er dir, dass die Art, wie du Ski fährst, Aufschluss darüber gibt, wie du lebst.«

Oli wirft ihm einen ernüchternden Blick zu. »Lach du nur, Mr Never, aber ich bin ein alter Mann und weiß vielleicht nicht viel von der Welt …«

Trick wirft ein: »Du bist achtundfünfzig – wohl kaum *alt*. Erzähl mir das in zwanzig Jahren noch mal.«

Oli ignoriert ihn und fährt fort: »... ich weiß vielleicht nicht viel von der Welt, aber eins weiß ich. Ich weiß, wie man Ski fährt, und ich kenne diesen Berg. Und noch was: Wie eine Person diesen Berg runterfährt, sagt eine Menge darüber aus, wie diese Person auf unserer schönen Erde wandelt.«

Wo hat Trick nur diesen Typen aufgetrieben? »Nach dem Motto, wer schnell fährt, geht gern Risiken ein?«, frage ich.

Oli fixiert mich mit seinen dunkelblauen Augen. »Ach was, das ist nur guter Stoff für Ski-Dokus. Ich rede nicht von Black Diamonds oder davon, abseits der Piste zu fahren, oder von irgendwelchem technischen Zeug. Ich rede vom *Zuhören* – ständige Achtsamkeit, Willenskraft und die Achtung vor den Elementen, vor den wechselnden Jahreszeiten und Bedingungen. Ich rede davon, jederzeit zu wissen, wo man ist, und intuitiv zu spüren, welchen Weg man einschlagen muss. Ich rede von Liebe.«

»Liebe?« Soll das ein Scherz sein? Ich schaue Trick an, um zu sehen, ob er lacht, aber er nickt, als würde er ein vertrautes Lied hören.

»Ach, hör doch auf, du alter Hippie.« Logan grinst und füllt jetzt die Lippenpflegestifte und Sonnencremes in dem Drehgestell auf der Ladentheke auf.

»Ein Tanz der Liebe Skifahren ist«, sagt Oli mit Meister-Yoda-Stimme. Er geht ein paar Schritte auf mich zu und ich muss beinahe zurückweichen. Ganz schön groß, dieses Schnee-Orakel. »Ich nehme dich morgen mit und stelle dich dem Berg anständig vor.«

Ich schlucke. »Okay.«

Er nickt Trick zu und geht zum Ausgang. Als die Tür ins Schloss fällt, fängt Logan meinen Blick auf. »Glückwunsch – du hast dir deinen ganz persönlichen Schnee-Guru zugelegt.« Er legt die Handflächen aneinander und verbeugt sich vor der geschlossenen Tür. »*Namaste*, Herr der Berge.«

Ich gehe zum Schaufenster, um Oli hinterherzuschauen, aber er ist bereits in der Menschenmenge verschwunden, die draußen mit ihren Skiern und Boards vorbeizieht, um einen weiteren Tag auf dem Berg zu verbringen. »Ähm, wie genau finde ich ihn? Taucht er einfach auf? Schickt er vielleicht einen Droiden mit Anweisungen in Form eines Hologramms?«

Trick greift nach einem Paar Skiern, um sie mit in die Werkstatt zu nehmen. »Nun ja, er parkt die nächsten paar Wochen bei uns in der Einfahrt, du kannst ihn also nicht verfehlen. Und was den Droiden angeht, keine Ahnung, aber ich würd's ihm glatt zutrauen.«

* * *

Nach der Begegnung mit Oli gehe ich ins Elevation, um ein paar Schulaufgaben zu erledigen. Ich habe das Gefühl, hinterher zu sein, und sollte für einen Test in Geschichte lernen, wenn ich morgen einen Teil des Tages freinehme, um Ski zu fahren. Nach ein paar Stunden schaue ich von meinem Laptop auf und sehe, dass Isabel bei Nathalie an der Ladentheke eine Tasse heißes Wasser holt. Sie packt ihren eigenen Teebeutel mit Kamillentee aus, hängt ihn hinein und trägt den Tee dann vorsichtig zu meinem Tisch.

»Was treibst du, Süße?« Sie äugt auf meinen Laptop. »Geschichte-Leistungskurs. Das kommt mir bekannt vor.«

Ich verdrehe die Augen. »Ich vergnüge mich mit textgebundener Erörterung.«

»Bäh, kenn ich.« Sie lässt sich auf den Platz neben mir fallen.

»Was hast du so vor?« Irgendwie frage ich mich, wann sie eigentlich Zeit hat, einen Geschichte-Leistungskurs zu belegen. Mir kommt es so vor, als würde sie die ganze Zeit trainieren.

»Ich gehe eine Stunde ins Fitnessstudio und dann muss ich für einen Test morgen lernen.« Sie setzt sich ein bisschen auf. »Willst du mitkommen?«

»Und für deinen Test lernen? Nein, danke.« Ich klopfe auf mein Geschichtsbuch. »Hab hier schon genug davon.«

»Nein, du Dummerchen. Ins Fitnessstudio. Meine Mom könnte uns fahren.« Sie trinkt vorsichtig einen Schluck von ihrem heißen Tee. »Ich könnte dir ein paar Übungen fürs Skifahren zeigen.«

Das klingt verlockend. Und ein Ortswechsel wäre nett. Mein Handy summt: CHEMIE!, leuchtet in meinem Google-Kalender auf. »Ich würde gern, aber … ich sollte wahrscheinlich nicht. Ich muss jetzt eigentlich mit Chemie anfangen. Und morgen nehme ich mir schon teilweise frei für Skiunterricht.«

Sie zuckt mit den Achseln. »Wie du willst.«

»Genau genommen gehe ich mit einem Freund von Trick, Oli.«

Ihre Miene hellt sich auf. »Oli ist in der Stadt?«

Ich runzele die Stirn. »Ist er normalerweise *nicht* in der Stadt?«

Isabel wickelt den Faden um den Teebeutel und drückt die Flüssigkeit heraus, bevor sie ihn auf den Tisch legt. »Oli wohnt in seinem Airstream. Also lebt er immer dort, wo es ihm gerade gefällt. Manchmal ist er hier und manchmal« – sie hält inne – »nicht.«

»Oh.« Er lebt in seinem Airstream? Keine Ahnung, was das heißt.

Isabel hat meinen verwirrten Gesichtsausdruck wohl bemerkt, denn sie lacht.

»Sein *Wohnwagen*. Du weißt schon, diese silbernen, die man hinten an einen Truck hängt.«

»Ach so, klar.« Das meinte Trick wahrscheinlich, als er sagte, Oli würde in unserer Einfahrt parken. »Er lebt dort das ganze Jahr über?«

»Ja.« Sie winkt einem Jungen, der durch die Eingangstür kommt. Ich habe ihn schon mal mit Logan gesehen. Einer von den Frost Boys. »Hey, Bodie. Kennst du Mara schon?« Bodie. Die dritte Seite des Dreiecks der Verantwortung mit dem Zahnarzttermin.

Er nickt mir zu und seine blau gefärbten Haarspitzen fallen ihm in die Augen. »Meine Stellvertreterin! Wie läuft's?« Er stützt sich auf die Lehne eines freien Stuhls. »Iz, deine Mom wartet.«

Isabel steht auf. »Wir hauen ab. Komm mal mit, wenn wir uns treffen.«

»Klar, gern.« Ich schaue ihnen nach. Lachend gehen sie an den großen Glasfenstern vorbei, Bodie sagt etwas und Isabel schubst ihn deswegen scherzhaft. Mir wird deutlich bewusst, wie sehr Tahoe zu ihnen gehört und wie viel von diesem Ort ich nur ausleihe, bei meinem Versuch, wieder zu mir selbst zu finden.

Erneut summt mein Handy. »Okay!«, fahre ich es an und werde rot, als der Typ am Nebentisch mich über seine Kaffeetasse hinweg anschaut und die Augenbrauen hochzieht. Verlegen zucke ich mit den Achseln. *Komm schon, es ist vollkommen normal, sein Handy anzuschreien, besonders wenn es so herrisch ist wie meins.*

* * *

Etwas später lehne ich mich über den Tresen und schaue Nathalie zu. Sie macht Kaffee für eine Gruppe Skifahrer, die gerade von der Piste kommen.

»Was gibt's?« Sie setzt auf jede Tasse einen Klecks Milchschaum.

»Ich hab was in Tricks Truck vergessen. Kann ich mein Zeug hierlassen und es schnell holen?« Ich zeige auf meinen Platz am Kamin, den mir hundertprozentig jemand wegschnappt, wenn ich alles zusammenpacke.

»Ich habe ein Auge drauf.« Sie stellt den Kaffee auf ein Tablett und scheucht mich aus der Tür.

Ich renne zu Tricks Truck. Er schließt ihn nie ab, also schnappe ich mir mein Chemiebuch und will gerade zurück zum Elevation, als ich in der Autoreihe nebenan zwei Leute streiten höre.

»Das ist lächerlich, Beck. Du gehst hin, Ende der Diskussion. Es kann nicht sein, dass deine Mutter an meinem

Wochenende Pläne macht.« Neben der offenen Tür eines glänzenden schwarzen Range Rovers steht ein Mann und schaut den Jungen vor ihm finster an.

Beck steht mit dem Rücken zu mir und hat die Hände in den Taschen seines Anoraks vergraben. »Seit wann interessiert es dich, was ich am Wochenende mache?«

Der Mann verschränkt seine langen Arme vor der Brust. Er hat Becks dichten Haarschopf, allerdings makellos geschnitten. »Du wirst bei diesem Abendessen aufkreuzen und dein mieses Benehmen lässt du zu Hause. Das ist keine Bitte.« Er schreit zwar nicht unbedingt, aber so gut wie. Seine Stimme schallt über den Parkplatz.

»Ja, Sir. Jawohl, Sir«, murmelt Beck.

Die Hand des Mannes schnellt hervor und er packt Beck an der Schulter. »Ich mein's ernst, Beck. Gewöhn dir dieses Benehmen ab.« Er schüttelt ihn ziemlich heftig und steigt dann in den Range Rover. Beck muss mehr oder weniger zur Seite springen, um nicht überfahren zu werden.

Ich eile zurück ins Elevation und hoffe, dass mich keiner von beiden sieht.

Kapitel Elf

Am nächsten Morgen klopfe ich in meiner neuen Skiausrüstung an die Tür von Olis Wohnwagen, der, wie Trick mir erzählt hat, »Pulverschnee« heißt. Er ist wohl gestern Nacht irgendwann spät in unsere Einfahrt gerollt, aber ich habe ihn nicht gehört.

Oli erscheint in Skihosen und einem Flanellhemd in der Türöffnung. Keine Ahnung, welche Farbe seine Baseballkappe ursprünglich hatte, ich erkenne nur das kaum lesbare JACKSON-HOLE-Logo. »Hallöchen«, sagt er Kaffee schlürfend.

»Kann ich mir ›Pulverschnee‹ ansehen?«

Ich folge ihm ins Innere des Airstream, wo es nach Kaffee duftet. Beim Frühstück hat Trick mir erzählt, dass Oli in »Pulverschnee« wohnt, seit er denken kann. Er reist darin durchs Land, übernachtet auf Campingplätzen, Parkplätzen und bei Freunden. »Wie kann er sich das leisten?«, fragte ich, den Mund voller Cornflakes.

Trick zog die Augenbrauen zusammen. »Er lebt bescheiden. Macht gelegentlich Saisonarbeit. Er schlägt sich irgendwie durch, schätze ich«, sagte er achselzuckend. Einen Augenblick später fügte er hinzu: »Er ist Zimmermannsmeister, also verdient er wahrscheinlich damit ein bisschen Geld, nehme ich an. Du solltest die Innenausstattung sehen. Sie ist wunderschön, so viele Details und Krimskrams. Ein Kunstwerk, ehrlich.«

Jetzt, wo ich in dem Wohnwagen stehe, sehe ich, was Trick gemeint hat.

»Wow«, hauche ich und schaue mir die gemütliche Einrichtung an. Sie besteht aus einem Bett mit einer verblichenen Patchworkdecke, einem massiven Holztisch mit gepolsterten Sitzbänken, einer schmalen Arbeitsplatte mit Küchenschränken darüber und einer Toilettenkabine, alles aus feinstem Kirschbaumholz, sorgfältig von Hand verarbeitet. Schwer vorstellbar, dass man ein ganzes Leben in diesem kleinen Raum unterbringen kann, aber Oli hat es geschafft. An den Wänden hängen Fotos – er hat offenbar eine Schwäche für Retro-Postkarten von Skigebieten. Oder vielleicht waren sie noch gar nicht retro, als er sie gekauft hat. »Das ist echt cool.« Mein Blick verweilt auf ein paar Taschenbüchern, die in ein hölzernes Einbauregal über der Sitzbank gezwängt sind. Keins davon steht auf der Leseliste der Ranfield.

»Mein Zuhause«, sagt Oli beiläufig, aber er sieht erfreut aus, als hätte ich sein geliebtes Haustier gelobt. »Bist du startklar für den Berg?«

* * *

Eine halbe Stunde später sitzen wir in der Gondel, die Skier haben wir ordentlich neben uns verstaut. Es ist kalt heute, aber klar, und als die Gondel uns auf den Berg bringt, bin ich froh über die verdunkelten Gläser meiner Skibrille. Wir steigen höher, und Oli fragt mich, wo ich bisher gefahren bin. Ich erzähle ihm von den Big-Blue-Abfahrten, die ich mit Logan gemacht habe.

»Was ist dir bisher besonders wichtig beim Skifahren?«

»Was meinst du?«

Er streckt die Beine vor sich aus. »Was ist deine Schokoladenseite? Manche Leute fahren gern schnell. Andere mögen schwieriges Gelände. Wieder andere wollen den Berg unter sich spüren oder die Fahrt mit dem Lift genießen.«

»Ich will einfach nur besser werden«, sage ich.

Er mustert mich einen Moment lang eingehend durch seine dunkle Brille, dann wendet er sich ab und zeigt auf eine Frau unter uns, die flott den Berg hinunterfährt. »Siehst du die da?«

Ich folge ihr mit dem Blick, bis sie hinter einer Kurve verschwindet. »Ja.«

»Hast du gesehen, wie verkrampft sie ihre Stöcke umklammert hat, wie krumm und steif ihr ganzer Körper war?« Als Nächstes zeigt er auf einen Mann mit ähnlicher Haltung. »Siehst du die Spannung?«

Ich erkenne nicht wirklich irgendeine Spannung; sie sehen einfach nur schnell aus. »Ja, ich denke schon«, lüge ich.

»Siehst du, wie sie Ski fahren – schnell und aggressiv? Wie Migräne auf Skiern. Und jetzt, siehst du die da?« Er zeigt auf eine Frau in einem silbrig glänzenden Anorak und einer blaugrünen Skihose, deren pechschwarzer Pferdeschwanz hinter ihr her weht. Sie ist schnell, aber ihre Bewegungen sind locker und fließend und voller Anmut. »Sie kämpft nicht gegen den Berg. Schau dir diese Achtsamkeit an.«

Ich bin mir nicht sicher, ob ich die Achtsamkeit tatsächlich *sehe.* Ich schaue mir die Skifahrer an, die unter uns vorbeifahren, sie sind alle ganz unterschiedlich. Manche fahren sehr schnell, manche stürzen, manche malen ein breites Lächeln in den Schnee. »Und das ist besser?«

Wir erreichen die Bergstation und Oli sammelt seine Ausrüstung zusammen. »Nicht besser. Nur anders. Wer willst du auf dem Berg sein?«

»Es wäre schön, nicht alle fünf Minuten auf den Hintern zu fliegen«, sage ich, suche meine Skier und Skistöcke zusammen und folge Olis herzlichem Lachen aus der Gondel.

Wir fahren die Big Blue zwei Mal und ich bin überrascht von meinem Muskelgedächtnis. Ich dachte, ich müsste wieder ganz von vorne anfangen, aber mein Körper gleitet wie von selbst über den Schnee; er erinnert sich. Nach der zweiten Abfahrt hält Oli mich am Fuß der Piste an. »Denk dran, Mara, Skifahren ist ein Tanz zwischen dir und dem Berg. Und es geht ums Zuhören. Wenn du dieses Mal runterfährst, hör wirklich zu.«

»Wem soll ich zuhören?«

»Allem.« Als er sich in die Schlange vor dem Lift einreiht, entfährt mir ein Kichern. Meint dieser Kerl das ernst? Ich denke daran, wie Logan sich vor ihm verbeugt hat, als er aus dem Laden ging, und verkneife es mir, ihm *Ja, Herr der Berge, auf dich hören Mara wird* hinterherzurufen. Trotzdem folge ich ihm, weil ich mich, obwohl er kitschiges Zeug daherredet, gerade rundum wohlfühle.

Genau genommen habe ich in der ganzen Zeit mit Oli keine einzige Liste erstellt und hatte kein einziges Mal dieses kribbelige Gefühl, das mich immer beschleicht, wenn auf meinem Laptop Hausaufgaben auf mich warten.

Daran könnte ich mich gewöhnen.

* * *

»Skifahren?« Josie schaut mich mit gerunzelter Stirn durch den Bildschirm an. »Klingt schrecklich.«

»Du würdest staunen, Jo – es macht wirklich Spaß.« Ich knie auf meinem Bett, draußen bricht dunkelrot die Nacht herein. »Es ist wie Fliegen.«

»Fliegen ist was für Vögel. Bist du ein Vogel?« Ich strecke ihr die Zunge raus und sie kichert. »Na ja, verletz dich nicht. Ich brauche meine Doppelpartnerin heil zurück.«

»Josie?« Ich zögere und begutachte meine Fingernägel. »Hast du rausgekriegt, du weißt schon, wer das Video von mir gepostet hat?« Als ich gegangen bin, saß Josie bei mir zu Hause auf dem Bett, schaute mir beim Packen zu und sagte grimmig: *Ich finde heraus, wer das getan hat, ich schwör's.* Ich weiß, meistens sagen die Leute so was nur, damit man sich besser fühlt. Aber Josie meint es wahrscheinlich wirklich ernst. Die Entschlossenheit in ihren Augen hat mir sogar ein bisschen Angst eingejagt. Sie sah aus, als würde sie über Leichen gehen.

Jetzt senkt sie den Blick, sodass ich ihren silbern glitzernden Lidschatten sehe. »Noch nicht.«

Schnell sage ich: »Schon okay. Das hab ich auch nicht von dir erwartet. Außerdem bin ich nicht mal sicher, ob ich es überhaupt wissen will.« Wenn ich nachts im Bett liege und dem Knacken und Knistern des Feuers lausche, frage ich mich oft, ob ich es gern wüsste oder ob es so besser ist. Ich bin weit weg in den Bergen und sehe sie sowieso alle nicht. Aber dann grüble ich wieder und grüble und grüble. Irgendwie komme ich nicht davon los, ich kann es nicht vergessen oder mir keine Gedanken mehr darüber machen.

»Mara?« Josie äugt in die Kamera. »Du könntest ohne Probleme zurückkommen. Niemand redet mehr davon. Du weißt doch, dass die Leute hier die Aufmerksamkeitsspanne von Fruchtfliegen haben. Außerdem hat Jaelynn Chambers sich letzte Woche die Haare abgeschnitten, knallrot gefärbt und sich einen Ring in die Augenbraue machen lassen. Ein Augenbrauen-Piercing. Glaub mir, keiner redet mehr über dich.«

»Im Ernst?« Jaelynn Chambers ist Schulsprecherin. Ihr Vater ist ein bedeutender konservativer Kongressabgeordneter. Er ist sicher ausgerastet. Was bestimmt Zweck der Übung war.

»Ich finde, sie sieht toll aus, aber gestern hat ihre *Mom* sie abgeholt.« Jaelynns Mom kommt nie zur Schule, außer für Fototermine.

Mein Handy summt. Eine Nachricht von Logan:

Hab gehört, du hast wieder gerockt heute. Willst du morgen mitkommen? Ich bin zwar nicht der Herr der Berge, aber ich spendiere heiße Schokolade – danke noch mal für die Kekse.

Im Anhang ist ein Foto. Er hat die leere Kekspackung in ein Bild des Krümelmonsters reingeschnitten.

Josie schaut verärgert drein. »Ähm, hallo?«

»Sorry«, sage ich verlegen und schiebe das Handy weg. »Ich sollte jetzt Mom anrufen. Du kennst sie ja.«

»Schon klar – bis bald.« Sie meldet sich ab.

Ich starre auf den leeren Bildschirm und fühle mich wie eine miese Lügnerin. Ich habe zwar nicht gesagt: *Das war Mom, deshalb muss ich jetzt Schluss machen*. Aber ich habe es angedeutet. Trotzdem fühle ich mich nicht deswegen schuldig. Ich habe Schuldgefühle, weil ich die ganze Zeit dachte, dass mir die Ranfield kein bisschen fehlt. Ich vermisse Josie, aber das war's dann auch schon. Das liegt an Tahoe. Irgendwas an diesem Ort – der Schnee, die Berge, das dunkle Grün der Bäume, sogar die eisige Kälte – wirkt wie eine Art Gedächtnis-Radierer. Das habe ich auch heute auf dem Berg gespürt. Es ist, als würde es mich erden, wie unkompliziert und einfach hier alles ist.

Und das gefällt mir.

Ich nehme mein Handy und starre auf die Nachricht von Logan. Dann schreibe ich zurück:

Wann? Wo? Ich bringe Kekse mit.

Eine Minute vergeht. Dann:

Gondel. 10. Leckerschmecker.

Ich lasse mich in die Kissen fallen, meine Muskeln brennen darauf, wieder auf den Berg zu kommen. Und noch etwas anderes brennt, so als hätte ich etwas vergessen, aber ich kann es nicht genau festmachen. Hätte ich Josie von Logan erzählen sollen? Eigentlich gibt es ja nichts zu erzählen. Er hat eine Freundin. Hätte ich mich bei Mom melden sollen? Ich durchforste mein Gehirn. Was noch? Ich durchsuche mein Handy, checke meine Ordner und Listen.

Nö, heute steht nichts an.

Was immer es ist – wenn es mir nicht einfällt, kann es

keine allzu große Sache sein, oder? Jedenfalls lasse ich mir davon nicht die angenehme Schwere meiner müden Muskeln vermiesen, und bevor ich mir auch nur die Zähne putzen oder meinen Schlafanzug anziehen kann, sinke ich in den tiefen Schlaf, den ein Tag auf dem Berg beschert.

Kapitel Zwölf

Freitagmorgen stehe ich früh auf, um eine Chemieaufgabe einzureichen. Da ich noch nicht einmal angefangen habe, *Der große Gatsby* zu lesen, und den Aufsatz am Montag abgeben muss, sollte ich mich heute eigentlich an meine Englisch-Hausaufgaben setzen, aber ich will unbedingt mit Logan Ski fahren. Das Buch liegt auf dem Tisch und starrt mich an. »Gute Noten in Sport sind auch was!«, sage ich zu dem blauen Buchdeckel, und sein vorwurfvoller Blick folgt mir, als ich aus der Tür gehe.

Draußen bildet mein Atem kleine Wolken in der Morgenluft. Trick sitzt in seinem Truck und lässt ihn im Leerlauf laufen. Ich gehe an Olis stillem Wohnwagen vorbei und stelle fest, dass sein Truck nicht da ist. Als wir den Hügel hinunterfahren, schaut Trick zu mir rüber und räuspert sich. »Also, dieser Therapeuten-Futzi hat gestern Nachmittag angerufen, Dr. Elliot – tut mir leid, habe gestern Abend vergessen, es dir zu sagen, bevor du schlafen gegangen bist. Komplett verpeilt.«

Mir rutscht das Herz in die Hose. *Mein Termin*. Das nagende Gefühl gestern Abend, dass ich etwas vergessen habe. Ich habe meinen Therapie-Termin verpasst. »Oh, nein.« Mein Herz schlägt schneller.

»Ja, er hat gesagt, du kannst einen neuen Termin ausmachen oder einfach nächste Woche kommen. Wie es dir passt. Vielleicht rufst du ihn später an?« Trick biegt nach rechts auf die Squaw Valley Road ab, die sich in Richtung Stadt schlängelt.

Trotz Kälte fangen meine Hände an zu schwitzen. »Ich glaub's nicht. Ich war Ski fahren. Ich hab's komplett vergessen.« Meine Stimme zittert in der kalten Luft im Auto.

Trick bemerkt es und zieht die Augenbrauen hoch. »Halb so schlimm. Er berechnet deiner Mutter die Sitzung nicht mal. Ziemlich cool von ihm.« Er fährt auf einen Parkplatz.

Besteht irgendeine Chance, dass Mom nichts davon weiß?

Mein Brustkorb zieht sich zusammen. »Aber *sagt* er es Mom?« Ich nestle an der Schnalle meines Sicherheitsgurts herum. »Das war nämlich Teil der Abmachung, dass ich hierherkommen darf. Dass ich zu Dr. Elliot gehe. Ich fass es nicht. Ich hab noch nie einen Termin verpasst.«

Er zieht den Schlüssel aus dem Zündschloss. »Du hast noch *nie* einen Termin verpasst?«

»Nicht ohne vorher anzurufen, um den Termin zu verlegen.« Ich zerre stärker am Gurt. *Warum geht der nicht auf?*

Trick lehnt sich zu mir rüber und schnallt mich ab. »Wow. Mara gegen Gurt. Gurt gewinnt die erste Runde«, zieht er mich auf.

Ich bin nicht zu Scherzen aufgelegt. »Mom bringt mich um.«

Er nimmt seine Jacke und den Geldbeutel. »Das bezweifle ich.«

Mein Handy klingelt. Ich schaue darauf und mein Herz

pocht schneller. Wir starren beide auf den Namen des Anrufers auf dem Display. »War schön, dich kennengelernt zu haben«, sage ich zu ihm. Mit einem leisen Kichern drückt er die Tür auf der Fahrerseite auf und ich muss mich Moms Zorn alleine stellen.

Ich nehme ab.

»Du hast eine komplette Sitzung verpasst«, stellt sie fest, ihre Stimme hallt ein bisschen. Sie ruft also aus dem Auto an.

»Ich weiß, tut mir leid.«

»Du kannst nicht dortbleiben, wenn du dich nicht an deine Verpflichtungen hältst. Das war Teil der Abmachung. Es stand in deinem Kalender.«

Moment. Ich hatte auf meinem Handy nachgeschaut und nichts gesehen. Hoffnung keimt in mir auf. Komme ich vielleicht wegen technischer Probleme noch mal davon? »Mom, ich hab auf meinem Handy nachgeschaut. Da stand nichts.« Ich erwähne nicht, dass ich erst ungefähr vier Stunden, nachdem ich bereits bei dem Termin hätte sein sollen, auf mein Handy geschaut habe. Ist gerade nicht so relevant, oder?

Ihr Seufzen verwandelt das Handy in einen Windkanal. »Bei deinen Brüdern ist gestern dasselbe passiert. Ihre Stundenpläne waren völlig leer. Keine Ahnung, was da los ist.«

Ich liebe Technik. »Tut mir leid, dass ich nicht dran gedacht habe, Mom. Aber es stand wirklich nirgends.«

»Du rufst Dr. Elliot an. Heute. Mach einen neuen Termin aus, okay?«

»Mach ich.« Auf einmal plagen mich Schuldgefühle.

Aber bevor ich ein Geständnis ablegen kann, sagt sie: »Ich muss mich beeilen, Mara, bin spät dran«, und legt auf.

* * *

Logan wartet draußen vor der Talstation und hat den Blick auf sein Handy gerichtet. Ich renne auf ihn zu, soweit man in Skistiefeln rennen kann. Wahrscheinlich sehe ich aus wie ein betrunkener Roboter. »Tut mir leid, dass ich zu spät bin. Stress mit Mom.«

Er steckt das Handy in die Jackentasche und lächelt mich an. »Kein Problem. Ich hab heute erst um zwei Training und meine Übungen im Fitnessstudio hab ich schon gemacht.« Er schaut mich prüfend an und sein Lächeln verblasst. »Alles okay?«

Ich bemühe mich, entspannt auszusehen. »Ja, klar. Los geht's!« Wir drängeln uns durch die Schranken und in die Gondel. Logan lehnt unsere Skier in eine Ecke und streckt sich schräg gegenüber von mir auf einer Sitzbank aus. Wir fahren los, und ich versuche, nicht aus dem Fenster zu schauen. Mein Magen krampft sich zusammen, als die Gondel nach vorne schwingt und die Talstation verlässt. Ich dachte, es würde mit jedem Mal leichter werden, aber das ist nicht der Fall. Ich schaue auf meine schneebedeckten Stiefel und versuche meinen Kopf davon abzuhalten, eine Liste unseres Höhenverlaufs zu erstellen:

- Jetzt sind wir auf Höhe eines Baums.
- Jetzt sind wir auf Höhe eines dreistöckigen Gebäudes.

»Was wollte deine Mom?«, versucht Logan es noch mal.

»Ich hab nur gestern einen Termin verpasst und sie wollte wissen, warum.«

»War es wichtig?« Er sieht ehrlich besorgt aus.

»Nicht wirklich.« Logan Never muss nicht wissen, dass ich zum Psychologen gehe.

Er schaut mich eine Minute lang an und wartet, dass ich näher darauf eingehe. Als von mir nichts kommt, sagt er nur: »Okay«, und legt seinen Arm auf die Banklehne. Wir schauen nach draußen auf die weiße Welt unter uns. »Aber du kannst darüber reden, wenn du willst«, fügt er hinzu.

»Danke. Ist wirklich nicht so wichtig.« Wir schweigen und lauschen dem Ächzen und Knarren der Gondel. Es ist nett von ihm, dass er überhaupt fragt, und mir wird ganz flau im Magen, als ich ihn anschaue, wie er dasitzt und seine langen Beine vor sich ausstreckt. Ich räuspere mich und versuche, nicht daran zu denken, wie sehr ich diesen Jungen möglicherweise mag. Denn *das* muss gerade definitiv nicht auch noch auf die chaotische Liste meines Lebens. Ein Junge. Ein Junge mit Freundin. Ich konzentriere mich lieber darauf, mir ein paar Vokabeln für meinen Französischtest am Montag in Erinnerung zu rufen.

Was heißt *sich zusammenreißen* auf Französisch?

* * *

Obwohl ich nicht ganz so oft stürze wie am ersten Tag, als ich mit Logan Ski fahren war, komme ich irgendwie nicht richtig rein. Aber nach ein paar Abfahrten lockert sich mein Körper und langsam traue ich dem Gefühl von Skiern unter den Füßen. Natürlich verkanten sich meine Skier gerade als ich anfange, mich zu entspannen, und den Berg etwas schneller hinunterfahre, und ich lande auf dem Hintern.

Logan fährt zu mir rüber und bietet mir seinen Skistock an, aber ich greife nicht danach. »Wie's aussieht, bin ich eine Niete im Skifahren. Von wegen gute Gene«, sage ich und schaue zu ihm hoch. »Falsch gedacht!«

»Machst du Witze? Skifahren lernt man nicht über Nacht. Das dauert Jahre. Du schlägst dich gut.« Er hält mir seine behandschuhte Hand hin und diesmal nehme ich sie. Als er mich hochzieht, rutschen meine Skier unter mir weg und ich falle ihm in die Arme. »Huch, hab dich.« Er lässt seine Stöcke fallen, legt die Hände auf meine Schultern und hält mich fest. Ich bin ihm so nah, dass mich wieder dieser ungewohnte Schauer überkommt. Ich will mich losreißen und weiche zurück. »Vorsicht!« Er versucht, mich festzuhalten, aber ich lande wieder auf dem Boden. Er sieht verwirrt aus, aber auch so, als müsste er sich ein Lachen verkneifen. »Okay, keine Ahnung, was da gerade passiert ist.«

»Hab das Gleichgewicht verloren.« *Weil du so süß bist und aufhören musst, mich anzufassen.* Ich hole tief Luft und denke daran, wie ich vor ein paar Tagen zuversichtlich die »Grüne Piste« auf der Hier-und-jetzt-Liste durchgestrichen habe. Gerade bin ich mir nicht sicher, ob ich das verdient habe.

Ich folge ihm zurück zum Big-Blue-Lift und wünschte, mein Frust würde, genau wie der Schnee auf meinen baumelnden Skiern, einfach davonwehen. Ich weiß nicht, was mich mehr frustriert, das Skifahren oder die Tatsache, dass ich die ganze Zeit daran denken muss, wie schön es war, Logan in die Arme zu fallen und seine Hände auf meinen Schultern zu spüren.

»Wo steckt Isabel?«, frage ich fröhlich.

Er zuckt mit den Achseln. »Weiß nicht genau.«

Vielleicht sollte ich die Liste um *gleichgültig seiner Freundin gegenüber* ergänzen.

Da dämmert es mir.

Ich erstelle immer noch eine Logan-Never-Liste in meinem Kopf. Und sie wird immer länger.

- die Art, wie sich seine Mundwinkel kräuseln, wenn er lächelt
- wie geduldig er als Skilehrer ist
- wie lieb er mit seinem Hund umgeht
- wie hart er im Neverland arbeitet
- dass er sich nie beschwert oder gestresst wirkt
- sein Gesicht, ganz allgemein - er hat einfach ein wirklich hübsches Gesicht
- und einen tollen Körper

Hör auf damit. Ich habe keine Zeit für Logan-Listen.

Oder vielleicht doch.

Denn eigentlich zählt das ja nicht richtig, oder? Ich verstoße nicht gegen die Regeln. Ich bin nicht besonders lange hier und er ist sowieso vergeben. Was hat Trick heute Morgen gesagt? *Halb so schlimm?* Ich bin jetzt Tahoe-Mara. *Mutig sein!* (Nr. 9) Früher hatte ich nie Zeit für einen Schwarm. *Schwarm,* was für ein blödes Wort. Was soll das überhaupt heißen? Was ist schon dabei, wenn ich ihn toll finde und süß und denke, dass er in Skihosen echt gut aussieht. Ich meine, wer sieht in Skihosen schon so gut aus? Gucken ist ja wohl erlaubt.

Er drückt den Bügel nach oben, damit wir aussteigen können, und sagt: »Ehrlich, Mara – du schlägst dich wirklich großartig. Vertrau mir, es braucht einfach ein bisschen Zeit.«

Es braucht einfach ein bisschen Zeit. Ein Glück, dass ich zurzeit ein bisschen mehr davon habe.

* * *

Als Logan und ich wieder oben auf der Big Blue stehen und gerade ein letztes Mal runterfahren wollen, ruft jemand. Beck taucht auf Skiern neben uns auf. »Hallo, Babyhang«, sagt er zu mir, in seiner Stimme liegt eine Spur von Anspannung. »Wollt ihr die Shirley mit mir fahren?«

Logan schüttelt den Schnee von seinen Skiern. »Ich bin noch nicht mal die Gold Coast mit ihr gefahren, dann nehm ich sie bestimmt nicht mit auf die Shirley Lake.« Er meidet Becks Blick und schaut stattdessen zu dem schimmernden See in der Ferne. »Außerdem hab ich in einer halben Stunde Training.«

Beck fummelt an seiner Sonnenbrille herum. »Shirley ist babyleicht. Das kriegt sie schon hin.«

»Glaubst du, ich kann die Shirley fahren?«, frage ich Logan, und mein Herz schlägt schneller. »Ist das eine grüne Piste?«

»Das ist eine blaue, aber du könntest sie schon runterkommen.« Logan bückt sich, um etwas an seiner Bindung einzustellen. Dann richtet er sich wieder auf. »Größtenteils jedenfalls. Ich muss zum Training, aber lass dich von mir nicht aufhalten.«

Bilde ich mir das ein oder klingt er verärgert?

Der Gedanke daran, eine schwierige blaue Piste zu fahren, macht mir Angst, aber das soll Logan nicht wissen. »Okay, ja – ich probiere die Shirley.« Logan kneift die Lippen zu einem schmalen Strich zusammen und presst hervor: »Denk einfach an den Schneepflug und pass auf, dass du nicht zu schnell wirst, und …«

Beck unterbricht ihn. »Pizza, Pommes, Pizza – sie hat's kapiert.« Er zupft an meiner Jacke. »Na komm. Jetzt zeig ich dir mal den richtigen Berg.«

»Bis später.« Logan fährt davon und das vertraute Leuchten seiner grünen Jacke verschwindet im Tal. Wow, er ist ganz schön schnell, wenn er nicht auf mich wartet.

Ich folge Beck über den Ziehweg, und als wir am Rand der Piste stehen, sackt mir das Herz in die Hose. Die Shirley Lake sieht schwierig aus und liegt zur Hälfte im Schatten. Für Beck ist das sicher gar nichts, aber ich könnte genauso gut von einem Gebäude springen. »Warte«, sage ich. »Gib mir deine Handynummer, falls wir uns verlieren.« So hatte ich es mit Logan gemacht. Beck zieht sein Handy heraus, und ich schicke ihm schnell eine Nachricht, damit er meine Nummer hat. Ich stecke mein Handy zurück in die Tasche und hole tief Luft.

»Okay, bereit.«

»Das ist eine einfache Strecke«, versichert Beck mir. »Und eigentlich ist es sogar besser, wenn du schneller fährst. Folg mir einfach, okay?« Bevor ich antworten kann, fährt er in Richtung Tal davon, und es sieht nicht so aus, als würde er anhalten und auf mich warten, so wie Logan. Mein Körper wird von einer prickelnden Mischung aus Begeisterung und Angst durchflutet. *Pizza. Pommes. Pizza.*

Ich beiße mir auf die Lippe, drehe die Skier nach innen ein und fahre los. Am Anfang habe ich alles im Griff, fahre quer zum Berg, wie Logan es mir gezeigt hat, und ritze ein Lächeln in den Schnee. Dann nehme ich Fahrt auf und plötzlich wird es mir zu schnell, zu rutschig. Auf halber Strecke lege ich mich zu scharf in die Kurve, und auf einmal tauchen Bäume vor mir auf, ein grünes Gestrüpp versperrt mir die Sicht. Zu nah. Ich schaffe es nicht, die Skier rechtzeitig in Form eines Pizzastücks zu bringen, um anzuhalten, und werfe mich schließlich nach rechts. Mein Helm knallt seitlich in den Schnee.

Autsch.

Leute rasen an mir vorbei, verschwommene impressionistische Gestalten.

»Genial!« Beck erscheint über mir und verdeckt den Himmel.

»Das sah heftig aus«, sagt er grinsend.

»Ach ja?«, murmle ich und versuche mich aufzusetzen. Überall ist Schnee. In meinem Mund, in den Ohren. Mir sind beide Skier abgefallen. Einer liegt ganz in der Nähe, aber den anderen sehe ich nicht. Meine Skistöcke ragen einige Meter entfernt aus dem Schnee, und irgendwie habe ich es geschafft, einen Handschuh zu verlieren.

Beck reicht mir den anderen Ski. »Dein Zeug ist durch die Gegend geflogen – das war krass!«

»Ich glaube, mein Gesicht ist gebrochen.«

Beck zieht mich hoch, sein Gesicht kommt meinem so nah, dass sich beinahe unsere Helme berühren. »Von hier aus sieht es ziemlich gut aus.« Wieder dieses Zeitschriftencover-Lächeln.

Schnell sammle ich meine Ausrüstung wieder ein, schnalle die Skier an und fahre langsam ins Tal und rüber zum Shirley-Lake-Lift, der sich in eine tiefe Kuhle am Berg schmiegt. Dieser Teil des Bergs ist definitiv anspruchsvoller als das, was ich bisher gefahren bin. Um uns herum erheben sich riesige Gipfel und die Lifte bringen die Skifahrer dort hoch.

»Willst du es noch mal versuchen?«, fragt Beck, als wir uns in die Schlange am Lift stellen. Er rempelt mich scherzhaft mit der Schulter an und jagt Stromschläge durch meine Glieder.

»Lieber nicht. Ich glaube, irgendwas ist mit meinem linken Knie nicht ganz in Ordnung«, erkläre ich schnell. »Außerdem«, ich zeige auf die Berge um mich herum, »war das genug für einen Tag.«

»Ach, komm schon«, drängelt er. »Mach noch eine Abfahrt mit mir. Wenn man sich nicht ein bisschen quälen muss, lohnt es sich doch nicht.«

Mein Magen fühlt sich so an, als befänden sich dort mehrere Leuchtpistolen. »Hör mal, du Nervensäge. Mir reicht's für heute, okay?« Aber Josies neuste Ergänzung der Liste lässt mich nicht los, als wir langsam in der Schlange vorrücken. Ich schaue Beck verstohlen an – die verspiegelte Brille, die kastanienbraunen Locken, die sich unter dem Skihelm hervorkringeln – und frage mich, ob sie *ihn* im Sinn hatte, als sie meinte, ich solle etwas anstellen.

»Fährst du Snowboard?«, frage ich, als wir in Position gehen, um den Lift zu erwischen.

»Manchmal. Warum? Willst du es lernen?«

»Hab ich mich nur gefragt.« Der Shirley-Lift kommt hinter uns angetuckert, hebt uns hoch und bringt uns weg von der verschneiten Kuhle und zu einer Stelle, von der aus ich wieder den vorderen Teil des Bergs hinunterfahren kann. Ich lehne mich zurück, lasse mich vom Lift durchrütteln und genieße den kalten Wind auf meiner schmerzenden Wange. Vor uns düsen Skifahrer und Snowboarder das erste steile Stück der Shirley hinunter und ziehen einen Schneeschweif hinter sich her, wie Surfer auf einem blendend weißen Ozean. Beck lehnt sich an mich und zeigt mir andere Teile des Bergs, und das seltsame Prickeln, das ich in seiner Nähe spüre, fühlt sich für mich eindeutig nach nahendem Ärger an.

Kapitel Dreizehn

Später am Freitagnachmittag mache ich es mir mit einem Eisbeutel auf dem Knie auf Tricks Couch gemütlich, nehme meinen Ordner auf den Schoß und lese die Aufgabenstellung für meinen Aufsatz: »Welche Auswirkungen hat Nicks Rolle als Außenseiter auf seine Erfahrungen in der Welt von Tom, Daisy und Gatsby?« Seine Rolle als Außenseiter. Müsste ich beantworten können. Jedenfalls wenn ich das Buch gelesen hätte. Ich spüre, wie sich das vertraute Gefühl von Überforderung anschleicht, werfe den Ordner zurück auf den Tisch und schaue auf mein Handy.

Vier Nachrichten. Alle von Mom.

Ich öffne die vierte Nachricht und Moms Stimme ertönt, scharf und genervt. »Mara, ich versuche schon den ganzen Nachmittag, dich zu erreichen.«

Es tutet nicht einmal, als ich sie zurückrufe. »Mara?«

»Hi, Mom.«

»Wo warst du?«

»Ich, also, ich war Ski fahren.«

»Du warst *Ski fahren*?« Ihr *Ski fahren* klingt, als hätte ich *rauchen* gesagt.

»Ich hab vor ein paar Tagen angefangen, es zu lernen.

Logan Never hat mich mitgenommen. Ich war auf der Shirley …«

»Was hattest du denn schon auf der Shirley zu suchen!? Die ist zu schwer für Anfänger.«

»Ich habe Pizza und Pommes geübt«, scherze ich, aber sie lacht nicht. Mir fällt der finstere Blick ein, mit dem sie Beck an unserem ersten Tag im Neverland bedacht hat, und ich erwähne ihn lieber gar nicht erst. Die nächsten fünf Minuten verbringe ich damit, ihr zu beweisen, dass aus mir kein skisüchtiger Gammler geworden ist.

Als sie halbwegs überzeugt scheint, fragt sie: »Hast du einen neuen Termin bei Dr. Elliot vereinbart?«

Ups. »Mach ich noch.«

»Mach das sofort, nachdem wir aufgelegt haben, okay? Ich weiß nicht, wie lange er heute noch im Büro ist. Und du musst den *Gatsby*-Aufsatz am Montag abgeben.«

»Die Google-Kalender-Erinnerungsfunktion wird Ihnen live präsentiert von Lauren James.«

»Mara.«

»Mom, ich muss ihn am *Montag* abgeben. Da bleibt noch das ganze Wochenende. Ich hab meine Aufgaben immer rechtzeitig erledigt. Du musst mich nicht daran erinnern.« Aber schon während ich es sage, weiß ich, dass es selbst mit dem ganzen Wochenende knapp wird. Ich rücke den Eisbeutel auf meinem Knie zurecht.

»Hast du wenigstens das Buch gelesen?«

»Ja«, lüge ich. »Reiche Leute, die sich schlecht benehmen. Auch bekannt als der Blick aus sämtlichen Fenstern in Squaw Valley.«

»Okay.« Ich höre das Lächeln in ihrer Stimme. »Ich frage ja nur. Du wirkst … anders.«

»Echt?« Sie meint etwas anderes, aber sie hat keine Ahnung, wie gut es tut, das zu hören.

Vielleicht wirkt Tahoe.

* * *

Später an diesem Abend klopft es an der Tür und Oli steckt den Kopf herein. Er hat eine weiße Plastiktüte dabei, aus der es köstlich herzhaft duftet. Wie auf Befehl knurrt mein Magen. »Gibt es hier eine hungrige Skifahrerin, die Lust auf Lasagne hat?«

»Oh ja!« Ich lege den Eisbeutel für mein Knie auf den Boden und pfeffere *Gatsby* auf den Tisch.

Oli werkelt in der Küche herum, öffnet und schließt Schubläden und den Kühlschrank, und dann habe ich auf wundersame Weise einen Teller mit Lasagne und Salat auf meinem Schoß. Er setzt sich neben mich auf den Tisch. »Das ist die Lasagne von April – Isabels Mom. Die beste Lasagne der Welt.« Er bedeutet mir zu probieren.

Ich nehme einen Bissen. Wow. »Hmmmmm.«

»Oder?«

»Unglaublich gut.« Ich bemühe mich, nicht zu essen wie ein ausgehungertes wildes Tier, aber ich kann nicht anders. Woran liegt es, dass ich nach dem Skifahren jedes Mal eine ganze Kuh verdrücken könnte?

»Ich hab zufällig Logan im Neverland getroffen.« Oli schlägt seine langen Beine zwischen dem Tisch und dem Sofa elegant übereinander, wie jemand, der es gewohnt ist, seinen Körper auf engem Raum zu manövrieren. »Hab gehört, du hast heute die Shirley in Angriff genommen.«

Ich wische mir das Gesicht mit einer Serviette ab, bevor ich antworte. »Ich bin mir ziemlich sicher, dass es eher andersrum war. Und ich habe möglicherweise was Komisches mit meinem Knie angestellt.«

Er fährt sich mit der Hand durch das dunkle Haar und schaut mich mit seinen blauen Augen mitfühlend an. »Es kann immer passieren, dass man stürzt. Wir mussten alle schon mal unser Knie kühlen.« Oli nimmt den nassen Eisbeutel, steht auf und legt ihn in die Spüle. »Aber hat's dir gefallen da oben?«

»Ja.« Als ich es ausspreche, wird mir klar, wie sehr das stimmt. Ich habe zwar Angst vor dem Skifahren, aber es ist diese aufregende Angst, wie man sie auch bei Achterbahnfahrten hat. »Ich weiß, ich bin überhaupt nicht gut, aber es hat einfach was, dort oben zu sein – die Luft ist anders, der Himmel. Es ist …« Ich suche nach dem richtigen Wort. »Unwiderstehlich.«

Oli grinst. »Jup, dich hat's erwischt.«

»Was?«

»Das Skifieber.« Er tätschelt meinen Arm. »Der Berg ist dir unter die Haut gegangen.«

Irgendwie hat er recht, stelle ich fest. Aber es ist nicht nur der Berg. Es ist noch etwas anderes. Mir gefällt es auch, dass es etwas komplett *Neues* ist. Und die Tatsache, dass mich niemand benotet. Ich meine, ich werde auf keinen Fall bei den Olympischen Spielen mitmachen. Niemals. Ich werde nicht mal Rennen fahren, daher kann ich es einfach ausprobieren, ganz wie es mir gefällt. Und niemand steht mit dem Klemmbrett daneben und sagt: *Ja, das ist gut,* oder *Nein, mach's besser.* Ich erinnere mich nicht, wann ich das letzte Mal Zeit in etwas gesteckt habe, einfach, um es zu tun, und nicht, weil es sich gut in der Collegebewerbung machen könnte.

Oli bringt mir ein Glas Wasser. Ich weiß nicht, woran es liegt, dass es so wahnsinnig unkompliziert ist, mit ihm zu reden. Ganz im Gegensatz zu den meisten anderen Erwachsenen. »Vielleicht könntest du mich noch mal mitnehmen? Mir beibringen, wie ich besser mit den blauen Pisten klarkomme? Ich glaube, Beck ist nicht unbedingt der beste Lehrer.«

Mir entgeht nicht, dass er die Stirn runzelt, als er zurück in die Küche geht, den Kühlschrank öffnet und sich ein Bier nimmt. Ich höre es ploppen, dann klappert der Kronkorken im Spülbecken. Er hält die Flasche vor mein Wasserglas. »Darauf, dass wir wieder auf den Berg gehen.«

Ich stoße mit ihm an. »Cheers.«

* * *

Am nächsten Tag macht Trick mir Toast und einen Becher Kaffee mit extra viel Milch, bevor er in den Laden geht, sein Blick wandert über meine blutunterlaufene Wange. Heute Morgen bin ich mit einer bläulich lilafarbenen Beule von der Größe eines kleinen Pfirsichs aufgewacht. Trick zieht den Reißverschluss seiner Jacke zu, setzt eine Mütze auf, zögert dann aber, die Hand auf der Türklinke. »Das Feuer sollte eine Weile halten.« Er schaut stirnrunzelnd auf meinen Laptop. »Du solltest an einem Samstag nicht arbeiten.«

»*Du* arbeitest auch an einem Samstag«, halte ich dagegen.

»Da hast du wohl recht.«

»Ich muss diesen Aufsatz fertigkriegen.« Leichte Panik macht sich in meinem Bauch breit. Das Gefühl, ich hätte richtig viel Zeit, ist seit heute Morgen verschwunden und dem Gefühl gewichen, dass ich mit meinen Schulaufgaben furchtbar hinterher bin.

»Dann will ich dich nicht davon abhalten.« Trick nickt mir zum Abschied zu, und als er nach draußen verschwindet, weht der Geruch nach frischem Schnee herein.

Ich trinke ein bisschen Kaffee und beiße ein paarmal von meinem Toast ab, bevor ich mir meinen Computer auf den Schoß stelle. *Gatsby* habe ich in den frühen Morgenstunden fertig gelesen. Ich war überrascht, dass die Geschichte mich so gefesselt hat, und hätte nicht erwartet, dass ich mich Nick so verbunden fühlen würde – dem Außenseiter, der sich plötzlich in Gatsbys Welt voller Glamour und Geheimnissen wiederfindet. Beim Lesen habe ich ein paar Anmerkungen mitgekritzelt, also muss ich den Aufsatz jetzt eigentlich nur noch schreiben. Leider bleibt die Seite vor mir beharrlich leer.

Ich betrachte das Zitat auf der ersten Seite des Romans, das ich gestern abgeschrieben habe – der Rat, den Nicks Vater ihm gegeben hat: *»Bedenke«, sagte er, »wenn du an jemand etwas auszusetzen hast, dass die meisten Menschen es im Leben nicht so leicht gehabt haben wie du.«* Zuerst dachte ich, er meint Geld und Privilegien, aber je länger ich in dem Buch herumblättere, desto mehr denke ich, dass Nicks Vorteil in seiner Gabe liegt, die Menschen wirklich zu verstehen. Vielleicht hat ein Außenseiter diesen Vorteil?

Vielleicht, weil er weiß, dass er bald wieder gehen wird.

Mein Handy piepst, ein Bild von Will erscheint. Seine wöchentlichen Muscheln der Weisheit. Beim Anblick der sorgfältig arrangierten Muscheln bekomme ich Heimweh. Dieses Mal bilden sie Wills Lieblingsspruch. Das sagt er immer zu uns, wenn wir bei Wanderungen nicht mehr können, oder um uns daran zu erinnern, dass harte Arbeit am Ende belohnt wird: HAU REIN.

Ich will reinhauen, der Plan war, reinzuhauen, aber ich tue es nicht. Ich schiebe einen von Tricks Warren-Miller-Filmen in den Videorecorder und schaue Skifahrern und Snowboardern dabei zu, wie sie verrückte Sachen auf den Bergen dieser Welt anstellen.

Den Aufsatz kann ich auch morgen schreiben.

* * *

Am späten Sonntagnachmittag gebe ich auf und reiche meinen nicht besonders guten *Gatsby*-Aufsatz ein. Ich fühle mich ein bisschen schlecht, weil er nicht besser ist, habe aber keine Lust mehr, weiter daran zu arbeiten. Ich stampfe durchs Haus, um meine Füße aufzuwecken, die eingeschlafen sind, weil ich so lange auf der Couch saß. Das Cottage ist ausgestorben. Trick ist mit einem Freund unterwegs. Er nimmt seine Freunde nie mit hierher, normalerweise trifft er sie in der Stadt.

Vielleicht geht er mir aus dem Weg.

Ich kann es kaum fassen, aber ich vermisse tatsächlich meine kleinen Brüder und ihre Lego-Landminen auf dem Flur. Und meine Mom, die die Treppe hochbrüllt, ich soll meine Wäsche zusammenlegen. Und den Geruch vom Abendessen, der durchs Haus weht. Beim Gedanken daran knurrt mein Magen und ich mache mir Suppe zum Abendessen und krümele Ritz-Kräcker hinein.

Nachdem ich abgewaschen habe, skype ich mit Josie. »Dein Gesicht würde gut in einen schlechten Actionfilm passen.« Das ist Josie-Sprache für: *Ich mache mir Sorgen.* »Was ist passiert?« Als ich ihr erzähle, dass ich beim Skifahren gestürzt bin, sagt sie: »Hoffentlich war wenigstens ein süßer Snowboarder beteiligt.«

»Skifahrer.«

Ihr Interesse ist geweckt. »Ach, *wirklich*?«

Vielleicht sieht sie ja wegen meiner Beule nicht, dass ich rot werde. »Es hat nichts zu bedeuten. Er ist ein Bekannter von Trick.«

»Ich will tägliche Updates.«

»Da wird's nichts zu berichten geben, versprochen.«

»Versprich mir lieber nichts.« Sie seufzt. »Tut mir voll leid, aber ich muss los. Ich hab sooooo viele Hausaufgaben in Chemie.«

»Ich auch. Bis bald.« Allerdings habe ich gerade nicht wirklich Lust, mit Chemie anzufangen. Stattdessen lasse ich auf meinem Laptop Musik laufen und räume die Küchenschränke um – alle Schachteln in den einen und alle Konserven in den anderen. Die Konserven sortiere ich alphabetisch: Bohnen, Mais, Oliven, Tomaten. Moment, sollten Dosentomaten nicht vor Mais kommen? Ich stelle beide Dosen auf die Ablage und blase das Alphabetisieren ab. Das wurde langsam ein bisschen zu ernst mit der Einordnung der

Dosentomaten. Ich wandere ins Schlafzimmer und lege alle meine Klamotten auf dem kleinen Regal neu zusammen, ordne die Toilettenartikel über dem Waschbecken im Bad, tupfe mir entspannendes Lavendelöl hinter die Ohren (Nr. 5!) und stochere unnötigerweise im Feuer herum.

Ich vermisse Josie. Normalerweise lernen wir für Chemie immer zusammen.

In Gedanken erstelle ich eine Liste mit Synonymen für *allein:*

- verlassen
- isoliert
- verwaist
- einsam

Sie sind alle traurig und negativ, und ich frage mich, warum mir keine positiven Wörter für allein einfallen.

Immer noch keine Spur von Trick. Ich putze mir die Zähne und krabble ins Bett. Beim Einschlafen meine ich zu hören, wie ein Sturm aufzieht, der Wind bläst stärker und bringt Schnee und dunkelgraue Wolken.

* * *

Wie sich herausstellt, habe ich mir den Sturm nicht bloß eingebildet.

Am Montag wache ich im Morgengrauen auf, weil Trick draußen im Holzschuppen herumwerkelt. In meine Decke gewickelt tapse ich zum Fenster und ziehe den Vorhang zur Seite. Eine Wand aus Schnee reicht bis zur Mitte des Fensters und es schneit noch immer.

Glückwunsch, Mara. Du lebst jetzt in einer Schneekugel.

Nachdem ich Trick eine Stunde lang dabei geholfen habe, uns auszugraben (dabei kommt mir immer wieder Wills Muschelbotschaft in den Sinn), fahren wir in die Stadt, und ich suche mir einen Tisch im Elevation. Es tut gut, der Einsamkeit zu entfliehen und sich von den Geräuschen der anderen Leute, die um mich herum arbeiten, berieseln zu lassen, aber das Schneegestöber draußen wird immer stärker und treibt die meisten gegen Nachmittag nach Hause. Trick steckt gegen zwei den Kopf durch die Tür des Cafés und bedeutet mir mitzukommen. Wir müssen den Weg wieder freischaufeln, den wir vor wenigen Stunden in den Schnee gegraben haben.

In Tahoe verbringen die Leute eine Menge Zeit damit, in ihre Häuser hinein- und wieder herauszukommen.

* * *

Wie zum Beweis, dass ich recht habe, ruft Dr. Elliot am Dienstag an, um mir zu sagen, dass wir unseren Termin verschieben müssen, weil er es tatsächlich nicht geschafft hat, sein Haus freizuschaufeln. Halb stolz, halb unzufrieden erzähle ich ihm von der Zwei plus, die ich für meinen *Gatsby*-Aufsatz bekommen habe. Die Anmerkung meines Englischlehrers am Ende, die mir sofort ins Auge stach, erwähne ich nicht: *Nicht ganz so gut ausgearbeitet wie deine anderen Aufsätze.*

Meine allererste Zwei in einem Englischaufsatz in der Highschool.

»Wie hast du dich dabei gefühlt?«, fragt Dr. Elliot, und ich stelle mir vor, wie er in seiner grünen Wollweste irgendwo am Feuer sitzt.

Ich versuche zu scherzen. »Na ja, ich bin jedenfalls nicht plötzlich in Flammen aufgegangen!« Danach wird mir klar, dass ich mir eigentlich keine Sorgen darüber mache, in Flammen aufzugehen. Ich hätte den Aufsatz besser machen können, aber statt ihn besser zu machen, habe ich lieber Ski-Filme geschaut, das Haus aufgeräumt und nach draußen in den Schnee gestarrt. Ich habe nicht genügend Zeit hineingesteckt. Aber das beunruhigt mich gar nicht so sehr. Mich beunruhigt, dass es sich eigentlich gar nicht so schlimm anfühlt, wie ich dachte.

Spontanes In-Flammen-Aufgehen wäre leichter, weil ich dann wüsste, dass ich es vermasselt habe. *Bum. Die Strafe dafür, dass du nicht dein Bestes gegeben hast.*

Das hier fühlt sich gefährlicher an. Wie Erosion. Und Erosion bemerkt man nicht, solange sie nicht einen Damm zerstört oder so.

Und dann ist es zu spät.

* * *

Am Donnerstagabend klart der Himmel endlich auf. Auf dem Herd blubbert ein Topf mit Suppe, und ich will mich gerade mit meinen Mathehausaufgaben auf die Couch setzen, als Beck mir schreibt. Er hat ein Bild angehängt, auf dem der grauweiße Dunst eines aufkommenden Sturms zu sehen ist. Es sieht so aus, als wäre es oben auf der Big Blue aufgenommen worden. Tahoe schimmert wie eine Silbermünze zwischen den schlafenden Bergen. Auf dem Foto steht in krakeliger Schrift:

Die Gesellschaft spricht und jeder Mann hört zu, die Berge sprechen und die weisen Männer hören zu. – John Muir

Ich ignoriere das plötzliche Gefühl zu fallen und schreibe zurück:

Wow, tiefgründig. Solltest du auf Tumblr posten, neben einem Foto von Katzenbabys im Schlafanzug.

Er antwortet sofort:

Freches Gör.

Dann:

Nur so aus Neugier, gibt es einen Mr Mara in San Diego?

In meiner Brust zieht sich alles zusammen.

Ich hab keine Zeit für Jungs.

Sofort:

Keine Angst, ich beiße nicht.

Meine Nerven flattern und ich tippe:

Ich bin allergisch gegen Hunde.

Schicke es aber nicht ab.

Meine schwitzigen Finger hinterlassen feuchte Abdrücke auf dem Display. Ich lehne mich mit Beck ein wenig weiter aus dem Fenster, als ich sollte. Ich hole tief Luft, denke an Josies Worte: *Stell ein bisschen was an,* füge ein lächelndes Welpengesicht mit kleinen Herzen statt Augen am Ende der Nachricht ein und drücke auf SENDEN.

Kapitel Vierzehn

Am Samstagmorgen drücke ich die Tür des Elevation auf und atme die warme, nach Mokka und Zimt duftende Luft des Cafés ein. Der Raum ist brechend voll mit Menschen, die ihren spätmorgendlichen Kaffee genießen. Weil es diese Woche so viel geschneit hat, ist in der Stadt heute wahnsinnig viel los.

Natalie sieht mich und winkt mir auf eine Art und Weise zu, die normalerweise den Einheimischen vorbehalten ist. Sie lehnt sich über die Vitrine mit Gebäck und raunt verschwörerisch: »Willst du einen kostenlosen Latte? Ich habe ihn mit Vollfett- statt Magermilch gemacht. Die Frau hat getan, als hätte ich WC-Reiniger reingekippt.« Finn lacht schnaubend hinter der Espressomaschine.

Ich grinse. »Gerne, danke.« Sie reicht mir den Kaffee rüber.

Wie durch ein Wunder finde ich einen freien Tisch in der Nähe der Toilette und lasse mich auf einen Stuhl gleiten. Dieses Wochenende muss ich unfassbar viele Mathehausaufgaben erledigen und will auf jeden Fall noch Zeit zum Skifahren haben. Minuten später taucht Natalie mit einem beinahe entschuldigenden Blick neben mir auf. In der Hand hat sie einen Teller mit einem fruchtig aussehenden Scone. »Von ihm.« Sie stellt den Teller ab, schaut jemanden hinter mir an und verdreht die Augen.

Beck taucht auf und zieht seinen Stuhl hinter sich her. »Hey, Wundermara.«

»Originell.« Ich fahre meinen Computer hoch und meide seinen Blick. Die letzten zwei Tage habe ich damit verbracht zu bereuen, dass ich ihm dieses alberne Welpengesicht geschickt habe, auf das er nicht geantwortet hat, und gehofft, es wäre vielleicht irgendwo in einer Art Cyber-Friedhof für Tier-Emoticons verloren gegangen. Ich hätte ihm niemals zurückschreiben sollen. Daran ist nur Josie mit ihrer Nr. 12 schuld (ein bisschen was anstellen). »Keinen Hunger.« Ich schiebe den Teller weg.

»Hey, das ist die zweitbeste Gesellschaft beim …«, er wirft einen Blick auf mein Buch, »… Mathelernen.«

»Was ist die beste?«

»Ich.«

Ich versuche, das Flattern in meinem Bauch zu ignorieren, und ergreife die Gelegenheit, ihm direkt in die Augen zu schauen. Seine wunderschönen haselnussbraunen Augen. Ich hole tief Luft, um meine Nerven zu beruhigen. »Nur so aus Neugier – bekommen die Mädchen eigentlich keinen Brechreiz, wenn du solches Zeug sagst? Ich hab einen starken Magen, aber, na ja, manche Leute sind ein bisschen empfindlich.«

Er wirft den Kopf in den Nacken und lacht. »Wow, du machst es den Typen echt nicht leicht.«

Entgegen meiner Behauptung habe ich überhaupt keinen starken Magen. Ganz im Gegenteil. Und außerdem bin ich kein Mädchen, das Typen überhaupt dazu bringt, irgendwas zu tun, außer vielleicht aus dem Weg zu gehen, wenn sie vor meinem Schließfach stehen. Aber das weiß er alles nicht und meine angriffslustige Seite kommt zum Vorschein. Ich zucke mit den Achseln. »Ich bin eben ein Streber.«

»Hab ich gehört.« Er beugt sich vor und neigt den Kopf zur Seite, sein Blick ist durchdringend, und doch lächeln seine Augen irgendwie. »Miss Perfects trifft man nicht jeden Tag. Besonders nicht solche, die shreddern können.«

Mein Körper wird ganz schlaff. Er hat das Youtube-Video gesehen. In meinem Kopf schwimmt alles, also sage ich: »Ich habe hier eigentlich zu tun.«

Game over.

Er bemerkt es, und seine Stimme wird ganz weich: »Hör mal, ich finde das toll, was du gemacht hast.«

»Ja, klar findest du das.« Ich schüttle den Kopf, die Augen auf den Bildschirm gerichtet, obwohl ich dort gar nichts sehe.

Er stützt sich auf den Tisch. »Ehrlich. Und mutig.«

Jetzt trägt er wirklich ein bisschen dick auf. »Musst du jetzt nicht irgendwo anders hin? Solltest du nicht *selbstständig* irgendwas *lernen?*«

»Am Samstag?« Er rückt mit dem Stuhl noch näher, sodass unsere Knie sich unter dem Tisch berühren. »Ich sag das nicht nur so, ich schwör's. Ich finde wirklich, dass es mutig von dir war, das zu tun. Ich hab mir die Homepage von deiner Schule angeschaut. Die Welt, in der du lebst? Völlig irre. Der ganze Stress und Druck und all die Leute, die dir einreden, du wärst nicht gut genug, wenn du nicht permanent um ihr Lob kämpfst. Das ist eine Bewertungsmaschinerie. Ich persönlich teile den Glauben an den Ehrgeiz nicht, den man uns seit der Vorschule verkaufen will. Das ist Mist. Du bist, wer du bist, und du weißt, was du weißt, und alles andere sind Machtspielchen der ersten Welt. Das macht mich krank. Also ja, ich finde es mutig, was du getan hast. Lach ruhig. Du musst mir nicht glauben. Ich will einfach nur mit dir rumhängen.« Er lehnt sich im Stuhl zurück, verschränkt die Arme vor der Brust und wartet. *Du bist dran, Wundermara.*

Ich umklammere mit zitternden Händen meinen Latte. Obwohl ich schon lange nicht mehr etwas so Wahres von jemandem gehört habe, will ich mich nicht um den Finger wickeln lassen. »Fährst du deswegen keine Rennen mehr?« Ich stelle meinen Kaffee ab und klappe den Laptop zu.

»Das war einfach nicht mehr meine Welt, dieser ganze Konkurrenzkampf.« Er klingt dabei so, als hätte er *Giftmüll* gesagt. »Also hab ich mit Freestyle angefangen. Rennen fahren war zu sehr wie Schule. Da geht's nur ums Gewinnen und um Platzierungen und darum, der Beste zu sein. Ich hab's *gehasst*. Ich bin doch nicht dazu da, dass mein Vater vor seinen Freunden mit mir angeben kann.«

Stirnrunzelnd denke ich an den Streit zwischen ihm und seinem Vater auf dem Parkplatz, den ich zufällig mitbekommen habe. Ich kenne diese Sorte Jungs von der Ranfield, die *Ich muss meinem Daddy nichts beweisen*-Jungs. Die meisten verbringen ihre Zeit damit, düstere Independent-Filme zu schauen, tote Philosophen zu zitieren, deren Werke sie in Wirklichkeit nie gelesen haben, und haben keine Scheu, das Konto des besagten Dads zu plündern. »Aber was ist mit deinen eigenen Zielen? Dingen, die du selbst erreichen willst, nicht nur wegen deinem Dad?«

Er zuckt mit den Achseln. »Ich lebe für die einfachen Dinge. Zum Beispiel Zeit mit Freunden auf diesem wunderschönen Berg zu verbringen, oder«, er bricht ein Stück von dem Scone ab und steckt es sich in den Mund, »diesen Scone. Du solltest ihn probieren; er ist superlecker. Ich will einfach die Dinge genießen, die ich habe, und mir keine Sorgen machen über dieses ganze selbst auferlegte *Oh, ich muss unbedingt herausstechen und wichtig sein*, weil wir dem viel zu viel Bedeutung beimessen.«

Ich bin kurz davor, ihm meine Meinung zu sagen. Dass er selbstgefällig ist und dass ich mich nicht zum Sklaven eines korrupten Ehrgeiz-Systems mache, nur weil ich in der Schule erfolgreich sein will oder von mehr träume, als einen Scone zu essen. Aber andererseits – stimmt das überhaupt?

Vielleicht hat er nicht ganz unrecht.

Ich will ihn noch mehr fragen, aber da hämmert plötzlich Isabel ans Fenster, sie sieht sehr dynamisch aus in ihrem Rennanzug, ihre Wangen sind gerötet und das rote Haar zu einem Zopf geflochten. Beck verdreht die Augen. »Na toll. Die Moralpolizei.« Wir folgen ihr mit dem Blick, als sie am Fenster vorbeigeht, die Tür aufzieht und hereinkommt.

Isabel tritt an unseren Tisch, schaut zwischen uns hin und her und macht dabei ein kleines bisschen zu große Augen. »Hey, Mara. Beck.«

»Bist du nicht beim Rennen?«, frage ich fröhlich und versuche, die Spannung, die sie mit sich ins Café gebracht hat, ein wenig zurückzudrängen. Vielleicht ist sie vom Rennen mit Endorphinen vollgepumpt oder so?

»Trick repariert meine Bindung. Zum Glück fahren wir heute in Squaw. Was treibt ihr beiden?« Sie wirft Beck einen finsteren Blick zu. »Heuerst du sie für dein Faulenzerseminar an?« Sie versucht scherzhaft zu klingen, ist aber viel zu aufgedreht, sodass ihre Bemerkung einen scharfen Unterton hat.

Er nimmt es gelassen und bricht sich noch ein Stück Scone ab. »Es wäre äußerst scheinheilig von mir, Seminare anzubieten, oder nicht?« Er grinst sie an. »Wie geht's meinem Lieblings-Lob-Junkie?«

Sie verdreht die Augen. »Nett. Mara, nur damit du es weißt: Für unseren Freund Beck hier ist jeder, der im Leben möglicherweise etwas erreichen will oder es zumindest versucht, ein Lob-Junkie. Sorry, wenn ich dich unterbreche. Erzählst du ihr gerade, dass wir einfach für den Augenblick leben sollten, uns an diesem wunderschönen Berg erfreuen und sonst nichts?«

Beck schaut mich amüsiert an. »Vielleicht hab ich das mal erwähnt.«

»Vorhersagbar zu sein ist nicht dasselbe wie lässig«, sagt sie.

Sie streiten weiter, aber ich höre nicht mehr zu. Diesen Streit haben sie eindeutig nicht zum ersten Mal und außerdem lenkt mich draußen etwas ab.

Logan.

Er und ein paar andere Frost Boys laufen in ihren Rennanzügen vorbei und lachen, als einer von ihnen wild gestikulierend eine Geschichte erzählt. Logan fängt meinen Blick auf, winkt mir lässig zu, wie er es immer tut, und wendet sich dann wieder seinen Freunden zu. Ich zwinge mich, meine Aufmerksamkeit wieder auf Isabel zu richten, die ihre Hände in die Hüften gestemmt hat und immer noch mit Beck streitet. Vor lauter unbegründetem Zorn laufe ich rot an. Wir haben eben nicht alle lässige, hinreißende Skirennfahrer-Freunde, also sollte sie sich vielleicht lieber um ihren eigenen Kram kümmern. Schließlich will ich Beck ja nicht heiraten. Ich bin ja nicht mal besonders lange hier.

Ich stehe auf und unterbreche die beiden. »Also, Beck und ich wollten gerade los zum High Camp. Willst du mit?« Ich fange an, meine Sachen zusammenzusuchen. Beck lässt sich von meiner neuen Ankündigung nicht beirren und springt auf.

Isabel runzelt die Stirn. »Ich hab noch ein Rennen.«

»Oh, wie schade.« Beck blinzelt sie mit gespielt enttäuschter Miene an.

Als ich an ihr vorbeigehen will, hält sie mich am Ärmel fest und zieht mich zur Seite. »Pass auf, okay? Die meisten Mädchen, die sich auf ihn einlassen, brauchen am Ende einen emotionalen Schutzanzug.« Sie schaut Beck über meine Schulter hinweg wütend an und er wirft ihr eine Kusshand zu.

»Danke für die Warnung.« Meine Stimme ist kälter als beabsichtigt.

Getroffen macht sie einen Schritt zurück. »*Dein* Problem.«

Beck und ich gehen hinaus in die nasse Winterluft, und ich zwinge mich dazu, mich nicht zu Isabel umzudrehen, die stehen geblieben ist und uns hinterherschaut.

* * *

Wir schlängeln uns durch eine Schar von Skifahrern, und ich versuche, verstohlen Beck anzuschauen, ohne dass er es merkt. Wahrscheinlich sehe ich dabei so aus, als müsste ich gleich niesen. Seine moosgrüne Daunenjacke passt gut zu seiner Augenfarbe, was sicher kein Zufall ist. Er weiß, wie gut er aussieht, ganz klar, aber mir fällt auch auf, wie harmlos er wirkt. Für einen Bad Boy sieht er nicht besonders, na ja – bad aus.

Wenigstens bedient er nicht das Stereotyp von »schlechtem Einfluss«: kein Motorrad, keine Piercings, keine Drogen, keine lauten Partys, bei denen das Strandhaus seiner Eltern demoliert wird (soweit ich weiß jedenfalls). Er macht seine Hausaufgaben nicht und labert (pausenlos) über unser verkorkstes Gesellschaftssystem, aber er kam mir nie high vor oder neben der Spur. Klar, er grübelt, und wenn er herumschimpft, klingt er verdächtig nach den Coffee-Shop-Hipstern an der Ranfield, mit ihren dicken Brillengestellen und ihrer Vorliebe für düstere Musik. Aber so wie die ist er auch nicht. Ich weiß nicht, wo er reinpasst, und irgendwas in mir, das ich angestrengt zu ignorieren versuche, will herausfinden, warum Isabel mich vor ihm gewarnt hat.

»Nach dir.« Er winkt mich in den geräumigen Aufzug, der uns zur Seilbahn bringt. Auf dem kurzen Stück zur Gondel schweigt er und sucht uns dann zwei freie Plätze mit dem Rücken zur Fensterseite, weil die Sitzbänke an den schmalen Enden schon belegt sind. Der Gondelfahrer verkündet, dass wir nun von 1800 auf 2500 Meter fahren und es achteinhalb

Minuten dauert, bis wir am High Camp sind. Mein Magen krampft sich zusammen, als wir das Tal verlassen und nach oben schweben. Ich sehe, dass Beck dem Skirennen drüben beim Red-Dog-Lift zuschaut, wo die grellen Banner der Sponsoren vor dem weißen Hügel leuchten und die Rennfahrer in ihren schnittigen Anzügen herumwuseln.

»Fehlt es dir manchmal?« Ich folge seinem Blick.

Er sieht aus, als hätte ich ihn ertappt. »Was? Nein, niemals.«

Ich frage mich, ob das stimmt.

»Es ist seltsam.« Er dreht sich um und lehnt sich gegen die Glaswand. »Ich kann dir auf den Tag genau sagen, wann sich das für mich geändert hat. Es kam nicht allmählich; zumindest hab ich das damals nicht so empfunden.« Die Gondel trägt uns in den Himmel hinauf, weit und breit ist nichts als Schneelandschaft und der städtische Parkplatz in der Ferne wird immer kleiner. Mir ist ganz komisch, die luftige Höhe lässt mich frösteln, und ich will, dass er weiterredet und mich von dem Gedanken, wir könnten in den Tod stürzen, ablenkt.

- Jetzt sind wir auf Höhe eines Baums.
- Jetzt sind wir auf Höhe eines vierstöckigen Gebäudes.

»Wann war das?«, bringe ich heraus.

Er steckt die Hände in die Jackentaschen. »Ich war vierzehn. Wir hatten ein Rennen in Sugar Bowl und ich hatte gerade eine besonders mörderische Abfahrt hinter mich gebracht. Es war nicht meine beste Leistung, aber auch nicht meine schlechteste. Ich bin vielleicht Dritter geworden. Aber als ich unten ankam, meine Skibrille abgenommen und mir die jubelnden Leute angeschaut habe, die Sponsorenbanner und die anderen Rennfahrer, stand mein Vater in der Menge, mit verschränkten Armen. Und er sah einfach so … enttäuscht aus. In dem Moment hat sich bei mir ein Schalter umgelegt. Ich hab mir die Skier abgeschnallt und bin gegangen. Das war's für mich.«

Irgendwie kommt mir das bekannt vor. »Weil dein Vater dir so viel Druck gemacht hat?«

Er schüttelt den Kopf. »Nee, es war einfach alles. Klar, ich war nie gut genug für ihn. Aber auch das ganze Umfeld – die verplanten Wochenenden, die ständige Sorge wegen den Zeiten, die Work-outs im Fitnessstudio, das Training, die anderen Skifahrer mit ihrer krassen Einstellung. Wir waren alle Konkurrenten, sind einander in den Rücken gefallen, obwohl wir ein Team hätten sein sollen. Der *Stress*. Das hat dazu geführt, dass ich alles infrage gestellt habe, vor allem auch, wie sehr wir von diesen willkürlich gesetzten Zielen angetrieben werden. Ich hatte so die Nase voll davon.« Er zieht eine verspiegelte Sonnenbrille heraus und setzt sie auf, um sich vor dem blendenden Licht des klaren Tags zu schützen. »Was hat sich für dich verändert?«, fragt er. »Warum bist du zu Fräulein Papiershredder geworden?«

Ich versuche über seinen Witz zu lachen, aber das Lachen bleibt mir im Hals stecken. Mir wird immer noch schlecht, wenn ich an diesen schrecklichen Tag und das Youtube-Video denke. Ich blicke hinunter auf das weitläufige Tal und die verschneiten Dächer von Squaw Valley dahinter. Seit der sechsten Klasse verbringe ich meine Zeit ausschließlich damit, mir ein Leben an der Ranfield aufzubauen, ein Leben, das irgendwann der goldene Schlüssel zu einer unbekannten Zukunft werden soll. Verrückt, wie schnell sich das in Luft aufgelöst hat. Ich fühle mich so weit weg von allem, was mir so wichtig und erdrückend und hoffnungslos vorkam.

»Es war ein bisschen so wie bei dir«, sage ich.

Unter uns gleitet das Tal dahin, und wir stoßen gegeneinander, als die Gondel schaukelnd einen Stützpfeiler passiert. Wir bleiben aneinandergelehnt sitzen und tun so, als würden wir dem Gondelfahrer lauschen, der erzählt, Walt Disney habe 1960 als Zeremonienmeister bei den Olympischen Winterspielen die Felsen unter uns gesehen und dabei die Idee für die Big-Thunder-Mountain-Achterbahn gehabt. Als Nächstes erzählt er, dass wir an der höchsten Stelle der Seilbahnfahrt 170 Meter über dem Boden schweben, so hoch wie das Washington Monument, aber ich nehme seine knackende Stimme nur als Hintergrundgeräusch wahr, weil mein ganzer Körper auf Becks Wärme neben mir fixiert ist. Es fühlt sich so gut an, den Berg hinaufzuschweben mit diesem Jungen, der findet, dass es mutig von mir war, die Tests zu zerreißen. Ich vergesse sogar meine Angst, die Gondel könnte abreißen und nach unten ins Tal stürzen. Na ja, fast jedenfalls.

Endlich dockt die Gondel an, die Schiebetüren gehen auf und wir können zum High Camp aussteigen. Ich folge Beck in einen Flur und versuche mir nicht anmerken zu lassen, wie froh ich bin, festen Boden unter den Füßen zu haben. Wir gehen ein paar Treppen hinauf und dann nach draußen auf ein Sonnendeck. Er zeigt mir das Schwimmbecken, das bis auf wenige blaue Fleckchen schneebedeckt ist, und den kreisförmigen, dampfenden Whirlpool. Wir weichen einer Bande kleiner Skikurs-Kinder aus, von denen eins schluchzt: »In meiner Jacke ist ein Käfer.« Und ich lächle den jungen Skilehrer mitfühlend an, der dem kleinen Mädchen den Mantel über ihre Handschuhe ausziehen will und dabei murmelt: »Da ist bestimmt kein Käfer, Schätzchen.« Ich vermisse Seth und Liam. Gedankliche Liste:

- mit meinen Brüdern skypen
- ihnen Squaw-Aufkleber für ihre Roller schicken

Wir gehen an einer gigantischen Glaskuppel vorbei, durch die Licht in das Restaurant auf dem Stockwerk unter uns fällt, stellen uns ans Geländer und genießen die Aussicht auf den Lake Tahoe und die Berge dahinter. Von hier oben sieht man nur Felsen, Schnee, Kiefern und den großen blauen See. »Von der Aussicht kriegt man bestimmt nie genug.« Ich atme tief ein, der Wind fährt mir durch die Haare, sodass ich sie mit einer Hand zurückhalten muss.

Beck schüttelt den Kopf. »Niemals.«

Neben uns taucht eine Frau auf und lehnt sich an das Geländer. Sie trägt eine hellrosa Daunenjacke, die wie Perlmutt schimmert, und steht mit dem Rücken zur Aussicht. Ihr glänzendes dunkles Haar schaut unter einer flauschigen weißen Mütze hervor, die aussieht, als hätte ihr jemand ein Polarbärenbaby auf den Kopf gebunden. Sie kaut Kaugummi und spielt an ihrem Handy herum. »Komm her«, sagt sie zu dem Typen, mit dem sie unterwegs ist, und sie machen ein Selfie vor dem Ausblick. Dann drückt sie wieder auf ihrem Handy herum und postet das Bild wahrscheinlich irgendwo.

Der Typ hat die Hände in die Hosentaschen seiner Designerjeans gesteckt und lässt den Blick über die Aussicht schweifen. »Siehst du, Babe, die Aussicht war es absolut wert, dass wir hier raufgekommen sind, oder?« Er sucht ihren Blick, aber sie schaut nicht vom Handy auf.

»So.« Sie steckt das Handy in die Tasche. »Boah, das ist langweilig. Lass uns an die Bar gehen.« Der Mann sieht enttäuscht aus, als sie in Richtung Restaurant abziehen.

Beck schaut ihnen stirnrunzelnd hinterher, und obwohl ich seine Augen wegen der Sonnenbrille nicht sehen kann, spüre ich, dass sie zu kleinen Schlitzen verengt sind. »Ich hasse solche Leute. Die kommen hier hoch und *sehen* das alles überhaupt nicht.«

Das Paar verschwindet im Seilbahngebäude. Ich zucke mit den Achseln. »Manche Leute haben einfach nichts übrig für Dinge wie einen tollen Ausblick. Das sind wahrscheinlich, du weißt schon, keine Naturmenschen.«

»Idioten«, knurrt Beck, und sein Ton überrascht mich. »Wart's nur ab – wegen solchen Leuten müssen wir irgendwann in winzigen Metallboxen auf dem Mond leben.«

Ich wende mich wieder der Aussicht zu und verpasse ihm einen leichten Stups. Um die Stimmung aufzulockern, necke ich ihn: »Na ja, vielleicht sollten wir sie aus der Seilbahn schubsen. Ich habe kein Interesse an einer lunaren Eigentumswohnung.«

Er ruckt ganz leicht mit dem Kopf, als wollte er einen unerwünschten Gedanken abschütteln, und versucht dann zu lächeln, sieht aber immer noch verärgert aus.

»Sorry. Aber wenn man so ein Trottel ist und keine Ahnung hat, sollte man nicht nach Tahoe kommen.«

Lautes Gelächter und Getrampel erfüllt die Dachterrasse hinter uns. Gerade als ich mich umdrehe, kommt eine Braut aus der Seitentür des Seilbahngebäudes. Über ihrem wallenden Kleid trägt sie eine weiße Daunenjacke. Der Bräutigam in einer schwarzen Daunenjacke und Smokinghose erwartet sie schon, und ich brauche eine Minute, bis ich merke, dass beide Skistiefel tragen. Sie sind umringt von Brautjungfern und Trauzeugen, die Skier hinter sich herschleifen und ebenfalls festlich gekleidet sind. Lachend macht sich die Gruppe zu den Pisten in der Nähe der Baily-Creek-Abfahrt auf. »Hey, schau mal.« Ich ziehe Beck am Ärmel. »*Die* lieben Tahoe.«

»Toll!« Er klingt wenig begeistert.

Toll ist, wie ich feststelle, DAS Lieblingswort für alles in Tahoe. Becks Laune scheint gleichzeitig mit dem Sauerstoffgehalt der Luft gesunken zu sein.

»Führst du mich drinnen herum? Da ist doch ein Museum über die Olympischen Spiele, oder?«

Wir wandern durch das kleine Museum, betrachten mit zusammengekniffenen Augen die Schwarz-Weiß-Fotos und schauen uns ein kurzes Video über die Spiele von 1960 an. Neben einem riesigen Fenster entdecken wir einen lebensgroßen Pappaufsteller von einem Mann im olympischen Rennanzug. Mir kommt eine Idee. »Hey, machst du ein Bild?« Ich gebe Beck mein Handy.

»Was machst du da?«

Ich beuge mich vor und drücke dem Skifahrer einen dicken Kuss auf sein Pappgesicht. »Mach einfach ein Bild«, murmle ich undeutlich.

Kopfschüttelnd macht Beck das Bild, lächelt aber wieder.

»Was sollte das denn?«

»Hier-und-jetzt-Liste Nummer sieben. Einen süßen Snowboarder küssen.« Ich schnappe mir mein Handy und schicke das Bild an Josie.

Beck steckt seine Hände in die Taschen. »Ähm, das ist Jonny Moseley. Er ist *Skifahrer*. Und inzwischen ungefähr vierzig.«

Ich schaue mir den Aufsteller genauer an. »Er sieht nicht aus wie vierzig.«

Beck ist offensichtlich amüsiert. »Altes Bild.«

Achselzuckend schaue ich noch mal auf das Foto. »Hmm … Dann hab ich meiner Freundin wohl gerade ein super seltsames Bild geschickt.«

»Ein bisschen, ja.« Er geht einen Schritt auf mich zu. Wir sind alleine im Museum, die späte Morgensonne scheint herein und in ihren Strahlen wirbelt Staub umher. »Aber wenn du einen Snowboarder küssen willst, du weißt schon, um das von der Liste zu streichen, stehe ich dir gerne zur Verfügung.«

Mein Mund wird staubtrocken. »Oh.« *Oh?* Ein Junge will mich küssen und ich sage einfach nur *Oh!?* Ich versuche, mich zu berappeln. »Ich sagte *süßer* Snowboarder.«

»Och, sei nicht so fies. Ein kleines bisschen süß bin ich schon.« Er ist jetzt sehr nah. Ich kann den würzigen Duft seiner Seife riechen. Er senkt den Kopf und wartet ab. In Gedanken erstelle ich eine zehnsekündige Kurzliste.

Gründe, Beck zu küssen:

- Er ist unfassbar süß.
- Er hat einen schönen Mund.
- Er riecht nach Kiefern und Gewürzen.
- Er bietet es an.
- Nr. 7!

Aber gleichzeitig versucht die Liste mit den Gründen, Beck nicht zu küssen, alles zu überschreiben:

- Schutzanzug!
- Ich stehe eigentlich nicht auf ihn - oder?
- Er ist nicht Logan. (Grrrr, hör auf, an Logan zu denken!)
- Ich bin kein Mädchen, das wahllos irgendwelche Jungs küsst.

Trotzdem, vielleicht für Tahoe-Mara, entscheide ich mich für die erste Liste. Und küsse ihn. Ich packe ihn an den Schultern und ziehe ihn an mich. Anscheinend ist es völlig egal, ob ich auf Beck Davis stehe oder nicht, denn ihn zu küssen fühlt sich an wie dieser Moment beim Skifahren kurz vor dem Fallen – dieses berauschende Hüpfen im Magen. Und sein warmer Mund löscht alle Einträge auf Liste zwei.

Die Hier-und-jetzt-Liste

1. Ski fahren lernen: grüne Pisten, blaue Pisten, schwarze Pisten??
2. ~~Internet-Abstinenz (keine sozialen Medien, keine Nachrichten, Skype ist okay!)~~
3. ~~Meditation – mindestens 10 Minuten pro Tag!!~~
4. ~~an Schultagen bis 8 ausschlafen~~
5. ~~ätherische Öle zur Entspannung – Lavendel, Kamille, Orange~~
6. ~~Einen Gang zurückschalten und Ballast abwerfen!!~~
7. ~~Einen süßen Snowboarder küssen!! (Josies Vorschlag)~~
8. ~~Atmen! (logisch)~~
9. ~~Mutig sein! (von Will)~~
10. Mal nur zum Spaß lesen? (siehe angehängte Bücherliste)
11. Trick McHale kennenlernen
12. Ein bisschen was anstellen!

Kapitel Fünfzehn

Nach dem Kuss mit Beck packt mich am Nachmittag zu Hause eine fast manische Tatkraft. Ich erledige vier Hausarbeiten und mache Abendessen und kann trotzdem nicht aufhören, daran zu denken, wie ich Beck an mich gezogen und geküsst habe. Nicht mal die vielen Chemieformeln, die in meinem Kopf herumwirbeln, halten mich davon ab, an seine weichen Lippen zu denken oder das Gewicht seiner Hände auf meinem Rücken.

Ich habe Nr. 7 durchgestrichen, bin mir aber ziemlich sicher, dass das eine ganz, ganz schlechte Idee war.

Daran ist Josie schuld.

Andererseits bedeutet das wohl, dass ich Nr. 12 ebenfalls abhaken kann.

Gerade als ich die selbst gemachte Gemüsesuppe in Schüsseln fülle, kommt Trick zur Tür herein. Während er seine Jacke aufhängt, stelle ich einen Teller mit warmem Baguette und einen grünen Salat auf den Tisch.

»Wow, was ist das denn alles?« Er zieht seine Mütze ab und wirft sie auf die Couch. »Was ist der Anlass?«

Ich verkneife es mir, *Ich habe Beck Davis geküsst!* zu schreien, und setze mich. »In der echten Welt braucht man keinen

Anlass, um Abendessen zu machen. Man bekommt einfach Hunger, geht einkaufen und, na ja, *überlebt.*« Ich streue Parmesan in meine Suppe und bete, dass er meine zitternden Hände nicht bemerkt.

Er probiert einen Löffel. »Die hast *du* gemacht?« Ich nicke, und er fügt hinzu: »Hat dir deine Mom beigebracht.«

Ich schaue ihn überrascht an. »Stimmt, hat sie.«

»Ich erinnere mich an diese Suppe.« Seine Worte beschäftigen mich und wir essen einen Augenblick lang schweigend. Ich warte ab, ob er noch mehr sagt, mir vielleicht eine Geschichte erzählt, wie Mom diese Suppe für ihn gekocht hat, aber er sagt nichts. Isst nur seine Suppe.

Ich versuche immer noch, Trick wie eine Karte zu lesen. Das Offensichtliche ging schnell, die Ähnlichkeit unserer Augen und unserer Haarfarbe. Aber am meisten finde ich mich in seiner ruhigen Art wieder, er hört lieber zu, als das Gespräch zu lenken. Ich war auch schon immer so ruhig. Aber gerade ist mir sein Schweigen unangenehm. Zu Hause ist es beim Abendessen nie leise. Mom übernimmt immer die Führung, stellt Fragen und bekommt Antworten. Falls wir nicht genug reden, holt sie die Box mit Konversationskarten vom Küchenbuffet, um das Gespräch in Gang zu bringen. Will redet beim Abendessen normalerweise über die Arbeit oder über Sport (wenn er nicht gerade die Frage beantwortet: *Wenn du ein Haustier sein könntest, welches wärst du?*) und die Zwillinge sind laut und streitlustig. Die zwei kleinen Labradoodles. Trick bewegt sich eher am anderen Ende der Skala. Wenn ich nichts sage, reden wir während des gesamten Abendessens kein einziges Wort.

»Du bist wie eine Katze, die ganz still im Fenster eines Buchladens sitzt«, unterbreche ich unser Kauen und Schlürfen.

Er schaut auf. »Was?«

Oh, stimmt. Wäre vielleicht hilfreich, ihm das Spiel mit den Karten *vorher* zu erklären. »Wenn du ein Haustier wärst, wärst du eine stille Katze in einem Buchladen.«

»Ähm, okay.«

»Zu Hause spielen wir manchmal Spiele beim Abendessen, um das Gespräch in Gang zu bringen. Zum Beispiel: *Welche Farbe des Regenbogens wärst du?*«

Er zuckt mit den Achseln und nimmt sich ein bisschen Brot. »Keine Ahnung, blau?«

»Warum blau?«

»Rot?«

»Du musst deine Antwort erklären.« Er schaut mich gequält an. »Vergiss es.«

Das läuft nicht gut; unsere Worte klingen so flach und falsch, als würden dazwischen ganze Ströme anderer Wörter herumwirbeln. Genug von Regenbogenfarben und Katzen in Buchläden. »Trick?«

»Ja?«

»Was war nach deinem Unfall? Habt du und Mom euch deshalb getrennt?« Wahnsinn, wie bestimmte Wörter in einer bestimmten Reihenfolge die Stimmung im Raum komplett umkehren können.

Er legt den Löffel weg und reibt sich die Augen. Vielleicht zum ersten Mal an diesem Abend schaut er mich an. »Können wir noch mal auf die Frage mit dem Regenbogen zurückkommen? Blau, eindeutig blau.« Ich schaue ihn an und warte. Er greift wieder nach seinem Löffel und rührt damit den Rest seiner Suppe um.

»Ich war danach für eine ganze Weile ziemlich im Eimer.«

»Du meinst dein Knie?«

Er seufzt und schaut mich so durchdringend an, dass ich meine Suppe auf einmal ganz spannend finde. »Körperlich auch, klar. Mein Knie war komplett zerstört, das ganze Bein. Der Knochen ist an mehreren Stellen gesplittert, daher konnte ich nicht mehr an Wettbewerben teilnehmen. Ich habe meine Sponsoren verloren. Eigentlich konnte ich überhaupt nicht mehr Ski fahren. Ziemlich lange nicht.« Er isst einen Löffel Suppe und senkt den Blick. »Aber das war nicht das Hauptproblem.« Ich schlucke und rühre mich nicht, beiße nicht einmal von meinem Brot ab aus Furcht, er würde dann aufhören zu erzählen. Er dreht den Kopf zur Seite und schaut aus dem Fenster ins dunkelblaue Abendlicht. »Als ich nicht mehr Ski fahren konnte … als ich nicht mehr so Ski fahren konnte wie früher, hat mir das, na ja, alles andere auch weggenommen. Es war, als wäre ich in ein tiefes Loch gefallen, aus dem ich nicht mehr herauskam. Deine Mom hat es versucht, sie hat es wirklich versucht. Denk niemals, deine Mom hätte es nicht versucht.«

Das kenne ich von meiner Mutter. Wenn sie eines ist, dann lösungsorientiert. »Aber dann habt ihr beide aufgehört, es zu versuchen?«

»Vor allem ich … lange vor ihr.« Neben mir auf dem Tisch summt mein Handy und wir zucken beide zusammen. Ich stelle es schnell auf lautlos, sehe aber noch, dass es eine Nachricht von Beck ist. Trick sieht erleichtert aus. »Geh ruhig ran.«

»Ist nicht wichtig.« Aber er ist schon aufgestanden und stapelt die Teller.

»Das Abendessen war fantastisch«, sagt er mit dem Rücken zu mir und stellt das Geschirr in die Spüle. Dann verschwindet er, ohne auch nur den Mantel anzuziehen, nach draußen und holt Feuerholz.

Frustriert lese ich die Nachricht.

Krasser Sternenhimmel heute Abend. Komm vorbei. Ich bin ganz in der Nähe.

Er hat eine Wegbeschreibung zu einem Haus eine Straße weiter angehängt. Bei dem Gedanken, hier in der Stille zu bleiben, fühlt sich mein Schädel an, als müsste er explodieren, also gehe ich in mein Zimmer, ziehe mich um und bürste mir die Haare. Als ich wieder rauskomme, sitzt Trick auf der Couch und liest ein Ski-Magazin. »Ich mache einen Spaziergang.«

Er schaut auf und stützt seinen Kopf auf den Arm. »Jetzt?«

»Nur ein bisschen frische Luft schnappen und vielleicht ein bisschen Sterne gucken.« Ich meide seinen Blick, wickle mir einen Schal um den Hals und setze meine Mütze auf. Ich halte die Luft an und warte auf das übliche elterliche *Wo gehst du hin, mit wem triffst du dich, wann kommst du nach Hause?*.

Oder vielleicht sogar: *Hast du etwa vor, den falschen Jungen zu küssen – schon wieder?*

Stattdessen sagt er: »Nimm eine Taschenlampe mit«, und widmet sich wieder seinem Magazin.

Draußen empfängt mich eine Wand aus Kälte, aber über mir stehen die Sterne und es sieht so aus, als hätte jemand eine ganze Dose Silberglitzer in den Nachthimmel geschüttet. Das ist schon ein paar Frostbeulen wert.

Ich mache mich auf den Weg in die Parallelstraße und achte sorgfältig darauf, in der Mitte der Fahrbahn zu bleiben, um den vereisten Stellen auszuweichen. Meine Stiefel knirschen auf der gestreuten Straße. Die meisten Häuser sind dunkel, weil ihre Bewohner den Großteil des Jahres anderswo leben, daher leuchtet das riesige Haus vor mir wie eine Goldmünze.

Beck wartet in der freigeschaufelten Einfahrt, die Hände in den Taschen seiner silbernen Daunenjacke vergraben, die Wölkchen seines Atems werden vom Schein des Hauses angeleuchtet. Als er mich sieht, lächelt er und hält eine zusammengefaltete Decke hoch. Ich zögere, mein Kopf rät mir, umzudrehen, nach Hause zu gehen und meine Mathehausaufgaben zu machen.

Lustig, wie unterschiedlich die Checklisten von Kopf und Herz sein können.

»Wem gehört das Haus?« Ich folge ihm zu einer Treppe an der Außenseite des Hauses, die offenbar bis in den dritten Stock führt.

»Einem Bekannten von mir. Pass auf, da ist Eis.« Er hält sich am Geländer fest und steigt vor mir die Stufen hoch. Wir gelangen zu einer winzigen Dachterrasse und Beck setzt sich auf eine Bank aus einem umfunktionierten alten Skilift. Von hier aus blicken wir über das dunkle Tal, der glitzernde Himmel ist unermesslich und ganz nah.

Skilift-Bank. Decke. Sternenhimmel. Ärger.

Zähneklappernd setze ich mich neben ihn. Er merkt es und deckt uns zu. »Besser?«

»Trick glaubt, ich mache einen Spaziergang«, rutscht es mir heraus.

»Weiß er, dass du mit mir unterwegs bist?«

Ich schüttle den Kopf und schaue ihn von der Seite an, sein Gesicht liegt im Dunkeln. »Er hat nicht gefragt, aber ich glaube, er wäre nicht begeistert. Isabel offenbar auch nicht.« Ich wickle die Decke enger um mich und langsam wärmen sich unsere Körper auf. »Warum eigentlich?«

Sein Lachen schallt über die dunklen Häuser unter uns. »Meine liebe Freundin Isabel hält nichts von meinem Lifestyle. Denkt, ich nutze meine Möglichkeiten nicht.«

»Ist das so?«

»Meiner Meinung nach ist das Gegenteil der Fall.«

»Inwiefern?«

»Ich genieße mein Leben und mache mir keine Sorgen über irgendwelche Ziele oder darüber, ob ich perfekt bin. Isabel nervt es, dass ich mich in der Schule nicht anstrenge. Aber ich lese, ich bilde mich – es ist einfach nur meine eigene Version von Bildung. Ich denke, die Schule macht uns dümmer, nicht klüger. Sie zwingt uns eine bestimmte Denkweise auf. Isabel geht es immer nur darum, Bestätigung zu bekommen – beim Skifahren, mit ihren Noten, bei ihren Freunden.«

»In der Schule geht es um viel mehr, als klug zu sein«, werfe ich ein. »Es geht auch darum, zu lernen, Dinge rechtzeitig fertig zu bekommen, Anweisungen zu folgen und eine Arbeitsmoral zu entwickeln, sodass wir mit dem nächsten Schritt weitermachen können.«

»Wir verbiegen uns in der Schule, damit wir uns später noch mehr verbiegen können.« Er zuckt mit den Achseln. »Wo endet das?«

Ich zögere, mein Körper kribbelt. Er hat etwas angesprochen, über das ich in letzter Zeit selbst nachgedacht habe. Wo endet das? Wenn ich in die Zukunft blicke, ist alles nur verschwommen und leer. Ich arbeite hart, daher denken die Leute, ich hätte ein großes Ziel, so wie Josie, die Meeresforscherin werden will. Aber ich habe keine Ahnung, was ich nach dem College machen will. Ich brenne weder dafür, Ärztin zu werden, noch Professorin oder Anwältin. Mein Antrieb war immer Perfektion – Noten, Auszeichnungen, Testergebnisse.

Trotzdem kann ich es mir nicht verkneifen, zu sagen: »Du kannst doch nicht dein ganzes Leben improvisieren.«

Er rückt näher an mich heran und legt seine Hand auf meine.

»Warum nicht?«

Mir stockt der Atem. »Du brauchst einen Plan.«

Er lehnt sich zu mir und kommt meinem Gesicht so nah, dass sein Atem die kalte Luft zwischen uns erwärmt. »Oh, ich habe einen Plan.«

Ich weiß, dass ich gehen sollte, aber meine Beine scheinen unter der schweren Decke nicht zu funktionieren. Es fühlt sich gut an, mit jemandem hier zu sitzen, der nicht von mir verlangt, dass ich mich mehr anstrenge, besser werde, mich *steigere.* Beck ist das Gegenteil von Selbstverbesserung.

- Selbst-Verschlechterung
- Selbst-Zerstörung
- Selbst-Zerfall

»Dein Plan klingt stark nach sofortiger Bedürfnisbefriedigung«, sage ich sanft, und unsere Lippen berühren sich beinahe.

Er grinst. »Solltest du mal ausprobieren.«

»Also gut, her mit der sofortigen Bedürfnisbefriedigung.« Ich beuge mich zu ihm und sein anfangs noch kalter Mund wird schnell warm. Er schmeckt nach Schnee und Pfefferminzkaugummi, und als er mein Gesicht in seine Hände nimmt, verschwindet alles um uns herum – die Nacht, die Sterne, der Schnee, sogar meine Listen.

❊ ❊ ❊

Zurück zu Hause öffne ich die Tür so leise wie möglich. Das einzige Licht stammt vom flackernden Feuer. Trick hat sich auf der Ausziehcouch ausgestreckt und den Kopf auf dem Unterarm abgelegt. Als ich zu meinem Zimmer schleiche, ertönt seine Stimme aus der Dunkelheit. »Schöner Spaziergang?«

Ich zucke zusammen und meine Wangen laufen rot an. »Oh, ja – danke. Es ist wunderschön draußen. Total klar.«

»Pass auf mit den vereisten Stellen.« Er setzt sich ein bisschen auf. Ich spüre, dass er mich anschaut. »Im einen Moment stehst du auf festem Boden und im nächsten liegst du auf dem Hintern.«

Wir wissen beide, dass er nicht von der Beschaffenheit des Bodens redet.

❊ ❊ ❊

Am nächsten Morgen summt mein Handy auf dem Bücherregal neben dem Bett:

Guten Morgen, Sonnenschein.

Mir fällt alles wieder ein – das Museum, die Skilift-Bank unter den Sternen, Becks Pfefferminzkuss. Mein Magen krampft sich zusammen und ich krümme mich. Vielleicht vertrage ich diesen ganzen impulsiven Kram mit der sofortigen Bedürfnisbefriedigung nicht. Das mit der Impulsivität klappt sicher besser, wenn man am nächsten Tag nicht alles bitter bereut. Ich denke mal, das ist nicht wirklich der Sinn des Ganzen.

Was mach ich hier eigentlich? Ich bin nach Tahoe gekommen, um den Kopf freizukriegen, um mir darüber klar zu werden, wo ich mit der Schule stehe und vielleicht sogar, wo ich mit Trick stehe und was zwischen meinen Eltern passiert ist. Aber sicherlich nicht, um mich in dieses Jungs-Chaos hineinzumanövrieren. Allerdings scheine ich es genau darauf anzulegen:

- Logan Kekse mitbringen
- mit Beck auf Skiern abhauen
- Beck küssen - zwei Mal

Als Liste sieht es eigentlich ziemlich aufregend aus. Trotzdem habe ich das Gefühl, ich müsste mich übergeben. Ich renne ins Bad und versuche, ruhig zu atmen. Man sagt ja immer, es sei gesund, die eigene Komfortzone zu verlassen, aber ich bin mir ziemlich sicher, mit Nr. 8 meiner Liste war nicht gemeint, dass ich nach Atem ringend über der Kloschüssel hänge.

Im Laufe der Jahre habe ich verschiedene Beschreibungen meiner Persönlichkeit zu hören bekommen. Manchmal waren es positive: motiviert, fokussiert, produktiv. Manchmal eher negative: verspannt, nervös, Stressopfer. Unabhängig davon bin ich es leid, morgens verwirrt aufzuwachen, zu bereuen, was ich getan habe, und mir über alles endlos den Kopf zu zerbrechen. Andere Mädchen von der Ranfield würden auf Instagram posten, dass sie einen süßen Skifahrer geküsst haben und Hashtags wie #eristeinfachsosüß oder #lernpause! verwenden.

Mein Hashtag würde #magendarmalarm! lauten

Ich hätte Beck nicht küssen sollen. Das macht alles nur komplizierter. Ich greife nach dem Glasfläschchen mit meinem Lavendelöl auf dem Waschbecken, aber es rutscht mir aus der Hand und zerbricht auf den Fliesen. Sofort breitet sich im ganzen Raum der Lavendelgeruch aus. Nicht besonders entspannend. Würgend wische ich die Pfütze mit einer Unmenge von Klopapier auf.

In meinem Zimmer klingelt mein Handy. Schwankend stehe ich auf und gehe zum Bett. Ich krabble wieder unter die Decke und nehme ab. »Hi, Mom.«

Es ist 9:04 Uhr an einem Sonntag. Mom ist wahrscheinlich schon zehn Kilometer gelaufen, hat das Abendessen geplant und die *Union Tribune* größtenteils gelesen. »Schätzchen, ich habe gerade mit Ms Raff gesprochen.« Und mit meiner Heimunterricht-Koordinatorin geredet.

»Ach ja?« Ich nehme einen Schluck aus meiner Wasserflasche, das kalte Wasser tut meinem Hals gut. Ich zucke zusammen. Es schmeckt nach Lavendel.

»Es ist wegen Chemie.« Sie klingt abgelenkt. Wahrscheinlich wiegt sie die Zutaten fürs Abendessen ab. *Erledige nie-*

mals nur eine Sache, wenn du auch zwei erledigen kannst, sagt sie immer.

Ich überlege, welche Hausaufgabe ich womöglich vergessen habe. »Ich bin mir ziemlich sicher, dass ich für Chemie diese Woche alles eingereicht habe.«

»Es geht um die Arbeit im Labor. Sie dachten, du könntest das online machen, aber jetzt will die Ranfield, dass du dir vor Ort ein Labor suchst, sonst wird dir Chemie nicht als Leistungskurs angerechnet.« Es klirrt, dann folgt ein Geräusch, das sich anhört wie Reis in einem Glasbecher.

Sie bereitet eindeutig Risotto vor.

»Ich soll also so lange in Tahoe herumwandern, bis ich zufällig ein Labor finde, das ich stürmen kann? Ganz sicher nicht.« Am anderen Ende der Leitung geht die Kühlschranktür auf und wieder zu. »Machst du Risotto?« Ich kann die buttrigen Körner beinahe schmecken.

Sie hält inne. »Mara, vielleicht solltest du jetzt nach Hause kommen.« Mich überrascht eigentlich nur, dass sie das erst jetzt vorschlägt. »Ich weiß, dass sie gesagt haben, du kannst dieses eine Vierteljahr Heimunterricht nehmen und dein Stipendium behalten, aber, na ja …« Sicher überlegt sie gerade fieberhaft, wie sie mir am besten sagen soll, dass ich ihrer Meinung nach die Gastfreundschaft in Tahoe und die Geduld der Ranfield-Administration bereits überbeansprucht habe. »Ich denke, es ist vielleicht an der Zeit heimzukommen.«

Es wäre so einfach.

Kein Beck mehr. Kein Logan-und-Isabel, das süßeste Skifahrer-Pärchen der Welt. Kein Trick, das Mysterium mehr.

Ich könnte zurück an die Ranfield und wieder die Schülerin werden, die ich war, bevor ich Tests zerrissen habe. Die Schülerin, die ihr Leben im Griff hatte. Ich bin so verlockt zu sagen: *Ja, bitte, komm und hol mich ab, ich vermassele hier alles!*

Mom wäre in Rekordzeit hier.

Aber aus irgendeinem Grund tue ich das nicht. Meine Stimme hört sich fremd an, als ich sage: »Ich würde gern bleiben.« Draußen glitzert das Sonnenlicht auf den nassen Kiefern, der Tag ist klar, aber ich weiß, dass es nicht annähernd so warm ist, wie es aussieht. »Mom?«, frage ich, als sie nichts dazu sagt. »Kann ich bleiben?«

Sie seufzt, so wie sie es immer tut, wenn sie sich mal einen Moment Zeit nimmt, aus dem Küchenfenster in unseren tipptopp gepflegten Garten zu schauen. Schließlich sagt sie: »Kümmre dich um die Sache mit dem Labor, okay?«

Nachdem wir aufgelegt haben, wische ich weiter die Lavendelpfütze auf, so gut es geht, aber es stinkt immer noch. Dann mache ich es mir auf dem Bett gemütlich und schreibe eine neue Hier-und-jetzt-Liste.

Die Hier-und-jetzt-Liste II

1. Trick dazu bringen, mehr zu reden!!
2. Handyakku leer werden lassen
3. Fokussieren, Mara!
4. Mutig sein! (Danke, Will.)
5. Blaue Pisten sicher fahren. Schwarze Pisten?

Kapitel Sechzehn

Ich beschließe, mich auf Nr. 3 der Hier-und-jetzt-Liste II zu konzentrieren, wahrscheinlich, weil ich einfach so gepolt bin. Ich schreibe Beck und sage ihm, dass ich in den nächsten Tagen beschäftigt bin, viel für die Schule zu tun habe.

Kennst mich ja: Streberin!, versuche ich zu scherzen, aber er schreibt nicht zurück.

Ich klebe einen Zettel an den Badspiegel: *Sorry für den stinkenden Ölfleck!*

Die nächsten vierundzwanzig Stunden verkrieche ich mich in meinem Zimmer, schlafe kaum, ernähre mich ausschließlich von Erdnussbuttertoast und gebe haufenweise Schulaufgaben frühzeitig ab. Ich behalte die Akkuanzeige meines Handys im Auge und der Akku wird immer leerer (Nr. 2!). Beck schreibt nicht zurück. Als der kleine rote Abschnitt auf dem Akkubalken kaum noch zu erkennen ist, verliere ich beinahe die Nerven und stecke es wieder ein. Seit ich dieses Handy besitze, habe ich noch nie zugelassen, dass der Akku leergeht. Lächerlich. Ist ja keine große Sache. Die Liste der Dinge, die ärgerlicher sind als ein leerer Handy-Akku, sieht ungefähr so aus:

– Armut
– Drogensucht
– Sexismus
– Krebs

Kleine Ausschnitte meiner Reiß-dich-zusammen-Liste. Aber ich fühle mich deswegen nur noch schlechter und frage mich langsam, ob ich vielleicht die falschen Listen mache.

Als ich allmählich tatsächlich das Gefühl habe, mein Handy würde mich anstarren und flehen: *Steck mich ein, ich sterbe!!*, stopfe ich es ganz nach unten in meinen Rucksack und nehme mir meine Matheaufgaben vor. Zu wissen, dass es tot dort liegt, füllt meinen Magen mit Säure. Eine derartige Verbundenheit mit einem toten Handy kann nicht gesund sein; ist ja kein Haustier oder so.

Obwohl ich mehr Zeit damit verbringe als mit jedem Haustier, das ich je hatte.

Das ist einfach nur traurig.

* * *

Am frühen Montagnachmittag, als ich mich gerade über das Feedback freue, das Ms Raff mir gemailt hat (*Beste Arbeit bisher! Fantastische Einsicht!*), kommen mir Becks Worte in den Sinn: *Lob-Junkie.* Bin ich ein Lob-Junkie? Arbeite ich so fieberhaft und stecke so viel Zeit und Energie in die Schule, weil ich süchtig nach Anerkennung bin?

Oder weil es eine gute Ausrede ist, um den Rest der Welt auszublenden?

Sind die Gründe beide falsch?

Ich will nichts mehr, als meinem Kopf entfliehen und hoch

auf den Berg. An der Tür hängen meine Skisachen. Der Helm liegt auf dem Regal. Eine Stunde auf dem Berg schadet bestimmt nicht – ich hab schon so viel geschafft.

Ich klopfe an die Tür von »Pulverschnee« und einen Augenblick später streckt Oli den Kopf heraus. »Wann schließen die Lifte?« Ich schaue zu ihm hoch.

Er grinst. »Wir haben noch Zeit.«

Eine halbe Stunde später sitzen wir in der Gondel, der Tag ist klar und kalt, aber in der Ferne ziehen tiefschwarze Wolken auf. Auf dem Berg sieht es leer aus, fast nur Einheimische. Wir sind die Einzigen in der Gondel und Oli sitzt mir gegenüber und lehnt sich auf der Sitzbank zurück. Ich schaue einem Mann zu, der die Mountain Run hinuntersaust, seine Haltung ist anmutig und sauber. Eines Tages will ich auch so Ski fahren können. Als ich ihn beobachte, werde ich traurig – es ist dieses Gefühl zu wissen, dass man etwas vermissen wird, bevor man es überhaupt verloren hat.

Dann betrachte ich die verschneiten Berge und seufze.

»Das war aber ein tiefes Seufzen.« Oli streckt seine langen Beine aus.

»Ich habe nur daran gedacht, dass ich bald wieder nach Hause fahre.« Und versucht, nicht an das Chaos zu denken, das ich während meiner Zeit in Tahoe angerichtet habe.

»Vermisst du es?«

Ich betrachte die Wolken, verschiedene Schichten aus hell und dunkel. In San Diego gibt es solche Wolken nicht. »Teilweise. Will und Mom und meine kleinen Brüder. Meine Freundin Josie. Den Strand. Nicht, dass ich je viel Zeit hatte, an den Strand zu gehen.«

Er sieht überrascht aus. »Wie kann das sein? Du bist sechzehn; du solltest nichts anderes tun.«

Wir sind beinahe an der Bergstation und ich sammle meine Skistöcke und Skier zusammen. »Mein Stundenplan an der Ranfield ist ziemlich straff. Ich habe nicht viel Zeit.«

»Wir haben alle dieselbe Anzahl an Stunden, Kindchen«, sagt er und steht auf, als die Gondel die Bergstation erreicht. *Kindchen,* als wäre ich ein dummes Kind, das nicht weiß, wie viele Stunden der Tag hat. »Ja, die Uhr hab ich ungefähr im Kindergarten gelernt«, murmle ich und folge ihm aus der Gondel. Wir fahren runter zum Big-Blue-Express. Während der Fahrt mit dem Lift erzähle ich ihm: »Die Ranfield ist die ganze Zeit und den ganzen Stress wert, für das, was sie mir am Ende bringt.«

»Was denn genau?« Oli kickt etwas Schnee von seinen Skiern.

»Sie hilft mir, einen Platz am richtigen College zu bekommen.«

Oli schaut mich von der Seite an. »Und was bringt dir das richtige College?« Ich weiß, dass er nur neugierig ist, aber trotzdem fühle ich mich angegriffen.

»Ich halte mir alle Türen offen, aber ich will auf jeden Fall auf eine erstklassige Uni.« Ich schaue rüber zum High Camp und füge hinzu: »Ich will einfach nicht gewöhnlich sein.«

Oli lehnt sich im Skilift zurück und lässt den Arm an der Seite heraushängen. »Jeder schafft sich sein eigenes, besonderes Leben. Niemand ist gewöhnlich.«

Oli ist definitiv nicht gewöhnlich. Aber wir können nicht alle in einer silbernen Box durchs Land sausen und Postkarten sammeln. Als würde er meine Gedanken lesen, sagt er: »Mein Leben war nicht immer so anders als deins, Mara. Ich war rund um die Uhr beschäftigt.«

Okay, vielleicht ist dieser Kerl wirklich ein Jedi. »Was meinst du?«

Er lehnt sich gegen den Bügel. »Ich habe auch immer das Richtige gemacht. Bin nach Berkeley gegangen. Banker geworden. Damit habe ich den Großteil meiner Zwanziger verbracht.«

»Als Banker? Also, in einer Bank?«

»Ja, in einer Bank. In San Francisco. Mit Anzug und allem Drum und Dran.«

Er schnappt übertrieben dramatisch nach Luft und grinst angesichts meiner geschockten Miene bis über beide Ohren.

Ich beäuge seinen stoppeligen Bart, offensichtlich hat er sich seit Tagen nicht rasiert. »Was ist passiert?«

»Das kam ganz allmählich, kein großer Knall oder so was. Ich hab mich immer wieder umgeschaut und mir gedacht, was hab ich doch für ein wunderschönes, glückliches Leben, aber statt es zu genießen, habe ich mich dagegen gewehrt. Also hab ich ›Pulverschnee‹ gekauft. Ihn bei einem Freund hergerichtet. Ich wollte etwas Kleines schaffen, das nur mir gehört. Aber ich selbst bin daran gewachsen. Wir alle müssen entscheiden, was uns zu einem erfüllten Leben ausreicht. Und das ist für jeden anders.«

Der Lift holpert Richtung Ausstieg. Wir drücken den Bügel hoch und fahren nach rechts ab. Oli fummelt an seiner Skibrille herum und fährt fort: »Aber ich will nicht, dass du denkst, die Entscheidung wäre mir leichtgefallen. Oder offensichtlich gewesen. Das war sie nicht. Es hat Zeit gebraucht. Jahrelang bin ich früh aufgestanden, hab mich durch den Berufsverkehr gequält, mit all den anderen Anzugträgern zu Mittag gegessen und die ganze Zeit auf die Uhr geschaut. Nach einer Weile dachte ich nur noch: *Was mache ich hier eigentlich? Ich gehöre hier nicht hin.* Aber ein paar Kerle, mit denen ich gearbeitet habe, haben das geliebt – das Spiel, die Konkurrenz, die Plackerei. Es wird immer Leute geben, die mehr haben, und Leute, die weniger haben. Letzten Endes musst du dich für das entscheiden, was dir genügt, und nicht was andere für richtig halten.«

Ich schaue auf meine Skier. »Mir ist egal, was andere Leute von mir denken.«

»Bist du dir da sicher?«

Obwohl er es behutsam sagt, fühlt es sich an, als hätte mir jemand Schnee in den Kragen meiner Jacke gestopft. Blöder Herr-der-Berge-Jedi. Er weiß nicht, warum ich hier bin. Ich weiß ja selbst nicht, warum ich hier bin.

»Fahren wir heute auch noch irgendwann mal Ski?«, entgegne ich schlagfertig und fingere an den Schlaufen meiner Skistöcke herum. Es hat angefangen zu schneien und auf meiner Skibrille sammeln sich kleine Eiskristalle.

Er lacht so schallend, dass die vorbeifahrenden Skifahrer sich umdrehen. »Ja, tun wir. Eine Abfahrt schaffen wir noch, bevor der Sturm losbricht.«

Kapitel Siebzehn

Am Dienstagmorgen wache ich zitternd auf, alles ist still, der Strom ist ausgefallen, draußen schneit es und der Schneeberg vor dem Haus wächst. In der Nacht ist mein Feuer ausgegangen, daher wickle ich mich in meine Decke und tapse ins Wohnzimmer, wo Trick im Schein einer Campinglampe den Holzofen anheizt. »Ich habe kein Holz mehr.«

»Eine Sekunde, ich kümmere mich gleich darum. Im Laden ist der Strom auch ausgefallen. Überall im Tal.« Er wischt sich die Hände an der Jeans ab und greift sich einen Armvoll Holz für meinen Ofen. »Danach gehe ich mit den Schneeschuhen rüber in den Laden und helfe den Nevers. Das Feuer sollte brennen, bis ich wieder da bin.« Er zeigt auf den Holzofen, auf dem eine metallene Kaffeekanne simmert. »Da ist Kaffee, wenn du willst, aber nimm die Kanne bald runter, sonst brennt er an.« Er trägt mal wieder sein Santa-Cruz-Sweatshirt, das er auch an meinem ersten Tag im Neverland anhatte.

»Danke«, sage ich schläfrig. Er verschwindet in meinem Zimmer, und in mir rührt sich etwas, mein Herz zieht sich zusammen. Ich höre ihn mit dem Ofen herumhantieren,

Papier zusammenknüllen und die kleine Eisentür zumachen und fange an zu weinen.

Er kommt heraus und sein Blick fällt auf mein tränenüberströmtes Gesicht. Erschrocken fragt er: »Oh nein – was ist los?«

Kopfschüttelnd versuche ich die klebrige Gefühlswelle wegzublinzeln, die mich wieder zu überrollen droht. »Nichts, nichts. Ich brauche nur Kaffee. Das ist mein *Ich brauche Kaffee*-Gesicht.«

Er wirft mir einen merkwürdigen Blick zu, greift nach der Kanne und schenkt mir eine Tasse ein. Er schüttet Milch dazu und reicht sie mir, weshalb ich lächerlicherweise schon wieder hicksend losschluchze. Unsicher macht er einen Schritt zurück. »Sag mal – bist du krank oder so?«

»Nein.« Ich senke meine Nase in den heißen, säuerlichen Kaffeegeruch. Wie soll ich ihm das erklären? Das Santa-Cruz-Sweatshirt? Und meinen Gefühlsausbruch, wenn ich ihm beim Feuermachen zusehe? Wie soll ich ihm sagen, dass es mich unfassbar traurig macht, wenn ich an all die Jahre denke, in denen er nicht wusste, dass ich meinen Kaffee mit Milch trinke oder was ich gerne zum Frühstück mag.

»Sicher?«

Ich nicke, und er geht zur Tür, doch er wirft mir noch einen schiefen Blick zu, bevor er nach draußen ins Schneegestöber verschwindet.

* * *

Eine Stunde später klopft jemand an die Tür. Ich mache auf und vor mir stehen Isabel und Logan, schneebedeckt. »Hier, zieh die an.« Isabel hält ein paar Schneeschuhe hoch. »Du kommst mit zu uns.« Ihr Blick fällt auf meine Schlafanzughose. »Und du kannst sehr gerne deinen Schlafanzug anlassen, aber vielleicht ziehst du eine Skihose drüber, damit du nicht nass wirst.«

Ich zeige auf den Bücherstapel auf dem Tisch. »Ach, eigentlich sollte ich lernen …«

Isabel hebt eine behandschuhte Hand und schneidet mir das Wort ab. »Eigentlich solltest du deine Skihose anziehen.«

»Und mitkommen«, fügt Logan hinzu und fegt sich den Schnee von der Mütze. »Heute ist ein Schneetag.«

Zehn Minuten später stapfe ich unbeholfen in Schneeschuhen hinter ihnen her durch den Sturm. Um mich herum wirbelt der Schnee. Unglaublich, wie klein die Welt in einem Schneesturm wird, wie ruhig und unbewegt, als hätte man Scheuklappen auf. Wir gehen durch den knirschenden Schnee, und es fühlt sich gut an, das Leben mal einen Tag lang außen vor zu lassen.

Nach einer gefühlten Stunde – wahrscheinlich waren es nur zwanzig Minuten – kommen wir zu einem Haus. Wir trampeln ein paar Stufen hinauf und über eine weitläufige Terrasse. Logan öffnet die Haustür und wir betreten einen geschlossenen Eingangsbereich aus Holz und Glas mit einem hellen Steinboden und Haken an den Wänden für unsere Sachen. Wir stellen die Schneeschuhe neben eine Bank aus abgeschliffenen Ästen und hängen unsere Hosen und Jacken auf. Dann drückt Logan eine weitere Glastür auf und führt uns in einen großen Raum, der in warmen Lampenschein getaucht ist.

»Moment mal, ihr habt Strom?«, frage ich und lasse den Blick schweifen. Hohe Decken, ein Wohnzimmer mit gemütlichen Sofas und einem gewaltigen Kamin und dahinter die Küche, die durch eine marmorne Kücheninsel mit Granitarbeitsplatte vom Wohnbereich abgetrennt ist.

»Wir haben einen Generator.« Logan geht in Richtung Küche. Isabel, die sich hier offensichtlich ganz zu Hause fühlt, setzt sich auf eins der Wildledersofas und schaut einen Stapel Brettspiele auf dem Wohnzimmertisch durch.

»Cooles Haus.« Ich setzte mich zu Isabel aufs Sofa.

Logan stellt einen Topf Milch auf den Herd, öffnet eine Dose mit Kakaopulver und verschüttet dabei ein bisschen auf die Theke. »Danke, uns gefällt's auch.« Er werkelt in der Küche herum und stellt schließlich drei dampfende Becher und eine Schüssel Popcorn auf den Wohnzimmertisch. Als er sieht, dass Isabel ein Spiel mit dem Namen Chatroom aufgebaut hat, verzieht er das Gesicht. »Können wir nicht einfach Monopoly spielen?«

Isabel mischt die Karten. »Das ist ein gutes Spiel zum Warmwerden.« Sie hält inne und schaut hinaus in das dichte Schneetreiben, das in der letzten halben Stunde noch stärker geworden ist. »Ich denke, wir gehen eine Weile nirgendwohin.«

Logan holt einen Sitzsack vom Kamin und fläzt sich uns gegenüber hinein. »Na gut, aber lasst es uns mit Sprechen spielen. Ich habe keine Lust, irgendwas aufzuschreiben.«

Isabel legt die kleinen Papierblöcke weg. »Na schön, wir wollen ja nicht, dass du leidest.«

Ich sitze im Schneidersitz neben Isabel auf der Couch,

froh, dass ich meine Schlafanzughose angelassen habe, und breite eine flauschige elfenbeinfarbene Decke über meine Beine. Der Schein des Feuers und der Duft von heißer Schokolade und Popcorn in der Luft sorgen dafür, dass ich glatt einschlafen könnte. »Wie spielt man das?«

Logan nimmt sich eine Handvoll Popcorn. »Es funktioniert ungefähr so: Isabel benutzt das Spiel als Vorwand, um in deinem Privatleben herumzuschnüffeln.«

»Erwischt.« Isabel dreht die erste Karte um. »Okay, erste Frage: Wenn du irgendetwas erfinden könntest, was wäre es?«

»Eine Hausaufgabenmaschine!«, sage ich wie aus der Pistole geschossen. Dann füge ich errötend hinzu: »Wahrscheinlich hätte ich sagen sollen, irgendwas gegen Krebs, oder?«

Logan hat einen Vorschlag. »Wie wäre es mit einer Anti-Krebs-Hausaufgaben-Maschine?«

»Ja, genau! Das würde ich erfinden«, sage ich dankbar. Wir spielen mehrere Fragen durch und das Spiel erinnert mich stark an die Abendessen mit Mom.

Was würdest du mit einer Million Dollar machen?

Welchen Namen würdest du einem Sternbild geben?

Würdest du lieber in einem Haus aus Süßigkeiten oder aus Gold leben?

»Na, das ist ja wohl klar.« Ich runzle die Stirn. »Gold. Süßigkeiten wären voll eklig und klebrig. Besonders wenn es regnet.«

Isabel zieht die nächste Karte. »Wenn du ein Haushaltsgerät sein müsstest, welches wärst du?«

Logan antwortet, ohne zu zögern: »Ein Ofen.«

»Ein Ofen?«, frage ich und wärme meine immer noch kalten Finger an der Tasse mit Kakao.

Er zuckt mit den Achseln. »Ich koche gern und habe eine warme Persönlichkeit.« Er lächelt mich an und mein Körper kribbelt bis in die Zehenspitzen. Dann sagt er: »Isabel ist eine Espressomaschine.«

»Ich kann selbst antworten! Aber ja, das passt.« Diese kleine liebevolle Neckerei versetzt mir einen Stich und das warme Gefühl in meinen Zehen verschwindet.

»Ich bin dran«, verkünde ich. In Gedanken gehe ich verschiedene Geräte durch, die ich sein könnte. Kühlschrank, Föhn, Waschmaschine. Ich entscheide mich für: »Mixer.«

»Warum?«, fragen beide gleichzeitig.

»Weil mein Leben zurzeit gequirlte Scheiße ist.«

Isabel knabbert Popcorn und schaut mich durchdringend an. »Hast du deswegen all die Tests zerrissen?«

Krass. *Alle* wissen es.

Logan schaut Isabel finster an. »Nimm eine andere Karte und sei nicht so neugierig. Keine Zusatzfragen.«

»Schon gut.« Ich starre in meine heiße Schokolade. »Also, ja.« Im Kamin knackt es und ein Holzscheit fällt um. Ich setze mich aufrecht hin und stelle den Becher auf den Wohnzimmertisch. »Ich meine, ich hab das nicht geplant. Ich bin nicht aufgewacht und hab mir gedacht: *Heute in Mathe mache ich voll die Szene!* Aber ich war einfach total überfordert und fertig mit den Nerven.« Ich lasse die Schultern hängen. »Irgendwie verrückt, ich weiß.«

»Ach, ich weiß nicht.« Isabel reicht mir das Popcorn. »Ich war schon immer ein Fan von dramatischen Abgängen.«

»Aber ich eben *nicht.*« Ich nehme mir eine Handvoll Popcorn. »Ich war immer nur das Mädchen, das brav seine Arbeit erledigt.«

Ich schaue den Schneeflocken draußen zu und erzähle den beiden, was an der Ranfield passiert ist. »Ich habe einfach eine Pause gebraucht – von diesem ganzen Konkurrenz- und Vergleichswahnsinn.«

Logan und Isabel wechseln einen unbehaglichen Blick. Toll. Jetzt hab ich zu viel gesagt. Aber dann fragt Isabel: »Deshalb bist du nach *Tahoe* gekommen?«

Ich nicke. »Es ist einfach viel entspannter hier.«

Isabel legt den Kopf schief. »Hm.«

Etwas an ihrem Ton macht mich misstrauisch. »Was?«

Isabel zieht ihre Beine in einen Schneidersitz. »Ich glaube nicht, dass das tatsächlich so ist. Lass dich nicht von diesem ganzen naturverbundenen Hippie-Getue täuschen. Die Leute in Tahoe sind genauso leistungsorientiert wie anderswo.« Wahrscheinlich sehe ich skeptisch aus, denn sie fügt hinzu: »Vielleicht haben sie nicht dieselben Ziele, aber trotzdem. Hier geht es nur darum, wer am krassesten Ski oder Kajak fährt oder sonst irgendeine Outdoor-Sportart betreibt. Oder darum, wer am meisten Yoga macht, sich am gesündesten ernährt und den kleinsten CO_2-Fußabdruck hat. Du willst ein bisschen selbstgerechten Wahnsinn sehen? Sprich mal mit einem Veganer darüber, warum du Cheeseburger isst. Oder mit einem Fleischesser darüber, warum du als Vegetarier kein Rindfleisch isst. *Freiland-Rind, aus Weidehaltung,* natürlich.«

Ich lächle. Von dieser Sorte gibt es in San Diego jede Menge. So ist das eben in Kalifornien, denke ich.

»Na ja, mir kommt es entspannter vor.«

Sie beugt sich vor und senkt die Stimme. »Das ist eine Illusion. Das Nervige ist, alle hier wollen, dass du denkst, sie wären voll gechillt, voll abgeklärt – voll *offen.* Aber es ist derselbe leistungsorientierte Mist wie überall. Wir leben schließlich in den Vereinigten Staaten von ›I Do It My Way‹. Mir egal, wie viel die über ihre Chakren reden. Klingt so, als würden die das an deiner Schule wenigstens von vornherein klarstellen.«

Kopfnickend denke ich darüber nach, was sie gesagt hat. Bin ich davon ausgegangen, das Leben in Tahoe sei leichter, weil Mom immer erzählt hat, Trick wäre so ein Faulpelz? Eigentlich ist er das nämlich gar nicht. Er arbeitet hart im Laden, schippt Schnee, hackt Holz. Er macht sich das Leben einfach nicht so kompliziert. Ich weiß, ich hatte gehofft, das Leben in Tahoe wäre einfacher – Nr. 6 der ursprünglichen Hier-und-jetzt-Liste! Aber nichts ist einfacher. Nicht wirklich. Ich bin immer noch verwirrt. Sicher weiß ich nur, dass irgendwas an der Ranfield nicht funktioniert hat. »Ich war dieses ganze Spiel einfach so leid. Ich dachte, ein Ortswechsel würde helfen.«

»Das verstehe ich.« Isabel nickt über den Rand ihres Bechers.

»Apropos Spiele«, sagt Logan und räuspert sich. »Wir müssen das hier nicht weiterspielen.« Er fängt an, die Karten zusammenzupacken.

»Nein, schon okay«, sage ich schnell. »Es hilft, darüber zu reden.«

Und zum ersten Mal ist das die Wahrheit.

Wir spielen noch eine halbe Stunde Chatroom und müssen beinahe abbrechen, als Isabel und Logan sich über die Frage nach ihrem Lieblingssuperhelden in die Haare kriegen, weil Isabel der Meinung ist, dass Iron Man nicht zählt. »Er hat keine richtigen Superkräfte! Und bei allem, was er tut, will er sich nur selbst bereichern. Einspruch!«

»Du kannst keinen Einspruch gegen meine Antwort erheben!« Logans Gesicht läuft rot an. »Batman hat auch keine richtigen Superkräfte und er ist trotzdem ein Superheld.«

Isabel schüttelt todernst den Kopf. »Das ist was anderes. Batman gehört zu einer Superhelden-Unterkategorie – Ordnungshüter. Er tut alles, um Gotham zu einem besseren Ort zu machen. Im Gegensatz zu Tony Stark, der nur versucht, Tony Starks Leben besser zu machen.«

Logan lehnt sich in den Sitzsack zurück und verschränkt die Arme. »Ich darf sehr wohl Iron Man nehmen. Das ist *meine* Antwort. Seine Rüstung hat die Welt zu einem besseren Ort gemacht.«

Isabel schießt zurück: »Er hat die Rüstung gebaut, um seinen eigenen Arsch zu retten. Einspruch.«

Logan lacht schallend auf. »Kein Einspruch – du hast nichts zu melden, wenn dein Lieblingssuperheld Batman ist, der manisch Depressive von Gotham City.«

Sie wirft eine Spielkarte nach Logan, er duckt sich und sie landet im Feuer, wo die Flammen sie sofort verschlingen. »Ups«, kichert sie.

Ich lache mich schlapp. »Ihr zwei seid so witzig. Ernsthaft, ihr seid das süßeste Pärchen aller Zeiten – es ist fast schon ekelhaft.«

Isabel richtet sich hustend auf. »Moment … was hast du gerade gesagt?« Sie und Logan schauen sich verwirrt an. »Du denkst, wir sind *zusammen?* Iiiiiiih!«

»Oooh, danke, echt nett, Iz. Ich hab dich auch lieb.« Logan steht auf, sammelt unsere leeren Tassen ein und trägt sie zur Spüle.

»Moment.« Mir hämmert das Herz in den Ohren. »Ihr seid *nicht* zusammen?«

Isabel schüttelt heftig den Kopf. »Boah, igitt – er ist wie mein Bruder. Nicht böse gemeint, Logan. Du bist ein toller Fang, aber …« Sie schaut wieder zu mir und schüttelt sich. »Bäääh, pfui.«

»Kannst du vielleicht noch mal wiederholen, wie eklig das wäre?«, sagt Logan trocken aus der Küche. »Nur für den Fall, dass sie es nicht kapiert hat.«

»Sorry! Ist aber so«, murmelt sie, räumt Chatroom weg und zieht ein anderes Spiel aus dem Stapel. »Also, wer hat Lust auf Monopoly?«

Logan holt Zutaten fürs Mittagessen aus dem Kühlschrank und macht uns noch eine Runde heiße Schokolade. Als er kurz aufschaut, ertappt er mich dabei, wie ich ihn beobachte, und schenkt mir ein seltsames schiefes Lächeln. *Überraschung,* scheint es zu sagen.

Wir essen Puten-Sandwiches und teilen uns eine Tüte Doritos. Es sieht aus, als würde der Schnee ein bisschen nachlassen, aber alle benachbarten Häuser bleiben dunkel, entweder weil sie leer stehen oder weil der Strom noch nicht wieder da ist.

Als ich fertig bin mit meinem Sandwich, stehe ich auf.

»Könnt ihr mir sagen, wo die Toilette ist?« Isabel zeigt auf den langen Flur hinter der Küche.

Auf dem Weg zurück ins Wohnzimmer bleibe ich stehen, um mir die gerahmten Fotos anzuschauen, die den gesamten Flur pflastern. Die meisten haben irgendetwas mit Schnee zu tun: Logan und seine ältere Schwester in Rennanzügen; Logans Familie in Schneeschuhen; ein Familienfoto in Squaw Valley vor dem Neverland, dessen Fenster für die Feiertage geschmückt sind. Es gibt aber auch andere Bilder: Seine Eltern vor einem alten Bauwerk, das vielleicht irgendwo in Europa steht, eine Aufnahme der Familie auf einem Boot mit dem blauen Wasser des Lake Tahoe hinter ihnen, ein Bild von Logan und seiner Schwester als Harry und Hermine aus Harry Potter. Beim letzten muss ich grinsen, weil Logan als Hermine verkleidet ist.

Mein Blick fällt auf ein Gruppenfoto, auf dem alle Sommersachen tragen – Badehosen, T-Shirts, Sommerkleider. Die Kinder sitzen auf einem Picknicktisch und die Erwachsenen stehen mit Bier oder Wasserflaschen in der Hand dahinter, manche im Profil. Die Aufnahme sieht nach einem Schnappschuss aus. Die Kinder schauen direkt in die Kamera, aber die meisten Erwachsenen scheinen ins Gespräch vertieft. Isabel, mit ihren wilden roten Haaren und dem breiten Lächeln, erkenne ich sofort. Hinter ihr steht eine Frau, wahrscheinlich ihre Mom, und hat die Hand auf ihre Schulter gelegt. Neben Isabel stiert der kleine Beck ärgerlich in die Kamera, derselbe Blick, mit dem er neulich die Touristen beim High Camp bedacht hat. Zwei oder drei andere Kinder sitzen auch noch da und lächeln, während die Erwachsenen hinter ihnen plaudern.

»Wir waren zehn auf dem Bild. Fünfte Klasse, glaube ich.« Isabel taucht neben mir auf und betrachtet das Foto. »Lustig, wie oft ich daran vorbeilaufe, ohne es mir je anzuschauen. Sieh mal, wie süß wir waren. Schau dir Joys Haare an!« Sie zeigt auf das Mädchen von meinem ersten Tag im Elevation, ihr rabenschwarzes Haar ragt wie ein Geweih in zwei hohen Rattenschwänzen aus ihrem Kopf.

Ich zeige auf Beck. »Warum denn so griesgrämig?«

Isabel schaut mit zusammengekniffenen Augen darauf. »Das ist einfach Becks Gesicht. Der sah schon immer so aus.«

Ich höre Logan in der Küche herumklappern, das Surren der Espressomaschine. Den Blick immer noch auf das Bild geheftet, sage ich: »Du kennst ihn schon ziemlich lange.«

Isabel nickt, geht die Reihe von Bildern entlang und mustert jedes eingehend. »Seit wir Babys waren. Genau genommen kennst *du* ihn auch schon ziemlich lange. Und uns.« Sie zeigt auf ein Bild, das ich noch nicht gesehen habe.

»Siehst du? *Wir.*«

Ich gehe rüber, um mir das Bild anzuschauen, mein ganzer Körper kribbelt. Es zeigt eine Gruppe kleiner Kinder in Schneeanzügen, alle mit hellgelben Westen, auf denen SQUAW-KINDER-SKISCHULE steht. Mit zerzausten Haaren und rosa Wangen halten wir unsere winzigen Helme fest. Ich erkenne Isabel, Beck, Logan und Joy und an der Seite mich, kaum drei Jahre alt, mit dunkelblonden Rattenschwänzen und einem rosa Helm in den Patschehändchen. Neben mir schaut Trick in die Kamera, auf seiner Jacke ist das Wort

COACH aufgestickt und er hat sich die Skibrille in die Haare geschoben.

Ich schlucke verunsichert. Es kommt mir mit einem Mal so vor, als würde sich eine ganz neue Welt vor mir auftun. »Ich kann mich überhaupt nicht daran erinnern. An keinen von euch. Weder an dich noch an Logan. Oder Beck.«

»Tut mir leid.« Isabel senkt den Blick und verzieht mitleidig das Gesicht. »Das muss echt komisch sein. Hier hat sich die Welt einfach ohne dich weitergedreht, nachdem du weg warst.«

»Ist wirklich komisch.« Ich beuge mich vor, um mir den dreijährigen Beck anzuschauen, der unter einem zu großen Helm hervorgrinst. »Schau, auf dem hier lächelt er.«

»Oh, stimmt, da lächelt er«, gibt Isabel zu und fährt mit dem Finger über das Glas, als könnte sie so die Zeit zurückdrehen und unsere kleinen Kindergesichter berühren. »Es hält bloß nie lange.«

»Was meinst du?«

Sie macht einen Schritt zurück. »Nö, vergiss es. Du hast ziemlich deutlich gemacht, dass du nicht wissen willst, was ich über Beck Davis denke. Daher halte ich mich da raus. Du kannst im High Camp küssen, wen du willst.«

Mir rutscht das Herz in die Hose. »Woher weißt du das?«

»Du hast Beck geküsst?« Ich habe nicht gemerkt, dass Logan hinter uns im Flur aufgetaucht ist, aber da steht er, mit einem Geschirrtuch in der Hand, und schaut mich mit großen Augen an.

»Nicht wirklich«, sage ich schnell. »Okay, ja. Aus Versehen. Ich hab da diese blöde Liste …«

Er unterbricht mich. »Aus Versehen?«

Ich senke den Blick. »Zwei Mal.«

»Oh.« Er weicht kaum merklich zurück. »Kaffee ist fertig.« Er verschwindet Richtung Küche.

Ich hasse Schneetage.

Kapitel Achtzehn

Die Tage nach dem niedergeschlagenen Blick auf Logans Gesicht verwandeln sich in eine Liste mit dem informellen Titel *Wie du merkst, dass der Junge, auf den du stehst, dir aus dem Weg geht, weil du fälschlicherweise dachtest, er hätte eine Freundin, und es versaut hast.* Ist ein Arbeitstitel. Ein bisschen lang, ich weiß.

- Jedes Mal, wenn du ihn im Neverland siehst, muss er plötzlich hinten im Laden »eine Bestellung durchsehen«. Und verschwindet. Jedes Mal. Kein Laden bekommt so viele Socken geliefert.
- Wenn du ihn im Café siehst, kippt er sich den Latte runter und haut in weniger als dreißig Sekunden ab. Mal ernsthaft, es tut weh, einen heißen Latte so schnell zu trinken.
- Er tut so, als hätte er dich im Skilift nicht gesehen. Drei Mal.
- Er antwortet nicht auf Nachrichten. Acht Stück.

- Die Kekse, die du ihm gekauft hast, stehen ungeöffnet auf der Ladentheke. Drei Tage lang. Du bist dir ziemlich sicher, dass Piper sie am Ende gefressen hat.
- Du läufst ihm über den Weg (genau genommen sogar in den Weg), als du aus dem Neverland kommst, und er dreht sich um und geht in die andere Richtung, obwohl er gerade den Laden betreten wollte und direkt in dich hineingelaufen ist.

Allerdings kann ich es ihm nicht wirklich übel nehmen. Ich habe die ganze Woche dasselbe mit Beck abgezogen. Nicht auf Nachrichten geantwortet. So getan, als würde ich ihn nicht sehen. Die Strategie mit dem Latte. Autsch. Ehrlich, nicht zu empfehlen. Wie viel Zeit bringen Menschen wohl damit zu, Aus-dem-Weg-Gehen zur Lifestyle-Strategie zu machen.

Man muss nur Trick fragen. Der ist Experte darin.

* * *

Am späten Samstagnachmittag schreibt Isabel und fragt, ob ich mich nach ihrem Rennen bei Ethan's Grill mit ihr zum Abendessen treffen möchte. Wir suchen uns einen Tisch am Fenster und bestellen Burger. »Wie war dein …«, fange ich an, aber meine Stimme gerät ins Stocken und ich verstumme, als Logan und Bodie durch die Tür kommen. Isabel sieht die beiden und winkt sie herüber. Mir entgeht nicht, dass Logan zögert, bevor er Bodie folgt. Isabel rutscht auf der Bank zur Seite, um für Bodie Platz zu machen, und Logan setzt sich neben mich und meidet dabei demonstrativ meinen Blick. Als unsere Beine sich berühren, fangen meine Wangen an zu glühen.

»Hey.« Bodie nickt mir zu, seine Haare sind so hell, dass sie beinahe weiß aussehen. »Habt ihr für uns bestellt?«, fragt er Isabel.

»Warum sollten wir? Wir wussten ja nicht, dass ihr kommt.« Isabel schaut ihn vorwurfsvoll an. Hat sie die beiden etwa eingeladen?

Bodies Augenbrauen schnellen in die Höhe. »Ah, stimmt! Wir hatten auch absolut keine Ahnung, dass ihr hier seid.«

Mit hoffnungsvoller Miene schaut sie kurz zwischen Logan und mir hin und her.

Klar hat sie ihn eingeladen.

Logan tut so, als würde er die unangenehme Stimmung zwischen uns nicht bemerken. Er winkt unserem Kellner zu, der mit Burgern für Isabel und mich unterwegs ist.

»Hey, Logan«, sagt der und reicht mir einen Burger. »Kann ich dir was bringen?«

»Noch zwei von denen? Danke, Dex.« Er wendet sich an Isabel. »Hey, Glückwunsch zum Rennen heute. Du hast voll gerockt.«

Stirnrunzelnd macht sie Platz, damit Dex ihren Burger abstellen kann.

»Aber ich bin immer noch nicht so schnell, wie ich sein sollte.« Als sie merkt, dass Bodies Augen sehnsüchtig auf ihren Burger gerichtet sind, schiebt sie ihm den Teller hin. »Ey, du bist so erbärmlich. Da.«

»Ehrlich? Cool. Danke.« Er nimmt einen großen Bissen.

Logan trinkt einen Schluck von seiner Cola und schaut mich dann von der Seite an. »Hey, Mara.«

War ja klar. Ausgerechnet jetzt beschließt er, das erste Mal seit Tagen Notiz von mir zu nehmen, wenn ich gerade den größten Bissen der Welt von meinem Burger nehme. »Mmmm, hi«, nuschele ich mit vollem Mund. Ich schlucke und füge hinzu: »Hast du meine Nachrichten gekriegt?« Ich stopfe mir ein paar Pommes in den Mund, um einen Anflug von Ärger zu unterdrücken.

Er klaut sich Pommes von Bodie. »Ja. War mit Skifahren und Schule beschäftigt.«

Zu beschäftigt, um auf eine Nachricht zu antworten? Schwach.

Dex kommt mit zwei weiteren Burgern wieder. Bodie lässt die Schultern hängen. »Oh, Mann – hätte ich bloß gewartet.« Isabel gibt ihm ihre Essiggurke.

»Apropos Schule.« Ich lege meinen Burger auf den Teller. »Ihr wisst nicht zufällig, ob eure Schule ein Chemielabor hat, oder?«

Bodie kichert und nimmt sich ein paar von Isabels Pommes. »Willst du jemanden vergiften?«

Isabel rammt ihm den Ellenbogen in die Seite. »Halt die Klappe!«

»Logan und ich haben dieses Jahr Chemie-Leistungskurs. Wir treffen uns immer dienstags für die Laborarbeit. Da kommen alle Rennfahrer. Na ja, nicht *alle.*« Sie zeigt mit dem Kopf auf Bodie, der gutmütig mit den Achseln zuckt.

Hoffnungsvoll frage ich: »Glaubst du, ich könnte da auch kommen? Wenn ich kein Labor finde, wird mir Chemie an der Ranfield womöglich nicht als Leistungskurs angerechnet.«

»Wie grauenvoll«, sagt Bodie mit Flüsterstimme und reißt die Augen auf.

Isabel ignoriert ihn. »Komm am Dienstag einfach mit. Unsere Lehrerin ist echt cool – du wirst sie mögen. Bestimmt kann Logans Mom dich hinterher wieder mit nach Squaw Valley nehmen, wenn du es irgendwie schaffst, nach Truckee zu kommen.« Als Logan nicht reagiert, sagt Isabel noch mal: »Logan? Könnt ihr sie nach Chemie mitnehmen?«

»Was? Oh, ja, klar – kein Problem.« Allerdings klingt er so, als hätte er eigentlich schon ein Problem damit.

»Mach dir keinen Stress.« Ich bemühe mich, mit fester Stimme zu sprechen. »Ich kriege das schon hin.«

* * *

Als ich Sonntagmorgen aufwache, bin ich immer noch wütend auf Logan und mein ganzer Körper ist angespannt. Warum ist er so abweisend und benimmt sich so seltsam?

Mein Handy summt. Eine Nachricht von Will. Das allwöchentliche Foto von seinen Muscheln der Weisheit, diesmal ein ganzer Satz: HALTE INNE UND GENIESSE DAS ALPENGLÜHEN.

Ich lache so laut, dass Trick mit fragend hochgezogenen Augenbrauen ins Zimmer kommt. Ich halte mein Handy hoch. »Will hat mir gerade geschrieben, ich soll innehalten und das Alpenglühen genießen.«

Trick nickt. »Guter Rat.« Er verschwindet wieder ins andere Zimmer und ich höre seinen Löffel in der Müslischale klappern.

Draußen fällt Schnee zwischen die dunklen Bäume.

Ich hole tief Luft und schreibe Wills Spruch auf die Hier-und-jetzt-Liste II.

* * *

Am Dienstag leihe ich mir Tricks Truck und fahre zum ersten Mal allein nach Truckee. Bei Monster Taco biege ich links ab in eine enge Straße. An deren Ende steht ein braunes Gebäude, das aussieht wie ein Laib Brot, der zu lange im Ofen war (Isabels Beschreibung). Das Dach biegt sich unter den Schneemassen. Der Parkplatz ist geräumt worden. Ich fahre auf einen freien Platz und stelle den Motor ab, der beim Ausgehen wie immer hustet und scheppert.

Das Gebäude sieht nicht aus wie eine Schule. Wenn das kleine hölzerne Schild CREST-CHARTER-SCHULE nicht wäre, würde man es bestenfalls für eine Zahnarztpraxis halten. Ich drücke die schwere Tür des Trucks auf und gehe Richtung Eingang. Isabel wartet im Foyer auf mich. Als sie mich sieht, winkt sie und kommt hastig zur Tür. »Meine Wegbeschreibungen sind gut, was?«

»Überragend.« Drinnen schlägt mir warme Luft entgegen und Isabel gibt mir eine Zehn-Sekunden-Führung. »Okay, Foyer hier, Klassenzimmer da drüben, Chemielabor, hier entlang.« Sie geht voraus in einen spärlich beleuchteten Gang.

Überall an den Wänden hängen Fotos von den Schülern, die anscheinend alle irgendeinen Sport betreiben – Snowboarden, Skifahren, Wandern, Rafting. Auf einem Bild posiert ein Mädchen im Kampfsportanzug und stiert finster in die Kamera. »Sind hier alle Sportler?«, frage ich und betrachte mit zusammengekniffenen Augen ein kleines, ausgeblichenes Bild von einem Snowboard-Team.

»Nicht alle. Wir haben auch Künstler, Musiker, Mathefreaks und, du weißt schon, den ein oder anderen Kiffer.« Sie dreht sich um und zwinkert mir geheimnisvoll zu. Ich habe Isabel noch nie auch nur ein Schlückchen Bier trinken sehen, daher weiß ich nicht wirklich, was dieses Zwinkern bedeuten soll.

»Aber ihr seid nur ein paarmal die Woche hier?« Ich bemühe mich, neutral zu klingen, bin aber nicht sehr erfolgreich damit.

»Wir haben zwei bis drei Mal die Woche Unterricht, je nach Fach, aber man bekommt einen Betreuer zugeteilt, mit dem man den restlichen Stundenplan gestaltet; man kann aus verschiedenen Optionen wählen und sich so ein Programm zusammenstellen, das am besten in den eigenen Terminplan passt.«

Oh, Mann, diese Schule klingt wie eine Salatbar. Ähm, hättest du gerne Croutons zu deinem Französischkurs? Allerdings bin ich auch nie auf die Idee gekommen, dass es etwas anderes geben könnte als den Stundenplan, den wir an der Ranfield haben.

Schule war einfach immer nur, na ja, Schule.

Sie schaut mich neugierig an, als wir in einen Gang abbiegen. »Ihr habt wahrscheinlich auch Wahlmöglichkeiten an deiner Schule – ich meine, all die reichen Kids. Die wollen doch sicher mitbestimmen dürfen.«

Keine Ahnung, wie viel wir mitbestimmen dürfen. Im Wesentlichen sagen sie uns, was wir tun sollen, damit wir das bestmögliche Zeugnis kriegen. »Die sind ziemlich streng da«, erzähle ich ihr. »Aber wir haben eine Freistunde pro Tag.« In der die meisten ein zusätzliches Wahlfach belegt haben.

Sie schaut mich an, als hätte ich ihr gerade gebeichtet, dass wir einmal am Tag in einen finsteren Keller gepfercht werden und Würmer zu essen bekommen. »Ich fände das schrecklich, viel zu streng. Aber du weißt ja, jeder muss tun, was er tun muss.« Diese Redewendung hab ich von Trick auch schon gehört. Kommt mir vor wie etwas, das man so dahinsagt, aber eigentlich nichts damit meint. Ich versuche es zu ignorieren, aber irgendwie macht diese Schule mich wütend. Es ist nicht so, als hätte ich während dem Heimunterricht nicht hart gearbeitet. Mir ist schon klar, dass der Stundenplan hier eher so ist wie am College, aber wenn ich es damit vergleiche, jeden Tag in die Schule zu gehen und danach noch alle Aufgaben zu erledigen, kommt es mir trotzdem wie Urlaub vor. Irgendwie finde ich es nicht fair, dass andere Leute ihre gesamte Highschool-Zeit so verbringen dürfen.

Ich folge Isabel in einen kleinen Raum, in dem es beißend nach Zitrone riecht. Sie winkt Logan. Er steht bei einem Mädchen und einem Jungen, der so groß und dünn ist, dass er aussieht wie ein menschlicher Bleistift. Alle tragen Laborkittel und Schutzbrillen. Eine junge Frau kommt durch die Tür. Sie hat eine Patagonia-Weste an und glänzende schwarze Stiefel, in die sie ihre Jeans gesteckt hat, und sieht kaum älter aus als fünfundzwanzig. »Okay, Leute, fangen wir an.« Als sie mich sieht, bleibt sie stehen. »Oh, du bist sicher Mara. Ich bin Malika, die Chemielehrerin.«

Wir reden sie mit dem Vornamen an? Ich schüttle ihr die Hand. »Vielen Dank, dass ich kommen durfte.«

Sie winkt ab, wie um zu sagen, *nicht der Rede wert,* nimmt einen Laborkittel von einem Haken und reicht ihn mir zusammen mit einer Schutzbrille. »Kein Problem. Jemand, der tatsächlich darum *bittet,* ins Labor zu dürfen? Fantastisch.«

»Soll ich mich, ähm, einer Gruppe anschließen?« Isabel ist offenbar mit Bleistift-Boy an eine Arbeitsstation gegangen und Logan steht mit dem blonden Mädchen an einer anderen.

»Du kannst zu Logan und Amanda gehen.« Sie zeigt auf die beiden.

Toll.

Ich gehe rüber und bleibe vor dem Tisch stehen. »Hi, ich bin Mara.«

»Amanda.«

Logan hält einen Messzylinder in die Höhe und erklärt übertrieben förmlich: »Wir bestimmen das molare Volumen von Wasserstoffgas bei null Grad Celsius und Normaldruck.«

Amanda wackelt mit den Augenbrauen. »Spannend.« Sie scheint nett zu sein.

»Bist du auch Ski-Rennfahrerin?«, frage ich sie.

»Nee, ich fahr Snowboardcross.« Sie kordelt ihren Pferdeschwanz ein und schaut mich mit großen grünen Augen durch die Schutzbrille an. Ihr Gesicht ist zart gebräunt, wie bei allen Wintersportlern, die viel Zeit auf dem Berg verbringen.

Ich erinnere mich vage an diese Disziplin von den letzten olympischen Winterspielen, die ich zusammen mit Will angeschaut habe. »Ist das die Sportart, wo man sich gegenseitig vom Kurs abbringt?«

Amanda nickt begeistert. »Nicht mit Absicht – okay, manchmal mit Absicht, aber hey, es ist Bombe.« Sie richtet ihre Aufmerksamkeit wieder auf ihr Laborbuch, das mit Snowboard-Stickern und -Fotos verziert ist.

Die nächsten anderthalb Stunden arbeiten wir die Stationen im Labor ab, die Stimmung ist entspannt, und es wird viel gescherzt, aber ich kann nur daran denken, dass Logan meinen Blick meidet.

Ich versuche, mich auf die Laborarbeit zu konzentrieren, und kann mich schließlich mit der Datenerhebung ablenken. Malika schaut zu und leitet uns an. Mir gefällt ihre Art, etwas zu erklären; sie bringt die Dinge auf den Punkt, und offensichtlich liebt sie ihr Fach. Ihre Begeisterung überträgt sich auf den gesamten Arbeitsvorgang, und am Ende interessiere ich mich deutlich mehr für molares Volumen, als ich es je für möglich gehalten hätte. Ich bin voller Tatendrang und merke, dass mir das gefehlt hat, gemeinsam mit anderen Schülern an einem Projekt zu arbeiten. Ein Klassenzimmer. Und hier ist es besonders schön, weil anscheinend alle gerne hier sind. An der Ranfield hat mich mein Laborpartner in Chemie, Branson Tucker, ständig daran erinnert, dass er den Kurs nur belegt, weil er sich in Princeton bewirbt und man ohne in Princeton nicht reinkommt. Aber obwohl Branson Tucker ungefähr zehn Mal am Tag *Princeton* gesagt hat, verbrachte er die Zeit im Labor meistens nur damit, die

Bändel seines Kapuzenpullovers mit dem Bunsenbrenner anzuzünden.

Als wir aufgeräumt haben, unterschreibt Malika das Formular, das Ms Raff mir am Morgen gemailt hat, als Nachweis für meine Zeit im Labor. »Gute Arbeit, heute.« Sie gibt es mir zurück. »Bis nächste Woche?«

Ich freue mich schon darauf.

»Habt ihr Lust auf einen Kaffee?«, fragt Isabel und hängt ihren Laborkittel auf. Amanda lehnt ab. Sie muss einen Aufsatz für Englisch fertig schreiben und will das heute abhaken, damit sie morgen genug Zeit zum Snowboarden hat. Sie winkt, zieht sich eine Mütze über den Pferdeschwanz und nimmt eine riesige rote Daunenjacke von einem Haken. Logan steht mit dem Rücken zu uns und wühlt in seinem Rucksack herum. Er sagt nichts.

Ich räuspere mich und sage zu Isabel: »Ich bin mit Tricks Truck gekommen, also wäre ich dabei.«

Er dreht sich um. »Dann müssen wir dich nicht mitnehmen?« Er spricht in demselben ungewohnt abgehackten Tonfall, in dem er auch über molares Volumen geredet hat. Ich schüttle den Kopf.

»Alles klar, bis später.« Er verschwindet durch die Tür.

Ich fange Isabels Blick auf. »So ist er seit dem Schneetag.«

Sie sucht in ihrer Tasche nach etwas. »Vielleicht hat er einfach viel zu tun. Um diese Jahreszeit geht es im Laden drunter und drüber.«

Wir wissen beide, dass es nichts mit dem Laden zu tun hat. »Ja, vielleicht. Hey, gibt es hier einen Trinkbrunnen?« Ich lege meine Brille zurück und hänge den Laborkittel auf.

»Neben dem Foyer«, sagt Isabel. »Wir können ein anderes Mal Kaffee trinken gehen, wenn dir gerade nicht danach ist.«

»Das ist vielleicht besser. Ich muss Unmengen von Schulaufgaben erledigen und sollte dieses Laborformular einreichen, bevor meine Mom die Krise kriegt.«

Wir verabschieden uns und ich mache mich auf die Suche nach dem Trinkbrunnen. Auf dem Gang, der am Foyer vorbeiführt, werde ich fündig. Neben dem Trinkbrunnen ist ein Fenster, durch das man in den Aufenthaltsbereich schauen kann. Etwa ein Dutzend Kids lümmeln auf den vier verschlissenen Sofas und ein paar andere sitzen vor aufgeschlagenen Schulbüchern an ein paar runden Tischen.

Ich übersehe ihn beinahe, weil er seitlich zu mir sitzt. Beck. Er hat es sich auf einem Sofa gemütlich gemacht und liest ein paar Mädchen, die im Schneidersitz vor ihm auf dem Boden sitzen, aus einem Buch vor. Den Titel kann ich nicht erkennen, aber es ist ein Taschenbuch mit dem Bild eines Mannes vorne drauf, das aussieht wie eine Philosophen-Büste. Seine Zuhörerinnen starren ihn verzückt an, und hinter dem Sofa steht ein Mädchen mit kurzen blauen Haaren, das seine Schultern massiert und nickend zuhört. Sie wirft lachend den Kopf in den Nacken und beugt sich dann vor, um ihn auf die Wange zu küssen. Ich ducke mich weg, damit er mich nicht sieht, und eile so schnell wie möglich aus dem Gebäude, froh über die kalte Luft, die mich draußen empfängt.

Es sollte mir nichts ausmachen, ihn so zu sehen. Schließlich bin *ich ihm* aus dem Weg gegangen.

Tut es aber doch.

Kapitel Neunzehn

Am folgenden Nachmittag ruft Mom an, und das Erste, was sie sagt, ist: »Hast du dich bei Dr. Elliot wegen deinem nächsten Termin gemeldet?«

»Noch nicht.« Ich zupfe an den Fusseln auf Tricks Sofa herum. »Eigentlich finde ich, dass ich die Treffen mit ihm gar nicht mehr brauche.«

Schweigen.

»Mom?«

»Es war abgemacht, dass du zu Dr. Elliot gehst, Mara. Du hast eingewilligt.«

Ich hole tief Luft. »Ich will eigentlich nicht hingehen.«

Sie klingt müde, als sie sagt: »Es geht hier nicht darum, was du willst. Es geht darum, dass du deinen Job machst. Das Leben ist nicht fair.« Zwei von Moms Grundsätzen: Mach deinen Job. Das Leben ist nicht fair.

Das Letzte bleibt mir im Kopf. Ich weiß, was sie damit meint: Manchmal läuft es eben nicht so, wie wir es gerne hätten, aber in letzter Zeit habe ich mir oft gedacht, dass mein Leben sogar mehr als fair ist. Wenn ich es mir recht überlege, wurde ich in eine privilegierte Welt hineingeboren. Teure Schule, Eltern mit wichtigen Jobs, zu Hause im wunderschönen San Diego. Eigentlich ist es erstaunlich, wie viel Glück ich habe. Und trotzdem höre ich von den Leuten an der Ranfield ständig: *Ich hab so viel zu tun, ich bin so gestresst, ich habe es schwerer als du.* Die Kids geben damit an, dass sie kaum zum Schlafen kommen oder sechs Stunden lang Hausaufgaben gemacht oder den Französischtest nur *gerade so überlebt haben.* Liegt es einfach in der Natur des Menschen, permanent darum zu kämpfen, wer am ärmsten dran ist? Wie viel davon ist bloß gestellt, damit es so aussieht, als würde man sich wirklich abrackern?

Ich denke an Oli und sein einfaches Leben, seine Entscheidung, sich nicht länger unter Druck setzen zu lassen. Nicht, dass ich in einem Airstream leben will, aber ich frage mich, wie viel mein Stress überhaupt mit meinem Umfeld zu tun hat? Ich bin zwar in Tahoe, versuche aber immer noch, das Ranfield-Spiel zu gewinnen. Nur die Aussicht hat sich geändert.

Die Erkenntnis trifft mich hart. Da schreibe ich all diese Listen und nehme mir vor, im Hier und Jetzt zu leben, und trotzdem versuche ich immer noch den Ort zu beeindrucken, den ich hinter mir gelassen habe, weil er mich kaputtmacht.

»Mara?«

Mom habe ich ganz vergessen. Meinen Job mache ich gerade eindeutig *nicht.* »Sorry.«

»Ich treffe jetzt einen Kunden. Mach heute einen neuen Termin aus.« Sie legt auf.

* * *

Am späten Donnerstagnachmittag gehe ich durch die Stadt

und sehe Logan mit einem prall gefüllten Eisbecher aus dem Frozen-Yoghurt-Laden kommen. Als er mich sieht, bleibt er wie angewurzelt stehen. »Oh, hey. Hast mich erwischt. Froyo-Sucht.« Er hält seinen Eisbecher hoch, der mit ungefähr einem halben Kilo Süßigkeiten garniert ist. »Möchtest du auch einen?« Er zeigt mit dem Löffel über seine Schulter.

»Nein, danke, aber ich nehme ein saures Würmchen. Ein rotes.« Ich nehme mir einen Zuckerklumpen von seinem Froyo und brauche wegen der seltsamen Stimmung zwischen uns übermäßig lange zum Kauen. »An die blauen hab ich mich immer noch nicht gewöhnt«, verkünde ich, nur um etwas zu sagen. »Weiß nicht, was ich von denen halten soll. Ich glaube, die sollen mit Beerengeschmack sein, schmecken aber wie Säure.«

»Und du weißt, wie Säure schmeckt?« Seine schokobraunen Augen sehen besorgt aus.

»Ich mein ja nur.«

»Mir macht es Spaß, neue Sorten auszuprobieren. Aber ich mag die orangenen lieber. Und ich finde es toll, dass sie kalt schwerer zu kauen sind.« Das ist womöglich die detaillierteste Erörterung saurer Würmchen in der Geschichte der Unterhaltungen über saures Fruchtgummi.

»Logan?«

»Ja?« Er stochert in seinem Froyo herum, isst aber nichts. Seine Miene bewegt sich irgendwo zwischen Panik und Neugier. Ich hoffe mal, es ist Neugier.

»Ähm, also wegen der Sache mit Beck.« Ich stopfe die Hände in die Taschen meines Parkas und vermeide es, Logan anzuschauen. »Ich dachte, du wärst mit Isabel zusammen, und na ja, ich …«

»Mach dir deswegen keinen Kopf «, unterbricht er mich. »Du kannst küssen, wen du willst. Das geht mich nichts an.« Er schiebt sich einen großen Löffel Froyo in den Mund und grinst übertrieben breit, als wollte er sagen: *Wenn man Froyo hat, ist alles andere egal!*

»Okay.« Vielleicht wünscht er sich, wir würden immer noch über saure Würmchen reden. Oder vielleicht Skittles? Oder M&Ms? Mein Magen krampft sich zusammen, aber ich weiß, dass ich ihn nicht so leicht davonkommen lassen darf. »Es ist bloß … na ja, es kommt mir vor, als wärst du irgendwie sauer.«

Er zuckt mit den Achseln. »Bin ich nicht.«

»Super«, bringe ich heraus. »Also ist alles okay zwischen uns?«

»Natürlich.« Er winkt ab. »Freunde.« Aber er schaut mich immer noch nicht richtig an, sondern starrt über meine Schulter in das geschäftige Treiben der Stadt.

»Klar, Freunde«, wiederhole ich. »Toll.«

* * *

Als ich am Freitagmorgen mit meinen Schulaufgaben für diese Woche fertig bin, fahre ich mit Trick in die Stadt. Sobald Isabel im Fitnessstudio fertig ist, gehen wir kurz einen Kaffee trinken, und wenn sie um zehn zum Training muss, treffe ich mich mit Oli auf dem Berg.

Mein Handy klingelt. Josie. Mir wird schmerzlich bewusst, dass ich seit einer Ewigkeit nicht mehr mit ihr gesprochen habe.

»Hi«, sage ich und bleibe vor dem Elevation in der Sonne stehen.

»Wo warst du?«, fragt sie. »Ich hab dir gestern zwei Mal geschrieben!«

»Tut mir leid, Jo. Hatte viel zu tun.« Bäh, schon wieder dieser Satz.

Sie seufzt. »Frag mich mal. Du glaubst nicht, wie viele Vokabeln wir lernen müssen.« Die Art und Weise, wie sie das sagt, lässt mich an eine weiße Ziellinie denken, und ich stelle mir vor, wie wir uns beide abrackern, um sie als Erste zu überqueren.

»Ja, ich auch.« Ms Raff hat mir die Vokabelliste gestern geschickt. 500 Wörter, die ein absolutes *Muss!* für den Collegeaufnahmetest sind, inklusive gebieterischem Ausrufezeichen. Ich habe sie mir noch nicht mal angeschaut. Josie plappert weiter – irgendwas vom Abschlussball für die Elftklässler, der, wie sie mir versichert, *übel ätzend* wird, weil sie das *dämlichste Motto, das es je gab,* gewählt haben. Ich höre nur halb zu. Durch die Scheibe sehe ich Beck an einem Tisch beim Fenster sitzen. Ich verdrücke mich in den Schatten. Anfang der Woche hat er mir geschrieben und gefragt, ob wir uns treffen wollen, aber ich habe nicht geantwortet. Er beugt den Kopf über sein Handy und hat noch nicht gesehen, dass ich draußen stehe.

Der Abend auf der Skilift-Bank kommt mir ewig lange her vor.

»Mara? Bist du noch dran?«

Ich zucke zusammen. »Was? Oh, sorry – das Motto. Ja, klingt total dämlich. Siehst du, deshalb geh ich nicht zu Schulbällen.«

»Ja, aber echt.«

Beck schaut von seinem Handy auf und ertappt mich dabei, wie ich ihn durchs Fenster beobachte. Er winkt mir kurz zu. Jetzt kann ich ihm wohl nicht mehr aus dem Weg gehen. »Ähm, Jo – ich muss los.«

»Oh – okay.« Sie klingt gekränkt, kriegt sich aber schnell wieder ein. »Na ja, melde dich.«

»Auf jeden Fall.« Ich betrete das Elevation und gehe zu Becks Tisch.

»Na, schwer beschäftigt?«

Er zeigt mir das Spiel, das er auf seinem Handy gespielt hat, irgendwas mit knallbunten Klecksen, die sich gegenseitig mit anderen knallbunten Klecksen bewerfen. »Ich habe es mir zur Gewohnheit gemacht, nie hart an irgendwas zu arbeiten.« Er versucht charmant zu sein, sieht aber einfach nur müde aus. Sein Haar ist noch zerzauster als sonst und er hat dunkle Ringe unter den Augen.

»Alles okay?«

Er lehnt sich im Stuhl zurück. »Ja, klar.« Ohne seine übliche Arroganz wirkt er irgendwie kleiner. »Hatte einen Streit mit meinem Dad, also, weißt schon, typischer Freitagmorgen.«

Ich muss an den Streit auf dem Parkplatz denken und daran, wie unnötig hart sein Vater ihn angepackt hat. Mein Blick fällt auf seine beinahe leere Kaffeetasse. »Möchtest du einen Nachschlag?«

Er lächelt, aber nur mit dem Mund, seine Augen bleiben ausdruckslos. »Klar.« In diesem Moment kommen Isabel und Logan durch die Tür und bleiben stehen, als sie uns sehen. Beck lehnt sich nach vorne und stützt die Unterarme auf den

Tisch. »Na toll. Die Musterbürger-Brigade.« Er widmet sich wieder seinem Spiel.

Ich nehme seinen Becher und fülle ihn am Tresen mit Kaffee. Hinter mir taucht Isabel auf. »Da sieht aber jemand griesgrämig aus«, sagt sie mit einem flüchtigen Blick auf Beck.

»Streit mit seinem Dad.«

»Aha.« Isabel nickt. »Ganz normaler Freitag also.« Sie reicht Natalie ihren Becher. »Krieg ich heißes Wasser, Nat?«

Ich bestelle einen Latte und bringe Beck dann seinen Kaffee an den Tisch. »Möchtest du dich zu uns setzen?« Ich zeige auf einen Tisch etwas weiter weg, an dem Isabel und Logan die Köpfe zusammenstecken und flüstern.

»Ich glaube, ich hatte für einen Morgen genug Vorträge darüber, dass ich mein Verhalten ändern soll.« Er nimmt einen Schluck von seinem Kaffee. »Aber danke fürs Nachfüllen.«

»Klar.« Ich zögere und füge dann hinzu: »Tut mir leid, wegen deinem Dad.«

»Ruf mich mal an«, sagt er mit tonloser Stimme. »Oder geh mir weiter aus dem Weg – deine Entscheidung.« Er wendet sich wieder dem Handy zu und seine struppigen Haare fallen ihm in die Augen.

* * *

Ich treffe Oli oben auf der Big Blue. Mit einer leichten Brise im Gesicht und dem Ausblick auf den Lake Tahoe fühlt sich die Begegnung mit Beck gar nicht mehr so schlimm an. Oli bedeutet mir, ihm über den Ziehweg zu einer Abfahrt auf der

Shirley Lake zu folgen. Ich fahre große Kurven und halte schließlich grinsend am Fuß der Piste im Schneepflug an. Ich habe die ganze Abfahrt ohne Probleme geschafft und fühle mich jetzt sogar noch besser als vorhin.

»Sieh mal einer an, wer fährt hier blaue Pisten wie ein Profi!« Oli streckt seinen Skistock in Siegerpose in die Luft. »Sieh dir das an, Shirley Lake!«

»Miss Perfect rockt die Shirley Lake!«, rutscht es mir heraus, und sofort fühle ich mich wie ein Trottel. Wo kam das jetzt her?

Der Wind bläht die Ärmel von Olis Jacke auf. »Diese ganze Geschichte mit dem Video ist dir wirklich an die Nieren gegangen, oder? Dass diese dämlichen Kids das gefilmt haben.«

Ich stochere mit dem Skistock in den Schneeresten auf meinen Skiern herum und schaue den Skifahrern zu, die in Richtung Shirley Lake an uns vorbeifahren. »Ich denke schon.« Ich wappne mich für eine wie auch immer geartete Version von *Scher dich nicht um andere Leute*, die jetzt zweifellos kommen wird.

Aber Oli seufzt nur und schaut dem Lift zu, der die Leute wieder auf den Berg bringt. »Muss hart sein, womit ihr Kids heutzutage fertigwerden müsst. Ist schon schwer genug, ein Teenager zu sein, aber jetzt mit dem Internet …« Er pfeift durch die Zähne. »Ich verstehe eigentlich nicht viel von diesem Mytube- und Tweeter-Zeug. Kommt mir alles ziemlich grausam vor.«

Ich lache schallend über seine Wortverdrehungen. »Youtube und Twitter meinst du.«

»Wie auch immer.« Er zuckt mit den Achseln. »Ein Haufen Unsinn.«

»Es sollte mir egal sein, was andere Leute über mich denken.«

»Das ist nicht leicht«, sagt Oli. »Aber ich finde es wichtig, sich darüber im Klaren zu sein, dass die meisten Leute das gar nicht tun.«

»Was nicht tun?«

»Über dich nachdenken.« Er rutscht auf seinen Skiern hin und her. »Meiner Erfahrung nach suchen die meisten Leute einfach nur ihren Autoschlüssel.«

Er fährt in Richtung Shirley-Lift davon.

Kapitel Zwanzig

Ich muss zweimal blinzeln, bevor ich sie erkenne. Josie. Sie steht in einer dunkelgrauen Daunenjacke im Dämmerlicht auf unserer Veranda. »Moment mal – was!?«, bringe ich noch heraus, bevor sie sich auf mich stürzt. Ihr Bruder, Reuben, und eine zierliche Frau mit kurzen schwarzen Haaren stehen grinsend hinter ihr.

»Du hier?«, stammele ich in ihre Daunenjacke.

»Gehen wir rein! Mir ist kalt!« Sie schiebt mich nach drinnen und stellt mir Reubens Freundin Lucy vor. Ihre Augen wandern durch den Raum. »Wow, Mara, das ist ja *winzig.*«

»Gemütlich«, korrigiere ich sie.

»Es ist reizend«, sagt Lucy. Ihre hellblaue Mütze bildet einen starken Kontrast zu ihrer dunklen Haut.

Wie eine Fata Morgana stehen sie in meinem Wohnzimmer. »Wie seid ihr … was habt ihr …?«, stottere ich.

»Wir überraschen dich, Dummerchen!« Josie streicht sich die Haare hinter die Ohren. »Als ich dich heute Morgen angerufen habe, wollte ich es dir sagen, aber du warst so schnell weg. Wir bleiben das ganze Wochenende! Ich hab sogar die letzten drei Schulstunden freigenommen heute. Reuben und Lucy wollten für ein Ski-Wochenende herkommen, und ich habe sie überredet, mich mitzunehmen! Wir übernachten in einem schicken Hotel! Freust du dich?« Offenbar spricht Josie nur noch in Frage- und Ausrufezeichen. »Komm mit uns abendessen! Bist du überrascht? Wir sind grade erst angekommen!« Sie schaut mich mit zusammengekniffenen Augen an.

»Trick hat dir nichts gesagt, oder? Er musste mir schwören, dass er es dir nicht erzählt.«

Ihre Freude überrollt mich wie eine Flutwelle und ich mache einen Schritt zurück. »Du hast mit Trick gesprochen?«

»Wir haben ihn bei der Arbeit angerufen – im Neverland. Er hat es dir doch nicht gesagt, oder? Du tust nicht nur so, als wärst du überrascht?« Sie mustert mich eingehend, beschließt, dass meine Überraschung authentisch ist, und umarmt mich wieder.

»*Tranquila.*« Reuben stellt sich hinter seine Schwester und legt ihr die Hände auf die Schultern. »Lass sie mal Luft holen.« Seine braunen Augen sehen freundlich aus. Ich hab Reuben schon immer geliebt. Der beste große Bruder, den es gibt. »Mara, würdest du gerne mit uns abendessen? Wir sind im PlumpJack.«

Ich war noch nie in dem Hotel, sondern bin nur daran vorbeigelaufen. »Klar, super!« Immer noch atemlos, versuche ich mich genauso sehr zu freuen wie Josie.

»Tut mir leid, ich kann's einfach nicht glauben, dass du hier bist.«

* * *

Später sitzen Josie und ich kichernd auf einem der beiden

Doppelbetten in ihrem Hotelzimmer und essen Cheeseburger mit Pommes. Reuben und Lucy haben beschlossen, unten in der Bar zu essen, aber wir haben Zimmerservice bekommen. Reuben hat behauptet, die beiden wollten über »langweiliges Meeresforscherzeug« reden, aber ich weiß, dass er das nur sagt, damit Josie und ich Zeit für uns alleine haben.

Josie erzählt gerade von einer Party, auf der sie letztes Wochenende mit zwei Mädchen aus der Jazz-Band war. Sie tunkt eine Fritte in den Ketchup auf ihrem Teller. »Die Polizei ist gekommen, weil die Musik zu laut war, aber sie meinten, es wäre das erste Mal, dass sie einem Haufen Teenager sagen mussten, sie sollen die *Jazzmusik* leiser machen. Total witzig.«

»Klingt lustig«, stimme ich zu.

Sie legt den Kopf zur Seite und schaut auf einmal ganz ernst. »Es ist so schön, dich zu sehen. Wann kommst du nach Hause?«

Ich nehme einen extragroßen Schluck von meiner Cola light. »Ich weiß nicht genau.«

»Aber du bist rechtzeitig zu unserem ersten Spiel wieder da, oder? In der ersten Märzwoche? Ich möchte, dass der Coach dich mit mir im Doppel anmeldet. Soll ich ihm das sagen?« Sie zieht ihr Handy aus der Tasche.

»Ich hab ewig nicht gespielt«, sage ich, aber sie schreibt bereits an Coach Jeffers.

»Erzähl mir, was es Neues gibt.«, sagt sie und nimmt einen großen Bissen von ihrem Burger. Während sie isst, erzähle ich ihr vom Skifahren, wie es mit dem Heimunterricht läuft und wie ich das Chemielabor an der Crest Charter aufgetrieben habe, aber vor allem erzähle ich von Isabel und Logan. »Die ersten paar Wochen dachte ich, sie wären ein Paar – lustig, oder?«

Sie schaut mich amüsiert an. »Ist das *gut* für dich, dass sie kein Paar sind?«, hakt sie nach.

Ich werde rot. »Was? Nein, gar nicht.« Ich nehme einen unnötig großen Bissen von meinem Burger.

Sie sieht nicht überzeugt aus. »Wenn du das sagst.«

Ich wische mir die Hände an der weißen Stoffserviette ab und erzähle ihr etwas, das mir schon seit Wochen zu schaffen macht. »Wie auch immer, am verrücktesten ist, dass ich hier ein völlig anderes Leben kennenlerne, das durch mein Leben, so wie es bisher war, einfach ersetzt wurde. Voll komisch.«

»Weil du beinahe hier aufgewachsen bist?«

»Ja. Das hätte auch mein Leben sein können. Und, keine Ahnung, versteh mich nicht falsch, aber ein Teil von mir wünscht sich, es wäre so gewesen.«

Josie schaut stirnrunzelnd auf ihren angebissenen Burger. »Vielleicht wollte deine Mom, dass du ein besseres Leben hast, als du es hier gehabt hättest?«

»Die Leute hier haben ein gutes Leben, Josie. Es besteht nicht nur aus Bier und Ski-Partys.« Sie sieht skeptisch aus. »Irgendwie habe ich manchmal das Gefühl, besser hierher zu passen als nach San Diego.« Ich komme mir vor wie ein Verräter, weil ich das sage, aber es ist wahr.

Josie trinkt einen Schluck und wählt ihre Worte sorgfältig. »Mir kommt es so vor, als würden sich hier viele Leute von der Welt abschotten, als würden sie sich vor etwas verstecken. Ich meine, Trick arbeitet in einem Laden, der Neverland heißt. Das ist schon ein bisschen lustig.« Sie schüttelt den Kopf. »Ich würde verrückt werden hier.«

»Findest du nicht, du bist ein bisschen voreingenommen dafür, dass du diesen Ort überhaupt nicht kennst?«

Josie sieht überrascht aus. »Tut mir leid. Das wollte ich nicht. Aber, dieser Ort. Irgendwie *ist* das hier das Nimmerland. Es ist ein *Ferienort*, wo die Leute sich eine Auszeit von ihrem richtigen Leben nehmen.« Ich will ihr gerade widersprechen, aber sie hebt die Hand. »Okay, okay, ich war voreingenommen, sorry. Bestimmt haben die Leute hier ein tolles Leben, aber du hast viel zu hart gearbeitet, um das alles wegzuwerfen für ein bisschen Skifahren.«

Ich tunke eine Fritte in meinen Ketchup. »Wow, hast du dich in letzter Zeit viel mit meiner Mom unterhalten?«

Ihre Stimme wird ganz weich. »Deine Mom weiß, dass du so hart gearbeitet hast, weil du Feuer in dir hast. Nicht nur wegen der Ranfield – es steckt einfach in dir. Ich kenne kaum jemanden, der so fleißig ist wie du. Ernsthaft, das warst du schon immer, seit ich dich kenne.«

»Ja«, stimme ich zu und lasse die Schultern hängen, als mir etwas klar wird. »Aber was, wenn das gar nicht so gut ist?«

* * *

»Willkommen im Neverland.« Am nächsten Morgen, bevor die Pisten öffnen, stehe ich mit Josie, Reuben und Lucy vor dem Laden. »Dann besorgen wir euch mal eine Ausrüstung!«, sage ich mit übertrieben fröhlicher Stimme. Ich bemühe mich zu sehr. Josie registriert das und wirft mir einen merkwürdigen Blick zu, als ich ihnen die Tür aufhalte. Nach unserem Gespräch gestern Abend wirkt das sicher so, als wollte ich ihr etwas beweisen. »Ich hole Trick.«

Im Vorbeigehen winke ich Mr Never zu, der hinter der Ladentheke steht. Ich drücke die Tür zur Werkstatt auf, wo Trick gerade ein paar teuer aussehende Skier einwachst. Piper hat sich zusammengerollt an seine Füße gekuschelt.

»Oh, hey.« Er steht auf und Piper springt ebenfalls schwanzwedelnd auf ihre Pfoten. Mit einem zerfledderten Lappen wischt er sich die Hände ab. »Sind sie da?«

Ich nicke und frage mich, was sie sehen, wenn sie Trick anschauen und nach Ähnlichkeiten mit mir suchen.

Vielleicht bin ich auch die Einzige, die auf die kleinen Zeichen achtet, die uns verbinden, weil er mir immer noch so weit weg vorkommt wie ein verschwommenes Sternbild, das ich nicht richtig erkenne, obwohl ich weiß, dass es da ist.

* * *

»Er ist nett«, sagt Josie in der Gondel. Sie sitzt neben mir und Reuben und Lucy sitzen uns gegenüber und unterhalten sich leise auf Spanisch. »Du siehst ein bisschen aus wie er.«

»Echt?« Meine Haut kribbelt.

Sie nickt und blickt nach draußen in den Schnee. »Die Augen. Nicht die Farbe. Die Form.« Sie schaut auf ihre Stiefel hinunter. »Ich bin echt kein Fan von diesen Zementblöcken, aber wenn du so drauf abfährst, probiere ich sie eben mal aus.« Ihr Blick wandert über die schneebedeckten Berge und Bäume. »Wow, es ist eiskalt, aber wunderschön.«

Ich greife nach ihrer behandschuhten Hand und drücke sie. »Danke, dass du hergekommen bist.«

Ich nehme Josie, Reuben und Lucy mit auf die Big Blue. Lucy ist bereits eine gute Skifahrerin, aber es macht Spaß, Reuben und Josie zu zeigen, wie man große, geschwungene Kurven fährt und mit den Skiern Pizzastücke formt. Ich erkläre ihnen dieselben Dinge, die Logan und Oli mir beigebracht haben, und gebe Tipps zum Gleichgewichthalten und zum Kurvenfahren.

Am Fuß der Big Blue hält Josie im Schneepflug neben mir an.

»Wow, du bist *gut.*«

»Nicht wirklich«, sage ich. »Du solltest mal die Leute sehen, mit denen ich sonst hier fahre. Logan ist krass und Isabel schafft es vielleicht irgendwann zu den Olympischen Spielen. Die beiden haben heute ein Rennen – ich wollte ihnen eigentlich zuschauen, wenn du mitkommen willst?«

Josie nickt. »Klar, natürlich«, aber in ihrer Stimme liegt eine Spur von Ärger. Ich weiß, ich rede zu viel von meinen neuen Freunden und wahrscheinlich kann sie es nicht mehr hören.

Während wir auf Reuben und Lucy warten, wechsle ich das Thema. »Machst du dieses Jahr wieder beim Forschungswettbewerb mit?«, frage ich, obwohl ich genau weiß, dass sie sich das nur im äußersten Notfall entgehen lassen würde.

Apropos Katastrophe: Sie plappert drauflos wie ein Wasserfall und erzählt mir von ihrer Idee; irgendwas mit einer Simulation der Meeresströmungen und Hurrikans und Temperaturveränderung. »Reuben besorgt mir ein spezielles Messprogramm für den Computer.« Sie strahlt. »Damit ich total nerdig die ganzen Daten auswerten kann.«

»Das ist toll, Jo.«

* * *

Nach einer kurzen Mittagspause gehen Reuben und Lucy wieder auf die Piste und Josie kommt mit mir zu Logans und Isabels Rennen.

»Wir müssen nicht hingehen«, betone ich. »Ich kann ihnen auch ein anderes Mal in einem anderen Resort zuschauen. Aber das ist wahrscheinlich die letzte Gelegenheit für mich, sie bei einem Rennen in Squaw zu sehen.«

»Klar, na los, gehen wir.« Durch die verspiegelte Brille kann ich ihr nicht in die Augen schauen, aber sie zuckt mit den Achseln. »Ich bin für heute sowieso fix und fertig – meine Muskeln fühlen sich an wie Wackelpudding.«

Wir stehen zitternd am Fuß der Rennstrecke, es ist ein kalter Tag und der stechende metallische Geruch von Schnee erfüllt die Luft. Die roten und blauen Fahnen, die die Rennstrecke sprenkeln, biegen sich im Wind. Um uns herum tummeln sich viele Menschen, die meisten sind ebenfalls Zuschauer, aber es sind auch ein paar jüngere Rennfahrer in ihren schnittigen Elastan-Anzügen darunter. Josie zeigt mit dem Kopf auf einen Jungen im wasserblauen Anzug. »Was genau hat Aquaman da drüben eigentlich an?«

»Einen Rennanzug.«

»Hübsch.« Josie hüpft auf und ab, um warm zu bleiben. »Erklär mir doch noch mal, warum das hier Spaß macht. Und warum es keinen Kaffee gibt.«

Ich zeige mit einer behandschuhten Hand auf den Hügel. »Wir bleiben nur so lange, dass wir Isabel und Logan sehen.«

Bevor ich noch etwas sagen kann, geht ein Raunen durch

die Menge, die Luft um uns herum scheint unter Spannung zu stehen. Bestimmt ist Isabel an der Reihe. Logan hat mir erzählt, dass man es sofort merkt, wenn sie an den Start geht, weil alles um einen herum – Aufmerksamkeit, Hoffnung und Energie – plötzlich einen Tick intensiver wird. Eine gute Beschreibung. Ich schaue mit zusammengekniffenen Augen durch die eisige Luft auf die Piste, wo der schiefergraue Strich langsam Isabels Gestalt annimmt. Sie bewegt sich hin und her und fährt haarscharf an den Fähnchen vorbei, teilweise legt sie sich so tief in die Kurve, dass ihr Körper beinahe parallel zum Hang ist. Obwohl wir so weit weg stehen, geht alles ganz schnell, wie der Blitz überquert sie unter tosendem Beifall die Ziellinie. Ich zittere, aber mir ist nicht kalt. Josie ist das nicht bewusst, aber ich habe Isabel noch nie ein Rennen fahren sehen. Jedenfalls nicht live. Ich habe nur Videoclips gesehen und Geschichten gehört.

Und wie fast immer ist es live ganz anders.

»Wow«, flüstert Josie und umklammert meinen Arm.

Wow beschreibt es nicht mal annähernd.

Wir schauen noch ein paar anderen Rennfahrern zu, aber keiner ist so anmutig und schnell wie Isabel. Während einer Pause zwischen den Durchgängen für die Mädchen und die Jungen verschwindet Josie, um uns Kaffee zu holen, und kommt mit zwei dampfenden Bechern zurück. »Heißgetränk?« Dankbar nehme ich den Becher.

Kurz darauf ist Logan dran. Er rast den Berg hinunter, sein Körper bewegt sich im Einklang mit den roten und blauen Fähnchen, seine Bewegungen sind sauber, aber auf einmal läuft etwas schief. Vielleicht hat er sich zu tief in die Kurve gelegt oder seine Skier haben sich verkantet? Jedenfalls stürzt er heftig, sein Körper schlittert den Berg hinunter wie ein flacher Stein, der übers Wasser hüpft. Das Publikum keucht auf. Eine Frau, wahrscheinlich Logans Mom, stürmt nach vorne und packt einen Mann mit einem Walkie-Talkie am Arm.

Logan steht nicht auf.

Ich merke gar nicht, dass ich auf dem Plastikdeckel meines Bechers herumkaue, bis Josie mich sanft anstupst. »Mara, ihm ist nichts passiert«, sagt sie mit besorgter Stimme und zieht mir den Becher aus dem Gesicht.

Ich nicke, aber mir ist schlecht, kotzübel, und ich muss mich bewusst darauf konzentrieren, die Nerven zu bewahren und abzuwarten. *Bitte, bitte, bitte, lass ihm nichts passiert sein.* Ich bin mir gerade sicher, dass Zeit dehnbar ist. Nie im Leben dauert eine Minute immer sechzig Sekunden, so wie wir es gelernt haben.

Endlich geht ein Raunen durch die Menge und schwillt schließlich zu Jubelrufen an. Logan verlässt gestützt die Piste. »Hat keine Luft mehr bekommen«, sagt jemand. »Nichts gebrochen«, tönt eine Stimme hinter mir. Der Knoten in meinem Bauch löst sich, meine Knie zittern und mein Herz hämmert, als wäre ich gerannt.

Josie legt den Kopf schief, um ihre Mundwinkel spielt ein amüsiertes Lächeln. »Ja, genau – du stehst überhaupt nicht auf Logan. Oh Mann, Mara, wenn du gerade dein Gesicht sehen könntest.«

* * *

Am Abend lädt Isabel uns auf eine Party bei einer Freundin in der Stadt ein. Dank ihrer Wegbeschreibung durch das Labyrinth aus Gebäuden und Türen landen wir schließlich im obersten Stockwerk. Isabel wartet im Flur vor der Wohnungstür auf uns, sie lehnt an der Wand und tippt auf ihrem Handy herum. Als sie uns kommen hört, sagt sie: »Ihr habt's gefunden!«, und geht voraus in die Wohnung. Drinnen wummert laute Musik, und ein paar Dutzend Leute tummeln sich vor den breiten Fenstern, die den Blick auf die Berge und den rotblauen Himmel freigeben. Im Steinkamin flackert ein Feuer und verbreitet orangefarbene Wärme im Raum. Isabel winkt einem Mädchen, das es sich in einem Sitzsack am Kamin gemütlich gemacht hat; sie strickt und unterhält sich angeregt mit zwei anderen Mädchen, die vor ihr auf dem Boden sitzen. »Das ist Kelsey«, erklärt Isabel. »Wir fahren zusammen Rennen. Die Wohnung gehört ihren Eltern.«

Josie betrachtet sie mit zusammengekniffenen Augen. »Strickt sie gerade?«

Isabel nickt. »Ach, sie strickt immer. Die Mütze hier hat sie auch gestrickt.« Sie zeigt auf ihre seegrüne Mütze. »Hübsch, oder?« Wir nicken zustimmend, als wäre es völlig normal, in seiner Freizeit Mützen zu stricken.

Isabel lächelt. »Wollt ihr was trinken?«

Als Isabel in Richtung Küche verschwindet, flüstert Josie mir zu: »Okay, ich habe meine Meinung geändert. Du solltest für immer hierbleiben. Genau hier. In dieser Wohnung. Ich besorge dir Essen, während du stricken lernst.«

»Ja, zum Glück hab ich hier irgendwo noch ein paar Millionen.« Ich klopfe auf die Taschen meiner Jeans. Wahrscheinlich macht uns diese schicke Bude nervös, denn wir finden meinen schlechten Witz zum Totlachen.

Isabel kommt mit zwei Bechern eisgekühlter Bowle wieder. »Oh, gut, ihr amüsiert euch.« Sie drückt uns die Becher in die Hand. Ich nehme einen Schluck. Igitt. Fruchtbowle und Wodka. Schmeckt, als hätte jemand reingespuckt. Isabel winkt jemandem am anderen Ende des Raums. »Sagt mir Bescheid, wenn ihr noch was anderes wollt!« Sie verschwindet, um sich mit einem Typen zu unterhalten, der, soweit ich weiß, zu den Frost Boys gehört und immer mit Beck rumhängt. Sein Name klingt wie irgendein Pharma-Konzern. Bayer? Bristol? Irgendwie so was.

Ich schnüffle an meinem Drink. Mir ist klar, dass das nicht besonders cool ist, aber ich habe in meiner Fruchtbowle lieber nur Fruchtbowle. Josie verschwindet, um ihren Becher in die Spüle zu kippen und mit Wasser aufzufüllen.

Als sie zurückkommt, sagt sie: »Also, raus damit.«

»Mit meiner Bowle? Gerne.« Ich schütte mein Getränk in einen leeren Becher auf dem Tisch.

»Logan«, sagt sie nur.

»Es ist sowieso egal, Jo. Er will nur Freundschaft.« Die Worte kommen aus meinem Mund wie Luft, die aus einem Ballon entweicht, und dummerweise tut es richtig weh, sie laut ausgesprochen zu hören.

Sie schüttelt den Kopf. »Und warum genau denkst du das?«

Ich erzähle ihr die Einzelheiten, bis zu dem Teil: »… und dann hat er rausgefunden, dass ich Beck geküsst habe.«

Josie fallen beinahe die Augen aus dem Kopf. »Moment, was!? Wer?«

Wie gerufen taucht Beck auf. Wenn er eine Überschrift hätte, würde sie lauten: SUPERSÜSSE SKIFAHRER – EINE HASSLIEBE. Er bleibt sogar stehen, fährt sich mit der Hand durch das zerzauste Haar und durchquert dann lässig den Raum.

»Darf ich vorstellen, Punkt sieben der Hier-und-jetzt-Liste.« Ich nicke mit dem Kopf in seine Richtung.

Josie hat es die Sprache verschlagen und sie glotzt Beck mit offenem Mund an. Er winkt jemandem, lässt sein strahlend weißes Lächeln aufblitzen, und ein Mädchen stürzt sich quietschend auf ihn, als sie ihn sieht. Sie erinnert mich an diese klebrigen Gummitiere, die meine Brüder zu Hause immer ans Fenster werfen und die sich dann langsam lösen und die Scheibe hinunterklettern.

Als er außer Sicht ist, weil er sich mit seinem klebrigen Anhängsel in eine abgelegene Ecke der Küche verzogen hat, hört Josie endlich auf zu gaffen und dreht sich zu mir. »Wer bist du?«

»Tahoe-Mara«, erkläre ich kläglich.

Sie hält ihr Wasser hoch, um mit mir anzustoßen. »Schön, dich kennenzulernen, Tahoe-Mara. Und was hast du mit San-Diego-Mara angestellt?«

Ich starre niedergeschlagen in meinen leeren Becher. »Ach, die ist immer noch da und baut Mist.«

Josie liegt den Arm um mich. »Wenn du willst, gehen wir.«

Ich lehne mich an sie. »Ja, bitte.«

* * *

Am nächsten Tag verabschiede ich mich draußen vor dem

PlumpJack von Josie, Reuben und Lucy. Sie müssen gegen zwei los, um ihren Flug nach Reno zu erwischen, aber wir konnten heute Morgen noch ein paar Stunden Ski fahren und waren bei Ethan's Mittag essen.

»Danke, dass du da warst«, sage ich und umarme Josie. »Und für … du weißt schon.«

Nach der Party gestern Abend sind wir zurück in Josies Hotelzimmer gegangen und ich habe die Geschichte mit Beck und Logan zu Ende erzählt.

»Ich kann's nicht fassen, dass ich das aus dir rauspressen musste.« Sie hatte ihren Schlafanzug angezogen, saß im Schneidersitz auf dem Bett und bürstete sich die dunklen Haare. Anklagend zeigte sie mit der Bürste auf mich. »Du hättest es mir sagen sollen. Vor allem weil es *mein* Punkt auf der Liste war.«

»Es war mir peinlich. Er ist, na ja …« Ich verzog das Gesicht. »Du hast es ja gesehen, offenbar klebt immer irgendein anderes Mädchen an ihm. Als wäre das lebensnotwendig für ihn oder so.«

Sie pfefferte die Bürste in ihren Koffer auf dem Boden. »Solche Typen gibt es jede Menge an der Ranfield. Und solche Mädchen. Du hättest es mir sagen sollen.« Eine Minute später fragte sie vorsichtig: »Und was ist mit Logan?«

»Wir sind nur Freunde.«

Sie nahm ihre Haare zusammen und begann sie zu flechten. »Ja, das sagst du schon die ganze Zeit. Aber meine Frage ist, was du für ihn *empfindest?*«

»Das spielt keine Rolle. Außerdem predigt man uns von Geburt an: Triff niemals eine Entscheidung wegen eines

Jungen. Und lass dich nicht von irgendeinem Typen beeinflussen. Oder?«

Ihre Miene war schwer zu entziffern, als sie ein Haargummi um das Ende ihres Zopfs wickelte. Sie seufzte. »Deswegen kann man trotzdem nicht verhindern, dass es passiert.«

Als wir jetzt vor dem PlumpJack im Wind stehen, umarmt sie mich ein bisschen länger als sonst. »Bis bald, ja? Genieß die restliche Zeit hier. Aber dann komm *nach Hause.*«

Ich erwidere die Umarmung und nicke in ihre Schulter.

Kapitel Einundzwanzig

Als ich am nächsten Morgen aufwache, sind meine Gedanken ganz vernebelt, weil ich von dem schrecklichen Tag in Mathe geträumt habe, dem Video mit meinem verkniffenen Pfirsichkerngesicht und dem Konfettiregen aus zerfetzten Tests. Ich schwitze, meine Nerven flattern und es dauert einen Moment, bis mir einfällt, dass ich in Tahoe bin, weit weg von allem.

Der Traum verblasst, und übrig bleibt nur meine warme Decke, der Schnee vor dem Fenster und der Geruch des Feuers. Es ist jetzt über einen Monat her und quält mich immer noch. Was hat Oli gesagt? *Die meisten Leute denken überhaupt nicht über dich nach – sie suchen einfach nur ihren Autoschlüssel.* Ist das wahr? Merken die meisten Leute gar nicht, was anderen passiert?

Mir kommt es so vor, als hätte die ganze Welt dieses Video gesehen.

Ich setze mich auf und reibe mir die Augen. Es macht mich auf einmal traurig, dass wir in einer Welt leben, in der man sich emotional distanzieren muss, um den Tag zu überstehen.

Ich werfe die Bettdecke zurück, ziehe mich an und fahre

mit Trick in die Stadt. Ich will ins Elevation und Kekse für Logan kaufen. Isabel hat mir gestern Abend geschrieben, dass er von dem Sturz keine bleibenden Schäden davontragen wird, sich aber ziemlich schlimm die Hüfte geprellt hat und ein paar Tage nicht auf die Piste kann.

Später drücke ich mit den Keksen in der Hand die Tür zum Neverland auf und Piper begrüßt mich wie immer mit schlabbrigen Küssen und hüllt mich in eine Wolke goldener Hundehaare. »Hey, Süße.« Ich streichle sie. Zufrieden trottet sie zurück auf ihren Schlafplatz neben der Heizung. Hinter der Ladentheke steht eine Frau und blättert in einem Katalog, ihre dunklen Locken sind zu einem lockeren Pferdeschwanz zusammengebunden. Logans Mom, Jessica Never. Ich erkenne sie von den Fotos bei Logan zu Hause und vom Rennen am Samstag, allerdings ist ihr Gesicht jetzt nicht mehr verzerrt vor Sorge.

Sie kaut auf dem Ende eines Stifts herum und schaut auf. »Mara!«

»Oh, hi.« Ich bleibe in der Nähe der Tür.

»Sorry, ich bin Jessica.« Sie zögert und fügt dann hinzu: »Wir haben uns wohl noch nicht offiziell kennengelernt. Dabei habe ich dir sogar schon die Windeln gewechselt.«

Was haben die Leute hier nur immer mit Windeln? »Oh, aha.« Ich kaue auf meiner Lippe herum und frage mich, ob es unhöflich wäre, einfach umzudrehen und die Flucht zu ergreifen.

Sie schüttelt unbehaglich den Kopf. »Tut mir leid, das war jetzt ziemlich schräg.«

»Nein, schon gut.« Es *war* schräg. Es ist komisch, dass

mich die Leute hier dauernd mit zusammengekniffenen Augen anschauen, als würden sie die körnigen Bilder eines alten Fotoalbums betrachten. »Ähm, ist Logan da?« Ich halte die Kekse mit dunkler Schokolade und Kokos in die Höhe. »Ich wollte mal schauen, ob es ihm besser geht.«

»Das ist aber lieb!« Sie zupft gedankenverloren an ihrem Pferdeschwanz. »Er ist nicht da. Willst du die Kekse hierlassen? Er ist mit Matt im anderen Laden.«

»Ähm, nein – schon okay. Ich erwische ihn sicher ein anderes Mal.« Ich wende mich zum Gehen.

»Mara?«

»Ja?«

Jessicas Hände liegen flach auf der Ladentheke und sie mustert mich mit Logans dunklen Augen. »Wie … na ja, wie geht es dir so hier? Mit … allem?« Sie senkt kurz den Blick, dann fährt sie fort: »Ist alles okay mit Trick?«

Mein Magen fühlt sich an, als würde er sich auflösen und meinen Körper verlassen. »Ähm, ich denke schon.«

Sie nestelt an ihrem Katalog herum. »Ich weiß ja, es geht mich nichts an, aber ich will, dass du weißt … er hat nicht gewollt, na ja, er dachte, es wäre besser so, verstehst du? Deine Mom hatte einen Plan, und er hat einfach versucht, das zu respektieren.«

Wovon redet sie? Was für ein Plan? »Okay.«

Die Ladenglocke läutet, und als ich mich umdrehe, steht Trick in der Tür und schaut Jessica mit einem seltsamen Gesichtsausdruck an. »Hey.« Er fegt sich den Schnee aus dem Haar.

»Kekse?«, krächze ich und halte die Packung hoch.

»Klar, danke.« Er nimmt sie mir aus der Hand.

Jessica starrt angestrengt in ihren Katalog.

Ich murmle irgendwas von Schulsachen und flüchte diesmal wirklich.

Abhauen, nicht nachhaken, nicht darüber nachdenken.

Ich schulde Logan eine Packung Kekse.

* * *

Gestern Nachmittag hat Dr. Elliott angerufen und mir eine freundliche Sprachnachricht hinterlassen – *Ruf mich an, wenn du glaubst, dass dir das hilft.*

Wenn ich glaube, dass es mir hilft.

Also rufe ich Dr. Elliot nicht zurück, obwohl ich ihn eigentlich mag.

Ich finde ihn vollkommen in Ordnung mit seinen Möbeln in Gesteinsfarben und dem plätschernden Springbrunnen, aber ich kann mich einfach nicht dazu aufraffen, zu ihm in die Praxis zu gehen. Natürlich wird es Mom nicht gefallen, dass ich sein wohlwollendes *wenn* ausnutze, ein kleines Wort mit viel Spielraum. Diesmal halte ich mich ganz bewusst nicht an die Abmachung.

Am Dienstag gehe ich ins Chemielabor, und danach spazieren Isabel und ich zum Second Story, dem Restaurant, das ihre Mom leitet. Es befindet sich tatsächlich im zweiten Stock eines alten Gebäudes ganz in der Nähe der Hauptstraße von Truckee. Logan war heute nicht da, daher trage ich immer noch seine neuen Kekse mit mir herum. »Ich dachte, seiner Hüfte geht es besser?«

Isabel dreht den Kopf zu mir, ihr Atem bildet kleine

Wölkchen in der eisigen Luft. »Warum schreibst du ihm nicht?«

Ich verlagere das Gewicht meines Rucksacks, weil mir das Chemiebuch in den Rücken drückt. »Ich will ihn nicht stören, wenn er sich erholen muss.«

Sie wirft mir einen skeptischen Blick zu, sagt aber nichts, und wir gehen die Treppe hinauf. Wir betreten das Restaurant durch eine alte Glastür. Auf der Scheibe prangt das Logo in Form einer antiken Schreibmaschine und darüber ist der Name des Restaurants ins Glas geätzt. Drinnen dreht sich alles um das Motto Bücher und Schriftstellerei. Überall an den Wänden hängen Drucke von berühmten Romancovern im Posterformat und ein mit unzähligen Büchern vollgestopftes Regal nimmt eine ganze Wand ein. Sogar die Serviettenhalter sehen aus wie Bücher.

»Oh, ich verstehe. Second *Story*. Süß.« Ich greife nach der Karte und überfliege das literarisch angehauchte Menü: *Schöne neue Salate*, *Das Frühstück des Dorian Grey*, *Onkel Toms Fritten*. Es gibt sogar einen ganzen Abschnitt nur für Burger und Steaks unter dem Titel *Das Schweigen der Lämmer*. Ich zeige es Isabel. »Das klingt aber nicht sehr appetitlich.«

Isabel lässt den Blick durch das halb volle Restaurant schweifen und winkt einem grauhaarigen Mann, der vor einem aufgeklappten Laptop an einem Ecktisch neben dem Fenster sitzt und Zeitung liest. »Die Frau, der das Restaurant gehört, ist ein totaler Bücherwurm.«

»Offensichtlich.«

Sie beugt sich näher zu mir und zeigt mit dem Kopf auf

den grauhaarigen Mann. »Das ist ihr Mann. Er schreibt gruselige Krimis.«

Erstaunt betrachte ich das freundliche Gesicht des Mannes und seine legere Kleidung. »Wirklich?«

Aus dem hinteren Bereich des Restaurants kommt Isabels Mom, den Blick prüfend auf ein Klemmbrett gerichtet. Dann schaut sie auf und sieht uns. »Hallo, Mädels!« Sie wirft das Klemmbrett auf den glänzenden Holztresen. Bis auf ein paar graue Strähnen hat ihr Haar dieselbe Farbe wie das von Isabel.

Isabel setzt sich an einen Tisch neben der Bar und blättert in dem Taschenbuch, das jemand dort liegen gelassen hat. »Kriegen wir Pommes?«

»Du bist sicher Mara. Ich bin April.« Sie kommt hinter dem Tresen hervor.

»Hi.« Ich lächle unbehaglich, weil sie mich genauso wissend anschaut wie Jessica Never gestern im Neverland. Offenbar hat mir halb Tahoe schon irgendwann mal die Windeln gewechselt.

Sie deutet auf die Karte in meiner Hand. »Hast du Hunger?«

Ich lege sie weg. »Oh, alles gut, danke.«

»Wir hätten gerne *Pommes*«, wiederholt Isabel, während sie den Klappentext des Buchs liest.

»Ja, ist angekommen.« Kopfschüttelnd geht April zurück in Richtung Küche. »Aber dass du bitte sagst und mir Komplimente machst, wie hübsch ich heute aussehe, habe ich wohl überhört.«

Isabel schenkt ihrer Mom ein extra breites Lächeln.

»Deine Haare sehen toll aus heute, Mom. Bitte, bitte, kriegen wir Pommes?«

»Das hätte ich dir jetzt beinahe abgenommen.« April verschwindet durch die Küchentür.

Ich setze mich auf den Stuhl gegenüber von Isabel. »Deine Mom ist nett.«

Isabel legt das Buch zur Seite. »Sie ist ein guter Mama-Bär.« Einen Augenblick lang schweigen wir, die Luft um uns herum ist erfüllt von den Gesprächen der anderen Restaurantgäste, dem Klirren von Besteck auf Tellern und dem Geräusch der auf und zu schwingenden Küchentür. Ein Kellner bringt uns Pommes und eisgekühltes Wasser. Isabel knabbert an einer Fritte herum und mustert mich prüfend.

Ich fühle mich unwohl, wenn sie mich so anstarrt, daher frage ich: »Was? Warum schaust du mich so an?«

Sie schüttelt die Ketchupflasche. Als nichts herauskommt, schlägt sie ärgerlich auf den Flaschenboden, bis ein kleiner Klecks auf ihrem Teller landet. Isabel lässt sich doch nicht von einer Ketchupflasche kleinkriegen. Triumphierend stellt sie die Flasche ab. Sie kaut zu Ende und zeigt mit einer angebissenen Fritte auf mich. »Warum redest du nicht mit Logan? Du stehst doch offensichtlich auf ihn.«

»Was?« Ich stottere. »Nein, tu ich nicht – ich meine, er ist schon in Ordnung. Ach, egal.« Jetzt nehme ich den Kampf mit der Ketchupflasche auf, die möglicherweise gerade dieselbe Farbe hat wie mein Gesicht.

Sie zieht eine Augenbraue hoch. »Sehr überzeugend.«

April kommt wieder an unseren Tisch und rettet mich vor weiteren Fragen. Sie stellt eine kleine ovale Platte mit

Mini-Burgern vor uns ab. »Ihr braucht auch ein bisschen Proteine.«

Isabel und ich greifen zu. »›Der Herr der Häppchen‹«, sage ich und halte den winzigen Cheeseburger in die Höhe.

April lacht. »Das ist gut. Wir sollten den Namen ändern.« Sie verschwindet wieder in die Küche.

Isabel hört nicht auf, mich anzustarren, bis ich sage: »Okay, ich geb's zu, ich finde Logan toll, aber es ist sowieso egal. Er hat gesagt, er will nur Freundschaft.«

»Soso, hat er das?« Sie schnaubt in ihren Burger. »Das war ja klar.«

»Warum?«, will ich sofort wissen, sage dann aber hastig: »Egal, vergiss es. Ich sollte mich einfach darauf konzentrieren, mein Leben wieder auf die Reihe zu kriegen.«

Sie lehnt sich ein Stückchen nach vorne. »Aber ich dachte, du bist hierhergekommen, um dir eine Auszeit zu nehmen? Und ein bisschen Spaß zu haben?«

»Genau, Spaß.« Ich starre den Krimiautor an. Er hat die Zeitung weggelegt und tippt jetzt eifrig auf dem Laptop herum, vielleicht lässt er gerade eine Figur sterben. Der letzte Krimi, den ich gelesen habe, war *Die drei Fragezeichen.* Mir fallen all die Punkte von der ersten Hier-und-jetzt-Liste ein, die ich abgehakt habe, als ich nach Tahoe gekommen bin, und danach nie wieder gemacht habe. »Ich bin ziemlich schlecht im Spaßhaben.«

Sie isst ihren Burger auf und nickt mit vollem Mund. »Ja, das hat Trick uns erzählt.«

»Moment, was?«

»Als du hergekommen bist. Er hat gesagt, du wärst so ein

todernster Workaholic, und wir sollten dir ein bisschen Spaß beibringen, solange du hier bist.«

In meinem Kopf hämmert es. Ich lege meinen halb gegessenen Burger weg. »Moment mal, er hat euch quasi gesagt, dass ihr mit mir rumhängen sollt?«

Sie bemerkt meinen Gesichtsausdruck. »So war das nicht gemeint. Er hat sich Sorgen um dich gemacht. Schließlich hattest du grade erst einen riesigen Nervenzusammenbruch gehabt.«

Meine Haut kribbelt. »Na ja, er redet nicht wirklich mit mir, von daher, keine Ahnung.« Mit anderen Leuten redet er anscheinend, nur nicht mit seiner eigenen Tochter.

Sie beißt sich auf die Lippe. »Sei nicht sauer. Er hat sich Sorgen gemacht. Er hat gesagt, das Video hätte dich echt fertiggemacht. Genau genommen denkt er, dass die Schule dich fertigmacht. Warte«, bittet sie mich, »sag ihm nicht, dass ich dir das erzählt habe.«

Ich verschränke die Arme vor der Brust, mein Herz rast. »Das müsstest du nicht, wenn er mal mit *mir* darüber reden würde.«

Isabel runzelt die Stirn. »Tut mir leid, dass ich was gesagt habe. Er hat es gut gemeint, ehrlich. Er ist ein guter Kerl.«

Ich sage nichts, sondern stochere nur in den Pommes herum. Ich fasse es nicht, dass Trick ihnen gesagt hat, sie sollen mit mir rumhängen. Wie demütigend. Als wäre ich im Kindergarten und er würde mich mit anderen Kindern zum Spielen verabreden.

Isabel schluckt schwer, als sie mein Gesicht sieht, aber dann hellt sich ihre Miene auf. »Weißt du was? Bodie war auch mal in einem Youtube-Video, das eine Menge Klicks hatte. Bei einem Rennen ist ihm die Hose runtergerutscht und hat ihn zu Fall gebracht. Eine perfekte Nahaufnahme von seinem Hintern.« Sie hält die Hände hoch wie ein Regisseur, der die Einstellung für eine Aufnahme überprüft. »Voll. Mond.«

Sie schafft es, mir ein Lächeln zu entlocken. »So wie ich Bodie kenne, war er sicher stolz darauf.«

Sie nickt. »Stimmt. War er. Das Video hatte ungefähr zehntausend Klicks oder so.«

Ich spiele mit dem Salzstreuer und mein Lächeln verblasst. »Genau das ist der Unterschied. Er war stolz darauf.« Draußen verdunkelt sich der Himmel über Truckee und die Wolken schimmern blaurot wie Wattebäusche, die man in Traubensaft getunkt hat. Es muss ungefähr halb fünf sein. »Und meins hatte über sechshunderttausend.«

Sie sieht schockiert aus. »Ernsthaft?«

Ich nehme an, sie hat es nicht gesehen. »Miss Perfects epischer Zusammenbruch. Nachdem es passiert war, haben Reporter angerufen, um mich zu interviewen.« Mit gespielter Interviewer-Stimme sage ich: »War der Druck zu groß für dich? Glaubst du, du bist ein Opfer der perfektionistischen Jugendkultur geworden? Wie hast du dich *gefühlt,* als du die Tests zerrissen hast?« Kopfschüttelnd werfe ich meine angebissene Fritte zurück auf den Teller. »Es war demütigend.«

Sie zeigt ihr Mitleid auf die übliche Art und Weise und neigt den Kopf. »Hör mal, Trick wollte dich nur beschützen.«

»Tja, das wäre aber das erste Mal.«

Isabel zögert und wühlt dann in ihrem Rucksack. Sie

schiebt einen glänzenden, orangeroten Stein zu mir rüber. »Hier.«

Ich nehme ihn in die Hand. Die glatte, rote Oberfläche ist von blassen, orangefarbenen Streifen durchzogen und beinahe durchsichtig wie Glas. »Was ist das?«

»Das ist ein Karneol.« Als ich verdutzt dreinschaue, fängt sie an zu erzählen. In der achten Klasse war sie auf einem Ausflug zum Lake Tahoe in Carnelian Bay, einem Ort, der nach den vielen orangeroten Steinen benannt ist, die dort am Strand liegen. Der Guide erzählte ihnen damals, diese Steine hätten heilende Kräfte und würden vor Unheil schützen und das Böse abwehren. »Ich weiß, es klingt ein bisschen uncool und hippiemäßig, aber ich schenke all meinen Freunden so einen – Logan, Bodie, Joy, Amanda – ganz vielen. Allerdings glaube ich, Bodie hat seinen verloren. Der Trottel.«

»Wie auch immer, er soll dich jedenfalls vor anderen Menschen beschützen, vor allem vor ihrem Egoismus und ihrem Neid. Denn wenn wir nicht aufpassen, stecken sie uns ganz schnell damit an. Glaub mir, ich weiß das. Daher trage ich meinen Karneol bei mir wie ein Amulett.« Sie zieht einen kleinen Stein aus der Jackentasche und hält ihn hoch. »Ich fahre nie ein Rennen ohne ihn.« Anscheinend sehe ich nicht besonders überzeugt aus, denn sie zuckt mit den Achseln. »Ich weiß, ich weiß, das ist abergläubisch und eigenartig, aber es funktioniert. Wie auch immer, jedenfalls habe ich dir einen besorgt. Damit du ihn immer bei dir hast, weil, na ja, ich dachte, du könntest einen gebrauchen.«

Ich drehe den glänzenden Stein in den Händen hin und her und meine Augen werden feucht. »Danke, Isabel.« Ich verstaue ihn sicher in meiner Tasche und blinzele heftig. »Was hast du diese Woche vor? Hast du Lust, am Freitag ein bisschen mit mir Ski fahren zu gehen? Ich weiß, ich bin schlecht, aber Oli sagt, ich fahre schon viel besser.«

Sie macht ein langes Gesicht. »Ich kann nicht – wir fahren am Donnerstag nach Mammoth. Wir haben am Wochenende ein Rennen dort.«

»Oh, okay, verstehe.« Ich bemühe mich, nicht enttäuscht auszusehen. »Dann viel Spaß!«

Schon wieder dieses Wort.

Kapitel Zweiundzwanzig

Am Mittwochmorgen sitze ich im Elevation, starre in meinen Latte und denke übers Spaßhaben nach. Was mache ich zum Spaß? Irgendwie dachte ich immer, Tennis würde mir Spaß machen, aber seit ungefähr einem Jahr fühlt es sich eher wie eine Verpflichtung an. Schule hat mir früher Spaß gemacht. In der Grundschule habe ich mir jeden Monat alle Sternchen verdient (die habe ich immer noch in einem Schuhkarton unter dem Bett). Und manchmal macht es mir immer noch Spaß zu lernen; es ist einfach nur zu viel. Zu viele Aufsätze und Tests und Vokabellisten und zu viel zu lesen und zu lernen, und jede Woche fängt alles wieder von vorne an. Wann ist der Punkt erreicht, ab dem nichts mehr reingeht?

Es ist nicht so, als gäbe es an der Ranfield keinen Spaß. Wir haben eine hyperaktive Schülervertretung, die andauernd Schulbälle, Spendenaktionen und Feste organisiert. Da gehe ich allerdings selten hin, weil ich zu beschäftigt bin damit, nicht in all dem Schulkram unterzugehen. Außerdem sind die meisten Veranstaltungen stressig und erinnern an Wettkämpfe. Wie viele Lebensmittelkonserven bringst du für die Bedürftigen zusammen!? Wie viele Runden läufst du, um Geld für das Obdachlosenheim zu sammeln? Wie viele Seiten liest du, um Bücher für die Bücherei im Stadtzentrum zu verdienen? Alle wollen ständig und überall nur gewinnen. Sogar wenn es für einen guten Zweck ist. Das ist anstrengend und macht eigentlich überhaupt keinen Spaß.

Oder vielleicht weiß ich einfach nicht, wie man Spaß hat.

Könnte ich jetzt gerade Spaß haben? Ich schaue mich im Café um. Es macht irgendwie Spaß, hier vor dem knisternden Kamin zu lernen, dabei einen dampfenden Latte zu trinken und der neuen Indie-Band zu lauschen, die Natalie leise über die Lautsprecher laufen lässt. Vielleicht sollte ich einen Chocolate-Chip-Cookie kaufen? Kekse machen Spaß. Ich starre mein Geschichtsbuch an. Das mit dem Spaß ist nicht so einfach, wenn ich eigentlich einen Abschnitt mit der Überschrift *Amerika entscheidet sich für den Imperialismus* lesen sollte. Vielleicht wäre es spaßiger, wenn der Titel lautete: *Amerikanischer Imperialismus – Das Musical,* mit den Songs »Three Cheers for Oppression!« und »Just Give me That!«. Das ist eigentlich eine gute Idee für mein nächstes Projekt.

Ich mache mir gerade ein paar Notizen, als ich spüre, dass jemand an meinen Tisch gekommen ist. »Hey, San Diego.« Beck lässt sich auf den Stuhl mir gegenüber fallen. »Gehst du mir immer noch aus dem Weg?«

»Nicht sehr erfolgreich offenbar.« Ich lächle ihn kurz an, tue aber beschäftigt und blättere ein paar Seiten meines Geschichtsbuchs um.

Er zieht eine Schnute. »Du hast nicht mal Hallo gesagt auf der Party neulich Abend.«

»Du hattest was im Gesicht kleben.« Ich tue so, als würde

ich überlegen. »Ich glaube, ihr Name fängt mit *M* an. Madison vielleicht? Keine Ahnung. Behältst du überhaupt den Überblick?«

Er lacht. Ich bin mir sicher, dass er dieses heisere Lachen vor dem Spiegel übt. »Wow, eifersüchtig. Steht dir gut.«

»Nicht eifersüchtig. Besorgt. Ich weiß, dass du dich nicht so gerne anstrengst. Und bei all deinen Freundinnen den Überblick zu bewahren, erfordert sicher gutes Zeitmanagement.«

»Nicht wirklich.« Er steht auf und winkt jemandem vor dem Fenster. Fürs Protokoll: Es ist kein Mädchen. »Und ich weiß immer, wo ich die finde, die ich am liebsten mag.« Er kneift mich in die Schulter und schlendert davon.

Zählt Hassliebe für jemanden zu Spaß? Ich klappe meine Hier-und-jetzt-Liste II von gestern Nacht auf, auf die ich sorgfältig Nr. 7 *MEHR SPASS HABEN* in Großbuchstaben geschrieben habe. (Außerdem habe ich Nr. 8 (*Spontaner sein*), und Nr. 9 (*Keine Jungs!*) hinzugefügt.)

Nr. 7 hake ich auf jeden Fall ab.

* * *

Ein paar Stunden später, als ich mit meinen Notizen für Geschichte beinahe fertig bin, versteckt sich auf einmal jemand unter meinem Tisch. »Ähm, hallo?« Ich spähe nach unten.

Dort hockt Logan und hält sich einen Finger an die Lippen. »Pssst. Tu so, als würdest du lernen.«

»Ich lerne.«

»Pssst.«

Da scheint es jemandem besser zu gehen. Ich wende mich

wieder meinen Notizen zu. Wenige Minuten später flitzt Bodie im Laufschritt am Fenster vorbei und macht kehrt, als er mich sieht. Er joggt auf der Stelle und formt mit den Lippen: »Logan?« Ich schüttle achselzuckend den Kopf, *Hab ihn nicht gesehen,* und er zischt wieder ab.

»Er ist weg«, sage ich mit übertriebenem Flüstern.

»Warte noch eine Minute«, ertönt Logans Stimme aus seinem Versteck.

Er hat recht. Bodie flitzt wieder am Fenster vorbei, diesmal in die entgegengesetzte Richtung. Ich lese pflichtbewusst meine Notizen, aber machen wir uns nichts vor: Keine Chance, dass bei mir irgendwelche relevanten Informationen über Roosevelts Wirtschafts- und Sozialreformen hängen bleiben, wenn Logan Never sich unter meinen Tisch gequetscht hat und den Rücken gegen meine Schienbeine presst.

Logan streckt den Kopf über den Tischrand. »Okay, das war genug Zeit.«

Ich grinse über seine zerzausten Haare. »Was sollte das denn? Du hast Glück, dass du keinen Kaugummi in den Haaren hast.«

Er fasst sich vorsorglich trotzdem in die Haare. »Schnee-Fangen.« Er setzt sich neben mich. »Was treibst du so?«

»Nichts, das so viel Spaß macht wie Schnee-Fangen.« Ich klappe das Buch zu. »Was ist das überhaupt?«

Seine Augen huschen wieder zum Fenster, nur für den Fall, dass er sich gleich wieder ducken muss, und er erklärt, dass er und ein paar Frost Boys sich vor Jahren dieses komplizierte Spiel ausgedacht haben und es seither ständig spielen. Dabei jagen sie sich gegenseitig quer über den Berg und folgen so lange den Hinweisen von Bekannten, die bereit sind, den Verfolgten zu verraten, bis sie jemanden gefangen haben.

»Aber das kann Tage dauern.«

»Manchmal schon«, stimmt er zu. »Aber normalerweise nicht.« Sein Blick fällt auf mein zugeklapptes Buch. »Willst du mitkommen?«

Mehr Spaß haben. »Muss ich dazu meine Skisachen anhaben?«

»Das schadet nicht.«

* * *

»Ich glaube, ich mag dieses Spiel nicht.« Ich spähe über den Rand des Sessellifts in den Abgrund. Logan hat mich überredet, den Red-Dog-Sessellift zum Squaw Creek Resort zu nehmen, und als wir über die tiefe Schlucht rattern, ächzt und knarrt der Lift so bedenklich, dass ich noch mehr Angst habe als sonst. »Und diesen Lift mag ich überhaupt nicht.«

Logan lehnt sich zurück. »Ist doch alles gut.«

»Das sieht überhaupt nicht gut aus.« Ich zeige nach unten. »So sieht der Tod aus.«

Kichernd legt er den Arm auf die Rückenlehne des Lifts und streift dabei mit dem Handschuh meine Schulter. »Du machst dir ganz schön viele Sorgen.«

»Wow, gut beobachtet, Logan Never.« Ich will ihn eigentlich nur necken, aber weil ich so nervös bin, klinge ich eher abweisend.

Er merkt es, legt seine behandschuhte Hand auf meine Schulter und drückt sie beruhigend. »Ich werde es nicht zulassen, dass du im Red Dog stirbst.«

Nicht überzeugt schaue ich einem Skifahrer der Pistenrettung zu, der in seiner roten Jacke unter uns vorbeigleitet, und frage mich, wie viele Leute er heute schon in diesen kleinen Rettungsschlitten, die ich schon ein paarmal gesehen habe, den Berg hinunterziehen musste.

»Ist es noch sehr weit?« Ich schaue nach vorne und versuche das Ende des Lifts zu entdecken, aber auf einmal wackelt der gesamte Lift. Dann bleibt er stehen. Voller Angst umklammere ich den Bügel. »Was ist los? Warum halten wir an?«

Logan schaut nach hinten. »Weiß nicht. Manchmal müssen sie den Lift anhalten, weil jemand rausgefallen ist.«

Ich halte mich mit der einen Hand am Bügel fest und umklammere mit der anderen die Metallstange an der Seite. »Was meinst du damit, jemand ist *rausgefallen?*«

»Nicht von hier oben. Normalerweise passiert das beim Ein- und Aussteigen. Oder es gibt irgendein technisches Problem. Das kommt vor.« Dafür, dass wir hoch über einem Abgrund baumeln, ist er sehr entspannt.

»Wie lange?«

Er zuckt mit den Achseln und reckt den Hals, um nach vorne zu sehen, wo der Lift vor uns hin und her schaukelt, weil die zwei Jungs auf Snowboards sich gegenseitig anrempeln.

Um mich abzulenken, ziehe ich die Handschuhe aus, nehme meinen Ordner aus dem Rucksack und schlage ihn bei der Hier-und-jetzt-Liste II auf. Ich male ein riesiges Sternchen neben Wills *Mutig sein.* Und dann noch eins daneben. Dafür, dass ich hier oben sitze, habe ich mindestens zwei verdient. Außerdem streiche ich *Spontaner sein* durch, weil das hier eindeutig zählt.

»Was ist das?« Logan zeigt auf den Ordner.

»Nichts.« Ich will ihn zurück in meinen Rucksack stopfen, aber Logan ist schneller und schnappt ihn sich. Sein Glück, dass er nicht vor Angst gelähmt ist, weil wir hier über dem Abgrund baumeln. So flink, wie er ist, könnte man meinen, wir säßen in einer Hollywoodschaukel.

»Bitte lies das nicht«, sage ich nicht besonders nachdrücklich.

Vielleicht macht Angst mich nachgiebig. »Hier-und-jetzt-Liste II«, liest er vor. »›Spontaner sein.‹ Durchgestrichen.«

Er blättert ein paar Seiten weiter. Grinsend schaut er auf. »Warte mal, du hast Checklisten darüber geschrieben, im Hier und Jetzt zu leben?«

Ich klemme die Skistöcke fester unter meine Beine. »Das hilft mir.«

»›Spontaner sein‹«, liest er noch mal vor. »Weißt du, wenn du es aufschreibst, ist das eigentlich das Gegenteil von spontan sein.«

Ich hole zitternd Luft. »Kann ich bitte meinen Ordner zurückhaben? Huch!« Der Lift wackelt und bewegt sich wieder vorwärts.

»Siehst du, es geht weiter.« Er blättert den Rest des Ordners durch, die durchgestrichene alte Liste, die Artikel und Markierungen und alle meine Notizen. »Das ist … also, so was habe ich noch nie gesehen, Mara«, sagt er, klingt aber liebevoll dabei. Er klappt den Ordner zu und hält ihn hoch.

»Schönes Cover. Sehr *hier und jetzt.*« Ein Bild von einer Feuerstelle in Squaw Valley.

Ich versuche nicht zu lachen. Wenn ich ihn hier so sehe, mit meinem Ordner in der Hand, kommt mir das alles ein bisschen albern vor. Ich zucke mit den Achseln. »Mir hilft es.«

»Um spontaner zu sein?«

»Klar.«

Dann wirft Logan Never meinen Hier-und-jetzt-Ordner aus dem Skilift.

»WAS TUST DU DA!?« Der Ordner segelt durch die Luft, prallt auf den Schnee unter uns, rutscht ein paar Meter weiter und bleibt dann liegen. Eine Sekunde lang vergesse ich, dass ich Angst habe, und lehne mich weit über den Bügel, sodass der Lift vor und zurück schaukelt. Ich schaue Logan fassungslos an. »Hast du gerade *ernsthaft* meinen Ordner aus dem Skilift geworfen!?«

Er tut ganz überrascht. »Ich war spontan.«

Kopfschüttelnd lehne ich mich zurück, mir flattern die Nerven und ich kann es nicht fassen. »Ich hab nicht mal eine Sicherungskopie.«

* * *

Eine Stunde später, nachdem wir runter ins Squaw Creek Resort gefahren sind, sitze ich an einem riesigen lodernden Lagerfeuer und Logan bringt mir heiße Schokolade. Er setzt sich neben mich auf den breiten Sessel, den ich besetzt habe, während er uns etwas Warmes zu trinken geholt hat.

Aus dem Augenwinkel sehe ich etwas Rotes. Ich setze

mich auf und dabei schwappt mir Kakao auf den Ärmel. »Hey! Ich glaube, der Kleine da hinten benutzt meinen Ordner als Schlitten!« Ich zeige auf drei Kinder in Skianzügen, die abwechselnd einen Schneehaufen hinunterrutschen. Der Jüngste, der in seinem weiß-braunen Anzug aussieht wie ein Schokokuss, klammert sich mit seinen kleinen Händen an den Rändern des Ordners fest und saust den Hügel hinunter.

Logan beugt sich zu mir und flüstert spöttisch: »Er lebt im Hier und Jetzt.«

»Ach, vergiss es.« Ich lehne mich zurück, schlürfe meinen Kakao und lasse mir vom Feuer das Gesicht wärmen. »Schön für ihn.«

Ohne Vorwarnung springt Bodie hinter uns hervor. »Hab dich!«, schreit er und packt Logan an der Schulter.

»Oh nein! Er hat dich gefunden, weil du mit mir hier draußen sitzt, statt dich zu verstecken.« Logan wischt sich heiße Schokolade von der Hose, während Bodie einen kleinen Siegestanz aufführt, der das Pärchen neben uns dazu veranlasst, aufzustehen und zu gehen. Wahrscheinlich, weil er dabei Geräusche von sich gibt wie ein kranker Hahn.

Logan schaut auf und blickt mir in die Augen. »Das war's absolut wert.«

* * *

Am Donnerstagabend, als ich es mir gerade mit dem Laptop im Bett gemütlich mache, ruft Mom mich über Skype an, was komisch ist, weil sie Skype hasst. Da kann sie nämlich nicht zwölf andere Dinge nebenher machen. »Du gehst nicht an dein Handy?«

Mein Handy liegt momentan tot unten in meinem Rucksack. »Dir auch einen schönen guten Abend.«

»Hi. Warum gehst du nicht an dein Handy?« Sie sitzt an unserem Küchentisch. Ich erhasche einen Blick auf die Granitplatte der Kücheninsel hinter ihr und höre das leise Rauschen der Spülmaschine.

»Der Akku ist leer. Warte, ich lade ihn auf.« Ich werfe die Decke zurück, wühle in meinem Rucksack und stecke das Handy ein.

Als ich wieder vor dem Bildschirm sitze, fragt sie: »Hast du einen neuen Termin mit Dr. Elliot ausgemacht?«

Meine Muskeln sind schwer nach dem Tag auf der Piste, und das warme Lodern des Feuers sorgt dafür, dass ich in ungefähr fünf Sekunden einschlafen könnte. »Noch nicht.«

»Mara!«

Ich vergrabe mich tiefer in meinem Kissen und schaue den Flammen zu, die hinter der Scheibe des Holzofens tanzen. »Dr. Elliot hat gesagt, ich soll nur kommen, wenn es mir hilft.«

»Sehr tahoemäßig von ihm.« Niemand ist so schön herablassend wie meine Mom. Ich versuche sie abzulenken. »Wie geht's den Zwillingen? Kann ich ihnen Hallo sagen?«

»Es ist neun. Sie sind im Bett«, sagt sie, als hätte ich gefragt, ob ich mit ihnen in einem Helikopter aus Käse zum Mond fliegen darf.

»Ach, ja. Schlafenszeit.«

Sie erzählt vom Forschungsprojekt der Zwillinge, das die halbe Küche einnimmt; dem schwierigen Fall, der Will um den Schlaf bringt; und der Eigentumswohnung in der Nähe unseres Hauses in North Park, die sie gerade an das nervigste Hipster-Pärchen, das man sich vorstellen kann, verkauft hat. Schließlich sagt sie: »Okay, ich nerve dich nicht mehr mit deinen Terminen.«

»Wirklich?« Im Ofen bewegt sich ein Holzscheit und lässt die Schatten an der Decke tanzen. »Keine Google-Kalender-Erinnerungen mehr?«

»Offensichtlich benutzt du sie ja nicht.« Mom räuspert sich. »Eigentlich rufe ich an, um dir zu sagen, dass ich morgen komme.«

»*Morgen?*« Wozu ein Google-Kalender, wenn sie mich auch aus nächster Nähe überwachen kann?

»Ich lande am späten Nachmittag in Reno. Ich bin wahrscheinlich zum Abendessen ungefähr da, falls es nicht wieder eine Ewigkeit dauert, bis ich meinen Mietwagen habe. Reservierst du irgendwo fürs Abendessen? «

»Valentinstag ist erst am Sonntag. Morgen brauchen wir wahrscheinlich keine Reservierung.« Ich zögere und frage dann mutig: »Weshalb der Besuch?«

»Vielleicht will ich am Valentinstag meine Lieblingstochter sehen?«

»Aha.« Aber da muss noch mehr dahinterstecken. Ich hätte einfach diesen blöden Termin ausmachen sollen.

»Reserviere was fürs Abendessen, okay? Irgendwo in Truckee, damit du ein bisschen aus dem Tal rauskommst. Dir fällt bestimmt schon die Decke auf den Kopf.«

»Eigentlich nicht.«

In ihrem Schweigen liegt eine Spur von Enttäuschung. »Also gut – such dir was aus, wo du essen willst. Irgendwas, wo es *Gemüse* gibt. Ich will gar nicht dran denken, was du da sonst so isst.«

»Ich hatte Gemüsesuppe zum Abendessen.«

Sie seufzt tief. »Aus der Dose wahrscheinlich. Hör mal, ich muss Schluss machen. Ich muss noch ein paar Verträge rausschicken.«

Sie beugt sich näher an den Bildschirm, sodass ihr Gesicht sich dramatisch vergrößert. »Mara, wenn ich da bin, müssen wir darüber reden, wie wir dich am besten reintegrieren, wenn du nach Hause kommst.«

Reintegrieren. So was machen doch Leute in Khakianzügen mit wilden Tieren.

Nachdem wir aufgelegt haben, spielt mein Magen verrückt und macht es mir beinahe unmöglich, mich auf meinen Aufsatz über Imperialismus zu konzentrieren, den ich gerade zu Ende schreibe. Mein Geschichtslehrer war gegen meine *Imperialismus – Das Musical*-Idee. Offenbar fand er es nicht besonders angemessen, sich über den Imperialismus lustig zu machen, und ich hatte nicht die Kraft, über meine Heimunterricht-Koordinatorin die Macht der Satire mit ihm zu diskutieren.

Ich werfe die Decke zurück, schlüpfe in eine Jeans und ziehe einen Parka über mein Schlafanzugoberteil. Dann steige ich in meine Ugg-Boots, schnappe mir Mütze, Handschuhe und Schal und gehe ins Wohnzimmer. Trick sitzt auf der Couch und schaut einen Ski-Film. Inzwischen kenne ich mich schon gut aus und weiß, dass der Film von Warren Miller ist und er ihn schon eine Million Mal gesehen hat. »Ich mache einen kurzen Spaziergang.«

»Jetzt?« Er setzt sich ein wenig auf und kratzt sich über das stoppelige Gesicht. Dabei schmiert er sich ein bisschen Asche auf die Wange, weil seine Hände vom Feuermachen schmutzig sind.

Ich ziehe mir die Mütze über die Ohren. »Nur zehn Minuten oder so. Um einen klaren Kopf zu bekommen. Ich habe ein bisschen Schwierigkeiten mit dem Aufsatz, den ich gerade schreibe.«

»War das deine Mom?«

»Ja.« Ich wickle mir den Schal um den Hals. »Sie kommt morgen her.«

Ein Anflug von Panik erscheint auf seinem Gesicht. »Morgen – warum?«

Ich ziehe eine Grimasse. »Sie behauptet, dass sie mich vermisst, aber ich glaube, sie will mich überreden, nach Hause zu kommen«, sage ich, in der Hoffnung, ihm damit eine Reaktion zu entlocken.

Er schaut mir einen Moment lang in die Augen, sagt aber nur: »Na gut, nimm die Taschenlampe mit. Es ist stockfinster draußen.«

Draußen ist es, als hätte die Luft Zähne. Ich habe noch nicht mal meine Handschuhe an, da zittere ich schon. Ich gehe die gestreute Straße hinunter und bewege mich so schnell ich kann, ohne auszurutschen. Fragen rasen mir durch den Kopf und formen sich zu einer Liste der Dinge, die ich mich nie traue, Trick gegenüber laut auszusprechen.

– Möchtest du, dass ich nach Hause gehe?
– Warum hast du gedacht, ich würde alleine keine Freunde finden?
– Warum bist du nicht mit mir Ski fahren gegangen?
– Wo bist du mein ganzes Leben gewesen?

Ein Anflug von Zorn wärmt mich. Warum muss denn immer ich die Fragen stellen? Hat er etwa keine Fragen an mich? Hat er mir nichts zu *sagen?* Wie zum Beispiel: *Hey, biologische Tochter, was hast du die letzten dreizehn Jahre so getrieben?*

Am Ende der Straße stapfe ich einen flachen Hügel hinauf, von dem aus man auf Squaws berühmten KT-22 blicken kann. Als ich oben bin, bleibe ich stehen, mein Atem bildet kleine Wölkchen in der Luft um mich herum. Die Wolken verdecken den Mond, sodass nur ein leuchtender Fleck am schwarzen Himmel zu sehen ist. Weit weg, oben auf dem Berg, dreht eine einzelne Pistenraupe ihre einsamen Runden über die Pisten, die Scheinwerfer schneiden einen breiten Streifen in die Bergwand. Ich kann sie gerade so erkennen, wie ein Schiff segelt sie den dunklen Berg entlang, und es ist schön zu wissen, dass ich nicht die Einzige bin, die heute Nacht hier draußen ist. Ich schaue ihren kriechenden Scheinwerfern zu, bis es wieder anfängt zu schneien, und als ich zurückgehe, spüre ich mein Gesicht kaum noch.

Kapitel Dreiundzwanzig

Irgendwann in der Nacht hat es aufgehört zu schneien, aber es ist trotzdem so viel Schnee gefallen, dass wir uns am Morgen freischaufeln müssen. Heute Abend kommt Mom, und Trick will sichergehen, dass sie in die Einfahrt und den Weg zum Haus hinaufkommt. Dabei ist er besonders gründlich. Ich packe mich warm ein und helfe ihm. Er gibt mir eine ramponierte Schneeschaufel, die eindeutig schon seit Jahren in Gebrauch ist, und zeigt mir, an welcher Stelle auf dem Weg ich anfangen soll. Dann geht er zurück zur Einfahrt.

Trick hat geschlafen, als ich gestern zurück ins Haus geschlichen bin, sein Atem ging tief und gleichmäßig – kein bisschen besorgt, dass ich während meines Spaziergangs draußen erfroren sein könnte. Als ich mit der Decke bis zum Kinn im Bett lag, habe ich meine Mom schrecklich vermisst, trotz all ihrer Tabellen und Google-Kalender und tiefen Seufzer am Telefon. *Sie* wäre aufgeblieben, bis ich zu Hause gewesen wäre.

Jetzt schippe ich Schnee und schaufle ihn in den Graben an der Seite der Auffahrt, die Schaufel scharrt über den gepflasterten Weg. Meine Wangen werden rot und mein Atem geht schneller, während ich Schaufel um Schaufel auf die

Seite schleudere. Ich denke über all das nach, was ich nicht über mein altes Leben weiß, bis ich als Dreijährige einfach hier herausgerissen wurde und das Leben ohne mich weiterging. Hier sind alle Ski gefahren und Logan und Isabel haben Picknicks am See gemacht und Trick hat im Neverland gearbeitet und mein Nacktmull-Buch unter einem Stapel Fleecejacken versteckt. Und ich bin auf die Ranfield gegangen und hatte einen Nervenzusammenbruch vor einer versammelten Klasse von Teenagern, von denen einer so gemein war, das Ganze zu filmen, damit sechshunderttausend gemeine Menschen es sich ansehen konnten.

Aber es hätte alles anders sein können.

Ich hätte hier leben können, am See picknicken, auf Skiern die Berge hinunterfahren und mir die Jeanstaschen mit Karneolen vollstopfen. Irgendwie war es Diebstahl, dass mir das genommen wurde. Das könnte jetzt mein Leben sein, wenn zwei Menschen beschlossen hätten, sich zusammenzuraufen. Es wäre nicht nur eine Auszeit.

Es wäre mein *ganzes Leben.*

»Hey, Mara … nicht so hoch auf den …«, beginnt Trick, aber ich gehe auf ihn los und werfe mit Schnee um mich, er duckt sich und sieht schockiert aus, weil mir offenbar die Wut ins Gesicht geschrieben steht.

»Was war los mit dir und Mom? Was in aller Welt war so schlimm, dass ihr es nicht lösen konntet? Deine blöde Ski-Karriere? Die war wichtiger als deine eigene Tochter?«

»Jetzt mal langsam – was?« Er hält abwehrend die Hände in die Höhe, für den Fall, dass ich noch mehr Schnee in seine Richtung schmeiße. Oder mit der Schaufel nach ihm werfe.

»Und was dann? Hast du einfach aufgegeben? Hast dir einfach gesagt, ach, na ja, jetzt ist das Kind eben weg ... und dann? Hast du die Einfahrt freigeschaufelt? Dir ein Bier geholt? Dreizehn Jahre – und ich hab dich ein einziges Mal gesehen! Was ist los mit dir?« Ich werfe die Schaufel in den Graben und stürme zurück zum Haus.

»Warte mal – Mara!« Trick will mir folgen, rutscht aber aus, weil die vereiste Einfahrt nicht gestreut ist.

Ich ziehe eine Schneespur durchs Wohnzimmer und nehme mein Handy vom Wohnzimmertisch. Isabel und Logan sind weg – in Mammoth. Vielleicht wäre ich jetzt auch in Mammoth, wenn meine Eltern nicht so egoistisch wären. Meine Augen bleiben an Becks Nummer hängen. Mit zitternden Fingern schreibe ich ihm.

Du musst mich bei Trick abholen! Ich dreh durch!

Er schreibt sofort zurück.

Bin gleich da.

Ich stampfe in mein Zimmer und knalle die Tür zu, aber Trick kommt nicht zurück ins Haus. Fünfzehn Minuten später biegt ein alter Jeep Wagoneer, der aussieht wie neu, in die mehr oder weniger freigeräumte Einfahrt. Ich haste hinaus und muss an manchen Stellen knietief durch den Schnee waten. Trick sitzt auf dem Schneehaufen, den ich vorhin geschaufelt habe, und vergräbt das Gesicht in den Händen. Als ich ihn sehe, packen mich Schuldgefühle, daher vermeide ich es, ihn anzuschauen, gehe um den Jeep herum und klettere auf den Beifahrersitz. Eigentlich darf ich gar nicht mit Beck fahren. Kalifornisches Gesetz. Aber das ist mir im Moment egal.

Beck mustert Trick. »Wohin?«

Ich schnalle mich an. »Einfach weg.«

»Alles klar.« Beck steuert rückwärts aus der Einfahrt. Schweigend fahren wir den Hügel hinunter und biegen nach links auf die Squaw Valley Road ab. Als wir nach rechts auf den Highway 89 Richtung Tahoe City abbiegen, fragt er schließlich: »Alles okay mit dir?«

Wir fahren an der Abzweigung nach Alpine Meadows und am Hotel River Ranch vorbei. Ich betrachte die Schneehaufen, die den Truckee River verstopfen, der sich zu unserer Rechten durch die stille winterliche Schlucht schlängelt. »Nicht wirklich.« Gelegentlich taucht auf der anderen Seite des Flusses ein Haus auf und an manchen Stellen führen Fußgängerbrücken über das Wasser. Ich frage mich, wer in diesen Häusern lebt, oder ob sie leer stehen wie so viele andere.

»Ich bin froh, dass du dich gemeldet hast«, sagt Beck und fährt über eine Kreuzung, vorbei am Neverland von Tahoe City zu unserer Linken und weiter Richtung Innenstadt. »Du kannst mich immer anrufen.« Er legt seine warme Hand auf mein Knie. Oder vielleicht kommt die Wärme auch von meinen Schuldgefühlen. Ich hätte ihn nicht angerufen, wenn Isabel oder Logan in der Stadt gewesen wären.

Beck entdeckt einen Parkplatz an der Straße vor Syd's Bagelry. Ich steige aus dem Auto und bin einen Moment lang ganz ergriffen von der Aussicht auf den Tahoe Lake, der sich auf einmal vor uns ausbreitet. »Wow«, hauche ich und lasse den Blick über das tintenschwarze Wasser mit den kleinen weißen Schaumkronen schweifen, das sich vor den schneebedeckten Bergen in der Ferne ausbreitet. Auf dem Wasser sind keine Boote; nur ein paar weiße Bojen sprenkeln hier und da die Wasseroberfläche an der Küste. Beck kommt mit vom Wind zerzausten Haaren zu mir und zerrt mich zum Eingang des Cafés.

Wir gehen hinein, und ich suche uns einen Tisch, während er Kaffee bestellt. Beck schaut auf sein Handy und flucht, dann kommt er an unseren Tisch und setzt sich neben mich. »Ich bin echt froh, dich zu sehen. Das war die schlimmste Woche, die ich je hatte.«

»Oh … tut mir leid«, sage ich, verwundert über seinen plötzlichen Stimmungsumschwung.

Die Kellnerin bringt uns zwei dampfende Becher Kaffee, beide schwarz. Ich gehe zur Theke und schütte eine großzügige Menge Milch in meinen Becher. Als ich mich wieder setze, legt Beck mit einer Geschichte über seine Eltern los, die sich die ganze Zeit streiten und ständig gegenseitig anschreien, obwohl sie sich letztes Jahr haben scheiden lassen. Meistens geht es dabei um ihn. Was für eine Riesenenttäuschung er für sie beide ist. Zwischendrin verschwindet er zwei Mal, um sich Kaffee nachzufüllen. Er setzt sich wieder und plappert einfach weiter: »Und ich habe gerade rausgefunden, dass ich meinen Abschluss nicht wie geplant ein Jahr früher machen kann, wenn ich in Mathe durchfalle. Irgendeine dumme Vorschrift.« Er starrt verdrießlich in seinen Becher, der schon wieder halb leer ist.

Was ist denn aus *Die Schule ist bloß ein tyrannisches System* geworden? »Ich dachte, du scherst dich nicht um Normen, die dir die Gesellschaft auferlegt, oder so ähnlich? Gehört ein Highschool-Abschluss da nicht auch dazu?«

Er sieht mich scharf an, versucht aber, es mit einem

Achselzucken zu verbergen. »Tu ich auch nicht. Es ist ein dummes System, das nur Regeltreue belohnt. Das Gegenteil von Bildung.« Das Argument hab ich schon mal gehört. »Aber mein Dad sagt, ich muss den Abschluss machen, sonst dreht er mir den Geldhahn zu.«

Dieses Detail ist neu. »Was für einen Mathekurs hast du?«

»Geometrie.«

Ich trinke einen Schluck von meinem Kaffee. »Dabei kann ich dir helfen.«

Er richtet sich auf. »Echt? Das wäre genial. Nur so viel, dass es zum Bestehen reicht. Ich meine, ein Abschlusszeugnis ist einfach nur ein Stück Papier, aber es gehört zur Abmachung mit meinem Dad, dem Diktator.« Er trinkt seinen Kaffee in einem Zug leer. »Noch vier Monate und dann bin ich raus aus der Sache. Auf mich allein gestellt.« Er springt auf und hechtet zu seinem Auto, öffnet die hintere Tür und zieht einen Rucksack heraus.

Unwillkürlich denke ich, dass er nicht wirklich auf sich allein gestellt sein wird, wenn sein Dad weiterhin sein Leben finanziert, aber ich bin mir ziemlich sicher, dass er davon gerade nichts wissen will. Er kommt zurück und lässt ein Geometriebuch auf den Tisch plumpsen.

»Warte mal, jetzt?«

Er schlägt das Buch auf. »Klar, wieso nicht?«

»Ach, es ist nur, na ja, ich …« Beinahe erzähle ich ihm von Trick und unserem Streit, aber er scheint mir nicht wirklich zuzuhören. Stattdessen entscheide ich mich für: »Meine Mom kommt heute Nachmittag, daher bin ich nicht ganz sicher, ob ich Zeit habe.«

Die Barista geht mit einem Sandwich an uns vorbei zu einem Tisch und unterhält sich mit zwei Typen in Skihosen und mit Mützen auf den Köpfen. Beck schielt auf ihre Teller.

»Boah, das sieht toll aus. Möchtest du eins?«

Er springt schon wieder auf. Er ist hibbelig und komisch, keine Spur von seiner üblichen lässigen Art. Kein Kaffee mehr, Mr Davis. Während er am Tresen ist, stelle ich seinen Becher auf den nächsten Tablettwagen.

Wir bleiben in dem Café sitzen, bis der späte Morgen in den Nachmittag übergeht und es anfängt zu dämmern. Am Himmel sind wieder Sturmwolken aufgezogen und dazwischen glitzern ein paar Schneeflocken. Zwei verputzte Sandwiches und zwei Kapitel Geometrie später lehne ich mich zurück und betrachte die Bilder eines lokalen Künstlers an der Wand, vorwiegend abstrakte Kunstwerke.

Eines trägt den Titel *Sorge*.

Ich erzähle Beck von einer Internetseite, die ich eine Zeit lang immer gelesen habe. »Sie heißt *The Dictionary of Obscure Sorrows*. Hast du die mal gesehen?« Er schüttelt den Kopf und reibt sich die vom Mathelernen müden Augen. »Da gibt es lauter erfundene Wörter für Emotionen, die keinen Namen haben. Besonders gut gefallen hat mir ›nodus tollens‹: Die Erkenntnis, dass deine Lebensgeschichte keinen Sinn mehr ergibt.«

Er schaut von der Aufgabe hoch, an der er gerade arbeitet. »Ergibt deine Lebensgeschichte keinen Sinn?«

»Nicht wirklich.«

»Schade.« Er wendet sich wieder seinem Gekritzel zu.

Schade?

Draußen treibt in dicken Flocken der Schnee am Fenster vorbei. Der Knoten in meinem Bauch zieht sich zusammen. »Es schneit ziemlich stark. Ich finde, wir sollten zurückfahren.«

Er schaut über die Schulter. »Halb so schlimm. Aber wenn du willst, können wir gehen.«

»Ich sollte gehen. Meine Mom kommt bald und sie ist sowieso schon sauer auf mich. Fehlt nicht viel und sie steckt mich morgen in ein Flugzeug zurück nach San Diego.« *Außerdem habe ich wirklich keine Lust mehr, hier mit dir zu sitzen, weil du dich nur für dich selbst interessierst, du Trottel,* verkneife ich mir zu sagen. Ich stehe auf und bringe unsere Teller zum Tablettwagen.

Wir gehen nach draußen in den Sturm und steigen in den Jeep. Beck dreht um und fährt zurück Richtung Squaw Valley. Es schneit jetzt heftiger und der Schnee wirbelt gegen die Windschutzscheibe. Wir begegnen nur einem oder zwei anderen Autos. Beck drängt den Jeep in das entgegenkommende Schneetreiben und wir fahren immer schneller über den leeren Highway.

Er fährt zu schnell, und ich spüre, dass der Jeep mit dem frischen Schnee unter den Reifen ins Rutschen kommt. »Vielleicht solltest du ein bisschen langsamer fahren?«

Er sieht überrascht aus. »Keine Sorge – das ist nicht schnell.«

»Es ist nur, das Wetter ist irgendwie ziemlich schlecht.« Ich halte mich mit beiden Händen am Sitz fest.

»Ich fahre im Schnee, seit ich zwölf bin. Das ist gar nichts.« Er drückt aufs Gaspedal, den Blick entschlossen auf die Straße gerichtet. Wir fliegen über den Highway, das Auto rutscht und schlingert durch den Sturm. Mein Herz hämmert und mein Magen dreht sich.

Wir fahren zu schnell.

»Beck, fahr langsamer.«

»Alles in Ordnung.« Aber es ist nicht alles in Ordnung. Nach einer Kurve lenkt er zu stark gegen und der Jeep schlingert zur Seite. Er kann ihn gerade noch auffangen, aber wir wissen beide, dass er eine Schrecksekunde lang die Kontrolle verloren hat.

Er fährt langsamer und wir verbringen den Rest der Fahrt bis zur Abzweigung nach Squaw Valley schweigend. Während wir darauf warten, dass die Ampel grün wird, schaut er mich kleinlaut an. »Ich bin wirklich nicht so schnell gefahren.« Ich beiße die Zähne zusammen und ignoriere ihn. Als ich eine ganze Minute lang nicht antworte, fügt er hinzu: »Ernsthaft, du musst dich mal locker machen. Mit der Einstellung hast du irgendwann vor allem Angst.«

Ohne ihn anzuschauen, sage ich leise: »Ich glaube nicht, dass ich von dir eine Lektion über Mut brauche.«

Er antwortet nicht, sondern kurvt durch das Tal, und die Welt draußen wird schwer vor lauter Schnee. Als wir fast da sind, murmelt er schließlich: »So schnell war das nicht.« Er versucht, mein Bein zu tätscheln, aber ich rutsche von ihm weg, dabei schießt mir ein neues Kunstwort durch den Kopf.

Charsch: ein charmanter Arsch. Beck Davis ist ein Charsch.

Ich antworte nicht und schaue raus in die verschneite Welt. Als er in Tricks Einfahrt einbiegt, dreht sich mir zum zweiten Mal der Magen um. Mom ist schon da und steigt gerade aus ihrem gemieteten Geländewagen. Als sie mich mit Beck im Auto sieht, weiten sich ihre Augen und ihr Mund klappt auf. In großen Schritten kommt sie auf uns zu, und noch bevor ich mich abschnallen kann, reißt sie die Tür auf. »Steig aus.«

»Mom, ich hab's verstanden.«

»Nein, Mara. Du hast es offensichtlich *nicht* verstanden. Steig aus.« Ihre Stimme ist leise, aber sie zittert vor Wut, schlimmer als wenn sie schreien würde.

Ich steige aus.

* * *

Später sitze ich im hinteren Bereich von Ethan's gegenüber von Mom an einem Tisch (den ich, wie sie betonte, *nicht* reserviert habe). Nachdem Maggie uns an den Tisch geführt hat, schaut sie mich besorgt an und bringt uns frittierte Zucchini aufs Haus. Mom ist immer noch sauer; es strahlt von ihr ab wie dieses Hitzeflimmern, das im Sommer vom heißen Asphalt aufsteigt.

Schließlich sagt sie: »Ich versuche, es zu verstehen, Mara, wirklich. Ich versuche, eine Erklärung zu finden, warum du heute dachtest, es wäre okay, zu Beck ins Auto zu steigen. Du hast nicht nur gegen das Gesetz verstoßen, schlimmer – du hast dich in Lebensgefahr gebracht, indem du bei diesem Wetter mit ihm gefahren bist.« Sie schüttelt den Kopf. »Es sieht dir nicht ähnlich, dass du so etwas anstellst.« *Ein bisschen was anstellen.* Abgehakt. Das Lustige daran ist nur, dass ich nicht gut darin bin. Ich versuche mich darauf zu konzentrieren, was Mom sagt. »Du gehst nicht zu deinen Therapiesitzungen, du bringst solche Aktionen wie heute. Offensichtlich funktioniert das hier nicht.«

»Es funktioniert«, murmle ich, eher an den Teller mit den Zucchini als an sie gewandt.

Sie reibt sich mit den Fingerspitzen über die Haut unter den Augen, das macht sie immer nach einem langen, anstrengenden Tag.

»Okay, dann erklär du mir doch mal, warum ich dir erlauben sollte, in Tahoe zu bleiben, wenn du nur falsche Entscheidungen triffst?«

Als würde ich nichts anderes tun. »Was für falsche Entscheidungen habe ich noch getroffen?«

Sie tippt mit ihrer Gabel auf der Serviette herum. »Ich mache mir Sorgen wegen deiner schulischen Leistungen.«

»Ms Raff hat gesagt, meine letzte textgebundene Erörterung in Geschichte wäre meine bisher beste gewesen.« Mein Mund fühlt sich an wie Sand. Wo bleibt Maggie mit meiner Cola light? »Und das Labor habe ich ganz alleine gefunden. Mit der Schule ist alles in Ordnung. Besser als in Ordnung, weil ich alles erledigen kann, aber nicht so gestresst bin. Ich bekomme genügend Schlaf. Und das Beste von allem: Während ich *hier* war, hat niemand ein erniedrigendes Youtube-Video von mir gepostet.« Maggie stellt ein Glas Weißwein für Mom ab, die ihr überschwänglich dankt und einen großen Schluck davon nimmt, um ihre Antwort hinauszuzögern. »Weißt du, was lustig ist, Mom?«, frage ich, als wir die Trinken-um-nicht-reden-zu-müssen-Taktik ausgereizt haben.

Sie zieht die Augenbrauen hoch. »Ich würde gerade liebend gerne wissen, was lustig ist.«

»Ich kann nicht mal wirklich etwas anstellen. Das stand auf meiner Liste, weißt du. Von Josie. *Ein bisschen was anstellen*. Nummer zwölf.«

»Großartig.« Sie schwenkt den Wein in ihrem Glas. »Großartiger Rat.«

»Es spielt keine Rolle, weil ich es nicht kann. Weißt du, was mit Beck heute passiert ist? Was für furchtbar schreckliche Dinge passiert sind?« Sie hält eine Hand in die Höhe, als wollte sie einen Schlag ins Gesicht abwehren, und ich beuge mich dramatisch nach vorne. »Ich habe ihm Mathenachhilfe gegeben und ihm gesagt, er soll nicht so schnell fahren. Ich hab echt voll die Sau rausgelassen.« Ich lege meinen Kopf auf den Tisch.

Sie stellt ihr Glas ab und fährt mir mit leicht zitternder Hand über die Haare. »Ach, Schätzchen.«

Ich schiele zu ihr hoch. »Trotzdem vertraust du mir nicht. Aber das solltest du. Weil ich nämlich nichts anstelle, merkst du das nicht? Nicht mal, wenn ich es versuche. Aber mach dir keine Sorgen, selbst wenn ich es täte, würde ich mich deswegen tagelang schlecht fühlen, du gewinnst also.«

»Das fühlt sich nicht wie gewinnen an«, sagt sie, zieht ihre Hand weg und lässt sie in ihren Schoß fallen. »Mara, ich will nur … ich will nicht, dass du dich mit der Familie Davis einlässt.«

Ich setze mich auf. Hier geht es also um *Beck*. Nicht um meine Schulleistungen. Nicht mal um meine Termine bei Dr. Elliot. Wenn ich mit Isabel oder Logan aus dem Auto gestiegen wäre, hätte sie dann genauso reagiert? Trotzdem traut sie mir nicht zu, dass ich ihn von allein durchschaue. Habe ich aber. »Mom, wegen Beck Davis musst du dir keine Sorgen machen.«

Sie runzelt die Stirn. »Ich weiß nicht, wie viel du schon über Beck weißt oder ob Trick dir was erzählt hat.« Ich schüttle den Kopf. Sie zögert, dann sagt sie: »Sagen wir mal so, es ist viel leichter, ein Rebell zu sein, wenn man nichts zu verlieren hat, wenn man das Konto seines Vaters als Sicherheitsnetz hat. Du hast ein Stipendium, Mara. Und Will und ich kommen gut zurecht, aber die Familie Davis spielt in einer ganz anderen Liga. Du kannst es dir nicht leisten, dich so aufzuführen wie Beck.« Stirnrunzelnd pult sie die Panade von einem Zucchini-Stick und lässt ihn dann wieder auf den Teller fallen. »Aber nicht nur deswegen. Es ist wegen der ganzen Familie.« Sie starrt in ihren Wein. »Die Davises scheren sich nicht um andere. Ich weiß nicht, ob Narzissmus eine ganze Familie betreffen kann, aber wenn es so wäre, wäre die Familie Davis das Paradebeispiel dafür.«

Habe ich nicht genau das heute gedacht, als Beck sein Geometrie-Drama vom Stapel gelassen hat? »Glaub mir, Beck ist mir völlig egal. Er hat nichts damit zu tun, wie es mir hier in Tahoe geht.«

Sie sieht skeptisch aus. »Wirklich? Und wie geht es dir?«

Ich bin nicht sicher, ob ich das überhaupt in Worte fassen kann, aber ich versuche es. »Weißt du, was ich an Tahoe am meisten liebe? Dass ich nicht permanent verspannt bin. So wie ich mich an der Ranfield in San Diego fühle. Die ganze Zeit.« Sie zuckt zusammen, aber das muss ich ihr sagen, damit sie es begreift, auch wenn es schwer zu ertragen ist. »Das Beste an meiner Zeit hier ist genau das – Zeit. Und mir wird langsam klar, dass ich nicht dasselbe will wie du und Will, ich will nicht ständig gestresst und beschäftigt und ehrgeizig sein.«

»Du wolltest auf die Ranfield gehen«, unterbricht sie mich. »Wir haben dich in dem unterstützt, was du wolltest.« Aber als sie es sagt, kann sie mir nicht in die Augen sehen.

»Du willst auch, dass ich dahin gehe.« Ich bemühe mich, nicht laut zu werden. »Du liebst es, dass deine Tochter auf einer Schule wie der Ranfield ist. Ich höre doch, wie du mit deinen Freunden darüber sprichst. Mit deinen Kunden. Und jetzt bist du verärgert, weil ich das Leben, das du für mich geplant hast, vielleicht gar nicht will. Aber so ist es eben. Ich bin nicht irgendein Renovierungsprojekt – die Steinwand hierhin, das Atrium dahin. Ich bin überhaupt kein Projekt, ich bin ein Mensch!« Jetzt sieht sie einfach nur wieder verwirrt aus. Ich weiß nicht mehr, was ich eigentlich sage wollte, und schwafle in schrägen Umbau-Metaphern. »Es ist schwer zu erklären«, schließe ich kläglich.

Zu meiner Überraschung bricht sie heftig in Tränen aus. Mom weint normalerweise nicht, vor allem nicht in der Öffentlichkeit. Sie vergräbt den Kopf in den Händen und ihr blondes Haar fällt ihr ins Gesicht. So habe ich noch nie mit ihr gesprochen, und als ich sehe, dass sie weint, krampft sich mein Magen zusammen.

»Mom?« Ich strecke zaghaft die Hand nach ihr aus.

»Ähm, kann ich, ähm, das hier abstellen?« Maggie hält mit großen Augen unsere Pizza hoch. Sie schaut entschuldigend zwischen Mom und mir hin und her.

»Hier, stell sie dahin, danke.« Ich schiebe meine Cola light zur Seite. Mom vergräbt immer noch das Gesicht in den Händen. »Danke«, sage ich noch mal. Maggie geht hastig davon. Beim Geruch der Pizza läuft mir das Wasser im Mund zusammen, aber ich rühre sie nicht an. Ich lasse sie stehen und kalt werden, bis Mom endlich zitternd Luft holt, sich mit einer Serviette über die Augen wischt und sich selbst ein Stück nimmt, so als hätte sie nicht gerade mitten im Ethan's losgeheult, so als hätten wir überhaupt nichts zueinander gesagt.

»Mom?«, versuche ich es noch mal.

Sie konzentriert sich aufs Essen. »Ich bin wirklich müde, Mara. Lass uns einfach die Pizza essen.«

Kapitel Vierundzwanzig

Am nächsten Tag fahren Mom und ich schweigend nach Tahoe in die Stadt. Sie summt zu der Musik im Radio, keine Spur mehr von den Tränen des gestrigen Abends, aber die Luft im Mietwagen ist zum Schneiden. Der Sturm ist vorübergezogen, es ist ein wunderschöner Tag, und mein Magen zieht sich sehnsüchtig zusammen, als ich daran denke, auf dem Berg zu sein. Oje, vielleicht werde ich *wirklich* skisüchtig.

Wir fahren auf den leeren Parkplatz am Commons Beach und steigen aus. Der Park und der Strand sind schneebedeckt und der See an den Rändern vereist, sodass die vereinzelten blauen Zacken aussehen wie Scherben des gespiegelten Himmels. Wir bahnen uns einen Weg über den vereisten Parkplatz, bleiben am verschneiten Ufer stehen und schauen zu, wie das Weiß des Schnees langsam dem Indigo des Wassers weicht.

»Ich finde, du solltest nach Hause kommen, aber ich werde das nicht für dich entscheiden«, sagt Mom schließlich. Überrascht streiche ich mir die Haare hinter die Ohren, die mir der Wind ins Gesicht peitscht. Mom zieht sich die Mütze über die Ohren. »Du denkst, ich verstehe dich nicht, aber das tue ich.«

Im Laufe der Jahre hat Mom mir manchmal von ihrer Kindheit erzählt. Sie hat bei meinen Großeltern in Colorado gelebt und ist dann doch nicht aufs College gegangen, weil sie als Immobilienmaklerin angefangen hat. Obwohl sie jetzt so erfolgreich ist, hat sie mir immer wieder gesagt, wie gerne sie aufs College gegangen wäre. »Weißt du, ich bereue das«, sagt sie jetzt wieder und schaut auf das unruhige Wasser. »Und ich will nicht, dass du denselben Fehler machst, wenn ich es verhindern kann.«

»Ich will immer noch aufs College gehen«, sage ich. »Dieser Ort hat daran nichts geändert; er hat nur manche Dinge in ein anderes Licht gerückt. Abgesehen davon kann ich gar nicht aufs College gehen, wenn die Highschool mich vorher umbringt. Das ist kein guter Plan.«

Sie schüttelt den Kopf. »Ich wünschte nur, du hättest Will und mir gesagt, wie gestresst du bist. Warum hast du nicht mit uns geredet?« Ihre Stimme klingt ängstlich und jung.

Ich betrachte die verschneiten Berge, die über dem Wasser aufragen. »Ich weiß es eigentlich gar nicht, Mom. Ich wollte einfach nur mein Bestes geben. Du sagst immer zu mir und Seth und Liam: *Gebt euer Bestes. Strengt euch an.* Und dann wurde mir das Beste zu viel und ich bin zusammengebrochen und auf einmal war alles nur noch schlimm.« Ich beiße mir auf die Lippe und versuche die Tränen zurückzuhalten.

Sie legt den Arm um mich und zieht mich an sich. »Ich hab dich so lieb, und ich glaube, deswegen führe ich mich manchmal auf wie eine Verrückte.« Ich kann mich nicht erinnern, wann Mom mich das letzte Mal so in den Arm genommen hat; ziemlich lange nicht. »Aber dein Bestes zu geben bedeutet nicht, perfekt zu sein. Es bedeutet, dass du am Ende des Tages zufrieden mit dir bist. Es bedeutet, dass man Ziele hat und anständig ist und sich anstrengt. Das ist es, was Will und ich für euch wollen. Wir erwarten nicht von euch, dass ihr perfekt seid.«

»Der Unterschied ist mir möglicherweise entgangen«, murmle ich in den Kragen meiner Jacke.

»Ich weiß, wie sehr du unter Druck stehst. Alle Kids an der Ranfield. Ich weiß, wie hart du arbeitest«, gibt sie zu. »Ich dachte nur, du hättest das im Griff.«

»Hatte ich nicht.« Wie können drei kleine Wörter so beschämt klingen?

Sie hört es und drückt meine Schulter. »Schätzchen, du musst lernen, mit dem Stress umzugehen. Du kannst den Schneepflug auch in San Diego benutzen. Du hättest nicht wegrennen müssen.«

»Warum sagen das immer alle, wenn man eine Veränderung will?«, frage ich widerspenstig.

Sie schaut mich entschuldigend an. »Tut mir leid … es ist nur, *dieser Ort.*« Seufzend lässt sie den Blick über das Wasser schweifen. »Es ist schwer, sich von seinem Sirenengesang nicht einlullen zu lassen.«

»Und du machst dir Sorgen, dass ich deshalb an den Felsen zerschelle.«

Sie drückt mich fester, als gehörte sie zur Besatzung auf dem Schiff des Odysseus und würde mich am Schiffsmast festbinden, damit ich in Sicherheit bin. Ich schätze mal, als Mutter muss man seine Kinder gelegentlich an einen Mast binden. Es kommt mir nur so vor, als hätte meine

Mom vergessen, die Knoten zu lockern, als ich älter geworden bin.

»Ich verbinde viele Erinnerungen mit diesem Ort.« Sie seufzt. »Gute und schlechte.«

Wir schauen ein paar Minuten aufs Wasser und irgendwo tief in mir drinnen rührt sich eine meiner eigenen Erinnerungen. Ich weiß nicht genau, was mich daran erinnert hat, vielleicht das tintenschwarze Wasser, aber auf einmal packt mich die Erinnerung, als wäre es gestern gewesen.

»Mom?«

»Ja?«

»Weißt du noch, als wir vor ein paar Jahren auf Maui waren? Im Hula Grill in Kaanapali?«

Ich spüre, wie ihr Körper sich versteift, als ob es auch ihr auf einmal wieder einfiele. Jedes zweite Jahr machen wir einen Kurzurlaub auf Maui. Nur fünf oder sechs Nächte, weil Mom und Will nicht länger von der Arbeit weg sein wollen. Ich glaube, in diesem Urlaub war ich dreizehn und es war April. Morgens waren wir im türkisblauen Wasser in der Nähe des Black Rock schnorcheln, haben am Hotelpool zu Mittag gegessen, während Seth und Liam sich auf der Wasserrutsche austobten, und uns dann bis zum Abendessen auf dem Hotelzimmer ausgeruht, wo die Jungs auf Wills iPad einen Harry-Potter-Film geschaut haben. In der Abenddämmerung sind wir über die schmale Strandpromenade vor dem Hotel zum Hula Grill geschlendert. Ich bin mit Mom vorausgegangen und Will kam mit Liam und Seth hinterher, sonnenverbrannt und müde. Wir hatten gerade auf der Außenterrasse Platz genommen, als hinter uns eine Stimme ertönte.

»Lauren?« Ein breitschultriger Mann mit kastanienbraunen Haaren und einer verspiegelten Sonnenbrille kam näher. »Dachte ich's mir doch, dass du das bist.« Er nickte Will freundlich zu, aber dessen Miene verfinsterte sich kurz, bevor er sein Anwaltslächeln aufsetzte. Er stand auf und schüttelte dem Mann die Hand, dabei huschte sein Blick zu Mom, die den Neuankömmling kühl musterte.

Sie schüttelte ihm nicht die Hand. »Jason, du erinnerst dich an Mara. Und das sind unsere Zwillinge, Seth und Liam.« Mom deutete der Reihe nach auf uns.

Jasons Blick ruhte länger auf mir als auf den Zwillingen. »Na, sieh mal einer an, du siehst ganz erwachsen aus.« Er rückte nervös seine Sonnenbrille zurecht, als wäre sie ein bisschen zu groß, und wandte sich wieder an Mom. »Das Leben in San Diego scheint dir gut zu bekommen.«

»Ja«, antwortete Mom in geschäftsmäßigem Ton.

»Mom, ich muss Pipi.« Liam zappelte auf seinem Stuhl herum und hielt sich den Schritt seiner Badeshorts.

Will sah erleichtert aus und schob schnell den Stuhl seines Sohnes zurück. »Ich gehe mit ihm. Wir sollten alle noch mal gehen.«

»Ich muss nicht«, begann ich, aber auf Wills vielsagenden Blick hin folgte ich ihm und meinen Brüdern auf die Toilette, während Mom mit Jason redete.

»Wer war dieser Typ?«, fragte ich Mom, als wir von der Toilette kamen und Jason außer Sicht war.

Sie fummelte am Strohhalm ihres Mai Tai herum und schaute angestrengt in die Karte. »Oh, nur jemand, den ich von früher kenne. Sehen die Fisch-Tacos hier nicht toll aus?«

Als ich mich jetzt in ihre Daunenjacke schmiege, vor uns der Lake Tahoe, eine indigoblaue vereiste Fläche, frage ich: »Das war Becks Dad, oder? Der Typ auf Maui? Das war Jason Davis. Ich hab ihn mal hier gesehen. Er hat sich mit Beck auf dem Parkplatz gestritten.«

»Das war so ein Zufall«, flüstert sie, lässt mich los und stopft ihre Hände in die Taschen. »Es überrascht mich, dass du dich daran erinnerst.«

»Habe ich bis gerade eben eigentlich auch nicht. Du und Will habt euch so komisch benommen. Was war mit Jason Davis?«

Sie hüpft auf und ab. »Es ist eiskalt. Lass uns irgendwo was essen gehen.«

* * *

Beim Essen erzählt sie mir ein paar Dinge, die sie mir noch nie erzählt hat. Während ihrer Jugend in Colorado ist sie Ski gefahren und hat sogar ein paar Jahre lang mit ihrem Highschool-Team an Wettkämpfen teilgenommen, aber sie hatte immer vor, in Südkalifornien aufs College zu gehen. »Ich wollte Krankenschwester werden«, erzählt sie und mustert dabei die Tomate, die sie auf ihre Gabel gespießt hat. Im letzten Schuljahr hat sie mit ihren Eltern einen Skiausflug nach Squaw Valley gemacht und Trick kennengelernt, einen Freestyle-Skifahrer, der seine gesamte Kindheit damit verbracht hat, Rennen zu fahren. Ihr Gesichtsausdruck wird ganz verträumt. »Er war drei Jahre älter und einfach so süß und witzig und … es hat einfach *Spaß* gemacht mit ihm, weißt du? Wir sind während dieser Woche auf Partys gegangen und er hat mir ein paar Ski-Tricks beigebracht und wir, na ja …« Sie errötet und streicht sich eine Haarsträhne aus dem Gesicht. »Wir mussten einfach zusammen sein.« Einen Augenblick lang sehe ich, wie sie wahrscheinlich ausgesehen hat, als sie in meinem Alter war.

Genau wie ich. Sie hat wahrscheinlich so ausgesehen wie ich.

»Am Ende dieser Woche mussten meine Eltern mich regelrecht zurück nach Colorado schleifen. Aber sobald ich meinen Abschluss hatte, saß ich im Bus nach Tahoe. Das College war vergessen. Krankenschwester werden war vergessen. Ich hatte meine Skier, und ich hatte Trick, der an einem der schönsten Orte der Welt auf mich wartete.«

Meine Mom hat ihre Pläne für einen Jungen über den Haufen geworfen? Es hätte mich weniger überrascht, wenn sie mir gestanden hätte, dass sie mal beim Zirkus war. »Ich hatte keine Ahnung. Oma und Opa haben nie was gesagt.« Wir sehen meine Großeltern mindestens zwei Mal im Jahr, aber Tahoe haben sie nie auch nur mit einem Wort erwähnt.

»Ich hatte sie darum gebeten. Es war nicht alles schlecht. Schlechte Dinge sind am Anfang oft ganz wunderbar.« Am Anfang, erzählt sie mir, hatten sie das tollste Leben, das sie sich vorstellen konnte – sie schliefen bei anderen Leuten auf der Couch, fuhren den ganzen Winter über Ski und im Sommer Kajak. »Trick hat viel trainiert und ich habe mitgemacht. Wir waren in Topform. Und wir hatten einen Mordsspaß. Klar, wir hatten kein Geld und das war ätzend. Aber wir hatten Spaß.« Irgendwann jedoch, sagt sie, wurde ihr klar, was sie da weggeworfen hatte. Sie überlegte, sich wieder am College einzuschreiben.

Aber als sie zwanzig war, kam ich. »Du hast uns … überrascht.« Sie schiebt sich eine Gabel Salat in den Mund und kaut nachdenklich. »Du warst so ein wunderschönes Baby, natürlich, aber wir hatten keine Ahnung, was es bedeutet, Eltern zu sein. Wir wussten ja noch nicht mal, wer wir selbst waren. Wir waren eindeutig nicht bereit für ein Baby.« Diesen Teil der Geschichte hat sie mir schon früher erzählt und mir dabei jedes Mal geraten: *Sei nicht so dumm und werde so früh schwanger wie ich.* Fühlt sich natürlich super an, auch wenn sie mir immer versichert, dass sie sich für nichts in der Welt anders entschieden hätte.

Ich lege meine Gabel beiseite. »Wann hast du Becks Eltern kennengelernt?«

»Als du ungefähr sechs Monate alt warst, haben Trick und ich die Familie Davis zusammen mit Logans Eltern in der Krabbelgruppe kennengelernt.« Mom stochert in ihrem Salat herum und erklärt, dass sie sich, weil sie alle Ski fuhren und ein Neugeborenes hatten, schnell angefreundet haben, obwohl die anderen beiden Familien viel älter und erfahrener waren. »Und die Nevers hatten schon Logans Schwester, daher war Jessica eine große Hilfe. Die Expertin.« Sie hängt einen Moment lang ihren Gedanken nach, dann runzelt sie die Stirn. »Aber mit den Davises haben wir uns verkracht. Da warst du fast drei.« Sie starrt gedankenverloren das Wasserglas an.

»Was ist passiert?«

Sie richtet den Blick wieder auf mich. »Becks Dad war

ziemlich erfolgreich mit Immobilien und er hat uns und den Nevers ein wasserdichtes Angebot gemacht. So hat er es uns verkauft: *wasserdicht.* Meine Eltern hatten uns ein bisschen Geld gegeben für die Anzahlung für eine Eigentumswohnung.«

Sie tippt nervös mit der Gabel auf den Rand ihrer Salatschüssel. »Ich habe Trick gesagt, dass ich das Geld auf gar keinen Fall dafür benutzen werde – viel zu unsicher.« Sie sieht aus, als würde ihr bei der Erinnerung übel werden. »Aber Trick hat es ihm trotzdem gegeben. Und wir haben alles verloren. Den Davises hat das nicht mal leidgetan. Ich weiß noch, wie Jason es uns gesagt hat, als wäre es nichts. *So was passiert im Immobiliengeschäft,* hat er gesagt.« Sie starrt niedergeschlagen in ihren Salat. »Die Nevers hatten Glück, dass sie nicht den Laden verloren haben.«

Ich greife über den Tisch nach ihrer Hand. »Es tut mir so leid, Mom. Das wusste ich nicht.«

Sie schaut aus dem Fenster auf den unruhigen See. »Ein paar Monate später hatte Trick den Unfall.« Sie fährt sich mit der Hand durch die Haare. »Herrje, das war ein schreckliches Jahr. Aber ich habe Will kennengelernt, als er im Urlaub in Squaw war, und innerhalb von ein paar Monaten bin ich nach San Diego gezogen und habe mein Leben wieder auf die Reihe gekriegt. Ich hatte Glück.« Sie drückt meine Hand. »Hatten wir beide.«

Sie lässt meine Hand los und winkt nach der Kellnerin. Ich esse meine Pancakes auf, während Mom schweigend zahlt. Trick hat Mom hintergangen und all ihr Geld verloren. Er hatte einen Unfall. Aber es war noch mehr als das. Zwischen den beiden war etwas kaputtgegangen, das sie nicht reparieren konnte. Meine Mutter, die immer alles reparierte, konnte es nicht wieder in Ordnung bringen. Wenn sie mich hier sieht, will sie bestimmt die Zeit zurückdrehen und ihr früheres Selbst vor alldem bewahren. Ich kann es ihr nicht verübeln. Wenn ich es könnte, würde ich dasselbe tun.

Kapitel Fünfundzwanzig

»Frohen Valentinstag!«, schreit Josie und hält ein funkelndes rotes Herz in die Höhe, das den gesamten Bildschirm ausfüllt. Aber es ist nicht irgendein funkelndes rotes Herz. Es ist absichtlich mit übertrieben vielen Schleifen und Glitzer und gekräuseltem Geschenkband, das überall herunterhängt, verziert, damit es so scheußlich wie möglich aussieht. Außerdem hat sie noch eine kleine Plüschkatze mit rosa Glitzersteinaugen daran befestigt. Daher sieht es nicht mal mehr wie ein Herz aus. Es sieht aus, als würde die Katze vor lauter Valentinstagsfreude explodieren.

»Oooooooh«, hauche ich. »Das ist toll geworden.« In der siebten Klasse haben Josie und ich beschlossen, dass wir uns jedes Jahr zum Valentinstag das übertriebenste Valentinsherz schenken, das wir in dreißig Minuten oder weniger basteln können. Das war die Regel. »Bist du sicher, dass du unter dem Zeitlimit geblieben bist?«

»Achtundzwanzig Minuten, sechsunddreißig Sekunden, herzlichen Dank«, sagt sie stolz.

Ich halte meins hoch. »Okay, also, das Material war beschränkt, aber nichtsdestotrotz, zweiundzwanzig Minuten, elf Sekunden.«

Sie klatscht in die Hände. »Sehr hübsch. Sehr … alpin.« Spät an diesem Morgen hatte ich aus einer braunen Einkaufstüte ein Herz ausgeschnitten und über und über mit Kiefernnadeln und Tannenzapfen und irgendwelchen Ski-Stickern, die Trick nicht mehr haben wollte, beklebt. Dann habe ich das Ganze mit Silberlack angesprüht, den Trick bei den Stones in der Garage gefunden hatte.

Josie legt ihr Herz beiseite. »Wie war der Besuch von deiner Mom?«

»Aufschlussreich.«

Sie runzelt die Stirn. »Aufschlussreich gut oder schlecht?«

»Beides.« Ich erzähle ihr ein paar Dinge, die Mom mir anvertraut hat. »Und ich habe Süßigkeiten und einen hübschen Schlafanzug bekommen.« Ich halte die Schachtel mit meiner Lieblingsschokolade und den Flanellschlafanzug mit Schneeflockenmuster hoch, die Mom mir zum Valentinstag geschenkt hat, bevor sie heute Morgen weggefahren ist.

»Ich bin froh, dass ihr miteinander geredet habt.« Josie rutscht auf ihrem Bett zur Seite und ich bemerke einen riesigen Rosenstrauß hinter ihr auf der Kommode.

»Oh, hoppla, krasse Rosen!«

Sie läuft rot an. »Oh, na ja, nein – die …« Sie winkt ab. »Egal.«

»Moment mal, Jo – die sind von deinen Eltern, oder?«

Sie zupft an einem Fussel auf ihrem blauen Pullover herum. »Nicht ganz.«

»Von wem dann?« Mein Herz rast. Es sollte keine Rolle spielen, *von wem* sie sind, aber aus irgendeinem Grund tut es das. »Dein Gesicht hat die Farbe von einem Stoppschild – sag es mir!«

»Chris Locke.« Sie beugt sich sehr nahe an den Bildschirm und reißt ihre tintenschwarzen Augen auf. »Ich wollte es dir sagen.«

»Ähm, das hoffe ich, weil du super sauer warst, als ich dir nicht von meiner verrückten Jungs-Situation in Tahoe erzählt habe.« Ich habe einen metallischen Geschmack im Mund. Was immer ich gerade fühle – Verwirrung, Kränkung, Enttäuschung – es schmeckt, als würde ich Kleingeld lutschen.

Sie entfernt sich wieder vom Bildschirm und zieht die Knie unters Kinn. »Ich weiß, aber du steigerst dich immer so rein in unsere Abmachung. Du nimmst das zu ernst, Mara. Und die Sache mit Chris ist ganz frisch. Ich wollte sicher sein, dass da etwas ist, bevor ich es dir erzähle.«

Wovon redet sie? Wir haben die Abmachung gemeinsam beschlossen. »Ich nehme das nicht zu ernst. Ich weiß, dass die Dinge sich ändern. Ich trage schließlich auch nicht mehr diese grünen Overalls, die ich in der sechsten Klasse so toll fand, obwohl ich damals gesagt habe, dass ich da nie rauswachsen würde.«

»Das ist was anderes.« Sie seufzt. »Das fühlt sich anders an. Du und ich, keine Ahnung, wir machen diesen typischen albernen Mädchenkram normalerweise nicht. Meistens machen wir uns über die Mädchen, die so was machen, lustig.« Sie hat recht. Machen wir.

Es fällt mir schwer, die richtigen Worte zu finden. »Wie … kam das? Wie kam das mit Chris?«

»Ich war bei diesem Vierundzwanzig-Stunden-Tanz-Marathon, mit dem sie Geld für Costa Rica gesammelt haben.« Sie kichert. »Und er war auch da. Wir haben uns einfach … unterhalten. Er ist echt toll.«

Ich schaue zu ihrer Kommode. »Das sind ziemlich schöne Rosen dafür, dass ihr euch nur unterhalten habt.«

Sie kann nicht aufhören zu lächeln, als sie sie betrachtet. »Weißt du, Mara, ich schaue einfach mal, wo das hinführt.« Sie zuckt mit den Achseln. »Es macht Spaß.«

Mein Listengehirn produziert Fragen, und sie sprudeln aus mir heraus: »Sieht er das auch so locker? Ist das der Plan – mal schauen, wo das hinführt? Ändert sich dadurch das, was du willst?«

»Mara«, unterbricht sie mich, sie hat aufgehört zu lächeln und sieht verärgert aus. »Ich weiß es nicht. Ich mache keine Pläne. Ich habe keine Pro-und-Contra-Liste erstellt oder eine Tabelle aller möglichen Konsequenzen dieser Beziehung.« *Weil ich nicht so bin wie du,* verkneift sie sich zu sagen. Sie muss es auch nicht aussprechen. Ich höre es trotzdem.

Ich atme einmal tief durch. »Okay. Na ja, wenn du glücklich bist, bin ich auch glücklich«, sage ich und versuche es auch so zu meinen.

Ihre Augen erhellen sich. »Wirklich? Danke. Das bin ich nämlich.«

Ich schenke ihr das breiteste Lächeln, zu dem ich imstande bin. Manchmal ist eine gute Freundin zu sein schwieriger als jede Chemiegleichung.

Sie streckt ihre Beine aus und beugt sich näher zum Bildschirm. »Also … unternimmst du heute Abend was?«, fragt sie. »Mit Logan zum Beispiel?«

»Er ist noch nicht aus Mammoth zurück.« Ich fummle an einem losen Faden auf der Tagesdecke herum. »Und auch wenn er da wäre, würden wir nichts unternehmen.«

»Die Dame, wie mich dünkt, gelobt zu viel.«

»Danke, Shakespeare. Diese Dame braucht keinen Freund, der ihr ohnehin schon übermäßig kompliziertes Leben noch komplizierter macht.«

»Vielleicht solltest du ihm schreiben. Fragen, wie sein Rennen war? Ihr könntet was zusammen unternehmen, wenn er wieder da ist. In letzter Zeit bin ich öfter zu den Veranstaltungen von der Ranfield gegangen, und es ist wirklich nett, einfach ein bisschen mit den Leuten abzuhängen. Deine wichtigste Beziehung sollte nicht die mit deinem Geschichtsbuch sein.« Neben ihr auf dem Bett summt ihr Handy. Sie greift danach und ihr seliger Blick verrät den Anrufer.

»Schöne Grüße an Chris«, sage ich und bedeute ihr, den Anruf entgegenzunehmen. Ich klappe meinen Laptop zu und sehe mich um. Das Feuer flackert schwach, meine Klamotten liegen ordentlich gefaltet im Regal und der Bücherstapel auf dem Boden winkt mir zu.

Frohen Valentinstag.

* * *

Trick und ich gehen uns in den nächsten Tagen unbeholfen aus dem Weg. Wie so vieles mit ihm ist der Streit, den wir hatten, bevor Mom kam, einfach im Schweigen untergegangen und Teil der Vergangenheit geworden. Trick war vielleicht mal gesponserter Freestyle-Skifahrer, aber in Konfliktvermeidung ist er olympiareif.

Am frühen Mittwochmorgen summt mein Handy. Isabel.

Check deine Mails.

Ich hole meinen Laptop ins Bett. Im Betreff steht: *Isabel hat dir eine Playlist geschickt!* Ich klicke darauf.

Schnapp dir deine Skisachen, lade die Playlist runter und schwing deinen Hintern auf den Berg. Wir treffen dich nach dem Training. Mach die Playlist an, sobald du in der Gondel bist, und höre sie während der gesamten Fahrt, mindestens drei Mal ohne Pause!!

– Isabel und Logan

Ich schiebe die Decke zurück und hole meine Skisachen.

In der Gondel klicke ich auf den ersten Titel, ein sanfter Indie-Song mit einem angenehmen Beat. Ich höre zu, wippe mit dem Kopf und betrachte die Leute, die den Berg hinunterfahren. Möglicherweise rocke ich ein bisschen zu arg ab, weil der Typ neben mir, ein Snowboarder mittleren Alters, mich angrinst und mir das Peace-Zeichen zeigt. Ich erwidere den Gruß.

Während der Lift die Big Blue hinauffährt, schaue ich hinaus in die Winterlandschaft: Überall Grafit auf Weiß, der graue Himmel und die schneebedeckten Berge. Und als langsam der Beat des nächsten Songs einsetzt, denke ich darüber nach, was mich auf dieser Welt hält. Vielleicht war ich all die Jahre an der Ranfield nur deshalb so fleißig, um nicht in die Atmosphäre davonzuschweben. Jede Hausaufgabe, jede Beschäftigung, jede AG diente dazu, mich an diesem Leben festzutackern, zu sagen: *Ich bin hier, ich bin hier, ich soll hier sein …*

Aber ehrlich gesagt habe ich auch deswegen so hart gearbeitet, um dem sozialen Kram bestmöglich aus dem Weg zu gehen. Ich hatte an der Ranfield nie das Gefühl, wirklich dazuzugehören, es kam mir immer vor, als hätte ich mir das Leben von jemand anderem geborgt. Das Einzige, das sich an der Ranfield je vertraut angefühlt hat, war Josie. Ich hatte mich für das Stipendium nicht beworben – es wurde mir angeboten. Es war im Spätfrühling in der fünften Klasse. Ich saß mit Mom und Will im Klassenzimmer, und meine Lehrerin, Miss Kelly, strahlte, als sie uns das Einladungsschreiben überreichte. Aufgrund meiner Testergebnisse und meiner schulischen Leistungen war ich für diese einmalige Chance ausgewählt worden. Ich habe Miss Kelly geliebt und sie und Mom und Will sahen so *stolz* aus. Vielleicht habe ich all die Jahre einfach nur so hart gearbeitet, um mir ihren Stolz und diese Ehre zu verdienen.

Ich habe mich angestrengt, um die Beste zu sein.

Aber *will* ich das überhaupt?

Mittlerweile fühlt es sich an, als wäre all die harte Arbeit mit Klettverschluss befestigt. Das macht mir wahnsinnig Angst. Weil man Klettverschluss so leicht abreißen kann, nur dieses ratschende Geräusch und dann Leere. Als ich den Berg hinunterfahre, kann ich mir gut vorstellen, für immer hierzubleiben. Die nächsten paar Stunden klette ich mich an den Berg, fahre die Big Blue und die Gold Coast hinauf und hinunter und höre dabei die neue Playlist in Endlosschleife.

Alle Lieder handeln davon, etwas zu finden – einen Ort, eine geliebte Person, einen Traum.

Irgendwo abseits von der Musik allerdings, in den dunklen verborgenen Windungen meines Gehirns, bilden sich zwei konkurrierende Listen. Gründe zu bleiben: die Leichtigkeit in Tahoe, Trick, Logan, Freunde. Gründe zu gehen: Josie, meine Brüder, alles, was ich mir an der Ranfield aufgebaut habe.

Aber der Berg vertreibt meine düsteren Gedanken, er beruhigt mich und sorgt dafür, dass ich beide Listen vergesse, zumindest für den Moment.

* * *

Am Nachmittag komme ich erschöpft von der Piste ins Ethan's und setze mich gegenüber von Logan an einen Tisch. »Wo ist Isabel?«

Logan steckt sein Handy in die Tasche. »Redet mit dem Coach, sie ist unzufrieden mit ihrer Leistung in Mammoth. Sie kommt in ein paar Minuten.«

»War dein Training gut?«, frage ich. Er spricht fast nie über seine eigene Leistung.

»Ja. Ich hoffe nur, Isabel kriegt sich wieder ein. Sie ist zu streng mit sich.« Wir bestellen eine Pizza und Getränke bei Maggie. Logan reicht ihr unsere Karten und fragt mich: »Hast du die Playlist bekommen?« Maggie verschwindet, aber ich sehe noch, dass ein Lächeln um ihre Mundwinkel spielt.

Ich spüre noch immer den Berg in meinem Körper, das Gefühl, mit der Musik im Kopf über den Schnee zu gleiten.

»Ja, danke. Ich habe sie den ganzen Vormittag gehört, als ich Ski fahren war. Alleine!«

Er gibt mir Highfive. »Wie hat es sich angefühlt?«

»Wie fliegen.«

Er nickt wissend und fährt sich mit der Hand durch die struppigen dunklen Haare. »Ist immer toll, einfach auf den Berg zu gehen, die Ohrstöpsel reinzumachen und abzuschalten. Das ist mein Wohlfühl-Ort.« Grinsend fängt er meinen Blick auf. »Freut mich, dass dir die Liste gefallen hat.« Wenn Logan so lächelt, sehe ich den kleinen Jungen in ihm, seine wuscheligen Haare, das breite Grinsen, einfach hinreißend. Ich fummle an einer Serviette herum und meide seine dunklen Augen.

Sein Handy piepst. Er wirft einen Blick darauf und runzelt die Stirn. »Isabel kommt nicht. Sie schreibt, sie geht nach Hause und schreit in ihr Kopfkissen.«

»War es wirklich so schlimm?«

»Sie ist gestürzt. Und heute ist sie immer wieder hingefallen. Ihr Selbstvertrauen ist ein bisschen angekratzt. Das kommt vor.«

»Aber es geht ihr gut, oder?«

»Sie ist nicht verletzt.« Stirnrunzelnd schiebt er die Ketchup- und Senfflaschen vor sich zur Seite, damit Maggie die Getränke und zwei leere Teller für unsere Pizza abstellen kann. »Aber sie war letztes Wochenende so nah dran, ihre Bestzeit zu knacken. Bestimmt denkt sie, dass sie es vermasselt hat.«

Ich ziehe mein Handy heraus, schicke ihr fünf Herzen auf einmal und eine Nachricht:

Geh nicht nach Hause! Ich muss mich noch für meine Playlist bei dir bedanken!

Noch bevor ich es weglegen kann, vibriert es, aber es ist nicht Isabel, sondern Beck.

Immer noch sauer auf mich?

Er ist wie ein Virus, den man nicht loskriegt. Ein breitschultriger Virus.

»Was hat sie geschrieben?«, fragt Logan.

Ich zögere. »Ehrlich gesagt war das Beck.«

Logan verdreht die Augen und nimmt sich ein Stück Pizza. Ich lege mein Handy in den Rucksack. »Du magst ihn nicht, oder?«

Er zuckt nur mit den Achseln und konzentriert sich darauf, ein Stück Peperoni von seinem Pizzastück zu pulen. »Was gibt es da zu mögen?«

»Er tut mir leid. Sein Dad ist ziemlich schrecklich.«

Logan verzieht das Gesicht. »Schon, aber das gehört inzwischen einfach zu der Nummer, die er abzieht, weißt du? Ja, sein Dad ist furchtbar. Er ist ein großer Bauunternehmer in Tahoe und hier in Squaw ist er in ein paar Geschäfte verwickelt, die ihn bei den Einheimischen – inklusive meiner Familie – sehr unbeliebt machen. Er ist kein guter Mensch. Aber Beck nutzt das aus, verstehst du? Lässt ihn als finsteren Superschurken dastehen.«

Ich stelle mir Becks Dad mit einem gewaltigen schwarzen Schnurrbart und einem Cape vor. Moment, tragen Schurken normalerweise Capes? »Haust er in einer Berghöhle und baut teuflische Waffen, die ausschließlich dazu bestimmt sind, seinen ahnungslosen Sohn zu quälen?«

Logan grinst. »Ist wirklich so, oder? Voll melodramatisch. Ich meine, er ist wirklich ein Arsch. Er ist reich und aggressiv und unerbittlich. Allein in Squaw Valley gehören ihm bestimmt drei Häuser. Und nichts ist gut genug für ihn. Als wir noch alle zusammen Ski gefahren sind, haben die beiden sich immer verrückte Schreiduelle auf dem Parkplatz oder der Piste geliefert.« Bei der Erinnerung daran schaudert er ein bisschen. Er wischt sich mit einer Serviette den Mund ab und fügt hinzu: »Aber Beck treibt das einfach immer weiter. Alles ist immer so *schwer* für ihn.« Er nimmt sich noch ein Stück Pizza. »Er ist eine totale Dramaqueen. Langsam nervt es.«

Ich schlucke einen Bissen Pizza hinunter. »Am Anfang dachte ich, er wäre interessant – seine ganzen Ansichten über die Schule und die Gesellschaft. Aber eigentlich versucht er nur, möglichst viel Mist zu bauen, um es seinem Dad heimzuzahlen. Nicht besonders originell. An meiner alten Schule gibt es Dutzende Typen von der Sorte.«

Meine *alte* Schule. Als wäre ich bereits endgültig hierhergezogen. Er hat es auch bemerkt. Sein Gesichtsausdruck verrät es mir.

Er fummelt an seiner Serviette herum und schaut mir nicht in die Augen. »Irgendwas scheint er richtig zu machen, so wie ihm alle Mädchen hinterherrennen.«

Ich stütze die Ellenbogen auf den Tisch und sage leise: »Ich hab ihn nur wegen meiner blöden Liste geküsst. Josie hat gesagt, ich soll einen süßen Snowboarder küssen. Also hab ich's gemacht. Aber ein gewisser Jemand hat diese Liste aus dem Sessellift geworfen.«

Er nimmt sich noch ein Stück Pizza. »Jemand absolut Geniales, meinst du?«

»Ich glaube schon.«

Er fängt meinen Blick auf und will gerade etwas sagen, als Isabel sich mit finsterer Miene neben uns auf einen Stuhl plumpsen lässt. »Okay, ich würde liebend gerne mit jemandem reden, der einen guten Tag hatte. Meiner war nämlich total mies.«

* * *

Am Abend sitze ich eingekuschelt auf dem Bett und blinzele Josie durch den Laptopbildschirm an. Gerade erzählt sie, wie schwer der Chemietest heute war. Ich nicke mitfühlend. »Klingt übel.«

»Du kannst es dir nicht vorstellen«, stöhnt sie. Ich kann es mir sehr wohl vorstellen, schließlich habe ich vor einer Stunde die Onlineversion gemacht. Sie sitzt ebenfalls auf dem Bett, ihr dunkles Haar fällt ihr ins Gesicht und sie cremt sich die Beine ein. »Du hast so ein Glück, dass du einfach in Tahoe chillen kannst.« Sie seufzt. »Vielleicht sollte ich auch einen Nervenzusammenbruch in Mathe haben.« Sie erstarrt und schaut mit aufgerissenen Augen zu mir hoch. »Oje. Sorry, Mara – das war nicht so gemeint.«

Ich bekomme eine Gänsehaut, versuche es aber herunterzuspielen. »Es ist nicht so toll, wie es aussieht.«

»Trotzdem, ehrlich gesagt …«, sie macht die Creme zu, »… *bin* ich ein klitzekleines bisschen neidisch. Ich habe so die Nase voll von Schule.«

»Ich muss trotzdem alle Arbeit machen.«

Sie zögert und schaut gequält drein. »Schon, aber es ist nicht wie *Schule* Schule. Es ist nicht so hart.«

Übersetzung: *Mein Leben ist härter. Ich gewinne. Du verlierst.*

»Warum muss alles immer hart sein, damit es zählt?« Ich denke daran, was Logan über Beck gesagt hat, dass er alles immer so schwer macht. Machen wir das alle auf unterschiedliche Art und Weise? »Vielleicht machen wir es uns schwerer als nötig. Ich denke nicht, dass irgendetwas mehr wert ist, wenn man sich davon stressen lässt, auch nicht in der Schule.«

Sie sagt nichts, schnalzt nur mit der Zunge und betrachtet ihre Nägel. »Ja, wahrscheinlich hast du recht.« Sie gibt einfach nur nach. Eigentlich denkt sie überhaupt nicht, dass ich recht habe.

Kapitel Sechsundzwanzig

In Tahoe ist Ski-Woche.

Oder, wie Logan und Isabel es nennen, ›die Woche, in der sämtlichen Kaliforniern einfällt, dass sie Ski fahren wollen‹.

Wegen des Touristenandrangs hat man sich im Resort echt was einfallen lassen. Heute ist 80er-Samstag auf der Piste. Trick spuckt beinahe seine Cornflakes aus, als er mich aus meinem Zimmer kommen sieht.

»Das gibt's ja nicht – süß.«

Ich bin als Madonna verkleidet. Madonna Mitte der Achtziger mit den toupierten blonden Haaren, dem kurzen Tüllrock, dem Spitzenshirt und den Armreifen. Und das alles über meiner Skijacke und -hose. Heute Nachmittag, nach ihrem Rennen, treffe ich mich mit Isabel und Logan. Ich drehe mich, damit er den Rock in seiner vollen Pracht bewundern kann. »Isabel und ich waren gestern im Secondhandladen. Sie geht als Cyndi Lauper. Girls just want to have fun, stimmt's?«

Er nickt beeindruckt. »Sehr hübsch.«

Ich bin stolz auf mein Kostüm. Vor allem, weil ich noch nie ein großer Fan vom Verkleiden war. An der Ranfield steigern sich viele Kids da richtig rein an Halloween, aber ich habe das immer für Zeitverschwendung gehalten.

Allerdings hat Isabel mich bekniet, und weil ich mir das Ziel gesetzt habe, mehr Spaß zu haben, habe ich es ausprobiert. Und man stelle sich vor: Es macht Spaß. Ich schaue Trick mit zusammengekniffenen Augen an. »Bist du verkleidet?« Er trägt Jeans und ein weißes Oberteil und darüber eine schwarze Daunenjacke.

Er hält eine rote Baseballkappe hoch und steckt sie in die Gesäßtasche seiner Jeans. »Ich bin der Boss.« Er dreht sich um die eigene Achse. Ich sehe wohl verwirrt aus, denn er fügt hinzu: »Bruce Springsteen«, und singt ein paar Takte aus »Born in the U.S.A.«.

»Ah, verstehe.«

Später im Sessellift komme ich nicht von alleine darauf, wen Logan mit seinem Outfit darstellen will: hellbraune Skihose, ein weißes Leinenjackett über einem blassrosa T-Shirt und schwarze Ray-Bans. »Miami Vice, was denn sonst?«, sagt er.

Ah, genau. Geschichte der Popkultur war schon immer meine Schwachstelle. Solange ich nicht darin geprüft wurde, habe ich dafür keinen Platz in meinem Hirn geopfert. Die Nachmittagssonne scheint, aber der Wind ist stärker geworden. »Dir ist bestimmt eiskalt!«

»Nö, ich hab Chillys an.« Er lüpft sein rosafarbenes T-Shirt, und darunter kommt lange Unterwäsche namens Chilly Peppers zum Vorschein, die viele Rennfahrer tragen. Unter uns zischen Leute in neonfarbenen Ganzkörper-Elastan-Anzügen, glänzenden Trainingsanzügen, zerrissenen Sweatshirts und fingerlosen Handschuhen vorbei.

Ich spähe über den Bügel. »Schau mal, wie die alle aussehen!«

Logan betrachtet die Skifahrer und Snowboarder, die unter unseren baumelnden Skiern vorbeifahren. »Warte nur, bis du Isabel siehst.«

Man kann sie nicht übersehen. Sie wartet oben auf der Big Blue auf uns und trägt ungefähr alles, was Cyndi Lauper jemals besessen hat. Sie hat ein knalliges orange-blondes Haarteil an ihrem Skihelm befestigt und Cyndi-Lauper-Make-up in leuchtendem Blau und Orange aufgetragen. Ihre wild übereinandergezogenen Schichten aus Röcken und Kleidern werden von einer schwarzen Kette gekrönt, die sie sich um den Oberkörper gewickelt hat. »Es ist Zeit, mal komplett durchzudrehen«, ruft sie und fährt über den Ziehweg in Richtung Shirley Lake davon.

* * *

»Cola light gab es nicht«, sagt Isabel, drückt mir eine Sprite in die Hand und setzt sich mit einem riesigen Teller selbst gemachter »Nachos« neben mich auf die Couch. Ihr Teller quillt über mit Tortilla-Chips, Bohnendip, Babykarotten, Salsa und etwas, das aussieht wie Studentenfutter. »Möchtest du auch was?«, nuschelt sie mit vollem Mund. »Schmeckt voll lecker.«

»Danke.« Ich nehme mir einen mit Bohnendip beladenen Chip und kaue auf etwas herum, das eindeutig ein M&M im Bohnendip ist. Dann lasse ich den Blick über die Leute schweifen, die sich hier tummeln, auf dem Boden sitzen und an der Kücheninsel lehnen. Die meisten tragen 80er-Jahre-Verkleidung, die nach dem Tag auf der Piste mehr oder weniger ramponiert ist.

Als die Pisten geschlossen haben, wurde der 80er-Tag zu Joy Chang nach Hause verlegt. Joy steht auf dem erhöhten Vorbau des Kamins, die Haare zu einem wilden seitlichen Pferdeschwanz hochgebunden, und gibt den Showmaster in einem Playback-Wettbewerb. Oder, wie sie jetzt lautstark verkündet: »UNSERE SPEKTAKULÄRE ACHTZIGERJAHRE-PLAYBACK-SHOW!« Als die Leute sie immer noch ignorieren, schreit sie schließlich: »Alle mal Klappe halten!«

Es funktioniert.

Die meisten Möbel wurden an die Wände des Wohnzimmers geschoben, um Platz für eine Bühne zu schaffen. Nacheinander springen verschiedene Leute auf und singen zum Play-back Hits aus den Achtzigern. Bei Bodies inbrünstiger Cher-Imitation, inklusive langer schwarzer Locken-Perücke und lila Lidschatten, mache ich mir beinahe in die Hose.

»Nun ja, man kann die Zeit nicht zurückdrehen«, bemerkt Joy am Ende seiner Darbietung. »Andernfalls würde ich die letzten drei Minuten meines Lebens zurückfordern.« Bodie heuchelt einen gekränkten Blick. »Kleiner Scherz, Bodie. Du bist eine sagenhafte Diva.«

Als Bodie aus dem Zimmer eilt, entsteht eine kurze Pause. Ich drehe mich um, lasse den Blick schweifen und frage mich, wo Logan abgeblieben ist. Keine Spur von ihm.

Das Licht wird gedimmt. »Okay, wir haben für heute eine letzte Playback-Performance für euch«, verkündet Joy geheimnisvoll. Vor dem orangefarbenen Flackern des Feuers ist nur ihr Umriss zu erkennen. »Sometimes you've got to fight for the right, daher, Applaus für die Frost Boys … und Amanda«, fügt sie grinsend hinzu.

Logan, Bodie und Snowboardcross-Amanda stürzen als Beastie Boys verkleidet herein. Die Leute pfeifen und kreischen. Logan stolziert in einer schwarzen Lederjacke und einer Cap, die er falsch herum aufgesetzt hat, durch den Raum. Um seinen Hals baumeln mehrere Ketten. Er hüpft albern auf der Bühne herum und geht vollkommen auf in seiner Rolle.

Ich kann die Augen nicht von ihm abwenden.

Isabel beobachtet mich kopfschüttelnd. »Was?«, flüstere ich und mein Gesicht wird heiß.

»Nichts.« Sie knabbert eine Babykarotte mit Bohnendip und wendet sich wieder der Show zu, die Logan beendet, indem er sein imaginäres Mikro sinken lässt und aus dem Raum stolziert.

Danach schließt jemand seinen iPod an Joys Lautsprecher an und die Leute strömen auf die leere Fläche und tanzen. Isabel wischt sich die Hände an ihrer Jeans ab und winkt Logan zu, der in Jeans und einem Dakine-Sweatshirt zurück ins Zimmer kommt. »Krasse Nummer, Never.«

Er verbeugt sich kurz. »Oh, danke schön.«

Ich streiche mir ein paar Haarsträhnen aus dem Gesicht. »Du warst saulustig. Ich hatte ja keine Ahnung, was alles in dir steckt.«

Er lächelt, aber seine dunklen Augen versetzen mir einen Stromschlag. »Tja, du solltest mich besser kennenlernen.«

* * *

Als ich am nächsten Tag verschlafen aus meinem Zimmer komme, liest Trick gerade ein Ski-Magazin. »Morgen.«

Ich nehme mir ein paar Cornflakes. »Morgen.« Ich setze mich auf den Stuhl ihm gegenüber.

»Du warst spät zu Hause gestern.« Er schaut nicht von seinem Magazin auf.

Meine Brust zieht sich zusammen. Ist er sauer? Ich hätte anrufen sollen. »Ja, tut mir leid.«

»Kein Problem.« Er steht auf, um seine Schüssel abzuspülen. Mit der Cornflakes-Schachtel unter dem Arm geht er zur Spüle.

»Moment mal – das war's schon?«

Mein scharfer Ton sorgt dafür, dass er sich umdreht. »Was?«

»Na ja, das wäre der Moment, in dem ein normaler Vater sagt: *Wo warst du? Warum hast du nicht angerufen?* Das ist der Moment, in dem du so etwas sagen solltest.« Ich haue mit der Hand auf den Tisch, sodass mein Löffel gegen die Müslischale scheppert. Wir schauen beide auf die Schüssel und meine Hand. Normalerweise haue ich nicht auf den Tisch, ich komme mir kindisch vor. »Und dann würde ich sagen: *Na ja, genau genommen war ich auf einer Party, aber ich hätte anrufen sollen!*«

Er stellt seine Schüssel in die Spüle. »Klingt, als hättest du die Unterhaltung voll im Griff.« Ich starre ihn wütend an und er räuspert sich. »Es tut mir leid, aber wann war ich je ein normaler Vater für dich? Ich glaube, der Zug ist schon lange abgefahren.« Er nimmt die Jacke von seinem Stuhl und macht sich auf den Weg zur Tür.

»Trick!« Ich haue noch mal mit der Hand auf den Tisch.

Er dreht sich mit großen Augen um und fragt: »Was? Was willst du von mir hören?«

»Irgendwas, das ein richtiger Vater sagen sollte!«

Trick fummelt am Reißverschluss der Jacke herum, seine Augen huschen umher, als würde er nach einem Fluchtweg Ausschau halten. »Dafür hast du Will. Der ist darin sowieso besser.«

»Stimmt, ist er.« Ich blinzle die Tränen weg, die mir in die Augen steigen; ich zittere am ganzen Körper. »Aber das spielt keine Rolle. Menschen sind keine Batterien. Man wechselt sie nicht einfach aus. Du bist mein Vater. Das ist Biologie. Aber ich gebe dir die Chance, ein Dad zu sein, und du vermasselst es die ganze Zeit.«

Er schluckt, meidet meinen Blick und sagt nichts.

Wie immer.

Es klopft an die Tür und Trick macht hastig auf. Ein großer Mann mit kurz geschorenen, grau melierten Haaren kommt herein. Er trägt eine blaugraue Daunenjacke, von der ich sicher weiß, dass es sie für 375 Dollar im Neverland gibt. Abgesehen von seiner Größe sorgt irgendetwas an seiner Erscheinung dafür, dass er den gesamten Raum einnimmt, und das Haus kommt mir plötzlich so klein vor wie ein Brotkasten.

»Trick?« Seine Stimme klingt forsch und schneidend. Er steckt die Hände in die Taschen seiner Designerjeans und lässt den Blick durch den Raum wandern wie einen Suchscheinwerfer. »Tut mir leid, wollte nicht stören. Wollte dir nur Bescheid geben, dass wir da sind. Haben uns doch entschieden, während der Ski-Woche herzukommen.« Die

Stones. Die Familie, der das riesige Haus und das Cottage gehört. Trick hat gesagt, sie wollten erst in den Frühjahrsferien wieder herkommen.

»Richtig, ist alles in Ordnung mit dem Haus? Ich habe das Wasser angestellt und alle Öfen angeheizt.« Trick schaut unbehaglich von Mr Stone zu mir. »Chuck, das ist meine Tochter, Mara. Sie wohnt für ein paar Wochen bei mir. Mara, das ist Chuck Stone.«

Mr Stone hat ein kantiges Gesicht, das sicher die Führungsetagen beherrscht, ein Gesicht, wie es viele Väter an der Ranfield haben. Als er lächelt, bekommen seine grauen Augen einen routinierten Glanz. »Mara, es ist mir ein Vergnügen.«

»Nett, Sie kennenzulernen«, sage ich mit trockenem Mund. Das fühlt sich überhaupt nicht vergnüglich an. Genau genommen klingen seine Worte eindeutig ein bisschen unwirsch.

»Also, ich lasse euch mal wieder in Ruhe«, sagt er zu Trick. »Vielleicht können wir uns später unterhalten? Ich würde gerne mit dir über den Airstream sprechen, der aktuell in meiner Einfahrt parkt. Sobald du mal eine Minute hast.« Er lächelt noch einmal höflich in meine Richtung.

»Ähm, ja, klar.« Trick schüttelt Mr Stone unbeholfen die Hand und schaut ihm dabei über die Schulter, dann schließt er die Tür hinter ihm.

»Hat er gewusst, dass ich bei dir wohne?«, frage ich, als das Knirschen von Mr Stones Stiefeln auf dem Schnee verklungen ist. »Oder dass Oli hier wohnt?«

Trick seufzt. »Nö.«

* * *

Später an diesem Morgen fährt Oli seinen Airstream aus der Einfahrt der Stones. Er lehnt sich aus dem Fenster des Trucks und fragt, ob ich ein bisschen mit auf die Piste will. Ich schnappe mir meine Sachen.

Auf dem Berg falle ich immer wieder hin. Ich kann mich nicht konzentrieren. Die Leute schubsen und drängeln in der Schlange vor dem Lift und kommen sich auf der Piste häufiger in die Quere als sonst. Die Kombination aus ihrer Energie und meinem Streit mit Trick von vorhin macht mich fahrig und frustriert. Oli wirft mir einen besorgten Blick zu, als wir schweigend die Big Blue hochfahren, aber ich ignoriere ihn und betrachte den Kontrast zwischen Himmel und Schnee.

Lustig, dass unsere Launen beeinflussen, wie wir die Menschen um uns herum wahrnehmen. Heute hasse ich beinahe jeden. Als ich am Fuß der Gold Coast beinahe mit einem Snowboarder zusammenstoße, bleibe ich zusammengesunken sitzen, den Tränen nahe, bis Oli zu mir rüberfährt. »Alles okay bei dir?«

»Ich hasse Menschen.«

Er versucht ein Grinsen zu unterdrücken. »Jemand Bestimmtes oder einfach alle?«

»Alle. Na ja, dich nicht«, füge ich schnell hinzu. Er lacht auf seine unbeschwerte Art und mir wird ein bisschen leichter ums Herz. Ein Lächeln zuckt um meine Mundwinkel. »Und den Typen da auch nicht.« Ich nicke mit dem Kopf in Richtung eines Mannes, der vergnügt hinter seinem dreijährigen Sohn herfährt, der eine Ski-Leine anhat und eine Ski-

Klammer, die seine Skier im Schneepflug fixiert. »Aber den da definitiv.« Ich zeige auf einen Typen um die dreißig in einem auffälligen Skianzug, der sich vorhin in der Schlange am Lift vorgedrängelt hat.

Oli folgt meinem Blick. »Na ja, der Typ ist ein Vollidiot.« Er streckt die Hand aus, um mir aufzuhelfen. »Möchtest du Schluss machen für heute?«

Ich greife nach seiner Hand und lasse mich von ihm hochziehen. Auf dem Berg ist es ein bisschen leerer geworden und ich fühle mich auf einmal mutig. »Können wir die Mountain Run fahren?«

* * *

Die Mountain Run ist der Highway von Squaw Valley. Sie verbindet den oberen Teil des Bergs mit dem unteren und reicht bis zur Talstation der Gondel. Es ist eine besonders lange Piste, aber ich schaffe sie bis zum Ende ohne Pause. Oli fährt die ganze Zeit neben mir her. Selbst wenn ich ihn nicht sehe, spüre ich seine Anwesenheit und dass er aufpasst, dass mir nichts passiert.

Wir behalten die Skier möglichst lange an, nehmen sie dann auf die Schultern und stapfen am Außenbereich einer Bar vorbei, wo die Leute gemütlich Bier oder heiße Schokolade aus Plastikbechern trinken. Ihre Wangen sind vom Tag auf dem Berg gerötet. Möchtest du was? Kaffee oder so?«, fragt Oli, als wir in Richtung Dorfmitte gehen.

»Es tut mir leid, dass die Stones dich vertrieben haben.«

Er stellt seine Skier in einen Ständer neben dem Elevation. »Ihr Haus, ihre Regeln.«

Ich bin wütend auf die Stones wegen ihren blöden Regeln, wütend auf Trick, weil er nicht dafür gesorgt hat, dass es funktioniert, weil er sich nicht mehr anstrengt, weil es ihm egal ist, wo ich gestern Abend war. Wegen vielen Dingen. »Es ist nicht fair.«

Er dreht sich zu mir um, die Hände hat er in die Jackentaschen gesteckt und seine Augen leuchten wie das Stück des Lake Tahoe, das man von der Big Blue aus sieht. »Ich verschwende meine Zeit nicht damit, darüber nachzudenken, was fair ist und was nicht. Nicht wenn ein gewisser Jemand gerade die Mountain Run gerockt hat. Ohne hinzufallen! Komm schon, das ist mindestens was Warmes zu trinken wert. Trinkt ihr Kids noch normale heiße Schokolade oder muss es irgendwas mit fünfzehn verschiedenen raffinierten Sirups sein und einen Namen haben, den ich nicht aussprechen kann?«

Ich stelle meine Skier neben seine, nehme den Helm ab und fahre mir mit den Fingern durch die zerzausten Haare. Ich folge ihm ins Elevation und bewundere ihn dafür, dass er die Dinge einfach nimmt, wie sie kommen, ohne gegen etwas anzukämpfen, das er nicht beeinflussen kann. »Ich hätte liebend gerne ganz normale heiße Schokolade.«

* * *

Am Mittwoch um neun treffe ich mich mit Logan an der Gondel. »Bereit?« Wir steigen erst in den Gold-Coast-Lift und nehmen dann den Big Blue für ein paar Abfahrten auf der Shirley Lake. Ich fühle mich stark mit Skiern unter den Füßen und erwische mich dabei, wie ich schneller fahre.

Mein Körper ist warm, obwohl der Tag kalt und grau ist. Auf dem Lift malen wir ein Venn-Diagramm, tragen die Filme, Bücher und Musik ein, die wir mögen, und versuchen, die Überschneidungen zu finden. Ich bin überrascht, wie viel wir gemeinsam haben. Wir mögen beide Agentenfilme und Bücher, die in fremden Ländern spielen. Als Kinder haben wir beide Harry Potter geliebt. »Komm doch am Wochenende zu mir und wir machen einen Harry-Potter-Filme-Marathon«, sagt er. »Ich mache Pizza für dich.«

»*Du* machst Pizza?«

»Ich mache super Pizza. Was hast du gerne drauf?«

»Pilze und Oliven.«

»Ich mache den Teig und die Soße selbst. Das ist das Geheimnis.« Der Lift-Ausstieg nähert sich und er drückt den Sicherheitsbügel nach oben. »Aber wenn du schon was anderes vorhast, kein Problem.« Er bemüht sich, lässig zu klingen.

»Ich hab absolut nichts anderes vor«, sage ich und meine es sogar ein bisschen. Wir steigen aus dem Lift und fahren rechts ab in Richtung Shirley Lake. Ich folge Logan die Abfahrt hinunter, mein Körper ist geschmeidig, obwohl ich die Muskeln anspanne und spüre, wie sie heiß werden und anfangen zu brennen. Logan ist ein toller Skifahrer, sein schlaksiger Körper bewegt sich, als wäre er flüssig. Er fährt große, lächelnde Bögen und ermutigt mich, seinen Spuren zu folgen, und während wir Nachlaufen spielen, beobachte ich, wie entspannt er den Berg hinunterfährt. Oli hat recht – genauso geht er auch durchs Leben.

Wir erreichen die Schlange vor dem Shirley-Lift. Ich nehme die Skibrille ab, damit die nach der Abfahrt beschlagenen

Gläser wieder klar werden. »Wie hat es sich angefühlt?« Logan lehnt sich kaum merklich an mich, unsere Arme berühren sich. »Du machst das super.«

Mein ganzer Körper wird warm, aber nicht wegen des Kompliments, sondern weil er mir so nah ist und ich sein Gewicht neben mir spüre. »Danke.« Ich schaue zu ihm hoch, seine leicht aufgesprungenen Lippen, seine von der Anstrengung und der Kälte geröteten Wangen, sein gelassener Blick hinter der Skibrille, mit dem er die Schlange vor uns mustert. Er stellt sich in der Schlange immer nach außen, weil er weiß, dass ich nicht gerne außen im Lift sitze. Es ist nur eine Kleinigkeit, fühlt sich aber auf einmal riesengroß an.

Er ertappt mich dabei, wie ich ihn mustere. »Was?«

Mein Gesicht ist sicher sowieso schon rot vom Skifahren und von der Kälte, daher muss ich nicht befürchten, er könne merken, dass mir aus einem ganz anderen Grund heiß wird. »Ich freue mich auf die Pizza.«

Auf seinem Gesicht breitet sich ein Lächeln aus. »Sehr gut – wie wär's mit Freitag?«

»Freitag«, wiederhole ich. Eigentlich wird die Luft in der Höhe ja dünner, aber in diesem Augenblick verdichtet sie sich und wirbelt um uns herum, während Logan mich anschaut.

Eine Stimme zerschneidet die Luft. »Siehst gut aus, San Diego!«

Beck Davis spricht vor für die Rolle des Typen mit dem schlechtesten Timing der Welt. Ich kann mich kaum noch daran erinnern, was ich in den ersten Wochen so interessant oder charmant an ihm fand. Er und ein paar Frost Boys stehen direkt neben der Schlange vor dem Shirley-Lift herum. Ich schaue stur geradeaus und rücke in der Schlange auf. Die Luft um uns herum wird dünner.

Beck rutscht ein Stück nach vorne, damit er auf gleicher Höhe mit uns ist. »Ach, komm schon. Bist du immer noch sauer wegen dieser blöden Autofahrt? Ich bin doch gar nicht so schnell gefahren.« Ein paar andere Skifahrer werden auf uns aufmerksam und schauen zwischen Beck und mir hin und her. Ich antworte nicht.

Logans Körper neben mir wird ganz steif. »Welche Autofahrt?«

»Wir fahren die Granite Chief«, ruft Beck. »Kommt doch mit.«

»Nein, danke«, sage ich, den Blick immer noch nach vorne gerichtet. Logan sagt nichts, seine Miene ist ausdruckslos, keine Spur mehr von einem Lächeln.

»Du kannst die Granite Chief fahren«, beharrt Beck, obwohl wir schon fast ganz vorne in der Schlange sind. »Komm schon, wo ist die Streberin, die ich kenne und liebe? Gib dir einen Ruck.«

Logan und ich steigen in den Lift und lassen uns davontragen. Nachdem er den Bügel heruntergeklappt hat, sagt Logan steif: »Er hat recht. Du könntest die Granite fahren. Manche Stellen jedenfalls.«

»Ist das nicht eine schwarze Piste? Ich bin bisher noch keine schwarze gefahren.« Mir fällt meine ursprüngliche Hier-und-jetzt-Liste ein und dass ich die schwarze Piste nie abgehakt habe. »Ich weiß, ich sollte es versuchen, aber ich fühle mich bisher noch nicht mal auf den blauen Pisten sicher.«

Obwohl ich sie von der Liste gestrichen habe. »Fahr sie, wenn du willst. Lass dich von mir nicht abhalten.« Meine Stimme klingt abgehackt und immer noch eine Spur verärgert, weil Beck zu einem so unpassenden Zeitpunkt aufkreuzen musste.

»Hey.« Logan legt seine Hand auf mein Bein. »Ich sage nicht, dass du die Granite Chief fahren *solltest*. Ich sage nur, du könntest es. Aber das kannst du ja auch noch nächste Saison.«

Er ist so lieb, dass mein Ärger beinahe verfliegt. »Ich weiß. Es ist nicht wegen dir. Es ist wegen Beck. Ich hab einfach so die Nase voll von ihm.« Ich erzähle Logan von der Autofahrt an dem Freitag, als er und Isabel in Mammoth waren.

»Du darfst dich von ihm nicht verunsichern lassen. Genau das will er nämlich erreichen.«

Ich schaue den Skifahrern zu, die unter uns die Shirley hinabzischen, und sage: »Weißt du, für jemanden, der vorgibt, so cool und gelassen zu sein wie er, hat Beck ganz schön oft die Bestätigung seiner Freunde nötig.«

Logan lehnt sich lachend zurück und lässt die Skier baumeln.

»Beck hat keine Freunde. Beck hat Anhänger.«

Kapitel Siebenundzwanzig

Als Logans Nummer auf meinem Handy erscheint, muss ich lächeln. Pizza-Date heute Abend. »Wehe, die Oliven sind ausgegangen.«

»Komm in den Laden.« Logans Stimme ist voller Angst.

Ich setze mich auf der Couch auf und mein Chemiebuch fällt auf den Boden. Sein sorgenvoller Ton macht mich nervös. »Was ist los?«

»Oli wird vermisst. Er war auf einer Skitour und eine Lawine ist abgegangen und …« Er bricht ab, um mit jemand anderem zu reden, ihre Stimmen sind gedämpft, als würde er das Handy an die Brust drücken, dann sagt er: »Komm einfach her.«

Mein Hals ist wie zugeschnürt. »Ich bin zu Hause …«

»Beck und Isabel holen dich ab.« Er legt auf.

Zehn Minuten später biegt Becks Jeep in die Einfahrt, und noch bevor er ganz zum Stillstand gekommen ist, steige ich hinten ein. Isabel erzählt mir, was los ist. Oli ist heute Morgen mit ein paar Freunden auf Telemarkskiern zu einer Skitour abseits der Piste in Alpine Meadows aufgebrochen und dort ist eine Lawine abgegangen. Beck biegt nach rechts auf die Squaw Valley Road ab und fügt hinzu: »Das sind

Experten und sie haben eine gute Ausrüstung. Denen passiert nichts.«

Isabel starrt aus dem Fenster, die Angst steht ihr ins Gesicht geschrieben. Ich verstehe sie nicht richtig, aber ich glaube, sie sagt: »Vielleicht.«

Wir rennen durch die Stadt und stürmen ins Neverland. Es geht hektisch zu, die Art von Geschäftigkeit, wenn alle auf Neuigkeiten warten. Die Leute gehen umher, telefonieren, unterhalten sich mit gedämpfter Stimme – der ganze Raum knistert vor Ungewissheit. Isabel geht schnurstracks auf ihre Mutter zu. April lehnt an der Ladentheke und drückt sich ein Handy ans Ohr. Sie nickt mehrfach, sagt aber nichts. Bevor Isabel bei ihr ist, verschwindet sie im hinteren Bereich des Ladens.

Ich bleibe allein mit Beck zurück. »Woher kennen April und Oli sich?«, frage ich, um die unbehagliche Stille zwischen uns zu füllen.

Beck schaut mich mit besorgten Augen an. »Ich vergesse immer wieder, wie neu das alles für dich ist und wie viel du nicht weißt.« Er meint es nicht böse. Es ist einfach nur eine Feststellung. Aber mir wird klar, dass das der Grund ist, warum ich mich überhaupt erst zu ihm hingezogen gefühlt habe. Manchmal brauchen wir Menschen, die unsere Geschichte nicht kennen, die sich noch kein Bild von uns gemacht haben, weil wir hoffen, dass sie etwas anderes in uns sehen. Und das hat er.

Er nickt mit dem Kopf in Richtung Isabel, die auf ihre Mom wartet. »Als Isabel sechs war, ist ihr Dad abgehauen, das war eine schwere Zeit für die beiden. Ich kann mich nicht wirklich daran erinnern. Wir waren noch Kinder.« Beck räuspert sich. »Aber Oli hat sich um sie gekümmert.« Er schluckt und richtet den Blick auf eine Gruppe von Männern am anderen Ende des Raums, die alle Jeans und Patagonia-Jacken tragen. »Ich gehe mal rüber und frage, ob die was wissen.« Er geht davon.

Draußen dämmert es. Ich fühle mich hilflos und geselle mich zu Isabel. »Kann ich irgendwas tun?«, frage ich. »Brauchst du irgendwas? Soll ich uns Tee holen?«

»Danke, nein – Logan holt schon welchen.«

Mir fällt auf, dass sie eine Spielkarte in der Hand hat. Ich erkenne nicht genau, was darauf ist, weil sie gedankenverloren mit dem Daumen darüberreibt.

»Was ist das?«

Sie errötet leicht und steckt die Karte in ihre Tasche. »Nichts – du findest das sicher bescheuert.«

»Ich bin erstaunlich unvoreingenommen.«

Sie zieht die Karte heraus und gibt sie mir. »Die ist von meiner Mom.«

Ich betrachte sie. Auf der tintenblauen Karte ist eine Gestalt im Kapuzengewand abgebildet, die eine Laterne und einen Stab hält. Sie steht auf einem verschneiten Berg und hält den Blick gesenkt. »Was ist das?«

Sie betrachtet die Gestalt eingehend. »Ich weiß nicht besonders viel darüber. Das ist eine Tarot-Karte. Der Eremit. Moms Spitzname für Oli.« Isabel überlegt einen Moment. »Mom sagt, der Eremit lebt freiwillig in der Einsamkeit und findet in der Einsamkeit seinen Frieden. Er ist mit sich im Reinen und strebt nicht nach Anerkennung von außen.« Sie zeigt mir noch mal die Karte. »Siehst du, er schaut nach unten, weil er sich nicht umschauen muss, um nachzusehen, wer ihn beobachtet, wer ihn bemerkt. Er leuchtet sich selbst den Weg.« Sie räuspert sich. »Wie auch immer, Mom wollte, dass ich ihr die Karte mitbringe, damit sie, du weißt schon, etwas hat, woran sie sich festhalten kann.« Ihre Stimme zittert und das Beben geht mir bis ins Mark.

»Das ist nett«, sage ich leise. Ich verstehe nur zu gut, dass Menschen in einem Moment wie diesem etwas brauchen, das ihnen Hoffnung gibt. Egal was.

Bald darauf kommt April aus der Werkstatt, und Isabel schaut sie erwartungsvoll an, aber April geht nur auf sie zu und schließt sie in die Arme.

Sie wissen noch nichts.

Am anderen Ende des Ladens schlüpft Trick durch die Eingangstür und verschwindet. Ich folge ihm um die Ecke und entdecke ihn ein paar Läden weiter auf einer Bank, sein Atem sieht in der kalten Dunkelheit aus wie eine Pulverwolke. Die hereinbrechende Dunkelheit in Squaw schmeckt metallisch, und ich zittere, als ich mich neben ihn setze. »Trick?«

Er schaut geradeaus und wischt sich hastig ein paar Tränen aus den Augenwinkeln. »Ich rede mir die ganze Zeit ein, dass ihm nichts passiert ist. Aber er ist schon so lange verschwunden. Und es wird dunkel.«

»Die finden ihn.«

Er atmet zitternd aus. »Weißt du, als deine Mom mich verlassen hat, hab ich vier Monate mit Oli zusammengewohnt. Das hat er für alle getan. Wenn irgendwer abgehauen ist oder jemand verletzt wurde, ist er für eine Weile eingesprungen, bis die Dinge sich wieder eingerenkt haben. Das hat er für mich getan, für April. Er hat sogar mal Beck aufgenommen, als er ungefähr vierzehn war und Jason ihn rausgeschmissen hatte.«

Trick starrt in die Ferne. Vielleicht sieht er dort eine Erinnerung – vielleicht aber auch nicht. Schließlich murmelt er: »Ich will nur, dass sie ihn finden.« Er lässt den Kopf sinken, sein Haar ist zottelig und lockt sich über den Ohren. Er hat nicht mal eine Mütze auf. Die Tatsache, dass er der Kälte hier draußen so ungeschützt ausgeliefert ist, versetzt mir einen Stich in die Brust. Warum haben sie ihn noch nicht gefunden?

Ich kaue auf den Fingernägeln herum und schaue ihn an. »Hör mal, es ist eiskalt hier draußen. Soll ich dir eine Mütze oder Handschuhe oder so holen?«

Er schüttelt den Kopf. »Weißt du, was das Tolle an Oli ist? Er verurteilt dich nie, egal mit welchem Gepäck du bei ihm aufkreuzt. Er sagt, die Leute bekommen ein völlig verrücktes Blatt ausgeteilt und verbringen dann den Großteil ihres Lebens damit, die Karten zu ordnen. Für ihn besteht die einzige Aufgabe des Menschen darin, nicht noch mehr schlechte Karten auf den Stapel zu legen.«

»Klingt ganz nach ihm.« Ich denke daran, wie Oli mit genau derselben Haltung den Berg mit mir hinunterfährt, immer wachsam, falls ich hinfalle, und der Gedanke daran, dass er allein irgendwo da draußen ist, treibt mir die Tränen in die Augen. Hastig wische ich sie weg. »Als wir mal Ski fahren waren, hat er zu mir gesagt, ich soll mir keine Sorgen machen, was andere Leute über mich sagen oder denken, weil sie sich meistens überhaupt nichts über andere denken. Die meisten Leute suchen einfach nur ihren Autoschlüssel.«

Der Anflug eines Lächelns huscht über Tricks Gesicht. »Das ist typisch Oli.«

Ein paar Minuten später holt er erneut tief Luft. »Ich muss dir was sagen, Mara.«

Es ist, als würde sich die Kälte um uns herum in meinem Körper bündeln, und ich traue mich nicht einmal Luft zu holen. Trotzdem schaffe ich es irgendwie, »Okay« zu sagen.

»Wegen meinem Unfall.« Er dreht sich zu mir, seine grünen Augen wandern über mein Gesicht. »Es war ... die Sache ist ... du warst dabei.«

Mein Körper wird ganz schlaff. »Wie meinst du das?«

»Du warst mit mir Ski fahren. Ich hatte dich auf den Schultern. Ich hab rumgeblödelt – das hab ich manchmal gemacht, weil es dich zum Lachen gebracht hat ... ein Lachen, das tief aus dem Bauch herauskam und die ganze Welt zum Leuchten gebracht hat. Jedenfalls hatte ich dich auf den Schultern und meine Skier haben sich verkantet. Du bist runtergefallen und ich habe versucht ... ich habe versucht dich aufzufangen und dabei habe ich mir das Bein verdreht. Du lagst einfach da, ein kleines Häufchen im Schnee, und hast dich nicht bewegt.« Bei der Erinnerung daran zittert seine Stimme. Ich spüre mein Gesicht nicht mehr oder vielleicht ist es unter den Tränen eingefroren. »Deine Mom hat versucht, mir nicht die Schuld zu geben, und ich habe auch versucht, mir nicht die Schuld zu geben, aber, na ja, du sahst so winzig aus in diesem Krankenhausbett, mit all den Schläuchen und piepsenden Maschinen.« Er senkt den Blick, sein Gesicht ist ganz bleich.

Ich kann mich überhaupt nicht daran erinnern. »Aber mir ist nichts passiert.«

Er flüstert mit gequälter Miene: »Aber es war … knapp. Sehr knapp. Du hattest Glück. Obwohl es auf den ersten Blick schlimm aussah, hattest du nur ein paar blaue Flecken und ein verstauchtes Knie. Aber als deine Mom dich im Krankenhausbett gesehen hat, hatte sie allen Grund, mich zu verlassen.«

Ich schüttle den Kopf und streiche gedankenverloren mit den Händen über meine Knie. Es ist merkwürdig, dass ich mich nicht daran erinnere. »Oli hat gesagt, jeder kann stürzen.«

»Ich hätte dich *niemals* auf die Schultern nehmen dürfen. Ich war übermütig und leichtsinnig.« Seine Stimme bricht, er rutscht von mir weg und wendet mir den Rücken zu, seine Schultern beben.

Wie gelähmt starre ich seinen Rücken an. In einigen Fenstern der Stadt gehen die Lichter an, gelb und weich, und irgendwo in einem Restaurant an der Hauptstraße spielt eine Band. Zwei Männer gehen an uns vorbei in Richtung Hauptstraße und unterhalten sich angeregt über ihren Tag auf dem Berg, ihre Gesichter sind gebräunt. Als sie Trick sehen, verstummt ihr Gelächter und sie beschleunigen ihren Schritt, eilen durch die leere Gasse, bis ihre Stimmen verklungen sind.

Leise sagt Trick: »Sie hat entschieden, dass es besser wäre, wenn ich einfach aus deinem Leben verschwinde.«

»Wirklich?«

»Sie hatte recht.«

Ich rutsche näher an ihn heran. »Nein, hatte sie nicht. Sie war wütend.«

Er antwortet nicht, weil auf einmal Schritte auf dem vereisten Weg zu hören sind und etwas Buntes um die Ecke kommt. Isabel und Logan tauchen keuchend auf. »Sie haben ihn gefunden. Sie haben ihn gefunden. Es geht ihm gut. Arm gebrochen. Sie bringen ihn ins Krankenhaus nach Truckee.«

Trick schaut mich gequält an. »Geh schon«, sage ich, und Erleichterung durchströmt meinen ganzen Körper.

Er rast zurück in Richtung Neverland.

* * *

Am Samstagnachmittag sitze ich im Elevation am Kamin, schlürfe einen Latte und lese *Der Fänger im Roggen,* als Logan die Tür zum Café aufzieht. »Hey!« Er kommt zu mir. »Ich hab dich gesucht. Hast du meine Nachricht bekommen?«

»Hab ich.«

»Ich schulde dir eine Pizza.«

»Gestern Abend war's ein bisschen chaotisch. Ich bin mit April und Isabel ins Krankenhaus gefahren. Oli sah abgesehen von dem Gips an seinem Arm überhaupt nicht so aus, als wäre er in eine Lawine geraten. ›Irgendwann kriegt er mich‹, hat er über den Berg gesagt, ›aber nicht heute.‹«

Logan wirft einen Blick auf meine Skisachen. »Warst du heute schon Ski fahren?«

»Nur ein paar Abfahrten heute Morgen.« Als ich heute

Morgen aufgewacht bin, war ich einerseits überdreht, andererseits erschöpft von dem Drama gestern Abend, und habe auf dem Berg Entspannung gesucht.

Er hat ebenfalls seine normalen Skisachen an. »Möchtest du noch ein bisschen fahren, bevor die Pisten schließen?«

Mein Blick wandert zu meinem Laptop. »Ich muss einen Aufsatz über *Der Fänger im Roggen* schreiben. Den kann ich nicht noch länger aufschieben.«

»Wie viel fehlt dir noch?«

»Hab noch nicht angefangen.«

»Den können wir auf dem Berg schreiben.« Er beugt sich vor und fängt an, meine Sachen zusammenzupacken.

Lachend rette ich meinen Laptop, bevor er ihn ausschalten kann. »Wie genau sollen wir das machen?«

Er rupft mir das Buch aus der Hand und betrachtet das schlichte weiße Cover, bevor er es in meinen Rucksack stopft. »Ich hab's gelesen. Worüber schreibst du?«

»Ich muss darüber schreiben, warum Holden ein unglaubwürdiger Erzähler ist.«

»Wer ist schon ein glaubwürdiger Erzähler? Da hast du's, Aufsatz geschrieben.« Er versteckt meine Sachen hinter dem Tresen und geht zur Tür.

»Warte, was meinst du damit?«, frage ich neugierig und folge ihm aus dem Elevation. »Logan!« Aber er geht schon in Richtung Gondel.

* * *

Eine halbe Stunde später fahren wir die Big Blue hinauf, wir schweben durch die kalte, klare Luft und unter uns baumeln unsere Skier. »Erklär mir noch mal, inwiefern wir gerade meinen Aufsatz schreiben?«

Wir sind die Einzigen im Lift und Logan lehnt träge in der Ecke und schiebt mit den Skistöcken den Schnee von seinen Skiern. »Du lässt nicht locker, oder?« Er schaut auf und der blaue Himmel spiegelt sich in den Gläsern seiner Skibrille.

Ich schüttle den Kopf. »Ich will wissen, was du damit gemeint hast, dass jeder ein unglaubwürdiger Erzähler ist.«

Er lehnt sich nach vorne gegen den Bügel, was mich immer noch nervös macht, und fragt: »Willst du die Shirley fahren oder erst die Mountain Run zum Aufwärmen?«

»Logan!«

Er lässt den Kopf auf die verschränkten Arme sinken. »Du bist unglaublich, weißt du das? So eine gute Schülerin.«

Er hat Glück, dass ich ihn nicht mit meinem Skistock haue. »Ja, bin ich. Und ich glaube, du hast nur gesagt, du würdest mir helfen, um mich hier rauszulocken, und eigentlich hast du überhaupt keine Ahnung von meinem Aufsatz.«

Er schaut mich beeindruckt an. »Oh, verstehe, du willst mich wohl herausfordern.«

»Das sagst du doch nur, um Zeit zu schinden …«

Er lehnt sich wieder zurück und schaut einem Skifahrer zu, der unter uns vorbeizischt. »Nein, warte – ich hab wirklich eine Idee. Holden ist unglaubwürdig, weil er uns nur *seine* Version der Geschichte erzählt, und wir wissen nicht genau, ob das, was er sagt, wahr ist.« Der Lift nähert sich dem Gipfel der Big Blue und er drückt den Bügel nach oben. »Also, ich denke Folgendes: Tun wir das nicht alle? Wir haben alle nur eine Version, oder? Eine Sicht der Dinge. Meistens tendieren wir dazu, das zu sehen, was wir sehen wollen. Sind wir daher nicht im Grunde genommen alle unglaubwürdig? Bäm. Aufsatz geschrieben.« Er steigt aus dem Lift, und weil ich ein bisschen beeindruckt bin, vergesse ich beinahe, ebenfalls auszusteigen.

Ich folge ihm. »Ähm, was war das?«

»Ach, ich stecke voller Überraschungen«, sagt er. »Du wirst schon sehen«, fügt er hinzu und fährt auf den Ziehweg in Richtung Shirley Lake.

Nachdem wir ein paar Mal die Shirley gefahren sind, gehen wir ins Gold-Coast-Gebäude und holen uns ein paar Pommes. Um diese Zeit ist die Terrasse fast leer. Es ist ungewöhnlich warm heute und ich werde ganz schläfrig. Als wir mit dem Essen fertig sind, legen wir unsere Helme beiseite, strecken uns auf einer Sitzbank aus, schließen die Augen und halten die Gesichter ins warme Sonnenlicht.

Einen Augenblick später spüre ich, dass er mich anschaut.

Ich blinzele und sehe gerade noch rechtzeitig, wie nah mir sein Gesicht ist. Sein Kuss überrumpelt mich. Er schmeckt salzig und gleichzeitig süß, weil er gerade Cola getrunken hat. Ohne nachzudenken, lasse ich mich fallen und versinke in dem Kuss, der nicht nur wegen der Cola so süß schmeckt.

Ehe ich weiß, wie mir geschieht, fange ich an zu weinen.

Er weicht zurück. »Äh, du weinst?«

»Tut mir leid«, murmle ich und versuche, mich zusammenzureißen.

Er sieht verlegen aus. »Okay, weinen. Das ist echt rekordverdächtig peinlich. Einmal hat ein Mädchen gelacht. Aber, na ja, geweint hat noch keine.«

Ich schüttle den Kopf. »Es ist nicht so, wie du denkst. Das war genau richtig – es war wunderbar und genau richtig.«

Er rückt von mir weg und greift nach seinem Helm. »Ja, das merke ich, überall Tränen.« Er zieht hastig seinen Helm auf.

»Warum musstest du so sein?«, platze ich heraus und wische mir über die Wangen. »Ich bin hierhergekommen, um mir eine Auszeit zu nehmen und einen klaren Kopf zu kriegen, und dann … kamst du.«

Er schließt den Kinnriemen. »Tut mir leid?«

Die Worte sprudeln aus mir heraus. »Warum musstest du so … du sein? So wundervoll und lieb. Ich bin nach Tahoe gekommen, um mein Leben wieder auf die Reihe zu kriegen, um im Hier und Jetzt zu leben, aber ich kann es nicht! Ich mache mir ständig Sorgen darüber, was als Nächstes kommt und was das alles für die Zukunft bedeutet. Ich bin eine absolute Niete darin, im Hier und Jetzt zu leben. Sechs minus für Mara!«

Er versucht, sein Lächeln mit dem Handschuh zu verstecken.

»Ja, lach mich nur aus. Ich bin ein einziges Chaos. Ich mache all diese Listen, und am Ende werfe ich sie über den Haufen und verschwende meine Zeit mit dummen Regeln, wenn ich eigentlich die ganze Zeit einfach nur, keine Ahnung … *dich* hätte küssen sollen.«

Als ich aufstehen will, greift er sanft nach meinem Arm. »Stimmt.«

Ich schüttle den Kopf. »Ich fahre nächste Woche nach Hause! Wir haben noch eine Woche, um Zeit miteinander zu verbringen. Das ist nicht genug!«

Er schaut kurz weg. »Genau genommen habe ich dieses Wochenende ein Rennen in Utah und komme daher erst spät am Montagabend zurück.«

Mir wird schwer ums Herz. »Ach Mensch, ich habe das schlechteste Timing. Ich hätte die letzten zwei Monate mit dir verbringen sollen, und jetzt sind sie einfach verschwendet, völlig verschwendet.«

Er legt die Arme um mich. »Nicht verschwendet.« Er zieht den Helm wieder ab, wirft ihn auf einen Stuhl und nimmt mein Gesicht in seine Hände. »Küss mich jetzt, und versuch diesmal, mich nicht vollzuheulen. Über alles andere reden wir später.«

Ich kann mich kaum bewegen, aber ich flüstere: »Okay.«

Sein Kuss jagt einen Schauer durch meinen Körper, wie ich es noch nie erlebt habe. Er zieht mich fester an sich, fährt mir mit der Hand durch die Haare und umfasst meinen Nacken. Als er sich von mir löst, schaut er mir einen Moment lang in die Augen und zieht mich dann an seine Brust. Ich schmiege mich an ihn und er legt das Kinn auf meinen Kopf. Um mich herum höre ich Squaw – das schabende Geräusch von Skiern und Snowboards, die durch den Schnee gleiten, den Wind, das knarzende Getriebe der Lifte. Es ist wie Musik, die man Babys zum Einschlafen vorspielt.

»Alles okay?«, fragt er schließlich.

»Für den Moment.«

Kapitel Achtundzwanzig

Ich nehme meine Schutzbrille ab und schreibe eine letzte Anmerkung in mein Laborheft. »Fertig«, sage ich zu Isabel, die seit fünf Minuten neben mir auf einem Hocker sitzt und darauf wartet, dass ich fertig werde. »Mehr oder weniger jedenfalls.«

»Na ja, es ist schwer, sich auf Chemie zu konzentrieren, wenn man sich die ganze Zeit verliebte Blicke zuwirft, so wie Logan und du.« Sie lacht und setzt ihren Rucksack auf. Wir verabschieden uns von Malika und gehen zur Tür. Sie stupst mich in die Seite. »Er hat's mir übrigens gesagt.«

»Dass ich geweint habe? Ja, das war toll.«

Sie grinst. »Fand er schon.«

Auf dem Gang kommt uns ein Mann entgegen und winkt mir freundlich zu. Der schlaksige Geschichtslehrer namens Micah. »Wann schreibst du dich endlich ein?«, neckt er mich, als er an uns vorbeigeht.

»Morgen«, scherze ich, wie jedes Mal, wenn er mich das fragt.

Aber dieses Mal sagt Isabel, die stehen geblieben ist, um ihren Schuh zu binden: »Solltest du wirklich.«

»Was?«

»Dich einschreiben.«

Ich verdrehe die Augen. »Ja, klar.«

Sie steht auf und verstellt die Riemen von ihrem Rucksack. »Warum nicht? Dir gefällt es hier, wir mögen dich, Logan mag dich sehr.« Sie grinst, als ich rot werde. »Bleib doch einfach. Das sollte nicht deine letzte Woche sein.«

Ich folge ihr in den Aufenthaltsbereich. »Ich kann nicht einfach bleiben.«

Isabel lässt sich neben Amanda, die sich gerade das Haar zu französischen Zöpfen flicht, aufs Sofa plumpsen. »Was ist los?«, fragt sie und wickelt ein Haargummi um das Ende des ersten Zopfes. Die andere Hälfte ihres Haars ist offen und sie nimmt es mit den Fingern zusammen.

Isabel klärt sie auf. »Ich finde, sie sollte bleiben und den Rest des Jahres hier zur Schule gehen.«

Amanda nickt so begeistert, wie sie kann, ohne ihre Frisur zu ruinieren. »Absolut.«

Bodie kommt mit seiner Gitarre hereinspaziert. »Was?«

»Mara sollte bleiben und mit uns zur Schule gehen«, sagt Amanda.

Er schaut verwirrt drein. »Und was wäre daran anders als jetzt?«

»Sie ist nur für eine Auszeit hier«, erinnert Isabel ihn. Auf seinen ausdruckslosen Gesichtsausdruck hin fügt sie hinzu: »Du kommst zu ihrer Abschiedsparty, diesen Freitagabend bei Logan. Sie geht zurück nach San Diego, weißt du noch?«

»Die Glückliche«, sagt er und klimpert auf der Gitarre. »In San Diego kann man toll surfen.«

»Ich surfe nicht«, erkläre ich, obwohl das überhaupt nichts zur Sache tut. »Ist sowieso egal. Meine Mom würde nie erlauben, dass ich bleibe.«

Aber als ich das sage, kommt mir eine Idee. Würde sie es mir vielleicht doch erlauben?

* * *

In der Nacht wache ich immer wieder auf, mir schwirrt der Kopf vor lauter Listen. Listen fürs Bleiben. Listen fürs Gehen. Es ist ein Teufelskreis. Das Feuer knistert und ich wache auf! Dann schlafe ich wieder ein. Das Cottage knarrt und ich wache auf! Jedes Mal, wenn ich aufschrecke, bleibe ich im Bett liegen, starre in die Dunkelheit und frage mich: *Darf ich bleiben? Oder fliege ich wie geplant am Samstag nach Hause?*

Ich denke über all meine Ziele auf der Hier-und-jetzt-Liste nach, die ich mir für meine Zeit in Tahoe gesetzt habe: Meditieren, Ausschlafen, einen Jungen küssen, mich von sozialen Medien fernhalten, Lavendelöl benutzen.

Alles abgehakt.

Oder habe ich überhaupt nicht verstanden, worum es geht?

Am Mittwochmorgen schlage ich meinen Back-up-Ordner auf und schaue mir die ursprüngliche Hier-und-jetzt-Liste an.

6. Einen Gang zurückschalten und Ballast abwerfen!!

Erledigt.

Das habe ich an meinem ersten Abend in Tahoe abgehakt, wegen der Wohnsituation bei Trick, weil ich nur vier Paar

Socken und drei Sweatshirts mitgenommen hatte. Aber *einen Gang zurückgeschaltet* und mein Leben *vereinfacht* habe ich nicht. Wenn überhaupt, habe ich es komplizierter gemacht. Ich habe versucht, all meine Aufgaben, Ziele und Pläne für die Ranfield beizubehalten, und mir außerdem zwei verschiedene Versionen der Hier-und-jetzt-Liste aufgehalst und damit alles nur noch schwieriger gemacht.

Vielleicht kann ich das wieder in Ordnung bringen.

Ich ziehe eine Jeans und meinen Anorak an und nehme die erste Seilbahn zum High Camp. Die schneebedeckten Berge um mich herum machen mir Mut und die Idee in meinem Kopf nimmt Gestalt an. Der Seilbahnschaffner ist abgelenkt von einem Paar aus Wisconsin, sodass er nicht versucht, sich mit mir zu unterhalten, während wir den Berg hinaufschweben. Ich genieße die Einsamkeit, die Fahrt ist wie eine ganz eigene Art von Meditation. Abgehakt.

Als wir auf dem Berg andocken, steige ich aus der Gondel, gehe ins Restaurant und suche mir einen Platz am Fenster. Von der beeindruckenden Aussicht wird mir beinahe schwindelig (wahrscheinlich aber eher von der E-Mail, die ich gleich schreiben werde). Ich setze mich und verfasse die dritte Version der Hier-und-jetzt-Liste, von der ich letzte Nacht geträumt habe. Die Liste kam mir in den Sinn, als ich das letzte Mal im spärlichen Licht der Morgendämmerung aufgewacht bin.

Es ist allerdings nicht wirklich eine Liste.

Es ist eine Erklärung für Mom. Wie sich herausgestellt hat, bin ich diese ganze Leben-im-Hier-und-Jetzt-Sache völlig falsch angegangen. Ich dachte, »Jetzt« wäre ein bestimmter Zeitpunkt, ein isolierter Moment, in dem die Leute wahnsinnig mutige Dinge tun, wie Fallschirmspringen, Skifahren oder einen Jungen küssen, ohne sich Gedanken über die Konsequenzen zu machen.

Aber Hier und Jetzt ist nichts von alledem.

Ich klappe meinen Laptop auf und schreibe eine Mail an meine Mom.

Betreff: Die Hier-und-jetzt-Liste III

Weißt du was? Ich habe jetzt begriffen, was im Hier und Jetzt leben für mich bedeutet. »Jetzt«, das sind nicht einzelne Momente auf einer Checkliste. Es bedeutet nicht, dass man meditiert oder einen grünen Smoothie trinkt. »Jetzt« ist der Zeitpunkt, an dem man alles kritisch betrachtet, abwägt und dann den nächsten Schritt macht. »Jetzt« ist alles, was in der Vergangenheit passiert ist, und der Anstoß für alles, was eines Tages vielleicht möglich ist. Das ist der Grund, warum »Jetzt« so wahnsinnig mächtig ist, oder? Es ist die ultimative Mischung. Und es bedeutet für jeden etwas anderes, weil es das Verhältnis unserer persönlichen Vergangenheit zu unserem individuellen Potenzial darstellt. Um im Jetzt zu leben, muss ich meine Vergangenheit respektieren und gleichzeitig mein Herz für all das öffnen, was ich ändern könnte, um mir die Zukunft so zu gestalten, wie ich sie mir wünsche. »Jetzt« ist der ultimative Seiltänzer, der Sweet Spot im Tennis, der Schneepflug (Pizza, Pommes, Pizza).

»Jetzt« ist die Entscheidung, die man trifft, bevor das Nächste kommt.

Ich möchte in Tahoe bleiben, Mom. Hier fühle ich mich ausgeglichen.

Ich bin mir ziemlich sicher, dass hier mein Sweet Spot ist. Das Tolle ist: Der Grund, warum ich das weiß, ist alles, was vorher passiert ist, weil die Ranfield (all der Konkurrenzkampf, die Anstrengung und der Stress) mich aufgebaut und zerstört und dann hierhergebracht hat. Das hatte seinen Grund. Deshalb möchte ich bleiben. Das hat mich mein »Jetzt« gelehrt.

Danke, dass du mir erlaubt hast, hierherzukommen und das herauszufinden. Bitte sag Ja.

Alles Liebe,
Mara

P.S.: Ich habe einen Link zum Stundenplan der Crest Charter und eine Liste der Colleges, an denen Absolventen der Crest Charter aufgenommen wurden (UCLA, University of Oregon, Pomona, Dartmouth, um ein paar zu nennen), sowie eine Liste aller Fächer angehängt.

Anmerkung: Schlafen für Fortgeschrittene und Party bis zum Umfallen stehen nicht drauf!!

Ich lese die Mail noch ein paarmal durch und nehme kleine Änderungen vor. Dabei lege ich immer wieder Pausen ein und verweile mit den Augen auf den Gipfeln vor den riesigen Fenstern des Restaurants. Wahrscheinlich sollte ich sie anrufen, aber ich will, dass sie das alles komplett durchliest, bevor sie anfängt, mit mir zu diskutieren, und mir Gründe auflistet, warum ich unrecht habe.

Ich drücke auf SENDEN.

* * *

Am nächsten Morgen liege ich eingekuschelt im Bett und lese ein Buch über einen jungen Gespensterdetektiv von Isabel (ein Buch, das in keiner Leseempfehlung auftaucht). Ich versuche zu ignorieren, dass Mom noch nicht auf meine Mail reagiert hat. Oder auf die sechs Nachrichten, die ich ihr seitdem geschickt habe. Mom wartet sonst nie so lange mit einer Antwort, daher spinnt mein Kopf mögliche Gründe zusammen:

– Ihr Handy ist ins Meer gefallen.
– Sie ist über eine Klippe gefahren.
– Sie wird als Geisel gehalten.

Ich habe Logan gestern beim Abendessen von den verschiedenen Möglichkeiten erzählt. Er meinte, dass sie sich vielleicht einfach noch nicht entschieden hat, aber ich habe trotzdem die ganze Zeit aufs Handy geschaut, bis er es mir schließlich weggenommen hat, damit wir uns unterhalten können.

Auf einmal bemerke ich Trick im Türrahmen. Er trägt eine neonblaue Skihose und einen schwarzen Anorak. »Wir gehen Ski fahren.«

Ich richte mich auf, mein Herz setzt einen Moment lang aus. »Wirklich?«

»Zieh dich an.«

Ich zeige auf seine Hose. »Was hast *du* denn an?«

»Was – die hier?« Er dreht sich wie ein Model um die eigene Achse, damit ich die knallpinken Akzente auf den Gesäßtaschen in ihrer ganzen Pracht bewundern kann. »Die ist der Hammer.«

»Ich glaube, das Wort, das du suchst, ist *Relikt*.«

»Sag nichts gegen meine Hose.« Lachend geht er zurück ins andere Zimmer und ruft mir zu: »Zieh dich an. Sonst verpassen wir den guten Schnee.«

Ich muss die ganze Zeit lächeln, während ich hastig meine Skisachen anziehe.

Eine halbe Stunde später sitzen wir in der Gondel. Wie Oli redet Trick nicht besonders viel beim Skifahren. Wir fahren ein paarmal die Big Blue, gehen dann rüber zur Gold Coast und fahren ein paarmal die Shirley. Wegen seines Beins ist Trick langsam, was mir ganz recht ist, weil ich lieber große Bögen fahre und dazwischen anhalte, aber man sieht trotzdem, dass er es einfach kann. Er bewegt sich auf dem Berg mit einer Leichtigkeit, die ich wahrscheinlich nie haben werde. Einmal fahren wir an einem kleinen Funpark vorbei, wo Snowboarder und Skifahrer Saltos, Sprünge und andere Tricks auf der Halfpipe machen. Trick bleibt ein paar Meter entfernt stehen und schaut ihnen zu. Seine Augen hinter der verspiegelten Skibrille sind unergründlich.

Ein Junge fährt rückwärts auf Skiern die Halfpipe hinunter. Er wird immer schneller, bis er auf der anderen Seite in die Luft schießt, sich zusammenrollt und dann mit Blick nach vorne landet. »Wow, das war cool.« Ich schaue Trick an.

Er kneift die Lippen zusammen. »Nicht schlecht. Komm

weiter.« Er stößt sich mit den Skistöcken ab und fährt weiter den Berg hinunter.

Nach einer weiteren Abfahrt halten wir am Gold-Coast-Gebäude an, um zu Mittag zu essen. Während ich unsere Helme und Handschuhe auf einen Stuhl lege, öffnet Trick den kleinen Rucksack, den er die ganze Zeit aufhatte, und holt eine metallene Wasserflasche, Salami, Kräcker, Käse, schokolierte Mandeln und ein paar Babykarotten heraus. »Pack das mal aus«, fordert er mich auf und geht nach drinnen, um uns heiße Schokolade zu holen.

Beim Essen schauen wir den Skifahren und Snowboardern zu, die an uns vorbeifahren. Die Sonne wärmt meine Schultern und eine sanfte Brise weht mir das Haar aus dem Gesicht. Beinahe denke ich nicht mehr daran, dass Mom mir noch nicht geantwortet hat. Als wir gerade zusammenpacken, summt schließlich mein Handy.

Das Essen in meinem Magen wird zu einem Klumpen. Sie schreibt:

Hat Trick dir schon was gesagt?

Moment, was soll er mir sagen? Dass ich bleiben kann? Dass Mom und Will Ja gesagt haben? Ich fange unwillkürlich an, eine Kurzliste von Ausschnitten meines Lebens in Tahoe zu erstellen:

- wie ich an der Crest durch die Korridore gehe
- Skifahren mit Logan und Isabel
- Lagerfeuer
- noch mehr Achtziger-Verkleidungstage

– Logan, der Pizza für mich macht, während ich bei ihm am Kamin sitze

Hör auf damit. Sie hat noch nicht Ja gesagt.

Kamin, Kamin, Kamin.

Ich schreibe zurück:

Noch nicht.

Keine Antwort.

»Lass uns gehen.« Ich springe auf und sammle die Überreste unseres Mittagessens ein. Auf dem Gipfel der Big Blue bleiben wir stehen.

Trick zeigt auf eine Stelle etwas weiter hinten auf dem Ziehweg. »Sollen wir diesmal eine andere Abfahrt auf der Shirley nehmen?«

»Trick? Kann ich dich was fragen?«

Er nimmt buchstäblich all seine Kräfte zusammen und verlagert das Gewicht auf seine Skistöcke, als wüsste er, was ich ihn fragen werde. »Sicher.«

Mein Mund wird ganz trocken, aber ich bringe es trotzdem heraus: »Ich möchte in Tahoe bleiben, hier wohnen und zur Schule gehen.« Ich glaube nicht, dass ich jemals mehr im Hier und Jetzt gelebt habe als *jetzt gerade.* In diesem Augenblick.

»Ja, ich habe gestern Abend mit deiner Mom gesprochen.« Er schluckt und fischt die Wasserflasche aus seinem Rucksack. Vielleicht ist der trockene Mund genetisch bedingt. »Deshalb bin ich heute mit dir rausgegangen. Damit wir reden können.« Wir haben kein bisschen geredet.

»Ach?« Mehr bringe ich nicht heraus. Leute auf Snowboards oder Skiern sausen an uns vorbei, manche bleiben stehen, um die Aussicht zu genießen, andere fahren direkt weiter auf die Piste.

»Ich glaube, das ist keine gute Idee«, sagt Trick und packt die Wasserflasche weg.

Die Welt um mich herum gerät ins Wanken – der Wind, der Himmel, die Kiefern, der Schnee und das blaue Stückchen des Lake Tahoe – alles wirbelt davon. »Doch, das ist eine super Idee, weißt du … ich könnte hier leben. Und hier die Highschool fertig machen. Bei dir.«

Seufzend schüttelt er den Kopf. »Hör zu, ich weiß, dass dir das jetzt gerade wie eine gute Idee vorkommt. Es kommt dir einfach und wunderschön und spaßig vor.«

Ich nicke. »Ja, richtig – all das.«

»Das sind meine Gene«, sagt er kleinlaut. »Der Weg des geringsten Widerstands. Vor all den Jahren, als deine Mom sagte, es sei besser, ich würde aus deinem Leben verschwinden, habe ich das einfach hingenommen. Es war einfacher so. Kein Streit. Aber damit lag ich falsch, Mara. Abwesenheit, Vermeidung – manchmal ist das notwendig, aber es sollte nicht zur Lebenseinstellung werden.«

Ich schüttle den Kopf. »Aber das mache ich auch nicht. Ich entscheide mich für das, was besser für mich ist. Ein langsameres Tempo, die Berge. Ich liebe das Leben hier. Ich *gehöre* hierher.«

»Mag sein. Aber Tahoe läuft dir nicht weg. Und du hast noch was zu klären an deiner Schickimicki-Schule. Ich war damals ein Feigling und damit muss ich leben. Aber du … du hast die Chance, es richtig zu machen. Jetzt. Du kannst da reingehen und diesen Kids zeigen, dass du dich nicht geschlagen gibst, dass sie dich nicht kleingekriegt haben.«

Ich betrachte den Schnee auf meinen Skiern und sage leise: »Haben sie aber.«

Er legt eine behandschuhte Hand auf meinen Arm. »Nein, haben sie nicht. Die Sache hat dich *verändert*. Die besonders wichtigen Ereignisse in unserem Leben verändern uns in irgendeiner Weise. Wenn wir es zulassen. Geh zurück an die Ranfield, schließe deinen Frieden mit allem, was dort passiert ist. Wie gesagt, Tahoe läuft dir nicht weg. Du kannst immer zurückkommen. Du weißt, dass es hier ist, wenn du es brauchst.«

Meine Lippe zittert alarmierend. »Super, echt super, *auf einmal* beschließt du, dich wie ein Dad zu verhalten. Was für ein Glück.«

»Du hast großes Glück. Ich denke, das weißt du.«

Ich fasse es nicht. Und das ausgerechnet von Trick McHale. »Was ist mit: San Diego ist so stressig? Du hast zu Isabel gesagt, ich bräuchte ein bisschen Spaß.«

Er seufzt. »Spaß ist super. Notwendig. Aber ich glaube nicht, dass du glücklich wirst, wenn du nicht beides hast. Den Spaß und die Arbeit. Nicht auf lange Sicht jedenfalls. Hab ich recht?«

Von mir aus. Ich verstelle die Schlaufen meiner Skistöcke. »Weißt du was? Ich hab irgendwie keine Lust mehr, mit dir Ski zu fahren.« Ohne seine Antwort abzuwarten, fahre ich den Berg hinab davon.

* * *

In der Stadt setze ich mich auf eine abgelegene Bank in einer Seitenstraße und rufe Mom an. Sie geht sofort dran. »Oh, Süße. Trick hat es dir gesagt, oder?«

»Ja.« Tränen. Die von der peinlichen Sorte, mit Schnappatmung und Rotz.

»Es tut mir leid, Mara.«

»Ich … ich … muss nach Hause«, bringe ich heraus und wische mir mit dem Jackenärmel über die Nase.

»Ich weiß. Er hat es mir gesagt. Aber es ist wirklich besser so, Schatz.« Sie bemüht sich, liebevoll zu klingen, aber ich erkenne eine Spur von Triumph in ihrer Stimme.

»Ich weiß, dass du das nicht hören willst, aber in dieser Sache stimme ich Trick zu. Es ist das Beste, wenn du am Samstag wie geplant nach Hause kommst. Ich habe an der Ranfield Bescheid gesagt, dass du am Montag wieder da bist.«

Ich schaue den Passanten zu, die mit ihren Skiern, ihren Snowboards, ihren Coffee-to-go-Bechern an mir vorbeigehen. »Ich dachte einfach, ich hätte meinen Platz gefunden, weißt du? Ich bin bereit, jetzt hier zu sein.« *Jetzt.* Dieses Wort ändert ständig seine Bedeutung für mich.

»Das Leben läuft nicht immer so, wie wir es gerne hätten. Du musst erwachsen werden.«

Leute, die sagen, man soll erwachsen werden, genießen offenbar immer den Luxus, es schon hinter sich gebracht zu haben, von daher sollten sie vielleicht lieber nicht so drängeln. »Mom, du sagst das, als wäre das Erwachsenwerden ein Lichtschalter. An. Aus. Aber das ist es nicht.«

Sie hält inne. »So hab ich das nicht gemeint.«

»Ich muss Schluss machen.« Mit zitternden Händen lege ich auf. Ich ziehe die Knie an die Brust und schaue nach oben. Vor ein paar Minuten war der Himmel noch blau, aber jetzt ist die Sonne über Squaw Valley nur noch ein schimmernder Glanz auf den metallisch grauen Wolken.

Es fängt an zu schneien. Kleine vereinzelte Flocken. Winzige geschliffene Kristalle. Als wollten sie sagen: *Ich bin unbeständig und kalt und wandle mich dauernd und werde dich immer wieder überraschen.*

Kapitel Neunundzwanzig

Am Freitagabend sitze ich neben meinen Taschen auf der Couch und schaue durch die Scheibe des Holzofens den kleiner werdenden Flammen zu. Heute habe ich mein ganzes Leben in drei Reisetaschen gepackt. Nur drei. Und ich habe alle meine Hier-und-jetzt-Listen und -Ordner weggeschmissen.

Mein Handy sagt, es ist 19:15 Uhr. Ich sollte jetzt auf meiner Abschiedsparty bei Logan sein, aber irgendwie schaffe ich es nicht, von dieser Couch aufzustehen. In zwölf Stunden bringt Trick mich zum Flughafen in Reno, steckt mich in ein Flugzeug und schickt mich zurück nach San Diego.

Es klopft und Logan streckt den Kopf herein. Er trägt eine Mütze in der Farbe von heißer Schokolade, unter der sich seine Haare hervorkringeln.

»Hab gedacht, ich hole dich ab.«

Ein paar Minuten später biegt Logan in die gepflügte Einfahrt vor seinem Haus. Er schaut zu mir rüber und stellt die Scheinwerfer aus, sodass die Lichterkette aus kleinen roten Chilischoten über der Haustür in der Dunkelheit leuchtet. Er bemerkt, dass sie mir aufgefallen ist. »Ich konnte den Karton mit den Weihnachtssachen nicht finden. Nur einen Karton auf dem »Grillen« stand. Aber ich dachte, die sieht ganz nett aus. Festlich.«

»Ich stehe auf Chili«, scherze ich, aber meine Stimme stockt.

»Hör mal …« Er beugt sich zu mir und stützt den Arm auf die Mittelkonsole, wo er einen metallenen Kaffeebecher und eine ramponierte weiße Sonnenbrille aufbewahrt. »Ich weiß, dass es nicht so gelaufen ist, wie du wolltest. Ich weiß, dass du hierbleiben wolltest. Glaub mir, das wollte ich auch. Aber lass uns nicht allzu traurig sein, okay? Ich hab Pizza für dich gemacht. Oliven und Pilze. Isabel hat Skittles mitgebracht. Bodie hat seine Gitarre dabei und er kann ein paar ganz passable Nirvana-Coverversionen. Lass uns das nicht als großen Abschied sehen. Du ziehst nicht in eine abgelegene Siedlung in der Wüste Gobi. Es ist nicht so, als würden wir den Kontakt verlieren.«

Ich fange an zu weinen wie ein Trottel. »Ich weiß.«

Er nimmt meine Hand – seine Berührung hat eine merkwürdige Wirkung, aufregend und tröstlich zugleich. »Die Sache ist nämlich die – das ist kein Ende.« Er räuspert sich und die Röte auf seinen Wangen ist sogar im Dunkeln zu erkennen. »Ich hatte eher gehofft, dass das ein Anfang ist. Wir lernen uns weiter kennen. Ich kann dich anrufen. Du kannst mich anrufen.«

»Ich bin mir nicht sicher, ob ich mit dieser ganzen Fernbeziehungssache klarkomme.«

»Dann nennen wir es einfach nicht so. Wir finden es einfach nach und nach heraus. Ohne Listen und Regeln.« Nervös räuspert er sich wieder. »Ich mag dich, Mara. Sehr. Und irgendwann in der Zukunft würde ich dich gerne küssen, ohne dass du weinst.« Er wischt mir die Tränen aus dem Gesicht.

»Es ist gut, Ziele zu haben«, schniefe ich.

»Na komm.« Er öffnet die Tür und steigt aus.

Drinnen schreit Isabel gerade Bodie an. Er steht in einem T-Shirt mit der Aufschrift SPAR DIR DAS FÜR FACEBOOK auf einem Drehstuhl und hält das eine Ende eines halb herabhängenden Plakats fest. Isabel hält das andere Ende. »Du musst es irgendwo festmachen, du Schlauberger – das reicht nicht!« In dem Moment entdeckt sie Logan und mich. »Oh, hey, sorry … das Poster würde schon längst hängen, aber Frank Lloyd Wright da drüben denkt, er findet noch einen besseren Winkel.«

Bodie runzelt die Stirn und lässt das Plakat wieder sinken. »Der Typ, der das *Das Phantom der Oper* geschrieben hat? Was hat der denn damit zu tun?«

Amanda, die auf der Couch ein Snowboard-Magazin durchblättert und Barbecue-Chips direkt aus der Tüte isst, kichert. »Das ist Andrew Lloyd Webber. Frank Lloyd Wright war Architekt.«

Logan geht in die Küche. »Habt ihr wenigstens die Pizza reingetan?«

Sie tauschen betretene Blicke aus. »Ups.« Bodie zuckt mit den Achseln. »Sorry, Alter.« Schnell klebt er das Plakat an der Kücheninsel fest. Darauf steht in schiefen Buchstaben: BIS DANN, MARA!

»Bodie hat das Plakat gemacht«, sagt Isabel entschuldigend und schiebt Schalen mit Chips und Salsa in meine Richtung.

»Stimmt, hab ich.« Er nickt und begutachtet stolz sein Werk.

»Das Plakat ist super, Bodie.« Ich nehme ein paar Chips aus der Schüssel und stopfe sie mir in den Mund – ein Chips-Schutzschild gegen etwaige Tränen.

Als ich ihnen zuschaue, wird mir schwer ums Herz. Logan stellt die Pizza in den Ofen. Isabel hängt das Plakat dorthin, wo sie es wahrscheinlich von vornherein haben wollte. Bodie springt mit Anlauf über die Couchlehne und landet neben Amanda. Dabei zermalmt er ihre Chips. »Toll«, sagt sie, und ihrer Stimme ist deutlich anzuhören, dass sie hinter ihrer langen Haarmähne die Augen verdreht. Bodie zieht die Tüte unter sich hervor und kippt sich die restlichen Chips-Krümel in den Mund.

Hier wird es genau so weitergehen. Ich gehe morgen weg, und sie machen Pizza und jagen sich gegenseitig die Berge hinunter und sehen zu, wie das Alpenglühen die abendlichen Berge in rosafarbenes Licht taucht.

Und ich werde weg sein.

Die Haustür geht auf.

Beck.

Logan, der gerade dabei ist, eine weitere Pizza auf der Küchentheke auszurollen, erstarrt, und seine Augen flitzen zu Isabel, die den Kopf schüttelt, als wollte sie sagen: *Ich hab's ihm nicht gesagt.* Beck zieht seine Mütze ab und stopft sie in die Tasche seines grünen Anoraks. Das ist sein Geheimnis, fällt mir auf, als ich ihn anschaue – er schafft es, Desinteresse und Unordnung anziehend zu machen.

»Wollte den großen Abschied nicht verpassen«, sagt er in

typischer Beck-Manier. Manche Leute können die einfachsten Dinge sagen, und trotzdem klingt es, als würden sie Unheil prophezeien. »Kommst du damit klar, wieder in den Polizeistaat, den du Schule nennst, zurückzukehren? Wieder eine Drohne zu sein?«

»Hör auf, Beck.« Isabel steht hinter der Küchentheke und reißt gerade eine Packung Mozzarella auf.

Becks Augen funkeln belustigt. »Ich frag ja nur.«

»Na schön, dann hör einfach auf zu fragen.« Isabel reibt wütend den Käse.

Der Raum füllt sich mit dem warmen Pizzaduft. Das Feuer knistert und wirft flackerndes Licht in den Raum. Sie wollen sich einfach nur von mir verabschieden – Pizza, ein paar Brettspiele, Bodies Gitarre – nichts Großes.

Aber Beck muss natürlich einen Eissturm mitbringen.

»Warum machst du das?«, frage ich ihn, als er an mir vorbei zur Küchentheke geht, um sich eine Handvoll Chips zu nehmen.

Er steckt sich einen Chip in den Mund. »Was meinst du?«

»Hast du nicht *gemerkt*, dass die Temperatur ungefähr um vierzig Grad gesunken ist, als du zur Tür reingekommen bist?«

»Wenn du das sagst.« Er wendet mir den Rücken zu und steckt die Hand in die Dose mit den Oliven.

Weggehen macht nicht nur traurig, es macht auch mutig. »Aber wenn du schon fragst, möchte ich dir deine Frage gerne beantworten, auch wenn sie bestimmt rhetorisch gemeint war und du einfach nur mal wieder fies sein wolltest.« Für den letzten Teil ernte ich prustendes Gelächter von

Amanda und Isabel. »Die Antwort ist Nein. Ich bin nicht begeistert, in den Polizeistaat, den ich Schule nenne, zurückzukehren. Aber ich bin keine Drohne. Das hast du falsch verstanden. Nur weil ich gute Noten bekomme und mich anstrenge und …«

»Durch Reifen springe wie ein trainiertes Äffchen«, unterbricht mich Beck, ohne sich dabei umzudrehen.

Logan beugt sich über die Küchentheke und wischt seine Hände an einem Handtuch ab. »Hey …«

Ich halte ihn zurück. »Nein, schon okay. Ich hab das im Griff.« Und überraschenderweise bin ich gar nicht wütend. Ganz im Gegenteil. Ich fange an zu lachen. »Ja, Beck. Das bin ich. Ein trainiertes Äffchen. Weil ich in der Schule gut sein will und aufs College gehen und einen Job finden, der mir tatsächlich Spaß macht. Ja, ich bin ein angepasster Trottel.«

Er dreht sich um und schaut mich mit einem merkwürdigen Blick an. »Das hast du gesagt, nicht ich.«

»Weißt du was, Beck? Wenigstens ist es mir nicht egal. Du denkst, du lehnst dich gegen das System auf, aber das tust du nicht. Weil wir uns alle für ein System entscheiden, ob wir wollen oder nicht. Dein System ist offenbar von der Sorte: *Mein Dad ist ein Arsch, also bin ich das Opfer und die ganze Welt ist zum Kotzen.* Herzlichen Glückwunsch. Aber du bist nicht so tiefgründig, wie du denkst. Es ist nicht tiefgründig, immer alles mies zu machen. Es ist nicht tiefgründig, andere Leute kleinzumachen, weil sie etwas anderes wollen als du. Das ist nicht tiefgründig. Es ist traurig. Weißt du, was mir hier in Tahoe klar geworden ist? Dass ich *liebend gern* so ein Leben hätte. Es geht nur gerade nicht. Vielleicht eines Tages. Aber ich gehe nicht zurück nach San Diego und schmolle. Ich gehe zurück und strenge mich an. Denn das ist es, was ich der Welt zeigen will. Ich kann nicht alles, was falsch läuft, wie Hurrikans, Obdachlose und Krieg in Ordnung bringen, aber ich kann mich anstrengen und ein anständiger Mensch sein. Das ist eine Entscheidung. Genauso wie irgendwelche Ausreden. Du bist nicht der Einzige in diesem Raum, der von seinem Vater im Stich gelassen wurde. Es ist nicht fair, das verstehe ich. Aber dass du dich hinter deiner Pseudophilosophie versteckst und die ganze Zeit so ein Arsch bist? Dafür bist du allein verantwortlich.«

Die Luft im Raum hat sich zu einem unbehaglichen Schweigen verdichtet. Beck sieht so aus, als wollte er etwas erwidern. Es wäre sein gutes Recht, etwas zu sagen wie: *Echt jetzt? Und das von dem Mädchen, das sich hier draußen im Nimmerland versteckt?* Aber das tut er nicht. Er senkt nur den Blick, durchquert den Raum und verschwindet.

Isabel geht zur Tür und schaut hinaus in die Dunkelheit. Bodie und Amanda meiden meinen Blick und schauen auf ihre Handys.

Nur Logan schaut mich an und sein Blick fühlt sich an wie warme Handtücher aus dem Wäschetrockner. Ich öffne die geballten Fäuste. Auf meinen Handflächen sind kleine sichelförmige Abdrücke meiner Nägel, die schmerzhaft pochen. Ich zittere am ganzen Körper, als wäre ich gerade ein Rennen gelaufen. »Ich fürchte, das war ein bisschen brutal.«

Logan hält einen Pappteller mit einem Stück Pizza in der Hand. »Du hast nur ausgesprochen, was wir alle denken.

Rhetorisch allerdings sehr viel ausgefeilter.« Er hält mir den Teller hin. »Pilze und Oliven?«

»Danke.« Ich beiße hinein. Es schmeckt köstlich, und während ich esse, sinkt mein Adrenalinspiegel langsam wieder.

Logan schaut mir beim Essen zu. »Gut, oder? Meine Pizza ist ziemlich genial. Nicht so genial wie deine Reden, aber fast.«

Mein Handy summt auf der Küchentheke und Logan schaut stirnrunzelnd auf das Display. »Es ist Beck«, sagt er und reicht es mir. Ich wische mir die Finger an den Ärmeln meines Sweatshirts ab und lese die Nachricht. Da steht nur:

Gute Reise, San Diego.

Isabel schaut mir über die Schulter und schüttelt den Kopf.

»Er muss doch wissen, dass wir alle die Nase voll davon haben, dass er immer so mies drauf ist, oder?«

Ich frage mich, ob Beck das weiß, ob das überhaupt jemand wirklich weiß. Wissen wir, wer wir sind? Wie wir auf andere Menschen wirken?

Wir haben auf jeden Fall eine Ahnung, oder? Eine Ahnung, die darauf basiert, ob die Leute unsere Nähe suchen oder uns meiden. Vielleicht ist das manchen Leuten egal. Oder vielleicht können wir es nur wissen, wenn wir ehrlich mit uns selbst sind und aufhören, mit den Fingern in entgegengesetzte Richtungen zu zeigen. Die Welt ist unser Spiegelbild, aber den Mut aufzubringen, in den Spiegel zu schauen, ist wohl das Schwerste, was ein Mensch tun kann. Weil es nicht immer schön ist, was man darin sieht. Manchmal sieht man ein verängstigtes, erschöpftes Etwas, das sich lieber in den Bergen verstecken würde, als sich mit den Nachwirkungen des eigenen Perfektionismus auseinanderzusetzen.

Trotzdem: Wenn wir wollen, dass sich was ändert, müssen wir hineinschauen, oder?

⁂

Um kurz nach elf biegt Logan in Tricks Einfahrt und stellt den Motor ab. Er schaut mich an, seine Hand ruht noch immer auf dem Schlüssel im Zündschloss. »Wann geht dein Flieger morgen? Hast du schon alles gepackt?«

»Alles gepackt. Um sieben fahren wir los.«

Er gibt mir ein Päckchen, das in das braune Packpapier einer Einkaufstüte eingewickelt und mit etwas zugeschnürt ist, das aussieht wie der Schnürsenkel eines Snowboardschuhs. »Ähm, das ist für dich.«

»Hübsche Verpackung.« Ich versuche fröhlich zu klingen, aber sein Geschenk versetzt mir einen Stich. Ich mache es auf. Es ist ein Frost-Boys-Sweatshirt und eine CD mit dem Titel *Songs für die Heimreise.* »Das ist toll.« Ich ziehe eine Packung Kekse mit dunkler Schokolade und Kokos aus meinem Rucksack. »Dein Geschenk ist eindeutig besser als meins.«

Er schaut mich ernst an. »Das ist kein Wettbewerb.«

Ich betrachte die Umrisse seines Gesichts, die Wölbung seiner Wangen. »Du bist echt superlieb, weißt du das?«

Er schaut weg und fährt mit den Händen über das Lenkrad. »Ich weiß, ich weiß, ich glaube, ich muss ein bisschen mehr Arschloch sein. Frauen stehen doch auf Arschlöcher.«

»Nicht alle.« Ich lege die Hände um sein Gesicht und

ziehe ihn zu mir heran, um ihn zu küssen. »Siehst du, keine Tränen.«

Er schlingt die Arme um mich und ich verliere mich in der Wärme seines Kusses und vergesse die Welt um mich herum. In diesem Augenblick gibt es nichts anderes. Keinen Wintersternenhimmel, keinen Flieger morgen, keine Berge zum Runterfahren oder Zukunftspläne. Logan werde ich von allem in Tahoe am meisten vermissen. Er ist das Feuer im Holzofen, das man für völlig selbstverständlich hält, aber sobald es ausgeht, wird alles kalt.

Die Hier-und-jetzt-Liste II

1. ~~Trick dazu bringen, mehr zu reden!!~~
2. ~~Handyakku leer werden lassen~~
3. ~~Fokussieren, Mara!~~
4. ~~Mutig sein! (Danke, Will)~~
5. ~~Blaue Pisten sicher fahren.~~ Schwarze Pisten? (Nächste Saison?)
6. ~~Innehalten und das Alpenglühen genießen.~~
7. ~~MEHR SPASS HABEN~~
8. ~~Spontaner sein!~~
9. Keine Jungs!

Kapitel Dreißig

Die aufgehende Sonne färbt den Himmel lila, als wir aus Squaw Valley hinausfahren. Wir schweigen, bis Trick zur Abflughalle des Reno Airport abbiegt. »Da sind wir.« Er steigt aus und holt meine Taschen hinter den Sitzen hervor.

Wir schauen uns an.

»Hast du alles?«, fragt er schließlich.

»Ich denke schon.« Ich räuspere mich und schwinge mir mein Handgepäck über die Schulter.

»Mara?«

»Ja?«

Wortlos und ohne mir in die Augen zu schauen, nimmt er mich in die Arme, er riecht nach Holz, Rauch und Schnee. Typisch Trick, dass er mich das erste Mal umarmt, wenn ich gehe, und ohne ein einziges Wort. Aber das ist okay. Es ist ein Anfang und darauf können wir aufbauen. Irgendwie haben wir es trotz allen Schweigens geschafft, ein paar Wurzeln auszubilden.

Drinnen gehe ich zum Check-in-Schalter, wo ein müde wirkender Mitarbeiter von Southwest meine Taschen auf das Gepäckband hievt. Ich gehe durch die Sicherheitskontrolle und denke an den Karneol und das Frost-Boys-Sweatshirt, die sicher in meinem Handgepäck verstaut sind, als ich es in eine beigefarbene Plastikwanne lege. Sobald ich durch bin, suche ich mir ein Café und bezahle bei einer Frau fünf Dollar für einen Latte in einem weißen Pappbecher mit schwarzem Plastikdeckel. Der Mann hinter mir scharrt ärgerlich mit den Füßen und beschwert sich leise darüber, wie lang die Schlange ist und wie lang es dauert. Als er endlich an der Reihe ist, sagt die Barista: »Danke für Ihre Geduld«, und aus irgendeinem Grund muss ich dabei an Natalie und das Elevation denken und gehe lächelnd weiter.

Im Flugzeug mustere ich die Leute, die auf dem Gang nach einem Platz für ihr Gepäck suchen. Dabei kommt mir in den Sinn, dass diese Leute alle ihr eigenes Leben haben, mit Träumen und Niederlagen und Freude und Kummer. Und sie müssen alle die täglichen Hindernisse überwinden, um dorthin zu kommen, wo sie hinwollen.

Oli hat gesagt, die meisten Leute suchen einfach nur ihren Autoschlüssel. Das bedeutet, sie schauen mich überhaupt nicht an. Es liegt an mir, zu entscheiden, wer ich sein will, und ich muss die Konsequenzen tragen. Ich kann nicht beeinflussen, wie andere darauf reagieren. Das Video war schrecklich – die Kommentare, das Geflüster, die abertausend Klicks – und ich schäme mich immer noch dafür. Aber ich kann es nicht ändern. Es ist auch deshalb passiert, weil ich die ganze Zeit so darauf bedacht war, perfekt zu sein, dass ich vergessen habe, na ja, einfach Mara zu sein. Nicht Tahoe-Mara. Oder Miss-Perfect-Mara. Einfach Mara.

Jetzt habe ich die Wahl. Entweder ich lasse es zu, dass ich verbittert, hasserfüllt und ängstlich werde. Oder ich bin die

Mara, die ich sein will, und stelle mich der Welt so erhaben und humorvoll wie möglich. Egal wo ich lande, ich bin immer der gemeinsame Nenner in meinem Leben. Das hat nichts mit dem Ort zu tun. Es ist okay, wenn ich für meine Zukunft hart arbeite, aber ich muss auch Pausen einlegen und die Dinge wertschätzen, die ich bereits habe. Wer in ein Leben wie meins hineingeboren wurde, hat großes Glück. Es liegt oft an der Perspektive, ob wir glauben, bereits etwas erreicht zu haben, wenn wir es morgens aus dem Bett schaffen.

* * *

Sobald ich gelandet bin, treffe ich mich draußen mit Mom, ihr Lexus läuft im Leerlauf. Ich habe meine Sachen auf einen Gepäckwagen gestapelt, und sie sieht erleichtert aus, als würde sie denken: *Zumindest weiß meine Tochter, wie man seine Sachen auf einen Gepäckwagen stapelt, und findet den Weg nach Hause.* Wir verlassen den Flughafen und Mom biegt auf den Harbor Drive. Ich schaue aus dem Fenster. Der Anblick ist gleichzeitig vertraut und fremd. Auf der rechten Seite sprenkeln Segelboote das glitzernde Wasser der Bucht. Ich entdecke ein Kreuzfahrtschiff, die fest verankerte *Star of India*, den Flugzeugträger des *USS Midway Museum* und darüber die Coronado Bridge. Auf der linken Seite passieren wir das rosafarbene Art-déco-Verwaltungsgebäude und dann taucht die Skyline von San Diego auf. Palmen und heller Stuck und blaues Wasser; soweit das Auge reicht.

Zu Hause.

Mom erzählt irgendwas, aber ich habe den Anfang größtenteils verpasst, und jetzt reicht sie mir eine Mappe. »Was ist das?«

»Das ist das Päckchen von AYS. Du musst dich gar nicht noch mal bewerben. Du bist dabei.« Sie freut sich so sehr für mich. Ich starre hinunter auf die gelbe Mappe. AYS steht für Americas Young Scientists, ein sechswöchiges Sommerferienprogramm, an dem ich letzten Sommer nach einem zermürbenden Bewerbungsprozess teilgenommen habe. »Sehr elitär«, hatte mein Beratungslehrer gesagt. »Wird sich auf deiner Collegebewerbung super machen.«

»Ehrlich gesagt, Mom – ich glaube nicht, dass ich AYS diesen Sommer mache.« Ich lege das Päckchen neben meinen Füßen auf den Boden.

Sie beißt sich stirnrunzelnd auf die Lippe, aber als sie die Spur wechselt, sagt sie abwinkend: »Das musst du nicht jetzt entscheiden. Ach, und ich habe einen Termin bei einer Frau namens Ashley Callahan für dich gemacht. Sie ist Spezialistin für College-Beratung bei Schülern mit besonderen Umständen wie bei dir. Mit ihr kannst du darüber reden.«

Ich schaue wieder aus dem Fenster, um mein Lächeln zu verbergen. Lustig, dass jemand als Spezialist für Kids wie mich arbeitet, Kids mit *besonderen Umständen*. Sind Umstände nicht laut Definition besonders? Ich würde liebend gerne eine Liste ihrer Kunden sehen. Ein Haufen verwöhnter Kids, deren Eltern denken, es wäre eine Krise, wenn sie es nicht auf eine erstklassige Uni schaffen. Ich kann mir unser erstes Treffen genau vorstellen. *Hi, Mara. Dein Leben wird nicht so perfekt und preisgekrönt sein, wie du ursprünglich gedacht hast,* wird sie sagen und ihre Sechshundert-Dollar-Brille zurechtrücken, *aber wir finden etwas anderes für dich. Das macht dann zweihundert Dollar die Stunde, bitte.* Ich richte die Lüftungsklappe der Klimaanlage auf mich; draußen sind wahrscheinlich zehn Grad, aber mir kommt es heiß vor. *Etwas anderes.* Ich lächle in den Luftstrom hinein. *Etwas anderes* ist völlig in Ordnung.

Mom schielt zu mir rüber. »Hast du Hunger? Sollen wir irgendwo anhalten und einen Salat essen?« Ich schüttele den Kopf und schaue dem draußen vorbeiziehenden Verkehr zu, meine Sinne stellen sich wieder auf San Diego ein. »Es ist schön, dass du wieder zu Hause bist«, versucht sie es noch mal.

»Danke, Mom.« Vor meiner Abreise habe ich gehört, wie Trick ihr am Telefon gesagt hat, dass er mir von dem Unfall erzählt hat. Während ich aus dem Fenster schaue, frage ich mich, ob sie jemals mit mir darüber reden wird oder ob es, wie so vieles, unausgesprochen bleibt. Vielleicht genügt es, dass ich es weiß.

Ich hole tief Luft. San Diego ist ein wunderschöner Ort. Belebt und schnell und pulsierend wie alle Großstädte.

Aber jetzt gerade ist es nicht mein Lieblingsort.

Es liegt nicht an San Diego. San Diego ist Josies Ort – Sand und Salzwasser und Meeresluft –, sie scheint wie geschaffen dafür, hier zu leben. Im Gegensatz zu mir. Wie sich herausgestellt hat, gehöre ich in die Berge. Manche Leute brauchen die Geschäftigkeit, aber bei mir ist es umgekehrt. Ich brauche die Stille, das Kleine, um mich daran zu erinnern, innezuhalten und Luft zu holen. Aber dank Tahoe weiß ich das jetzt. Ich weiß, dass ich, egal, was hier passiert, immer einen Ort habe, an den ich zurückkehren kann, wenn ich das Bedürfnis danach habe. Meine geografische Versicherung.

Mein Körper fühlt sich leicht an, wie Schneeflocken, und als ich Moms Profil mustere, ihre frisch geschnittenen und gesträhnten blonden Haare, den eleganten Leinenanzug, die perfekt pedikürten Zehennägel in den Sandalen, wird mir klar, dass ihr Ort hier ist. Vielleicht hat San Diego sie gerettet, als sie an einem Tiefpunkt war, so wie Tahoe mich gerettet hat. Mich durchströmt eine Art alberne kindliche Liebe für sie – ihre Google-Kalender und Tabellen und Checklisten.

Manchmal sieht Liebe nämlich aus wie eine Tabelle.

»Ehrlich gesagt, habe ich unglaublich Lust auf Mexikanisch.« Ich schaue lächelnd zu ihr rüber. »In Tahoe gab es einfach nirgends mexikanisches Essen, wie ich es kenne.«

Als sie zurück auf die rechte Spur wechselt, erhellt die Nachmittagssonne ihr Gesicht. »Allerdings! Ich kenne das beste Restaurant«, sagt sie, setzt den Blinker und nimmt die nächste Ausfahrt.

* * *

Ein beleuchtetes Segelboot fährt über das dunkle Wasser des Ozeans. Josie zeigt darauf und zieht sich dann ein Ranfield-Ravens-Sweatshirt über den Kopf. Wir sitzen im kühlen Sand am Strand von La Jolla Shores, haben Sandwiches gegessen und zugesehen, wie das Wasser sich verdunkelte. Der Wind bläst mir die salzige Meeresluft durch die Haare. Die erleuchteten Fenster der Häuser im Süden glitzern in der Dunkelheit, der Pier liegt im Schatten und an der Küste brechen sich die Wellen. Ein Mann mit zotteligen Haaren, in einem ausgeblichenen Sweatshirt und Jeans, geht barfuß den

Strand entlang. Dabei kommt mir in den Sinn, dass es auch Leute gibt, die hierherkommen, um sich zu verstecken. In Tahoe leben sie in Skihütten. Hier hängen sie am Strand rum. Vielleicht gibt es überall Menschen, die unbemerkt bleiben wollen.

»Die kannst du gerne ergänzen.« Ich zeige auf das Geschenk, das ich Josie gerade überreicht habe. »Ist nur ein Anfang.«

Josie leuchtet mit ihrem Handy. »Voll cool, Mara – danke.« Sie betrachtet meine »Josie-eine-bessere-Freundin-sein«-Liste. Ich habe sie sogar mit ein paar glitzernden Meeres-Stickern verziert und in eine Klarsichthülle gesteckt.

- Mit dir auf Partys gehen, auch wenn ich keine Lust habe.
- Über Jungs reden, wenn du über Jungs reden willst.
- Auch über alles andere reden.
- Freitagabende nicht mit Lernen verbringen.
- Langweilige Meeresdokumentationen anschauen.
- Dir sagen, wie es mir geht (meistens).

Sie steckt die Liste und das Handy in ihren Rucksack und der Sand um sie herum wird wieder dunkel. »Morgen ist dein erster Tag«, sagt sie. »Das wird super – du wirst sehen.« Sie schaut wieder den Booten zu, die langsam vorbeiziehen. »Du musst nicht nervös sein.«

Ich lasse Sand durch meine Finger rieseln. Ich *bin* nervös. Es ist unmöglich für mich, nicht nervös zu sein. Es gehört zu meinem Wesen, so wie meine blauen Augen oder die Sommersprossen, die ich bekomme, wenn ich zu lange in der Sonne war.

Morgen werde ich in den Matheunterricht gehen, in den Raum mit den hohen Fenstern und den Tischreihen, und mein Magen wird sich zu tausend kleinen Knoten verdrehen, und ich werde mich fühlen, als würde ich gleich ohnmächtig werden.

Aber ich werde es überleben.

Ich werde es Schritt für Schritt angehen: durch die Tür gehen, mich hinsetzen, Notizen machen, Aufgabe abschreiben, zuhören. Und wenn es vorbei ist, habe ich etwas geschafft, von dem ich vor zwei Monaten dachte, ich würde es nie wieder schaffen.

»Du bist nervös, das sehe ich dir an.« Josie zupft an ihrem glänzenden Pferdeschwanz herum, ihre dunklen Augen sehen besorgt aus.

»Ich kann nicht *nicht* nervös sein, Jo. Keine Ahnung, wie man überhaupt etwas anderes fühlen soll als das, was man eben gerade fühlt. Aber ich komme schon klar.« Ich grabe meine Zehen in den Sand. »Am schlimmsten ist, dass ich immer noch nicht weiß, wer dieses Video gepostet hat. Ich gehe in den Unterricht, ohne es zu wissen, und diese Person wird einfach nur dasitzen. Ich werde all die Gesichter sehen und denken: *Warst du es? Warst du es? Oder du?*«

»Ich weiß.« Josie folgt meinem Blick auf die Wellen, die im Mondlicht tanzen. »Aber du vergisst das Wichtigste.«

»Was denn?«

Sie hakt ihre Finger in meine. »Du weißt, wer es *nicht* war.«

* * *

Also ziehe ich es durch. Mit einem Knoten im Bauch und schweißnassen Händen gehe ich in den Matheunterricht. Meine Mitschüler sitzen an ihren Tischen oder darauf und schwatzen. Ein paar Kids machen offenbar eilig die Hausaufgaben von gestern fertig. Mr Henly schreibt die Aufgaben für heute an, der Marker fährt quietschend über das Whiteboard. Heute Morgen, vor der Schule, habe ich ihm einen Papierschredder von Costco mit einer glänzenden roten Schleife darum vorbeigebracht. Er schaute von seinem Schreibtisch auf, an dem er gerade Aufsätze korrigierte, und sagte: »Braves Mädchen.«

Ein paar Köpfe drehen sich in meine Richtung, einen Moment lang nichts – und dann leises Gemurmel, ein paar Leute flüstern und mir stellen sich die Nackenhaare auf. Ich will gerade Mr Henly fragen, wo ich mich hinsetzen soll, und bahne mir einen Weg durch das Schweigen wie durch eine dunkle Gasse, als plötzlich Jayden Barris vor mir auftaucht. Jayden Barris ist ein Zwölftklässler, der ständig alle dazu überreden will, zu den Auftritten seiner Improtheater-Truppe in irgendeinem Café zu kommen. »Mr Henly, ich finde mein Handy nicht! Ich muss noch mal raus – da sind *alle* meine neuen Sketche drauf.« Er flitzt den Gang zwischen den Tischen entlang und rennt mich beinahe über den Haufen. »Oh, hey, Mara – warte mal, hattest du Pfeiffersches Drüsenfieber oder so?«

»Was?«, bringe ich gerade so heraus. »Nein.«

»Oh.« Er stürzt aus dem Klassenzimmer.

Nicht nur Autoschlüssel, Oli, denke ich – *manchmal auch Handys.*

Mr Henly fängt meinen Blick auf. Wie immer trägt er ein kariertes Hemd, das er in seine marineblaue Hose gesteckt hat. »Mara, selber Platz wie immer.« Er zeigt auf die Tischreihe, wo alles um mich herum verschwamm, wo ich die Tests zerrissen habe und jemand dabei ein Video von mir gemacht hat, das Hunderttausende gesehen haben. Er wedelt noch mal mit der Hand und schenkt mir ein schwaches Mathelehrer-Lächeln.

Ich setze mich und schlage meinen Ordner bei einer leeren Seite auf. An der Tafel steht *Ableitungsregeln* in Mr Henlys klarer, kantiger Handschrift. Gerade als es läutet, rutscht Chris Locke auf den Platz neben mir. »Hey«, sagt er und klappt seinen grünen Ordner auf. »Willkommen zurück.«

Kapitel Einunddreißig

In der letzten Maiwoche sitzen wir auf der Terrasse, vor uns die Reste des samstäglichen Abendessens. Die Zwillinge spielen auf dem Rasen Paddleball oder vielmehr ihre Version von Paddleball, das heißt, hauptsächlich versuchen sie, sich mit dem Gummiball gegenseitig eins überzuziehen. Mom steht auf, um mir Eistee nachzuschenken. Will sitzt mir gegenüber und hält sein iPad in die Höhe. »Schau mal, Mara. Hunde-Mobbing.«

Er zeigt mir das Bild einer cremefarbenen französischen Bulldogge mit grün verschmierter Schnauze. Auf dem Schild um ihren Hals steht: ICH HAB DEN GANZEN WACKELPUDDING AUFGEFRESSEN. »Schau mal, wie viele Klicks die bekommen hat.« Über eine Million.

»Ich weiß, wie dieser Hund sich fühlt«, witzele ich und bin froh, dass ich inzwischen tatsächlich über dieses Youtube-Video lachen kann. Ich wende mich wieder dem Buch zu, das ich gerade lese. Nicht für die Schule. Es geht um Meerjungfrauen und Aliens. Mom hat es bei Costco gesehen und für mich gekauft – sie versucht auf ihre Art, den Fuß ein bisschen vom Gaspedal zu nehmen.

Will lacht und scrollt weiter. »Gibt ziemlich viele unartige

Hunde auf dieser Welt.« Er zeigt mir noch ein Bild. Ich mustere meinen Stiefvater amüsiert, und als mir seine Muscheln der Weisheit für meine Rückkehr einfallen, wird mir warm ums Herz.

HAST UNS GEFEHLT

Mom kommt mit einem Glas Weißwein zurück und setzt sich wieder. »Welche Abschlussprüfungen hast du am Dienstag?« Sie bemüht sich, gleichgültig zu klingen, als wäre ihr gerade erst eingefallen, dass ich nächste Woche Abschlussprüfungen habe und als hätte sie sich nicht heimlich einen Lernplan für mich überlegt.

Sie hat sich gebessert, aber sie ist immer noch Mom.

»Französisch und Englisch.« Sie öffnet den Mund, um etwas zu sagen, aber Will wirft ihr einen warnenden Blick zu. »Ich lerne morgen mit Josie bei ihr zu Hause.« Ich klappe mein Buch zu und füge hinzu: »Und damit es keine Überraschungen gibt – ich kriege eine Zwei in Mathe und im Geschichte-Leistungskurs wahrscheinlich auch. Vielleicht eine Eins minus.«

Ob sie will oder nicht, ihr Mund wird zu einem dünnen Strich. »Okay, na ja, das ist schon in Ordnung.« ›In Ordnung‹ hinterlässt einen sauren Nachgeschmack in Moms Mund. Wie gesagt, sie bemüht sich.

Mein Handy klingelt. Ich schaue runter auf das Display und sehe den Anrufer: Trick.

Seit ich aus Tahoe zurück bin, hat er immer mal wieder angerufen. Wie vorherzusehen war, sind die Gespräche meistens kurz. Er erzählt vom Laden und irgendwelches Zeug über Isabel und Logan, das ich sowieso schon weiß, weil ich mit den beiden öfter spreche als mit ihm. Isabel ist immer noch kurz davor, sich für das US-Ski-Team zu qualifizieren. Noch nicht ganz allerdings. Nicht diese Saison. Im April habe ich eine Karte geschickt und ihr zu einer großartigen Saison gratuliert. Ich glaube, es beeindruckt mich mehr, dass sie es weiter versucht, als wenn sie es tatsächlich ins Team geschafft hätte. Von Beck spricht Trick nie und ich frage nicht. Und Logan – die Liste wird einfach immer länger.

Ich halte das Handy hoch. Mom mag es nicht, wenn wir während des Abendessens ans Handy gehen, und obwohl ich lese, sitzen wir streng genommen immer noch am Tisch. »Stört es dich, wenn ich rangehe?«, frage ich, und sie bedeutet mir, den Anruf entgegenzunehmen.

»Hi, Trick.«

»Oh, hey – wusste nicht, ob du rangehst. Irgendwelche großen Samstagabendpläne?«

Ich schaue mich im Garten um. »Ja, riesig.«

»Lass dich von mir nicht abhalten«, sagt er hastig.

»Ich sitze im Garten. Werde heute Abend wohl keine Party-Rekorde brechen.«

»Oh, okay. Also, ich hab heute mit Matt Never gesprochen, und er sucht jemanden, der im Sommer halbtags im Laden in Tahoe City arbeitet, und, na ja, da hab ich an dich gedacht.«

Ich setze mich auf. Mom und Will wechseln einen Blick. Ich wiederhole seinen Vorschlag. »Ich stelle dich auf Lautsprecher für Mom und Will.«

Mom beugt sich über das Handy. »Hi, Trick. Das ist wirklich ein nettes Angebot, aber Mara ist diesen Sommer verplant. Sie ist für ein sechswöchiges Forschungsprogramm angemeldet.« Ich schaue sie an und schüttele den Kopf. Nein, forme ich mit den Lippen, aber sie winkt nur ab, und ich brenne vor Wut.

Schweigen am anderen Ende der Leitung, dann: »Okay, verstehe. Du hast schon Pläne. Daran hab ich nicht gedacht. Zu meiner Zeit waren Sommerferien, na ja, einfach nur Sommerferien.«

»So ist das nicht mehr«, sagt Mom und greift nach ihrem Weinglas.

Aber für manche Kids ist es vielleicht doch so.

Er räuspert sich. »Okay, na ja, ich wollte es nur gesagt haben. Denk drüber nach.«

»Trotzdem danke«, ruft Mom, steht auf und sammelt Teller, Gläser und Gabeln zusammen.

Ich lege auf und helfe ihr, das Geschirr in die Küche zu tragen.

»Mom, ich mache AYS diesen Sommer nicht. Das hab ich dir doch gesagt.«

Sie reißt die Spülmaschine auf. »Wir hatten das noch nicht endgültig entschieden.«

»Doch, hab ich.«

Sie stellt die Lasagne-Auflaufform zum Einweichen in die Spüle. »Tahoe ist keine Option.«

»Warum nicht?« Ein Sommer in Tahoe. Ich brenne darauf, Logan und Isabel zu schreiben.

Sie kratzt Lasagne von einem Teller in den Müll und wendet dabei etwas mehr Kraft als nötig auf. Es ist Liams Teller. Er pickt immer die Pilze raus. »Weil du hier Verpflichtungen hast. Du musst mit den Collegebewerbungen anfangen.«

»Ich kann auch in Tahoe mit den Collegebewerbungen anfangen. In Squaw Valley gibt es WLAN.« Eigentlich meint sie: *Ich muss dabei sein, wenn du mit den Collegebewerbungen anfängst.*

»Du kannst nicht einfach den ganzen Sommer im Neverland rumhängen.« Sie klingt, als würde ich darüber nachdenken, mein eigenes Drogenlabor einzurichten.

Ich packe den Rest der Lasagne in eine Tupperdose. »Warum?« Ich will unbedingt den Sommer in Tahoe verbringen.

Sie räumt die Teller, Gläser und das Besteck nach ihrem eigenen Ordnungssystem in die Spülmaschine. »Weißt du, Mara, es hat einen Grund, warum Wendy das Nimmerland *verlässt.* Ihr wird klar, dass sie ein richtiges Leben führen muss.«

Es überrascht mich, dass sie das nicht schon früher angesprochen hat. Ich lasse mir einen Moment Zeit, um die richtigen Worte zu finden, und versuche ihr etwas zu erklären, das mir seit ein paar Wochen im Kopf herumschwirrt. »Weißt du was? Ich glaube, Nimmerland hat nichts mit einem Ort zu tun. Ich glaube, es ist eher ein Gemütszustand, eine Einstellung. Egal wo – jeder kann sich dafür entscheiden, abzuhauen, nicht erwachsen zu werden, egoistisch zu sein oder nur in seinen Träumen zu leben oder sich vor der Verantwortung zu drücken. Dafür kann sich jeder entscheiden. Ganz egal, wo man lebt.« Um sie zu besänftigen, füge ich hinzu: »Ich denke, darüber schreibe ich vielleicht meinen Aufsatz für die College-Bewerbung.«

Sie blinzelt. Einen Moment lang ist sie offenbar beeindruckt, dass ich mir schon Gedanken über den Aufsatz gemacht habe. Sie trocknet sich die Hände an einem gestreiften Küchenhandtuch ab und schaltet die Spülmaschine an. »Ich weiß, du wirst denken, dass ich herablassend bin, aber ich muss dir etwas sagen. Ich glaube, du wirst es bereuen, wenn du die Möglichkeiten, die du jetzt hast, nicht nutzt. Wenn du sie wegwirfst, um am See rumzuhängen. Du kannst AYS nur noch einen Sommer machen. Und es macht sich super fürs College.«

Ich lausche einen Moment lang dem Rauschen der Spülmaschine. »AYS ist nicht meine einzige Möglichkeit. Ich glaube, nach Tahoe zu gehen ist auch eine Art Möglichkeit, Mom. Eine Möglichkeit, Trick besser kennenzulernen, in den Bergen zu leben, an einem Ort, der mir das Gefühl gibt, dass ich dort hingehöre.« Sie schüttelt den Kopf und wendet sich von mir ab, um die Lasagneform unter heißem Wasser abzuschrubben. »Außerdem«, füge ich hinzu, »bedeutet Erwachsenwerden nicht, dass man Entscheidungen trifft und dann die Konsequenzen dieser Entscheidungen trägt? Genau das würde ich tun. Zweifellos mit jeder Menge Vorwarnungen von dir.« Sie lässt die Schultern sinken, und ich ahne, dass sie langsam nachgibt. Der Sommer in Tahoe wird greifbar.

Will erscheint im Türrahmen und räuspert sich. »Hey, wollte mal nach euch beiden sehen.« Er schenkt mir ein behutsames Lächeln und ich bin auf einmal sehr dankbar für meinen Stiefvater. Für seine Zuverlässigkeit und seinen Sinn für Humor. »Also, Tahoe wäre cool. Ich wollte da schon immer mal für eine Woche ein Haus mieten. Vielleicht Mitte Juli?«

Mom spült niedergeschlagen ein letztes Mal die Lasagneform aus. »Okay.« Sie reicht mit die Form. »Trockne das ab.«

Lächelnd trockne ich die Form ab und lasse das Handtuch eine extra Siegesrunde für mich drehen.

* * *

Tahoe City sieht anders aus im Juni. Der See glitzert in der warmen Sonne, aber die Berge in der Ferne sind immer noch schneebedeckt. Auf dem blauen Wasser fahren die Leute Boot, Paddleboard und Kajak. Trick biegt auf einen leeren Parkplatz vor dem Neverland in Tahoe City.

»Ich hab ihm nicht gesagt, dass du kommst.« Er lehnt sich grinsend ans Lenkrad. »Wie du es wolltest.«

Ich versuche, einen kurzen Blick auf mein Spiegelbild im Außenspiegel des Trucks zu erhaschen. Letzte Woche habe ich mir die Haare auf Kinnlänge abschneiden lassen, in der Hoffnung, es würde frech und modern aussehen, aber ich fürchte, ich sehe damit eher aus wie eine übereifrige Nachrichtensprecherin. »Steht dir super«, hat Trick mir versichert. Ich öffne die Tür, steige aus und werfe die Tür hinter mir zu.

Bevor Trick wegfährt, lege ich die Hand auf das geöffnete Fenster. Er stellt die Musik leiser. »Was gibt's?«

Ich beuge mich vor. »Danke, dass ich diesen Sommer hier sein darf.«

Er nimmt seine Kappe ab und fährt sich mit der Hand durchs Haar, bevor er sie wieder aufsetzt. Dann trommelt er mit den Daumen auf das Lenkrad, was, wie ich inzwischen weiß, bedeutet, dass er über etwas nachdenkt. »Mara, ich weiß, dass ich als Dad, na ja, ziemlich versagt habe.« Er schaut stur geradeaus und trommelt immer noch mit den Daumen auf das Lenkrad. »Aber all die Jahre … war ich immer dein Dad, auch wenn es, na ja, nicht so aussah. Ich dachte einfach, es wäre das Beste für dich, wenn ich mich von deinem Leben fernhalte, aber es hat sich rausgestellt, dass …« Er schüttelt mit gequälter Miene den Kopf. »Ich will es einfach nicht wieder versauen mit dir.« Er verstummt, nimmt erneut die Mütze ab und setzt sie wieder auf.

»Trick?«

»Ja?«

»Ich weiß. Wir müssen jetzt einfach mit den Karten weitermachen, die wir haben, oder?« Ich reiche ihm ein Stück Papier, einen Einkaufszettel, den ich im Flugzeug geschrieben habe. »Wo wir gerade von Jetzt sprechen, hier ist eine Einkaufsliste. Kannst du das bis heute Abend besorgen? Ich weiß, wie deine Küche aussieht, wenn ich nicht da bin, und ich will nicht verhungern.« Erleichtert nimmt er den Zettel, und ich winke, als er wegfährt.

Ich drehe mich um und schaue mir das Neverland an, und dieses Mal habe ich eindeutig eher Schmetterlinge im Bauch als Knoten. Die Sonne spiegelt sich auf der Ladenfront, aber als ich näher komme und im Schatten des Überbaus stehe, erkenne ich Logan durch die Scheibe. Er steht in der Mitte des Ladens, trägt Bermuda-Shorts, ein T-Shirt und Flip-Flops. Er hält ein Kajak-Paddel und führt gerade einer grauhaarigen Frau in Badeshorts und Wasserschuhen vor, wie man damit paddelt. Offensichtlich hat er mitten im Satz aufgehört, denn die Augen der Frau wandern von seiner Vorführung weg zu mir. Logan reicht der Frau das Paddel und winkt mich herein.

Ich mache die Tür auf und betrete das Neverland. »Hi.«

»Entschuldigen Sie mich eine Minute.« Er lächelt die Frau an. Dann steckt er die Hände in die Taschen und geht ein paar Schritte auf mich zu. »Du hast den Job angenommen?«

»Ich hab den Job angenommen.«

Er zeigt auf den blauen Ordner unter meinem Arm. »Was hast du da?« Die Kajak-Frau steht immer noch mit dem Paddel in der Hand neben ihm und schaut uns interessiert an. Als sie merkt, dass ich sie ertappt habe, tut sie so, als würde sie sich ein Kleid auf einem Kleiderständer neben uns anschauen, aber ihre Augen wandern immer wieder zu uns.

Ich zeige ihm den Ordner. »Ach das? Das ist meine Liste für den Sommer in Tahoe. Genau genommen hab ich die für dich gemacht.«

Er zieht die Augenbrauen hoch. »Super. Noch eine Liste. Schade, dass gerade kein Skilift in der Nähe ist.«

»Willst du sie dir nicht anschauen?« Ich halte ihm den Ordner hin.

Er geht durch den Laden, nimmt den Ordner und klappt ihn auf. Zum Vorschein kommt ein einzelnes Blatt Papier, auf das ich ein einziges Wort gedruckt habe:

Logan

»Nette Liste.« Er klappt den Ordner zu und sein Blick jagt einen Schauer durch meinen Körper.

Ich halte seinem Blick stand. »Und, ähm, Stand Up Paddling würde ich auch gerne lernen.«

Ein Lächeln spielt um seine Mundwinkel. »Ich denke, das kriegen wir hin.«

Ich grinse zurück. »Und außerdem Kajak fahren und den Pacific Crest Trail entlangwandern und …«, fahre ich fort, bis er mich so fest in die Arme schließt, dass mir die Luft wegbleibt, wahrscheinlich, um mich zum Schweigen zu bringen.

Es funktioniert.

Dankesliste der Autorin

1. *Wintersternschnuppen* hätte es ohne die harte Arbeit zweier wundervoller Frauen nicht gegeben: Meine Lektorin, Jody Corbett, und meine Agentin, Melissa Sarver White, die (an dieser Stelle Metapher der Wahl für »einen Berg besteigen« einfügen) mich geduldig über *mehrere* Entwürfe dieses Romans hinweg begleitet hat. Ein besonderer Dank gilt außerdem den wunderbaren Leuten von Scholastic, die alle großartige Arbeit leisten, insbesondere aber Yaffa Jaskoll, Beka Wallin, Sheila Marie Everett, Roz Hilden, Alexis Lunsford und Elizabeth Whiting. Dankbarkeit gebührt auch Molly Jaffa von Folio Literary Management, für ihren unerschöpflichen Einsatz bei allen internationalen Angelegenheiten.

2. Jede Schriftstellerin braucht ihre Leute, und ich habe das Glück, gleich einen ganzen Buchladen zu haben – danke an die Mitarbeiter von The Book Seller in Grass Valley, Kalifornien. Besonders dankbar bin ich außerdem Gary Wright und Mark Wiederanders für ihr Schriftstellerherz und -hirn und ihre Unterstützung. Michael Bodie und Loretta Ramos hatten immer aufmunternde Worte für mich und dafür bin ich ihnen unendlich dankbar. Abermals danke

an Tanya Egan Gibson, die so viele meiner Romananfänge gelesen hat, dass sie wahrscheinlich lieber nicht daran erinnert werden möchte – danke, dass du immer für mich da warst. Danke auch meiner Schriftstellergruppe: Kirsten Casey, Annie Keeling und Jaime Williams – Ladies, ich wüsste nicht, was ich ohne euch machen würde.

3. Danke, Tahoe, ein sehr echter und besonderer Ort. Ich habe versucht bei der Wahrheit zu bleiben, mir aber bei einigen Einzelheiten und Fakten ein bisschen Freiheit erlaubt (besonders bei Namen von Restaurants und Geschäften und den Zeitplänen für Skirennen/Skitraining/Skiwoche). Mir haben viele Leute dabei geholfen, diese Welt so authentisch wie möglich zu gestalten – etwaige Fehler gehen auf meine Kappe, nicht ihre, oder waren dem Erzählfluss geschuldet.

4. Wie Mara habe ich erst mit dem Skifahren angefangen und möchte daher einigen Leuten für ihre Geduld mit mir danken: Lillian Llacer und Gary Reedy haben mich das erste Mal mitgenommen (nach langem Drängen meiner Tochter!), und obwohl ich wackelig und langsam bin, haben sich die Dixons, die Thiems und die Hatchers von diesem Tag an geduldig um mich gekümmert. Ich möchte außerdem Sean Costley von der Pistenleitung in Squaw Valley für seine Bergerfahrung danken. Zum Schluss, danke an Amanda Courtney und Cody Lamarche, für das Konditionstraining, das ihr mit mir durchgezogen habt, sodass ich einen Tag auf Skiern tatsächlich überlebt habe. Das war es – wie ihr genau wusstet – absolut wert.

5. Vielleicht sind alle Schriftsteller so, aber offenbar beschäftige ich mich gedanklich sehr viel mit meiner Arbeit,

und das könnte ich nicht ohne meine Freunde und Familie, die mir immer ein Ohr leihen (und eine Schulter und ein Herz!), wenn ich es brauche. Es sind zu viele, um sie alle zu erwähnen, aber besonders danken möchte ich: Dawn Anthney; Erin Dixon; Crystal Groome; Sands Hall; Krista Witt; und meinen Eltern, Linda und Bill Culbertson, für ihre unerschütterliche Unterstützung (oder zumindest ihre große Begabung, interessiert auszusehen und zu nicken!). Danke auch an Brandon und Erika Culbertson, die mir mit den sensorischen Eigenheiten von San Diego weitergeholfen und nicht mit der Wimper gezuckt haben, wenn ich ihnen Fragen geschickt habe wie: »Wonach riecht es an einem Abend Anfang März in La Jolla Shores?«

6. Besondere Erwähnung gilt Emily Gallup, die großzügig ihr therapeutisches Wissen mit mir geteilt und stundenlang mit mir darüber diskutiert hat, welche Ängste, welchen Stress und welche kulturellen Erwartungen wir bei vielen Jugendlichen, mit denen wir arbeiten, sehen. Danke, Em.

7. Im Laufe der Jahre hatte ich wahnsinnig tolle Schüler/innen in meinen Highschool-Kursen. Sie haben mich an ihren Träumen und Ängsten teilhaben lassen und daher ist ein großer Teil dieses Buchs ihnen gewidmet. Ein besonderer Dank geht an Autumn, Bobby, Davia, Bethany und Aliyah, die mir beim Schreiben dieses Buches zu ein paar dringend nötigen Einsichten verholfen haben.

8. Zum Schluss der größte Dank an Peter und Anabella, die für immer und ewig die wichtigsten Punkte auf all meinen Listen sind.

Rachel Cohn / David Levithan

Dash & Lilys Winterwunder

320 Seiten, ISBN 978-3-570-30886-8

Kurz vor Weihnachten entdeckt Dash in einer Buchhandlung ein rotes Notizbuch, in dem ein Mädchen namens Lily den Finder zu einem geheimnisvollen Spiel auffordert. Bald schicken sich die beiden gegenseitig quer durch Manhattan. Über das Notizbuch tauschen sie ihre Gedanken und Träume aus und kommen sich dadurch näher – ohne sich jedoch zu begegnen. Immer größer wird der Wunsch, den anderen endlich kennenzulernen, und doch macht ihnen der Gedanke daran auch Angst. Und so zögern sie das erste Treffen hinaus, bis es fast zu spät ist …

30169

www.cbt-buecher.de

Joanna Wolfe

Küsse wie Schneeflocken

ca. 350 Seiten, ISBN 978-3-570-31119-6

Als Cheryl den süßen Rick kennenlernt, hat sie eigentlich gerade die Nase voll von Jungs. Sie hat einen tollen Ferienjob an Land gezogen, als Hundeschlitten-Guide in der ehemaligen Goldgräberstadt Dawson City am Ostufer des Yukon, und genießt es einfach nur, für eine Weile ihrer überfürsorglichen Mutter zu entkommen. Doch als sie Rick eines Tages während eines schlimmen Schneesturms in den Ogilvie Mountains aufliest und die beiden in einer abgelegenen Blockhütte Schutz suchen müssen, geraten ihre Prinzipien ins Wanken ...

30286

www.cbt-buecher.de